U0032783

紀大偉

膜

紀大偉作品集 1

新版序

新版的《膜》匯集了本人舊作數種：一九九六年在聯經出版社初版的《膜》全書，一九九八年在時報出版社初版的《戀物癖》全書，從未結集過的一九九九年極短篇小說〈早餐〉，以及從未結集過的一九九七年短篇小說〈去年在馬倫巴：模擬網頁小說〉。所以新版《膜》的內容大約是舊版《膜》的兩倍。

這些都是我在一九九九年赴美留學之前寫的作品。

「生化人」或稱「複製人」、「人造人」，在英文中寫做android、cyborg、clone、replica等等。時值二〇一一年，生化人的概念已經司空見慣，從電影到電玩到行動電話，都有android的身影。在學界，「後人類主義」（posthumanism）至今也風行了十多年。但在一九九〇年代初，我二十歲出頭的時候，android是個還夠新鮮的噱頭。當時我的電子郵件信箱是android@ms4.hinet.net。一九九九年飛到美國加州大學洛杉磯分校（UCLA）攻讀比較文學博士，我選用的電子郵件信箱是android@ucla.edu。

生命會找到自己的出路；他者（the Other）也會找到介入生命的入口。幾乎每個人都是生化人，體內體外都裝設了人造零件：內臟的支架，義肢，隱形眼鏡，廟裡求來的護身符，背上的刺青，以及不離手的智慧型手機等等。少了這些人造零件，我們的人體就要停擺。還有，隨同無數網友上班上課的Facebook社交網站（或twitter，msn等等）也算是生化人的零件：網友以為可以透過Facebook延展他們的生命，但同時Facebook也透過網友的生命擴展了Facebook的觸手。Facebook是人體的體外器官，但每一具網友的人體同時也是Facebook的體內零件。在這批小說中，我寫出「虛擬親屬」這個詞——在我們宛若生化人的生命網絡中，連親屬關係都可能是虛擬的（這是常見的既成事實，只不過我們往往不願公然承認），血濃於水但是訊息更濃於血。

新版《膜》收錄的多篇小說也類似生化人的軀體，也是由零件組合而成。這些零件主要是遍布文本表面以及內裡的指涉（references）與典故（allusions），多數是從國外進口的電影，文學，理論，畫面，音樂。少了這些外國零件，小說就要停擺。這種仰賴國外進口的傾向，是「歷史」（台灣的那個時代，以及我那個年紀）的痕跡。「殖民性」、「跨國性」、「現代性」與「後現代性」，都早就成為台灣以及我輩的體內組成成分。也因為當年「歷史」的驅力，我在台灣念了外文系和外文研究所，之後「理所當然」赴美留學，在美西待了六年後又在美東待了五年。但「歷史」已經變遷。

照片一旦拍攝，照片模特兒就逝亡了；科幻小說一寫出來，小說裡的奇門遁甲就落伍了。今日的讀者在閱讀這批舊小說的時候，可能因為科技的時代斷層而覺得小說裡某些細節難解。幾個例子：小說裡的角色透過BBS收發電子郵件，但今日讀者可能不透過BBS也不必用電子郵件就可以跨國通訊；小說裡的角色需要利用電話線撥接上網，一上網就不能使用家用電話，但今日網友卻將無線上網視為家常便飯；小說裡沒有行動電話，因為在我寫作當時手機尚未廣泛流行，而今日的智慧型手機可以偶爾取代電腦。我本人在一九九九年之前並沒有手機，只有BB Call。我隨身帶著台灣的BB Call機登上赴美班機，在航程中目睹Call機的紅燈熄滅，一如代表生化人生命力的瞳孔暗去，彷彿一個時代死去。

但我還是看老照片，舊小說。就算照片裡的模特兒已經不在，小說裡的機關已經生鏽，我依然在意象與文字的廢墟中撈捕到零碎的光芒，光芒橫跨小說初版至今的十幾年。在校對舊稿準備出書的過程中，我在時隔十幾年後首度重讀收錄的大部分舊作——好似恍惚走進已然棄置的大飯店舊址，結果在十幾年來初次重訪的牆上看到自己的老照片。

我想起當初寫下〈膜〉這篇小說的動機之一。赴美留學前我是機車族，一次在機車行修機車，看到拆解後躺在地上切成一半的機車，就聯想起市場肉販懸掛的豬牛剖面。思緒也跳接到想像中的解剖人體。送修中的機車像是生化人。

赴美之後，我跟汽車形成命運共同體。在洛杉磯的時候，我的主要嗜好之一竟然就是夜半時分在高速公路上奔馳。在好萊塢高速公路上看到環球影城大門就如同看到家門，因為租屋在附近。從美西搬到美東，我也開車，從洛杉磯開到紐約再轉彎往上開到新英格蘭。跟我相依為命的車送修拆解時，我一次又一次感受到機械與我的牽扯。之後，開始把自養的狗，一條又一條，送進醫院。狗也會老。狗的身軀臥在不鏽鋼檢查台上，似曾相識的情境。人像機械而機械像人，而寵物兩者皆像。回台定居之後，我到醫院探病，那個人，接受多次侵入性醫療檢查後，佯裝平靜閒坐床上，床頭擱著我送他的厚重外國小說，而我們的諍友在旁強顏歡笑鼓吹大家吃進口櫻桃，正值七夕呢。

生化人似的生命，此處彼處，浮現隱沒。

這批舊小說隱約的共同命題之一，是「漂泊之後如何回家」。我說的家，並不只限於親生父母或配偶建立的家，也未必僅僅指涉台灣這片土地。家是一塊讓人暫時棲息或安身立命的空間，就算一個人的手掌，肩膀，氣味，可以把人包裹在內，讓人安心，也算是家。美國俗語說，家，就是心之所在。在美國住的前六年，我經常到加州海邊看海，但當時還不懂得張望隔著太平洋的家國；接下來五年，我在美國東部看海。在康州，費城，匹茲堡，紐約市，波士頓，麻省的鱈魚角，羅得島，九十五號公路。面向大西洋背對東亞，卻開始看見台灣。我看見海市蜃樓嗎，怎可能如此刻骨銘心。

感謝耐心召喚我回歸台灣的學界文壇前輩，諍友，以及摯愛的人。

紀大偉，政治大學台灣文學研究所，二〇一一年二月

目次

第二部：戀物癖

第三部：早餐

第四部：去年在馬倫巴

第一部：膜

【自序】書寫的ＨＩＧＨ處

在《膜》的得獎感言中，我寫到：感謝評審和聯副讓我有力氣繼續為「害」（HIGH）下去。ＨＩＧＨ在此處是俚語，指的是藥物帶來的快感，而不是指高級、超越。對我來說，寫書的行為同時帶來極樂與痛楚，像癮頭一般難以抗拒，總是把我浸入深淵：這就是書寫為害、為ＨＩＧＨ之處了。

並不希望把自己和文本深深鎖在書房裡，那只是自殘或自慰——我希望，作品可以爬出書房、可以為害真保守假開明的社會秩序、可以帶來ＨＩＧＨ處。如此的刺激挑戰，才讓我更有動力肆行寫書，狠心把自己的血肉心智當做一磚柴魚，咬牙地去刨成一頁頁文稿。如果書房內外都是清風明月，我的書寫可能反而因而息止。二十三歲這一年，或許就因為癮頭太重，自己賣命供出《感官世界》之餘，竟然也在同一時期另外爬出累計將近十萬字的小說。《膜》這本集子，就收錄了這些九四年秋初以至九五年夏末的作品。

得獎的中篇小說《膜》，是虛擬女／女情慾的科幻作品。科幻在台灣文壇通常不叫好也不叫座，但是我相信其中有值得耕耘的空間，尤其適合將性／別議題植入（歐美女性主義科幻小說就是極佳的範例），因此就大膽下手了。小說內容大抵是女性之間的互動（其中沒有男性人類的角色）——這是為自己立下的一項挑戰，也是向女性文學致意。這個手勢有僭越的危險，但我比較相信冒險在書寫之中的必要——安全無虞的書寫，反而未必有存在的理由。這項冒險從九四年兒童節開始，厚重的電腦打字稿在五月中旬截稿前倉促寄出；其中的一個月時光，在小說書寫以及研究所沉重課業之間，我自虐頻頻。寫作的煎熬過程中，為伴的是Almodovar和Atom Egoyan的電影，伊藤潤二的恐怖漫畫（小說植入富江這個角色，是為了向伊藤致意），電腦網路，Nino Rota、Vangelis和Ute Lemper的音樂，同志理論，掉不完的狗毛和無止的狗吠。交稿後沒鬧出病真是奇蹟，五月下旬又振作精神，忙著湊熱鬧、搞GLAD……

書中其他作品，在中篇小說的前後進行，算是寫作中篇的熱身和適時放血（因為常因癮頭而躁鬱難忍）。這些小說乍看與《膜》的差異不小，但彼此間的情愫與思索卻血脈相連。其中我感觸尤其殊異的，是幾篇在中國時報人間副刊發表的「敲打樂」；這些方塊雖不過五百字，敲打電腦鍵盤的冰涼過程卻讓我徹夜難眠。寫那幾篇的時候，永和的屋頂加蓋公寓根本擋不住冬日的冷溼，我只能龜縮身子，將體內僅存的微熱凝聚在鍵盤上，卻完全不知道讀者在哪裡……總之，能在這本集子中重見這些差點永遠散失的迷你篇章，究竟可以抵去一點失落。

《膜》和《感官世界》的集結時間相隔不遠；我不否認《膜》是《感官世界》的連續體。這樣的延續，表示我持續經營酷兒書寫（Queer Writing）的誠意決心——但，這是否也意味著我應該調整步伐、採取異於以往的方式為ＨＩＧＨ下去，以免原地踏步？

漸離二十三歲的青澀與焦躁之後，希望自己可以走出《感官世界》和《膜》的粉筆圈，洗把臉，繼續試探性／別／政治／文學的連綿可能。

感謝聯經和聯副的朋友幫忙，讓這本荒誕的小毛頭作品得以順利出版。昔日聯副和聯經伴我度過孤僻的年少時光，當時卻從來沒有想到有機會在聯副和聯經上頭撒野。如此的感念非常複雜，可能要用一篇科幻小說的篇幅才能得以解釋一二罷。另外，要感謝MO的肩膀為伴。那股香甜的暖意以及幾乎溶化的質地，讓我有了比較多的勇氣，得以面對每一個冷酷沉重的明天。

一九九五年金馬國際影展期間，於台北縣永和

【得獎感言】

繼續ＨＩＧＨ下去

感謝評審和聯副大膽肯定年輕人的努力，讓酷兒（Queer）有力氣繼續為「害」（High）下去。《膜》是性政治文本，是酷兒的科幻小說，是僭偽的女性官能之作：即不寫實，不自然也不道德。我們目前被迫認同的寫實自然，算是哪些人的道德呢？是誰所定義的呢？面對衣櫃，我的書寫免不了聲音與憤怒。

和小說中的默默一樣，我也收發電子郵件（E-mail）。有興趣與我一起延展這篇科幻的讀者，就請在衣櫃內外試試這個地址吧：android.bbs@bbs.ntu.edu.tw。酷兒遊戲沒有終結，彩虹可以無盡延伸。

我只為小說畫出骷髏，而ＭＯ奉獻了靈與肉（甚至，小說的篇名來自ＭＯ的名字）。因此這篇作品是奉獻給ＭＯ的。

【評審意見】

被作者狠狠刺了一刀

吳念真

儘管現實世界已在劫掠、戰亂、污染中瀕臨滅絕，而她卻在另一個人工世界裡，憑藉獨家的專業技術，為人們創造或重建青春、美麗，或者說希望與自信。

她始終隱身在近乎自閉的世界中，她與現實世界的貼身接觸只憑藉「閱讀」——閱讀別人身上所剝落的細碎的肌膚透過分析後所傳達的有限訊息。

小說讀到這邊，你已彷彿感覺作者是冷笑朝著你來的——親愛的知識分子們。

然後，他更不干休地把你剖開，攤在你的面前，告訴你說，你的身體、你的記憶，甚至你為人們所說的，無論是自認為善意的創造或重建都不是你的，那全是移植、複製，甚至隨時可被鍵入鍵出的模擬真實，真正的意思是，你可能就是讓現實世界瀕臨滅絕的幫凶之一。

透過科幻形式，在愉悅的閱讀情緒中不知不覺地被作者狠狠地在胸口刺上一刀，是近年來少有的閱讀經驗。我想，這是個人希望《膜》能得獎，能被多數人閱讀的主要原因。

當然，作者對中篇小說應有的架構的堅持較諸其他作品那種片段的，MTV式的流行敘述方法更令人疼惜。

評審終了，知道首獎作品竟是本土，而且年輕的寫手的創作時，那種開心，現在想來倒有一點無法不被指摘的「民族意識」情結了。

膜

1

默默伸手撫摸臥室的黃色壁紙，輕咬一口溫室培養的水蜜桃，吹彈可破的粉紅桃皮滲出果漿。可是——她不能確知自己皮膚下的神經網絡是不是真的赤裸裸摸到壁紙的黃色，不知道味蕾是不是真的攫取了果肉的甜美——物體與人體之間，是不是總有無法跨越的界線？

膜，是默默對這個世界的印象。三十歲的默默，總覺得她與世界有一層膜，至少一層。當然不是指她在工作時使用的護膚面膜——而是那種，看不見的膜，讓她覺得自己是一枚細胞膜包裹完好的水蛋，獨自泅泳海中。雖然海水包圍住她全身，卻沒有真正與她碰觸……

默默是一位美容護膚專業技師。她也覺得，在她人的臉與她自己的手指之間，除了護膚用的海藻膜、蟲屍膜等等之外，似乎還有層護膜，是客戶與她的中介。她不能真正地與人親密。有一種非常細微、難以解釋的格格不入。外人覺得她神祕，熟客也認為她孤癖。

是的，格格不入，就像仍然活在母體的羊膜之中。默默隱然察覺，她不能和這個世界完全契合，她甚至猜想自己不應該存活在這一個世界——她並不是聯想死亡，而是覺得自己應該活在另一個比較合適的時空之中、另一個世界：就像一顆心懷不滿的桃子想要從某顆桃子樹轉移到另一棵樹生活。會有人以為，既然都是桃子樹，那麼長在哪一棵樹上不都一樣？

其實不一樣的。

兩棵桃子樹就是兩種殊異的小宇宙。

■

桃子是和默默很有緣分的一種水果。那股甜香一直讓她覺得溫暖，彷彿嘴裡含住一口果肉，她便可以回歸童話般的少女時代。住校苦讀的那十年，她在睡前總會品嘗一個不便宜的溫室水蜜桃，為操忙的身子補充一點維他命，也犒賞自己一日下來的努力，並且讓桃子的甜氣為自己帶來一夜美夢。

或許也因為如此，默默雖然是個陰晴不定、外人難以親近的人，但人們大致不會否認：這名喜愛桃子的女子，面容白皙中泛現粉紅，活像水蜜桃一般甜潤。她名叫默默，英文名字是MO-MO，而MO-MO在日文假名中就是桃子的意思呀！

默默小時候也問媽咪，她是從哪裡生出來的？

不是從肚臍跳出來，不是從垃圾堆撿來。不是那種簡單敷衍的性教育版本。媽咪說，她在很久很久以前和一個好朋友旅行，兩個人手牽手在山丘上散步，走著走著來到山丘頂部的一株桃子樹下。樹上的桃子散發出誘人香氣，聞了就會全身酥軟，感到幸福。媽咪的朋友便不顧是否有農藥是否涉嫌偷竊了，要求媽咪背負著她，她負責伸手向上撈，兩名女子狼狽為奸摘下樹上最大的一顆桃子。那顆噴香的大桃子，像人的頭顱一般大。媽咪很開心；她對朋友說：在中國古代的傳說中，剖分桃子給朋友吃，所謂「分桃」，是一件佳話，表示不尋常的友誼，不是外人可以理解的——所以，我們把桃子切開來，一人吃一半，好好祝福我們兩人的情誼吧！

於是，故事中的她們把桃子切開——未料，刀子才劃破果皮，就有一絲嚶嚶的哭啼聲從桃子裡頭鑽出：有一個小娃兒在桃子裡！兩名女子非常驚訝，覺得這個小娃娃注定是她們的女兒了，簡直像童話故事的情節一樣！

小童的臉蛋紅通通的，又溢出甜香，真是個桃子的女兒；於是，媽咪的朋友便提議，把這個孩子命名為「桃子」吧！媽咪的日本朋友說，在日本古代傳說中，有一個小孩就是從桃子中生出來的，桃太郎，MO-MO-TA-RO。桃子在日文中唸做MO-MO，於是這小孩的名字就定案啦，在中文則以諧音叫做「默默」。

是啦，媽咪對默默說，這就是妳的由來。

這個離奇的故事，小時候的默默是不會相信的，畢竟她是二十一世紀的小孩，對「性」有著基本的認識。不過，默默覺得這個故事挺別緻的，不妨接受罷！她還覺得有點自豪呢，很傳奇耶。

只是，默默想問：那位媽媽的日本朋友在哪兒呢？她是誰？默默為什麼沒有見過？——媽咪閃爍地回答：吵架了。朋友吵架分手，是很尋常的事嘛。於是，只留下媽咪負責照顧小桃子默默。

幼兒默默暗想，我長大以後，才不跟好朋友吵架哩；我要和心愛的朋友永遠在一起。永遠的。一定。

三十歲的默默手中把玩輕軟如胸乳的水蜜桃。

咳，別說是朋友了！就連媽咪，這二十年來，她也未曾再見過！

母女兩人真的好久沒見面了，二十年！可是有見面的必要嗎？兩人之間的關係，早已生疏，說不定再修好也只是客套……

媽咪會不會對成年的默默有著一絲好奇？

其實，默默不想否認，她也想瞧瞧媽咪變得如何。

默默細看自己托起桃子的右手中指，雖然嶄新但也靈活自然，又想起近日的小手術。

前一陣子，她的右手中指偶爾感覺刺痛，不夠靈活；經過社區自助健康檢查系統，她才發現中指罹患常見的職業病，而且由於默默的體質特殊，需要動個生化手術：非把這根手指汰換掉不可。默默最恨手術，生化手術尤其是她急欲撲滅的記憶！但為了事業著想，她不得不換根手指。

換手指的生化手術並不昂貴，過程也不特別麻煩痛楚——只要到醫院的指定窗口將手伸入，打製手指模型，第二天便可到原來的窗口就地接受局部麻醉，半小時內醫院便可安裝妥當備用的生化手指。手術後只要休息一小時讓血脈暢通，隨即可以照常工作。

默默厭惡中指更換手術，是因為擔心糟蹋名聲嗎？——倒不盡然；雖說像默默這樣的護膚藝術家，手指出了問題就很容易鬧出醜聞：她事業的光彩全部維繫在她的手指頭上，像是鋼琴師，再高妙的琴藝也要仰賴靈活的手指才有所表現。默默面對鋼琴就是客戶的人體：她不計較鋼琴的品質，她只靠自己的手指便能挽救幾乎無可救藥的樂曲。因是，移植手指的護膚師，就如同移植手指的鋼琴師：同業會等著看琴藝中落的好戲，客戶也容易失去信心——但默默不理會這種事：她更換手指的事還是由她親口向媒體全盤托出的，她根本不怕影響聲譽。她相信在她的手藝中，「藝」可以彌補「手」的任何欠缺。

因此，她對於手指開刀一事的心結，並不是在於名譽受損的恐懼：她所害怕的，並不是這一部分。

她厭惡任何牽涉手術的回憶。

■

默默按下遙控器按鍵，頭頂上的天窗乍開，顯現天窗上方半透明的防水罩膜。液體的天空。這一地帶屬高級住宅區，所以社區上空的罩膜頗為清潔，並無海葵珊瑚等等黏附於其上。因此，默默抬頭即可看見罩膜外深沉不可解的銀靛波浪，不斷拍擊，游移，未曾息止。鉻黃魚群在罩膜外的世界秩序井然地漂過，此時，一隻靈敏的黑影迅即跳穿水波——默默托頰想著，是具〈MM〉罷，海陸兩棲的那一種狙擊手；聽說陸上又有些軍事紛擾，無怪乎時見游擊式的〈MM〉在海中穿梭。

小時候的默默，或許基於兒童時期的好奇心，總想登上海水之外的陸地世界瞧瞧，不過她未能如願，因為法律宣稱為了保護兒童安全、規定唯有成年人才可以上陸地；然而，三十歲的默默卻甘心留在海底市區一隅，再也沒有上陸觀光的強烈欲念。託稱是事業忙碌罷，她竟然未曾踏上千萬尺之上的夢幻大陸；她小時候對陸地可是很好奇欸！

她吸吮一口蜜桃果肉，慢慢地吞嚥入喉。

■

默默睡著之後，桃核在她手邊滾開。

她夢見自己苟活在陸地上，刺耳的噪音貫入她細瘦如魚的體內，全身曝露在白熱陽光下，紫外線穿刺她細緻逼真的皮膚細胞膜孔，可是她完全無法抵抗。

西元二一〇〇年的夏天，深海底下的都會夢魇。

2

天窗的波光下，富江全身赤裸，如絲綢上刺繡的櫻花一般，蜷躺在默默身前的護膚台上。

經過默默按摩之後，富江背部的肌膚泛現白裡透紅的健康色澤。雖然富江已經年過半百，她的身軀卻絲毫不減幽森淨美的質地。這當然是因為默默的手上功夫了得。

默默沒想到富江果真抱來故事裡的小狗。

幾個星期大，米白色毛絨絨的一團，一對瞅人的眼珠子油黑發亮。富江明知道默默喜歡安靜獨居，卻還是把狗帶來了，也不怕默默生氣。

「默默！我帶這隻小狗給妳，並不等於把一隻普通的寵物送給喜歡寵物的一般人呀。牠並不普通，我也不把妳當尋常人。還不是因為上次說的那個故事。這隻小狗很靜，不必怕牠吵。」

默默倒也沒有拒絕。

「默默？你打算給牠取什麼名字？」

默默說，叫牠安笛吧。ANDY。

「默默！別開玩笑，這是一隻活生生的真狗，可不是機器狗呀。怎麼可以叫這個名字？」

默默固執地頂回去：

可是我喜歡ANDY這個名字。

來自日本的伊藤富江，是默默的熟客，常來護膚工作室接受定期保養。妖媚的富江是位精幹的日本光碟雜誌駐台灣記者，常能發掘內幕炒熱新聞，因此賺了不少黑幕中的銀子。默默索價不低，她的客戶們自然也是消費力強的金主。

默默生性沉靜不喜交際。但她身為護膚師，勢必要跟客戶親密接觸。她在二十歲打出名號、在三十歲鞏固經濟基礎之後，便在銀色城市邊緣買下幽僻的單身細胞住宅兼個人工作室，兩個建物單位呈兩個卵形相銜接，形成「8」的形狀。默默只接老主顧的生意，而且要事先預約。她也要求與她聯絡的客戶務必使用比較傳統的「e-mail電子郵件」，把掛號單逕自投進她在電腦網絡上的電子信箱，因為書信畢竟比較清爽安靜；她最怕接到影像電話：聒噪又損人隱私，默默尤其痛恨在泡澡時碰上電話，難道，要光著屁股跳起來接嗎？

默默習慣簡單的生活：她寧願寫信而不喜歡電話；她也不大出門，要獲得資訊在家盯住電腦螢幕就夠了，使用「小田鼠Gopher查詢系統」比翻報紙更方便；要購物就利用e-mail寫訂貨單寄出去，根本不必上街；她多年來身材沒有走樣，所以也不必上健身房——健身房裡眉來眼去的社交行為也吸引不了默默的興趣。所以，她就十分孤靜的住在她的「8」形房子裡，偶爾放一張古代閹人Farinelli唱誦的詠嘆調唱片聽聽。

■

默默，人如其名：不過絕不是「默默」無名，因為她可是這個城市拔尖的護膚師之一；而是因為，默默身為T市最受重視的美容大師之一，年輕而富才氣，她在外界的形象卻頗為靜默神祕，毫不像她那些花孔雀一般的同行愛出風頭。

也正是因為默默的神祕，富江便靠著默默賺了一筆，以往花費的護膚費賺回了不少：

前一陣了，富江為光碟雜誌策畫的專題報導，竟然是極復古的母親節紀念專題，題目更是簡單而俗濫的：「媽咪與我」。富江的同行竊喜不已，以為富江江郎才盡，再也使不出把戲所以才推出這樣敷衍的題材——未料，這張溫馨的光碟竟然大賣，老一輩的讀者買來感懷親情這種老玩意，新世紀的讀者則是為了窺奇、因為復古往往就是流行；這一期雜誌的廣告收益增加了百分之十九。不過，這個專題的重要賣點之一還是其中的幾則專訪。

富江以她跟默默的熟識關係，說服了向來不接受媒體訪問的默默談起自己的母親——想想看，在一個極端重視肉身美容與精神美容（指閱讀光碟書）的新世代裡，由T市最神祕的護膚師女兒來談論

「大硬」出版企業公關總裁母親，是多麼適切而感人的一場訪談錄！

在那次訪談中，默默本來只是冷淡地向富江敘說點滴回憶，也順便說到自己近日的手指手術，絲毫不怕客戶知道自己換了手指而不再光顧自己的工作室；但經過富江整理之後，這則訪談便洋溢了女兒對事業有成母親的高度眷戀以及哀怨，而默默的母親則被寫成：明明知道以手指為第二生命的女兒動刀醫指，卻不聞不問。

這份光碟雜誌，連同默默的訪談，造成了廣大迴響。默默讀到ＢＢＳ電腦告示版上新冒出來的兩大話題：一是雜誌帶動的「尋母熱」，另一是某些嫉世憤俗的批判：人們在ＢＢＳ上指出，此雜誌正好曝現這個社會的多重偽善面目，如「大硬」公關總裁就是一例：平日這位尊貴的女士總是利用溫馨的母性面具進行最商業化的推銷術，實際上她卻連自己的獨生女都疏於照顧……後來，連「大硬」公關部門也不得不發正式函件到ＢＢＳ公開澄清，宣稱完全是誤會，敦請消費者繼續相信「大硬」的美好形象。默默冷冷地看，沒有加入討論。

■

「我不會再接受採訪了。」

她向富江抱怨，也氣自己老受富江擺布。

「而且，記著，千萬不要把我的e-mail信箱號碼洩漏出去。我不想看見那些熱情讀者的叫罵信件湧入我的電子信箱裡。」

默默的手指嫻熟飛舞，手術之後的中指和原來的其他指頭之間很有默契，絲毫不妨礙工作。

「媽咪與我之間，再也沒什麼好說的。」

上次富江來，與默默說起小狗的事。客人們喜歡對默默說話，不只因為覺得默默是個好聽眾，也因為默默不多言，應該不會在其他客戶耳邊搬弄是非。默默的客戶還包括政商文化影藝圈的各色明星，老少女男各色人種都有，總之都是要人，都有點虛榮想要成為他人言談的話題、卻又要氣急敗壞地深怕別人嘴裡的自己不夠高尚……

富江就曾和默默說起不少外界的祕辛，也不怕默默聽了會危及商業機密。可是富江這一回提的不是什麼可以賣錢的情報，而算是件生活瑣事。

富江花了不少銀子，養了一隻真正雜種也因此值錢的土狗。由於狗兒生性羞怯，所以老愛躲在和式平房樓板與鋪滿銀杏葉的地面的夾縫之間，受孕了之後更是躲在裡頭不愛出來，只在吃喝拉撒時才偶爾出來露一下臉。結果，當某一天富江吃羊羹喝抹茶的時候想起，已經老久沒看見土狗了，才驚覺土狗可能還困在樓板下——樓板下傳出血腥味，事態似乎更是不妙——她連忙把樓板撬開，看了差點昏死：烏紫的血跡一大片，其中還夾雜了好幾球像是內臟的瘤狀物！原來狗在夾縫中分娩，可是身子虛沒辦法爬出來，而且又餓又累，便縮在樓板下等待渺茫的救援。富江向來自許見過世面心狠手辣，沒想到她看到這種場面也心驚不已，一時手足無措。

富江逼自己冷靜凝視血水中的那些肉球，一共六個：是小狗。可是她不懂獸醫術，更不知道如何接生，只好找剪子來，朝向血球與母狗間的臍帶剪下去，結果切口又猛冒血。富江這才把母狗從血水中撈起來清洗餵食，可是剪下的肉球要怎麼辦？一個個長了層膜。

要剪開膜嗎？富江也不確定，只好冒險實驗：六個之中，三個把膜剪開，三個不剪。忙了一陣，富江全身沾血，又累又覺噁心欲吐，便把小狗一股腦丟在垃圾桶，蓋上蓋子，氣得不想理會，自己沖個澡便睡了。

「妳猜後來怎麼了？」

半夜，富江被細碎而連續的吱吱叫聲吵醒。她循聲去找，發現垃圾筒裡剪開膜的那三隻小狗吱吱叫餓。另外完好包在膜裡的三隻小狗卻已然悶死。

「默默：那時候，我竟然很詩意地，想到古代一位中國和尚說的話，『悲、欣、交、集』。不是因為損失三隻可以賣錢的小狗而悲傷，也不是因為獲得三隻賺錢貨而快樂。甚至不是為死去的小狗難過，不是為存活的小狗喜悅——」

「完美留在膜裡死去的小狗，不見得比鑽出膜存活的小狗可憐。」

「妳懂我的意思！我把牠們養大了，都是沒有性別的，很可愛，也不吵——要不要留一隻給妳？默默？」

「別動我主意。妳給我帶來的麻煩已經夠多了。」

「我不收妳錢，送妳的。不是假造的機器狗，活生生的雜種狗，很值錢的，牠身價可不比二十世紀的土狗。雖然是一隻會拉狗屎的真狗，不比機器狗乾淨，可是這年頭不是每個人都有運氣聞到原版的真實狗屎呀。」富江還抽了鼻頭，頗富戲劇性，「有一隻米色小狗，硬是不吵不使壞，很好養。送妳吧。」

「為什麼送我？」

「破膜而出的小狗，讓我想到妳。」富江一臉神祕，「默默，妳就像是死守在膜裡的怪物哩！孤單一人住在工作室，沒有助手也沒有情侶又不出門，恐怕也沒有性生活，怪可憐的。讓小狗陪妳罷。我這是好意，沒有其他企圖。而且，妳說的，妳生了大病。病人不該孤獨，如果有一隻小狗陪伴正好，牠不像人類那麼複雜、難以相處。」

「富江，我只不過動了一個成功的迷你手術，請不要把我形容成病入膏肓的病人。」默默不習慣言辭上的親暱，「富江，妳今天要做什麼樣的保養？」

「默默，妳別固執。我下回帶小狗來——」

■

默默的手指在富江全身施加一次地毯式的按摩，讓富江的肌肉放鬆。她接著在富江身上塗滿脫皮藥水：不是真的脫皮，而是要塗上這種藥水，才能將富江身上的那層保養〈膜膚〉撕脫下來。

每一位接受默默護膚的客戶，在臨走穿上衣服之前，都會接受〈膜膚〉的保養。這是默默工作室的祕方，在其他護膚師的工作室可沒得塗呢。

〈膜膚〉是第二層皮膚，看來跟一般乳霜無異，在護膚之後塗上全身，〈膜膚〉便可以形成一層保護膜。有點像在木器上塗上亮光漆，或是在糕餅上刷一層蛋白；不過默默的〈膜膚〉更形而上。塗了

〈膜膚〉的裸身更具光澤，可以維持皮膚適當的鬆緊度因而避免皺紋，在出外時也可以防止空氣中的毒素侵襲，再加以〈膜膚〉具有的高密度生化營養結構，塗在身上就如同全天候二十四小時的保養。

而且，〈膜膚〉稱為「膚」，可見它就像真的皮膚一樣真實。有些客戶以為，〈膜膚〉的英文名稱M-SKIN，就是MORESKIN的意思，表示「多了一層皮膚」。〈膜膚〉絕不同於一般的護膚乳液，塗上〈膜膚〉不怕水洗汗漬，酒精也刷不去，就算歷經一連一週七天的激烈做愛也不會磨損，只有默默的脫皮藥水才能讓〈膜膚〉與真實的皮膚剝離。塗上〈膜膚〉也不會讓客戶感覺不適，它比香水還無形無影無臭無味，許多客戶都忘了身上自己穿有另一層皮膚。不過這也無妨；只要默默記得為他們換上新的〈膜膚〉就好。

■

默默小心翼翼撕下富江兩腿間的一層〈膜膚〉。

不會扯痛富江陰部的毛髮的；默默和〈膜膚〉都很溫柔體貼。撕下全身的〈膜膚〉，富江裸身又重新跟空氣直接擁觸。不過，這種皮膚和空氣重合的感受，富江並不能察覺出來：因為人類根本不能分辨〈膜膚〉在身上與否的差異；〈膜膚〉實在太細緻了。

默默把撕下的〈膜膚〉仔細裝在透明紙袋中，收入矩陣排列的銀黑抽屜群，其中一格。

「默默?用過的〈膜膚〉，為什麼要這麼慎重地收起來?」

「回收。」默默看了富江一眼。「〈膜膚〉的材料並不便宜。所以要回收。就是這樣。」

「回收」，一個在二十世紀算是前進時新的辭語，在二十一世紀卻是，蒼涼地不得不然。

■

人們常說海洋中的資源多——是多，沒錯，但是要把海中資源轉換成人類所慣用的，並不方便。至少，沒有像人類還在陸地上生活時那麼方便。

3

要二十世紀末期的海底人想像二十世紀人類的生活，並不容易。最不能想的，是像日光浴把皮膚烘成古銅色這種要命的事，竟然是二十世紀某些有錢有閒者的雅好！

不過，陸地上的日光雖然可怖、水和空氣雖然污濁，但日光、水、空氣這些海底住民所需要的維生元素，仍然是在陸地比較容易取得。尤其是太陽能，一定要在陸地上收集，轉換成可用形式來供給海底居民。

二十一世紀以前的人類，還可能在陸地上的鄉野間發現可以隨手採擷的野桃子；然而二十一世紀中葉起，桃子和其他蔬果一樣，必須在海底的溫室中培育，而這些維繫新人類生命的溫室則仰賴極大量多種的資源維持，陽光、清水、新鮮空氣及養料的取用方法，都是高度繁雜的學問哪。

■

二十世紀晚期，也就是一九八〇年代起，人類發現南極上空臭氧層出現裂縫——臭氧層過濾日光中紫外線的能力減弱，因此罹患皮膚癌的病例大量出現。把皮膚晒黑不再是時尚，反而是向身體開玩笑；太陽眼鏡的原始用途再度受到正視，它不再只是耍酷或遮羞的工具。

科學界開始呼籲禁用破壞臭氧層的氟氯化碳等等化學藥劑，但科學家們已經很清楚：就算人類能夠減少空氣污染，也只能夠降低環境破壞的速度——

這個世界，已經積弊難返；臭氧層的穿孔，已經不再可能補救如初了。

臭氧層日漸殘破稀碎，紫外線更加一往無前刺向地球上的生靈，在二十一世紀初期，罹皮膚癌而死亡的個案數已經遠超過其他惡性腫瘤和腦血管病變的案例。而且，由於愛滋病疫苗在二〇〇九年起全面實施成功，那年頭人們對愛滋病的恐懼已經完全轉移至席捲全世界的皮膚病變。

日光的毒狠不是諸多衣料纖維可以擋得住的，除非人們可以花巨資穿上笨重肥腫的太空衣——此指太空人穿的那種太空衣，不是指古代在外銷成衣店三百元舊新台幣可以買到俗豔的那一種。不同膚色的人類都怕日光，不過黑人的膚質還是比白人多出一些抵抗力，因此不少白人終於改變昔日態度，轉為羨慕黑人，終於發現他們真的有敵不上黑人的地方。

二〇一〇年起，美國本土開始出現結合種族問題和光照問題的新聞事件：譬如，光是二〇一二年一年之中在洛杉磯就發生了六十九起超過百人規模的種族暴動，起因大抵是白人主動挑釁黑人，因為罹患皮膚癌者以白人為主而黑人罹病率頗低，白人心生不平，覺得老天竟然破天荒偏心起來了，居然疼惜有色人種而不愛白人！另外，專收黑人信眾的宗教團體大量出現，宗教類別包括基督教、一貫道、祆教、印度教、巫毒教以及復活的遠古埃及信仰（古埃及人是非洲黑人嘛）；他們大抵主張：造物主不是白人而是黑人，白人多罹皮膚癌是因為黑人的神祇終於動手向白人清算千百年來的種族歧視了。在這一點，有不少美國原住民以及亞裔美國人附和。

不過，基督教仍然是美國境內最有影響力的宗教；已有不少宗教人士（不分黑白紅黃）指出，過量的紫外線就是基督教子民的第二次大洪水：紫外線像洪水一般淹沒了地球上的每一寸土地、覆蓋在一切生靈的背脊上。人類終究需要一個避難所：改變建築結構和衣著質地並不能完全解決嚴重的日晒問題；再說，其他的動植物也同樣承受紫外線之苦——當然其中人類主要關切對象，還是與經濟息息相關的畜牧業、養殖業、熱帶栽培業等等（其他的動植物一時看來並不頂重要嘛）。根據基督教的說辭，上一次的遠古洪水就是有了挪亞方舟，人類才得以維續；面對這一次的洪水，人類自然也需要一座新世紀的方舟。

可是，方舟在哪裡？

有些政府和托辣斯企業，頗有興趣擔任新世紀的挪亞。他們不約而同地（拜二十一世紀情報單位和偵探業的發達之賜，一切的政商機密全面流通如同穿牆的幽靈，讓全球同步化了），下了個偉大的決定：人類必須大規模移民（動植物自然要跟有責任感的人類一起走），這將是人類歷史上空前的創舉，可比恐龍在冰河時期的壯麗遷徙。

這些全世界的VIP不約而同想起那塊沉沒的美麗大陸，亞特蘭提斯；他們之中有不少人也看過那部甜蜜的古典沙豬電影，〇〇七詹姆士龐德系列的《海底城》……

方舟在哪裡？答案已經很明顯了：

就是海底。

■

海洋是最合適的一層保護膜，十分厚實的一層，可以將人類和鳥獸蟲魚阻隔於紫外線之外。

事實上，海洋本來就是地球上動植物的老家：在太古世紀，本無生物的地球，首先在海洋中蘊育了植物的遠祖，動物在漫長的演化之後也在水中生出——原初的動植物都只得待在水裡，因為當時陸地上日照過於毒猛，臭氧層尚未成形，不能為生物過濾紫外線。直到海中生物呼出的氣體突穿海面，飛升匯集，凝聚成為臭氧層；有了臭氧層蔽護，首批不怕光照的勇敢動植物才開始爬上陸地接受日光浴。

只是沒想到，億萬年之後的二十一世紀竟然是回歸海洋老家的時代。

人類不可能如同魚蝦泅游水中，建造海底都會勢在必行。幸好，海中資源豐碩，只要經過適當轉換便可移入海底社區使用，再加以人類運用太陽能的技術日漸成熟，在陸地上接收的太陽能可以高效率轉送海底。既然人類被太陽趕入海底，那麼多跟太陽討點油水也是必然啦。

■

在遍地成焦土的二十一世紀中葉，人類終於正式大舉向海洋入侵，美言之，是移民。在「拓荒」的過程中，不斷新發現的海底油坑煤田成為加速建設的動力，突增的工作機會援救了高失業率問題，因此向水中移民倒像是很美好甜蜜的一回事了！人類很人道地，攜帶繁多的動植物進入海底城，當然這一回盡可能不帶蟑螂蚊蠅，可是人類也忘了帶入許多也很應該帶的生物。移民潮對海底生態的侵擾和破壞，也自然絕對免不了，不過人類自以為已經很人道了，真的是很抱歉沒辦法。

在二〇六〇年，地球上的人口絕大多數已經移入海中；海中人口占百分之九十九，只有百分之一的人口留在陸地上工作掙錢。人類文明的造物幾乎全數移入海中，譬如工商農牧業，陸地上只留下搬不走的巨大古蹟，如金字塔和遍布台灣全島的二二八紀念碑（所以仍有考古學者和觀光客逗留在陸地上），還留下海中人民不想要的建物，如重污染工廠和核能電廠（電廠工作人員因而困在陸上，不得下海），也留下刑具，如監獄（各國政府都覺得讓人犯留在陸地上曝晒陽光是很方便的教育性懲罰——晒死所有的犯罪者吧！電椅可以免了！）。本來負荷不了過多人口的陸地，時至如今卻人去樓空了；雖然，在海水下爭奪大陸棚和海溝的各大強權不可能放棄原來在陸地上的功業，但陸地上的一切和一切，大抵步上中國萬里長城的後塵：想當年是多麼壓迫百姓的好大喜功，到後來卻成為觀光業的玩具！它的壯美，反而為它的荒謬留下諷刺的註腳。

陸地上也滋生出新的人造景觀。這些新的風景是前人所無法想像的，比二十世紀地景藝術家Christo的作品更奢華，卻也更實用。譬如，連綿不絕、如癌細胞擴展的「太陽田」——像田畝一般綿延的太陽能收集版，可為人類蒐集海底缺少的能源。

除了「太陽田」，陸地上也竄出不少新興工業，其中最受矚目的是生化人製造廠。

所謂「生化人」，android，簡略來說，是介於真人與機器人之間的人造商品，可說是半人半機器：雖然外型酷似人類，卻可以耐高溫日晒不怕化學藥劑，其工作能力也有如機器；雖然生化人和機器人一樣都是工廠製品，卻不若機器人的粗暴而有如人類手工的細緻。因此，生化人可以代替人類做出精美的手工藝品，手比機器人巧效率比人高；生化人也可以經由學習而獲得基礎的人類思維。如此方便應用的生化人，在陸地上和海城裡都頗受歡迎：

在陸上，生化人可以代替人類進行非決策性的工作，譬如擔任獄卒、古蹟維護員兼管門票、重污染工廠作業員、海陸間交通運輸員等等，免得陸上工作因為日晒之故而找不到人力；生化人可以代替人類在陸上吃苦。海底城裡也有生化人，不過人們並不把他們視為人類：生化人並無公民身分和權利義務，不具生殖能力，每一具都只是編碼出廠的產品，卻又近似人類——生化人的臟器組織和人類相似，但韌性頗高——因此，生化人常被視為最佳器官移植者，人類不必等生化人腦死便可取生化人來進行移植手術：使用生化人，不必顧慮法律問題，更不必理會生化人的尊嚴。

不過，最熱門的生化人用途並不在於醫療移植，而在於軍事。生化人工廠最燙手的生意，是不斷激增的〈MM〉訂單。

〈MM〉也是生化人的一種，可以全自動驅動，也可承載人類，在二十一世紀中葉起成為特殊功能的運輸工具，從二〇七五年正式地，不出人所料地，成為各國和各企業採用的游擊式軍事武器。

在二十一世紀中葉，不再出現大規模的戰爭，但陸上和海中的游擊戰卻未曾終止過。因為仍有太多事要爭。

二十一世紀中葉，人類辛勤而亢奮地開發海中世界，彷彿再次陷入古代的殖民熱潮——也因此，在樂觀進步的時代節奏間，各國與各企業的攻防戰以空前繁複的形式出現。陽光下的陸地雖然已經日漸荒蕪，但各國仍然派有駐兵，深怕一失神就給人吃掉一塊土地；在海中，強權更要爭領土：起先是各國肆意亂搶，各憑實力，所幸二〇五九年的新舊金山協定（在海中的那一個舊金山）約束各國的胃口，主張按照陸上各國所占領土面積，依比例瓜分海底土地——至此，各國的「buffet」行動才有減緩的趨勢。

「buffet」，原指歐式自助餐，只要肚量夠大，吃多少算多少，但是吃多了會腹瀉——後來，史家便以「buffet」比喻二十一世紀的海洋開拓。各國終究「按照比例」劃分海底領土了；只不過這個「比例」，不是指原來在陸地上的人口或土地多寡，而是指各國的政軍經濟實力，所以法國在陸上的領土雖然比阿爾及利亞小，但海底的新法國卻是新阿爾及利亞的六倍大。廣大的太平洋有四分之三的面積是由美國、日本、中國三國占據的，其餘四分之一的面積則大多分給松下、三菱、豐田、台塑、任天堂等等企業，而渺小的太平洋諸小島王國進入海水之後，被迫繼續保持渺小。

至於新台灣，雖然沒有在太平洋取得滿意的面積，但在南中國海的版圖卻也頗令他國豔羡，新台灣至少可在南海稱霸，順利成為東南亞金融中心，威風無比。

■

這些歷史發展，其實都是無數次角力爭鬥之後的結果，角力的方式當然包括軍事。不過，或許鑑於前世紀的戰爭夢魘，人類不希望把戰火帶入海底新建立的美麗新世界——人類想要把一切的醜惡留在太陽曝晒的陸地上。根據新舊金山協定，若真非不得已發生戰事，主要戰場將以陸上為主，嚴禁在水中動起干戈。因此，一種嶄新的戰爭出現了：戰爭的主角和英雄改由毫不血腥，但絕對殘忍的〈ＭＭ〉擔任。而人類，非常明哲保身地留在海底國度，透過各種電傳設備觀看荒蕪焦熱大地上不息止的各式戰役，像是旁觀者任天堂電動玩具的遊戲進行。但遊戲真實無比，而且絕非事不關己。

在紫色的天空下，在陸地之下，在海水之上，在防水防震的強化罩膜蔽護之下，人類就像活在溫室中。

人類卻不是花朵。

人們遠離戰事，卻奔赴、身陷另一種形式的真實生活之中。

人們相信，那是真實的。

4

小狗安笛乖乖臥縮在默默腳邊。她依例打開電腦，檢視有無預約掛號單。

多出一封意外的e-mail信件。

不是客戶寫來的。

默默向來要求客人用特定的格式寫信來。因為她不願讀見無聊人士到處亂發的信件：那就像二十世紀晚期，信箱常滿出來的ＤＭ或是午夜冒出來的不具名電話。

默默在開信前暗罵一聲：說不定就是富江報導惹的風波，無聊讀者查到她的電子信箱住址，把騷擾信投到她們前來了！

她卻沒把信件刪除——她展信略讀，暗吃一驚：其實也不是太吃驚，只是默默早就曾經想像這樣一封信的出現。

只是，沒想到，它終於真正在她眼前出現了：

NEW-TAIWANET, E-MAILBOX

TO: MOMO.BBS@ NEW TAIWAN.NEW-ASIA.EARTH.SOLAR

FROM: PRESIDENT.BBS@SALES.MACROHARD.EARTH.SOLAR

默默：

　　聽說妳近期手術開刀，甚掛念，可惜無法抽身來看妳。也聽說妳換新的手指並未影響工作，真為妳高興。記得妳小時候生病住院，我是多麼想在妳身邊陪伴妳呀！妳的三十歲生日快到了，不是嗎？我們母女二十年未見了，真應該好好聚聚！剛好近日我有假。媽咪這二十年來沒能陪妳，妳不要生氣——我有苦衷！來信跟我約時間，我去看看妳，好不好？

媽咪草

二一〇〇年五月五日夜十二點五十九分

PLEASE CHOOSE:（R）REPLY,（C）CANCEL,（E）EXIT

默默應該REPLY，回覆這封信？

CANCEL，撕掉它？

還是EXIT，根本不把這封信當一回事？

她以為自己會按下C鍵或E鍵，可是，螢幕閃現出新畫面之後，她才察覺自己按了R。

回信給，媽咪？

媽咪寫信來了。可是，為什麼事到如今——默默在雜誌上抱怨母女關係生疏、讀者懷疑「大硬」首席行銷大師偽善——的時候，她才非常不自然利落地把一封遲到的信塞到默默手上？她說「正好」放假：誰知道是不是「大硬」故意逼她放假，好方便闢謠？來看默默？離手術成功已有好一段時日了！

但，默默並沒有在電腦鍵盤上敲出她的疑惑與抱怨。

她只鍵入一個合適的相會日期。

就訂在她自己生日的那一天吧。多麼諷刺，相隔二十年的母女兩人竟然終於要在女兒的三十歲生日重逢了。

電子回信成功寄出，電訊射向無窮遠處。

■

今日的媽咪，是「大硬」電子出版企業的公關總裁，是當代文化工業的傳奇人物之一。

說來諷刺，高科技出版新工業的成功，居然還是仰賴比較傳統的直銷手腕達成，而默默的媽咪早年就是在基層蠻幹、開拓市場的小小直銷業務員之一。

二十一世紀初年，紙張印刷品讀物市場嚴重萎縮，不用紙張而用光碟的電子出版業趁勢鯨吞前者的市場，同時也重振了全球消費者的閱讀興趣。

這波成功的文化運動，也獲得各國的支持：自從各國脫陸下海以來，總覺得沒有把陸地上的固有文化完完整整地帶下來，因此深感保持文化的重要性，而光碟書是最理想的文化典藏品了，只要把人類智慧文明壓入光碟中便可百年不腐，就算是不智慧的文明也可以存入光碟書而不怕發臭，於是各國無不協助推廣光碟書的市場。

於是，所謂的「新世紀文藝復興」（New Age Renaissance）便如此誕生：不但名號光彩，也很實際地連帶保住二十一世紀的窮苦作家們可以繼續寫作不至於餓死街頭；這一次的文藝復興可與遠古歐洲的那一次相比，其中相當於古佛羅倫斯梅蒂西大族（Medici of Florence）的文化企業，就是「大硬」。「大硬」（Macro-Hard）的光碟出版業打自二十一世紀初年就有匹敵「微軟」（Microsoft）的趨勢（二十世紀末風行地球的WINDOWS電腦作業系統就出自於這個大企業），到了當代更是恆星級的出版企業；「大硬」企業很得意於「大硬」這個名字的高瞻遠矚夠份量，聽起來就剛強有力，雖然這個名字一直有人嫌財盛氣粗。

媽咪是「大硬」早期招收的光碟套書直銷員，業績不錯的媽咪進入直銷部門擔任研究助理，一路爬升到直銷總裁的位置。媽咪升任總裁的臨門一躍，就是在光碟百科全書中附贈一片二十一世紀解毒大全（非賣品只送不賣），其中內容教授消費者解開人手一台電腦常遇到的電腦病毒、也教人解除食物中毒和空氣中毒（這種事在二十一世紀發生得更多）、更教人如何吸毒不中毒；這張光碟解毒大全受到消費者瘋狂喜愛，百科全書也因而增售了百萬套，因此媽咪非升官不可了：畢竟這張光碟是她全力促成的，連其中的中毒示範圖都由她親自擔任模特兒，她親和的臉龐極具說服力，讀者在電腦螢幕上看到她示範中毒的畫面沒有人不覺得印象深刻。

媽咪升任直銷總裁時，那時才二十三歲的默默剛剛取得高級護膚技師執照。默默厭棄利用高官的媽咪關係來提升自己的地位，咬緊牙根著意經營自己的生涯，未久她便以初生之犢之姿獲得亞太地區創意美容護膚大賞，得獎作品是將一位甜美的印尼少女裝扮成一隻神話中的金絲雀，作品名稱「生命中不可承受之輕」。她名利雙收，開了家個人工作室，特別命名為「金絲雀」。眾人開始注意她，發現她就是「大硬」直銷女王的得意女兒。

「請不要強調我是她的得、意、女、兒，彷彿暗示我是依賴她，才獲得當今的專業地位。我是完全獨立的，從零開始，沒有倚賴特殊的身分背景。請尊重我在這一行付出的努力！」

她原本不想跟媒體多加解釋，但在一位記者客戶的慫恿之下，她不得不為自己聲明。那位記者就是伊藤富江。

但是，媒體反而因此順勢把默默詮釋為年輕人的楷模：

獨立自主而且真的有所作為，是交得出漂亮成績單的新世代叛逆新星，酷斃了！默默不想再理會這種飛黏到她身上的扭曲稱譽，只想一個人躲在她新購置的工作室兼單身套房。各電子雜誌上的蜚語流長為她帶來尷尬，可是也確保她的工作室可以接到源源不斷的生意。還好默默不囂張，不愛出鋒頭，否則她那群眼紅的同業說不定會嫉憤地請恐怖分子轟掉她的「金絲雀」。

但，這一切豈就是，默默想像中的成功生涯？

■

她倒覺得自己並未享受到什麼成功的美麗果實，反而覺得自己仍然在角力的過程中，不斷朝向自己未知的方向行走。

角力。最原始的方式，就是兩隻昆蟲或野獸或人類，前身抵在一起，以求分出高下。

默默進行的是間接而更加繁瑣的角力，比賽的時間長度更是無限漫長。她甚至覺得如此的角力十分荒唐，因為她的對手甚至不把默默的認真當一回事，可是默默忍不住堅持下去。這場持續的比賽並不是為外人呈現的一場作秀，甚至不是為了向對手示威，而只是為了表示：默默對得起她自己。她覺得，她只要堅持下去，她就贏了——至少，絕對不算她輸，因為對方握有太多資源，必然勝之不武。可是如果默默自己放棄了角力，比賽將自行休止，勝負不再有意義，默默以往投注在角力之中的心力與堅持將完全化為徒勞……化為液體天空的氣泡，浮出海平面，在日光曝晒之下粉碎……

說來不可思議，連默默自己都覺得荒謬，但她也覺得這一切不可以理智來衡量，而是由意氣驅動的：

默默的對手，是媽咪。

■

她怨媽咪。

默默覺得，童年的一切都不愉快，似乎都和媽咪有關。也因此，當年她固執地離家住校，不想理媽咪——但最讓默默氣憤的是，她以為媽咪會特別採低姿態來討好自己、向自己求和、哀求自己回家——可是，沒有！媽咪根本不聞不問默默繁重的習藝生活！

好吧，母女倆就來一場角力，看誰先向誰低頭！

可是——默默不禁悲苦地狐疑，媽咪的心中是不是只有「大硬」，而沒有默默……

後來，默默想，或許她和媽咪之間，有的只是很單純的親屬關係吧！所謂的親愛天倫，不都是外力賦加的文化意義嗎？如果媽咪和她就只是這樣在人世邂逅一回，又如何？何必計較？

可是，她每回在光碟書上看見媽咪的推銷員式笑臉，她心中就湧起無名火。妳，偽善的母親！妳連自己的女兒都遺忘了，還可以笑臉迎人走向消費者！

她自言自語：就算沒有妳，我也可以好好活下去，妳等著看罷。

而那名與她較勁的女子，真的要來看她了。

■

在天窗射入的波光之下，在黃色壁紙包圍的空間裡，默默與安笛在地板上對看，沒有言語。人狗之間，用不著語言。很安靜清潔的一隻小土狗，簡直像隻機器狗一樣好養。默默切了一塊桃子餵牠。

她自己也覺得奇怪：向來獨居拒絕同居人和室友的自己，竟然願意收容一隻狗！而且收容的原因，並不是寂寞。三十歲的默默面對各式客戶，應專業要求而和客戶對話，然而基本上她並不大與人親近，她喜歡清靜孤冷。十年前她從護膚學校畢業投入這一行，身為新人不得不和其他剛出道者共處於一座巨大的全功能護膚俱樂部——是「微軟」的關係企業：默默不希望連自己的老闆也是「大硬」！每一位年輕的護膚師各在一間間劃為鴿子籠的保養間，守候分發入房的俱樂部會員。她不能忍受，像護膚如此的一項藝術，竟然要在這樣沒有藝術家自主性的環境下施行：

她不能選擇時間：公司硬性規定每一場護膚的時間長度；不能選擇對象：有太多無法與她合作溝通的客人硬生生地分派到她房中；不能選擇地點：她一想到俱樂部同一樓層有無數個青澀護膚師同時在各自的鴿籠格子中執行工作，而她自己是其中一人，她就覺得自己像是地球陸地上那些重金屬工廠中的生化人勞工，機器化而沒有創意！她也不喜歡天天上班下班的生活，這讓她覺得自己是嵌在團體中的一分子——她並不想成為團體中的一分子，她在學校生活中已經受夠團體生活這種勞什子事了！

好不容易，默默在二十三歲終於取得更進一級的高級護膚技師執照，未久更獲得亞太地區創意美容護膚大賞，於是她終於有本錢脫離大公司，經營自己的工作室，命名為「金絲雀」。

她在護膚專業領域浸潤的這二十年時光中——十歲至二十歲在專業學校裡、二十歲至三十歲在工作崗位——她不免有必要與人親近：護膚不只要求她面對他人的臉，也要去看、去觸摸、去滲透他人的身體，而且是裸體；這種肉身上的親近有時會吸引他人在情感上的躡足前進，可能是昔日的同學或後來的客戶，但默默不喜歡這種親暱。

在默默胸部隆起、下體迸出黑色毛髮的那一年，經常與她搭配上實習課的女同學和她之間，湧現一股波濤。實習課的上課方式是，兩位學生自成一組，輪流在對方的裸體進行按摩和上膏去角質的種種練習，而女孩和默默一組。那個可憐的女孩，羅拉，是個從新美國移民到亞太地區的白種人，臉蛋長得很白嫩像是復古的芭比娃娃；羅拉在上課時接觸默默軀體，日子一久，也忍不住想把自己的心靈掏出來給默默撫摸：羅拉深陷默默的漩渦裡去了。女孩跟默默示好，但默默不理會；女孩很狐疑：「默默，難道妳不是一個女孩嗎？妳不喜歡女生？難道妳喜歡男孩子？」默默發火，覺得受侮辱，更不給好臉色看。默默認為，在護膚時和在私人時空的親密，完全是兩回事。女孩受不了，在半夜闖進默默的宿舍房間，全身赤裸裹捲在默默的白床單裡，要求默默的擁抱，而默默卻坐在書桌前一邊看光碟書一邊慢條斯理地修指甲。默默相信身體是每個人私有的財產，她可以代為經營——保養客戶的肌膚就像幫客戶買賣股票一樣——但她無心介入、也無心共享。

「默默，上實習課的時候，妳也摸過我的身體，為什麼妳卻不願意理我了？」

那夜，女孩羅拉哭號奔離默默的房間：

默默拿指甲剪子在女孩粉白的頸子上刮刺出血痕，一彎一彎如新月，皮破，血水滲出——默默並不是想傷害對方，只是想嚇退羅拉，並且試試自己的能耐：她相信，自己可以在實習課時把女孩頸上的血疤修補成原來的完美平滑。不過，默默卻得不到這種展露身手的機會了：她認為在公共空間和私人空間的親密是兩回事，卻不知道在私人空間的衝突必然會成為公共空間的裂隙——那女孩傷心欲絕，再也不肯和默默一道上實習課。

類似情事，仍然在默默的生活中持續發生，只不過默默的反應不再這般奇想而暴烈，她可以理解他人對自己的執迷；她只是維持他人與自己之間的冷調，喜愛她的人可能因為默默孤冷遙遠的美而益發瘋狂，卻對於默默呈現出來的距離毫無辦法，只能在安全範圍之外瞻看。

默默相信，那個長期以來不斷對她示好、故意藉機親近的伊藤富江，也是其中一個觀看者。

那麼，默默當年決意進入護膚這一行，是不是個基本的謬誤？

她何必立志成為護膚師？

當初她大可以選擇一項孤僻的志業，譬如說寫小說；她何必選擇一種必須與人親近的工作？

■

當年默默立意成為專業護膚師，全是她自己出的主意，固執了二十年。

二〇八〇年，她十歲，離開老家與媽咪，一個人到遠地的住宿學校學習艱難的手藝，二十歲畢業，工作至今。默默能夠如此固執的緣由，其複雜度連三十歲的默默也不甚了然；成年的她有時甚至懷疑：三十歲的自己會有如是的生活，並不是憑私自力量努力朝向目標前進的結果，而是，太多夾纏的無形之手把她推到現在她站立的地方。說不定她像是一隻棋子，或像是一根陸地工廠中的螺絲釘、經由生化人的耐熱手臂旋入〈ＭＭ〉機體深處——

為什麼自己這麼固執？常為自己立下苛刻而不見得適合自己的決定，而且逼求自己執行？——默默很清楚：固執，是為了讓自己決定自己；在她的年輕生命中，已經有太多的重要決定是出自於他人之手。如果同樣是不合理的決定，她寧願是自己裁定的，而不是出於他人的心意。

她不要再當一隻工廠中的螺絲釘，或者當一名被迫施打麻醉藥的病人、莫名其妙渾不知覺地接受手術、然後在手術很久之後才發現自己體內臟器已然面目全非地大挪移！

默默在光碟雜誌中讀到：二十世紀末葉的器官已然十分發達，不少想要更換腎臟的富有阿拉伯人便買通醫師，在印度內地誘騙窮人進醫院體檢並暗中施打麻藥、偷偷挖取走印度人的腎臟，然後迅速移植入早就在印度人隔床守候的富人軀體。這些黃粱一夢從麻藥中醒來的印度人，在離開醫院之後才發現自己身上莫名出現刀疤，而直到自己再次上醫院時，才發現，啊呀噫！自己的寶貝器官，已經不見了！

究竟，誰有權決定一個人的身體？一個人的生命？

默默覺得毛骨聳然，心有戚戚焉。

這或許也可以解釋，默默面對自己的手疾時，是多麼的不安與不悅：

她又要根據外人的指示，完全服從地把自己的身體交出來！身體是她自己的，還是他人的？還是屬於護膚這一門藝術的？如果身體就是屬於她自己的，她可不可以自行決定手指的去留，就算她執意手指朽爛也可以，反正是她自己的手指，與他人何干？——不過，為了她的專技，她終究是乖乖地去更換手指了；就當這是極不得已的三十歲的一次例外吧。

■

默默抗拒他人的親近；但她未嘗沒有過自己的執迷——

默默以為，人體內有一種不知名的腺體或器官，可以釋放一種荷爾蒙：這種荷爾蒙，可以激使一個人與其他人親密共處；此荷爾蒙含量高的人喜歡交遊，而低量者孤僻。而默默她自己，則像是一個不知何時何日被推上手術台的前世紀印度人：那枚分泌荷爾蒙的腺體，已經在她自己不能認知的手術中被他人摘取走了……大概，早在青春期之前。

割下腺體之後凝結的傷口，默默也覺得棘手，敏感，難以面對。因為那枚腺體曾經是那麼的發達蓬勃，如今殘留的傷痕便成為最刺激的反諷！

默默這一生最重要的一枚器官在她還很小很小的時候就被人挖走了。

■

固執而要求單身生活的默默，卻從伊藤富江手中被迫接受了安笛。她不喜歡接受他人的決定，也不想有室友——雖然是一隻狗。這也是一次默默原則的例外？

這一次和例外與否的邏輯無涉，默默知道。

可能只是因為，這隻狗的名字是「安笛」。

安笛是不是生化工廠出品的機器狗，對默默來說並沒有太大關係。安笛是真狗，因此頗為稀少、值錢——但默默不會因此而比較愛牠；真狗的吃喝拉撒讓默默操煩——默默卻也不會因此嫌她。安笛算是乖巧的，除了愛舔人之外並不髒，連吠聲都不多，客戶上門時也不大搗蛋，而只會搖搖尾巴在一旁睜大眼睛看。默默鮮少出門，安笛自然也就未曾出門過——或許安笛也沒有離開房子的欲望；牠在年紀甚小的時候就來到默默的房裡，可能根本不知道，在房子的外頭也有另一個世界。

就像一隻傳說中的金絲雀？

安笛的四隻腳掌貼住地面，身子往後弓縮，前腳壓低，屁股翹起來。牠著著實實打了個哈欠，嘴巴大張，抖擻起米白體毛，看起來很心滿意足。

默默和安笛獨處時，會對安笛說話，撫摸牠服貼的細毛、粉紅色的潮潤牙齦和白亮牙齒。安笛不會說話，也不吠，只是伸長紫紅舌頭舔起默默手背上張開的毛細孔。

默默的心裡也有另一個安笛，更安靜卻也更騷動的一個——

■

默默知道，另一個安笛確實就在她自己裡頭。像是自己懷孕的胎兒。但默默和她的關係並不是母女，而是姊妹。

默默相信，是她體內的安笛為她帶來那些蒙太奇一般的幻夢，其中塞滿了鉻銀色的陸上機械文明碎片。

她曾夢見路上的〈ＭＭ〉交戰，生化人工廠的生冷噪音，一望無盡的太陽田與荒漠——

她夢見躺在滾燙的亞洲沙漠中央，紫外線穿透她的棕黑頭髮，髮絲盡成乾枯灰屑，她獨自一人躺在那裡——

■

默默單身慣了，孤靜幾乎是她懂事以來的習慣，若不是因為她的工作，她恐怕可以只跟一台電腦住在後輻射地帶的荒島。默默不排斥安笛加入她的生活，總對安笛進行無言的密談。安笛又讓她想起，許久許久以前，由三十歲逆算到個位數，她的甜蜜生活如何結束、孤單生涯如何開始，原初的記憶起源。

那是在深海的小兒科病房裡。

極其平凡的二十一世紀末葉的某個年代。

5

尚是幼孩的默默，身體十分虛弱。

二〇七七年，默默七歲，被送入醫院。

根據診斷，她罹得多種離奇病變，說是受到神祕的「LOGO菌」感染所致。唯有一整套完全為她訂製的繁複手術，才可能革除她身上的所有病痛。

於是，醫院便在研究手術期間把她長期養在無菌密室之中，說是要防止病菌污染脆弱的她——實際上，院方卻更像是在囚禁寂寞無依的小鳥。小孩的耐性極差，所以默默記憶中的自己總沉陷在無盡而且無可救贖的灰色等待之中。大人們為默默設計各種生化體檢，時時為她打麻針，實行小規模的實驗手術。都說是，為了默默的身體著想。

在漫長的住院期間，她連媽咪都不常看見：默默病情特異，醫療費極高，就算是大眾健康保險的補助金也只是杯水車薪；當時還只是「大硬」文化企業基層直銷業務員的媽咪，只得在外努力賺錢借款，只能抽空撥一通影像電話給默默，結果老看到獨守病床的默默在螢幕中噘嘴。

■

大概從那時起，默默開始厭惡影像電話：

影像電話全面取代語音電話，就是為了促成更完滿的溝通；可是，那時幼小的默默就已經懂得：這種比較完滿的溝通，其實是更大的諷刺——人與人不能夠身體貼著身體擁抱，卻要努力開發替代直接抱一下就好的溝通機器。太荒唐了嘛！

媽咪很久沒有抱她，醫生阿姨和護士叔叔也不抱她，都說是怕默默感染了病房外的細菌。病院生活是她孤獨經驗的開始，她後來回憶，不敢想像有比這段時期更漫長更難熬的斷奶期。

諷刺的是，醫院也發現默默太寂寞了。他們的著眼點，畢竟比較實際：

院方擔心，還是幼孩的她也要和同齡的健康孩童一樣交朋友，以免出院長大之後難以社會化——所以，醫院為默默帶來一位乾淨的玩伴。

在某個幽暗午後，默默正因為麻醉藥副作用而昏沉，體檢的頻頻抽血更讓她虛脫，可是，就像在麻藥幻夢中，默默看到她這輩子最親密的朋友：安笛。

醫生阿姨說，這是安笛，ANDY。她說，安笛是全身消毒殺菌過的，比醫生、護士、媽咪、都來得乾淨百倍，最適合當默默的朋友。安笛跟小默默一樣高矮胖瘦，也有粉紅桃子般的臉頰，但比默默甜美有禮貌，不像她老愛翹高嘴巴。

默默看著病房裡突然多出另一個小女孩，一開始，不免懷疑、抗拒——小默默總覺得大人喜愛欺騙小孩，這個可人兒大概又是一場騙局吧！想當初媽咪如何把她騙到醫院裡呀！

不過孤單的默默究竟放鬆了，她沒有別的出路，況且她的玩伴也頂可愛的：兩個小女孩還是在醫院的期盼中成為朋友，默默徹底接受安笛，兩個小孩二十四小時一起吃飯睡覺洗澡。

默默看過介紹心理分析的光碟書，書中提及二十世紀的法國心理學者賈克·拉岡。拉岡說，極幼小的嬰孩無法分辨自我與他人的差別，唯有到六個月到十八個月大的這個時期，嬰孩照過鏡子之後——不一定是塗上水銀的玻璃鏡、有類似功能的或象徵鏡子的人事物也可以瓜代——才會產生自我的意識。嬰孩在照鏡子的過程中，發現鏡中世界有個小童，類似自己但左右方向相反，會隨著自己的動作而手足舞蹈，卻不是自己。就是有了外人的存在，自己的存在才會浮顯出來。這段半歲到一歲半的時光，稱為「鏡像期」（Mirror Stage）。

默默覺得，她和安笛共處的病院生活是她一生中的另一個鏡像期：安笛像她但不是她。有了安笛的存在，默默才警覺：自己在未遇見安笛之前真是太孤單了！

她需要別人陪她，不能總是自己陪自己。

■

有時候，醫生和媽咪會透過病房監視幕看她們玩家家酒似的遊戲。默默很討厭看見有人在病房外監視自己，不喜歡那批鬼鬼祟祟的大人。其中除了媽咪之外，只有一位瘦黑俏麗、偶爾出現的大人比較順眼。那名女子，看似南亞人。

出差的媽咪打電話來：

「默默？跟安笛玩得開心嗎？」

「媽咪！為什麼安笛沒有小雞雞，我卻有？」

「默默——動了手術之後，妳就跟安笛一樣了。」

「我的小雞雞可不可以借安笛玩？」

「不要再玩『看醫生』的遊戲了！多讀點媽咪帶給妳的光碟書。」

媽咪在默默的病房裡設置了專供閱讀光碟書的多媒體個人電腦。

除了玩看醫生的遊戲之外（雖然，默默長大後一直不解：為什麼厭惡看醫生住院的自己，在遊戲時卻愛扮醫生？），默默也跟安笛談一些嚴肅的話題，譬如說討論《哈姆雷特》光碟兒童書，是媽咪的老闆出版的。

光碟裡頭的哈姆雷特說過一句話：

「若非我常做噩夢，那麼即使囚禁在一個核果殼裡，我也會以為自己是無限空間的君王。」

兩個女孩都覺得有理，只是，「君王」一尊應該要改成「公主」一對才是。她們兩人約定好，出院之後要結婚，從此過著幸福快樂的日子，而且要生一對小小公主。

媽咪又撥電話來探問：她看默默跟安笛有說有笑，所以她想問，兩人都聊些什麼呀？

「用不著妳管。」

這是默默在病房的口頭禪。

「默默——」

「這是我們的祕密，不要妳管。」

「默默——手術快要舉行了，妳怕不怕。」

「不、要、妳、管！」

■

在隔離病房裡，默默可以擁抱安笛親吻安笛，卻沒有染病的顧忌，因為安笛是經過高溫殺菌的，可跟一般人不同。那時的默默第一回感受到比「需要」更為濃烈的情愫：以前她對媽咪也有一種「需要」的感覺——可是默默有了安笛之後，對媽咪的眷戀便移到安笛身上。

默默甚至希望，她能夠進入安笛的身體，安笛也能進入她——默默當時還不大懂得什麼是「性」——她幻想的內容，是「吃」——她想把安笛吃進自己的肚子裡，她也希望安笛把自己吃掉。小默默覺得，如果她們互相吃下對方，就算只吃了一塊肉也好，那麼默默和安笛就真的算是融合在一起了，不會分開。安笛不會像媽咪一樣離開她。

於是，默默對安笛說，我要咬下妳身上的一塊肉。安笛沒有拒絕，十根手指頭伸在默默面前。默默不貪多，挑了安笛的右手中指用力啃咬，卻又擔心安笛怕痛——但是安笛一臉安詳。默默好不容易才把安笛的中指咬下，沒有鮮血流出。她耐心咀嚼，不大容易嚼爛，又連忙吐出：她想還是算了罷，她實在嚼得牙疼。可是，她也要讓安笛咬自己一口，但她捨不得自己的指頭，於是，默默撩起小裙子，要求安笛吃掉她的小雞雞——她不喜歡小雞雞，覺得是多餘的一塊肉，安笛就沒有這種器官，更何況手術之後就要切除了，先給安笛吃應該無妨罷——

可是，會痛耶！！

安笛一口咬下去，還沒破皮流血默默就痛得在地上打滾：原來，自己不想要的肉也不可以隨便咬下來……

她和安笛不玩吃人的遊戲了。

但，並不是不玩遊戲就不會被大人發現。醫生還是在監視幕發現安笛缺了中指頭。醫生很容易就問出是怎麼回事，不過，很意外的，她也沒特別責罵默默，只是提醒小女孩一聲：

「盡量玩罷。手術快舉行了，到時候妳們就會後悔沒得玩了。可是妳們可別把對方吃掉，不然我們就沒戲唱了呀，」醫生阿姨說，「默默，妳把安笛的指頭咬下來，將來是妳自己受苦呀。」

默默沒聽懂這些話的意思。

她在小時候聽到的許多話，都是長大以後才懂得。

三十歲的默默接受中指更換手術時，更感銘心。

■

手術比默默想像中來得早，去得快。

那一天，護士叔叔為她打了常用的麻醉針，她陷入昏睡，以為自己又要接受一次小手術，沒想到這就是最後一次完整盛大的儀式：這場極具挑戰性的大型手術共動用了十三名醫師同時執刀，默默的肉體像是一份最後的晚餐，死肉一般直躺在長桌上。全身徹底麻醉的默默，不能目睹自己成為手術台中央刀光血影的主角，不過她看見一般人無法見識的另一種景象：

在幽暗的天與地之間——浮現兩朵鮮白人影。是她和她，默默與安笛，她們在一座溝河交錯的城市中遊走。這是什麼城市？默默依稀記得，在莎士比亞光碟書《威尼斯商人》中讀過……她們穿破冥霧，臉上掛著畫有淚珠的金銀面具，像是撲克紙牌上的小丑。她們兩人牽手跳舞，想要接吻，可惜面具擋住了嘴唇。安笛把默默的身體舉高，好高好高，默默坐在安笛的頭上。

安笛把默默的身子擠壓入安笛的頭蓋骨像是把針劑注入血脈。在安笛頭蓋骨之中的默默，聽見安笛無聲地說：

妳 是 一 隻 關 在 鳥 籠 裡 的 金 絲 雀

■

之後，默默醒來。

媽咪坐在她身邊。可是不再是原來的密閉病房，她看見開敞的窗戶，窗戶有一棵樹，樹上只殘留一片孤苦伶仃的枯葉，在風中發抖。窗戶的確是打開的，有微風從窗外穿向床上的默默，不是冷氣。沒看見安笛。

「默默，手術成功了。媽咪好開心呀！妳不必住原來那種鳥籠一般的密閉式無菌病房了，妳可以在一般病房到窗外的樹葉。」

「媽咪，安笛在哪裡？」

「默默，再告訴妳一個好消息：媽咪升官了。不再是普通推銷員，媽咪現在是行銷經理了。以後我們要過比較優渥的日子囉。」

「安笛在哪裡？」

媽咪沒有回答。媽咪只告訴她兩則好消息：（但默默並不覺得有多好）一個是手術成功默默馬上可以出院（可是安笛卻消失了！），另一個好消息，是媽咪升官（可是這麼一來，默默豈不是更沒機會看到媽咪了？）

出院前，默默問了最後一個問題：

「媽咪。什麼是『金絲雀』？」

「『金—絲—雀』？寶貝默默，妳出院回家以後，我們來查查看光碟動物圖鑑好不好？」媽咪說的，要好好愛她。

那是二〇八〇年，默默十歲，住院三年了。

■

多年之後，住校攻讀護膚學的少女默默，才終於在偶然的機會瞥見金絲雀的資料。十餘歲的她本來差點忘了這個辭彙，但在百科全書查閱「金箔」這一條文時，她看見「金絲雀」這個詞在她眼前閃過，於是她想起來了，有人對她說過這種鳥名。至於「金箔美容」，是默默學生時代曾經在亞太地區瘋狂流行過的美容法，亦即將打成薄片的金箔貼在臉上。這種美容法最盛行的地方不是埃及——雖然該地出過法老王圖唐卡門的黃金面具——金箔的主要市場在新台灣——因為愛金的台灣人並沒有忘記「在臉上貼金」的美好觀念。默默不能理解。只好查光碟百科解惑。

在相關金絲雀的條文中，最吸引她注意的，是一九九五年春天發生在舊日本的一則社會新聞。光碟的資料庫顯示，那年春天的某個平凡日子早晨，東京市的捷運系統內遭人施放毒氣，有許多無辜乘客因此中毒受傷甚至罹難。日本政府將尋找嫌疑犯的目標鎖定為一支名為「奧姆真理教」的教派。並派警力前往該教的活動地點，勘查有無製造劇毒的化學原料。這批警員全副武裝，戴妥防毒面具，裝束的沉重嚴謹讓人覺得一場嚴重的災變已然發生、一場嚴肅的巡曳正在進行，絕對禁止任何人嘻皮笑臉。整個搜索行動中，唯一引人發噱的特色，是警員手上提的金絲雀鳥籠。

對，是金絲雀。正經無比的武裝警員上山蹓鳥，豈不是很可笑的畫面？不過，對籠中鳥而言，可就悲慘透了！這些美麗而脆弱的鳥雀，不得飛行也無暇歌唱，只能隨同警員出征。由於警員在搜毒時，裝戴了完善的防毒裝備，所以並不能敏感察覺無色無形毒氣是否存在、或者存在於什麼角落——人類總不會用自己的鼻孔去嗅罷！於是，人們讓金絲雀擔任受罪的羔羊，讓剋不了警員的沙林毒氣去攫取金絲雀的生命。

金絲雀，成為警方釣魚的餌：如果籠中鳥呈現昏迷或暴斃狀，就表示毒物在鳥籠附近。沒有金絲雀，警方就找不到毒氣；金絲雀之死，就是人類得生。

在那次警方行動中耗損了多少金絲雀，默默並不知道，因為百科全書上並沒有寫，因為這不是受重視的資料。

在綠色山丘之間……一列黑色軍士離開灰色的工廠……青草間散落鉻黃色的死亡花瓣……盡是一朵朵斃命的金絲雀……沙林毒氣是鳥的輓歌。

金絲雀有翅膀卻不能夠飛，而要囚禁在籠子裡，人類不准牠們飛走。關在籠子裡，也不是因為獲得人類珍愛，而是為了等待受罪。

為什麼，默默心裡想，安笛說我是一隻金絲雀？

默默想起，她以往也看過金絲雀這個辭彙，是在二十世紀一本阿根廷小說讀到的，《蜘蛛女之吻》。書中提及一名豹女——半人半獸，可以化身為豹子的女人。豹女在人性恆定時，可以很愉快地跟籠子裡的小金絲雀玩遊戲；可是當她獸性高漲時，金絲雀一嗅及她的氣息，便立即暴斃。這本書的讀者泰半會感嘆豹女的身世罷；但留心金絲雀的默默，卻更憐惜為人忽視的小鳥：豹子至少還能享有噬咬血腥的一瞬快感，牠的爪牙至少不是平白長出而無用武之地的奢侈品；而金絲雀，終其一生卻也沒有鼓翅高飛的機會，連小小的一具鐵絲籠也出不去！外面的世界充滿未知的恐怖與美麗，可是小雀只得鎖在任人擺布的玩具櫃子裡。

默默也想起，住院時，她跟安笛讀過莎士比亞的《暴風雨》，在第五幕第一景中，在孤島居住多年的女主角蜜蘭妲說過第一段著名的話，展現她對紅塵世界的憧憬：

「噢，神奇！／有許多可愛的生物在這裡！／人類是多麼美麗！噢，美麗新世界，／人類就在這裡！」

劇末，蜜蘭妲終於如願回到人類世界、她心目中的美麗新世界，蜜蘭妲就像飛出籠子的一隻金絲雀。但在劇本中，默默並沒有讀到蜜蘭妲的下場：不知道回到父親之國的蜜蘭妲，是否反悔了？——籠子外頭，有的是毒氣和豹子啊，她逃得了嗎？飛出籠子，怎知籠外世界不也是一具籠子，只不過，尺寸大了一點而已？

或許是基於矛盾的情意結，三十歲功成名就的默默反而習慣於單純的個人生活，住在名為「金絲雀」的工作室裡，不怕他人從這個名字聯想到復古鳥籠的精美封閉。雖然堪稱T市名流，默默沒有緋聞，未曾聽說她交了女朋友或男朋友，也不訂閱老式的光碟怡情雜誌，如*Playgirl, Playboy, Sappho, Dyke*，默默就只是乾淨清靜獨居，似乎不怕孤單、似乎毫無情慾需求。可是她也沒有修行的打算，也不信宗教。

默默說，這是她習慣的生活方式。

■

在T市，闖出名號的護膚專家們，很少有人像默默這樣深居簡出。因為她們的經濟地位和社會地位都非常高尚，很少有人可以忍耐安分的生活。

護膚這一行，在二十一世紀已經成為最得意的專業之一。

雖然人類已經全面撤退移往海底，逃過了巨量紫外線的毒炙，但人心中的噩夢未除，抵禦紫外線的護膚行為已經成為人們的習慣。此外，深居海底的人類生活在一個全然人工的環境，膚質的抵抗力減弱，更需要用心呵護。不巧，全民施行的愛滋病全效疫苗也容易引起皮膚敏感的副作用——因此，在亞太地區皮膚保健是二十一世紀女男老少一致關切的要務。再說，早自二十世紀末葉起，護膚美容工業日新月異，也極具效率地帶動消費者的需求與消費欲。二十世紀時尚界的光環已經轉移到二十一世紀的護膚業頭上。

二十世紀的西班牙導演阿莫多瓦在《高跟鞋》、*KIKA*等片中炫耀歐式時裝，羅勃・阿特曼的《雲裳風暴》更在一列排開的巨星胴體上掛滿所謂時裝大師的實驗品，但那畢竟都是歷史、不合時代潮流了。阿特曼在《雲裳風暴》上片時說：這部電影不是關於時裝而是關於裸體，並且探討人們利用時裝遮掩裸體的方式。可是，這部片看來充斥太多的衣衫，而沒有足夠的皮膚！復古時興的舊世代電影必須重視肌膚本身，如法國電影導演楚浮的《柔膚》就是最好的範例——《柔膚》（*Softskin*），它的舊譯名《軟玉溫香》並不討好當代口味，因為只有二十世紀的舊人類才會重肉感而輕膚質。時裝界大老如香奈兒、卡文克萊、Versace、Armani等等，也早已效法蘭蔻、克麗絲汀迪奧、資生堂等品牌，將經營重點轉移到美容保健：因為，愛滋病疫苗為人類解除性的焦慮之後，蓬勃多樣的性生活已然堂堂正正成為人類首要的休閒活動；在床上，皎好的光潤皮膚絕對比名牌的高叉雕花鑽孔內褲來得有性愛禮貌，來得有休閒品味。說真的，在當今的生活環境中，未經保養的少女頸子，絕對比仔細護膚的老婆婆更像大象皮（按：根據「大硬」動物圖鑑光碟解釋，象，elephant，是存活於二十一世紀以前的地球哺乳類動物）。很少會有人願意在做愛時，分神聯想起絕種動物。

因此，一名受人肯定的當代護膚師，地位就好比二十世紀的川久保玲、三宅一生，大師們在專業領域賺足了錢，大可以享受引人注目讚嘆的公眾社交生活，有永不解散的一連串筵席等候大師，而筵席桌上的好菜可能包括肉體、金錢與權勢，再神奇的大胃王也吃不了。他們就是文化。誠如T市發起的3B運動：BBB——Body，Book，Beauty。健美的身體，搭配上優雅的閱讀習慣，就是無可否認的美麗。

因此，像默默這樣似乎自甘寂寞的護膚師，實在非常稀奇。

她幾乎不出門；跟外界的關係，幾乎全依賴兩套機器：

一是連結全球網路的多媒體個人電腦，一是〈掃描器〉。電腦網路提供她資訊上的便利，掃描器滿足她的官能需求。

除了例行從電腦網路抓讀最新的美容資訊，她利用電腦掌握她的客人。她利用電腦處理客戶的預約信件，排妥每一日的時間表，紀錄客戶的皮膚特質：

有無老人斑？青春痘凹洞？魚鱗癬？膚質偏酸偏鹼？抗空氣污染和紫外線的能力？對愛滋病疫苗是否敏感？是否可以接受果酸美容去角質？以及，客戶的身體的細部變化。

默默是個細心的專業技師。她不假他人，親自打字輸入，為每一位客戶建立檔案庫，每個人在默默的磁碟機中各據其位，像天幕上排列的星座。她會把每一位顧客使用〈膜膚〉的狀況記錄下來，不會錯失任何一項精采的細節。她能夠很有耐心地輸入這些比病歷繁複甚多的資訊，也是因為她可以從中得到樂趣。如此細緻的客戶記錄，默默自然設定了重重安全設施加以保護，所謂的「防火牆」防護程式，firewall，所以資料絕不怕電腦病毒損毀，一道接一道的密碼更可以防止默默之外的第二者竊讀。這樣的機密資料，如果她的同業讀了，必然嘆為觀止地拜服，她的客戶讀了，應該更會驚詫無語罷。如果真的有客戶闖入她的資料庫竊讀，大概她就再也沒有生意上門了。因為不會再有人敢來。

在一個不大講究道德的時代，太過放肆逾越道德，還是會嚇壞大多數的人。

■

十歲的默默玩過的一種玩具也叫〈掃描器〉。掃描器與電腦無線相連之後，掃描器便可以在電腦的遠距離之外蒐集影像，傳送回電腦，而使用者可以很方便地在螢幕上閱讀掃描器蒐集的訊息。

〈掃描器〉的種類其實繁多無比，不一定附加鏡頭，不一定加裝雷達，不一定連接管線。甚至也有高明如乳液狀的〈掃描器〉，一般人根本無法想像它是啥玩意。會有如此豐多的〈掃描器〉出現，正是為了滿足人類無止無盡的好奇心。

三十歲的默默也玩〈掃描器〉，但當然不同於十歲小默默的電腦玩具：新一代的〈掃描器〉更為複雜、立體、具象，而且不是在一般電腦器材店就可以找到的尋常商品。

在默默的個人工作室剛成立未久，未曾老去的印度女子卓芭蒂在默默的工作室門口出現，默默多年來未再見過她，但未曾忘記她。

「妳的工作室有個好別緻的名字，『金絲雀』。相信妳的手藝也一樣美麗，」記憶中的那名女子說，「我真想知道：妳所指的金絲雀，究竟是指誰？究竟是什麼意思？」

是卓芭蒂為她帶來了新型〈掃描器〉，作為默默工作室開張的賀禮。

新一代〈掃描器〉，市面上找不到，說不定是違禁品：因為實在美妙得不可思議！〈掃描器〉不但對於默默的護膚生涯大有裨益、讓她更了解客戶的身體，而且也將默默拋入一種歡愉的豐饒之海：「了解客戶的身體」和「窺視客戶的身體」之間，並沒有明顯的界線。她可以單獨私自地享盡千百人的私密經驗，在斗室中看遍無數的視野……

有了這種〈掃描器〉，默默更沒有必要懼怕孤獨。

■

其實〈膜膚〉，M-SKIN，也就是這組〈掃描器〉設備的一部分。它的主要功能並不在於保養，而是在於更詭奇的差事。

將膏狀的〈膜膚〉均勻塗在人體全身的皮膚上，覆蓋在皮膚之上的〈膜膚〉便可以感受到皮膚在每一時刻所接收到的各式刺激，並且加以分類（譬如是痛感？麻癢？冷熱？還是快感？皮膚接觸了其他人體？對方性別為何？或者是塑膠還是金屬？），以數位化的方式，記錄在〈膜膚〉之中。

〈膜膚〉之所以命名為M-SKIN，即為Memory Skin的意思：有記憶能力的皮膚。之後，只要以特調的脫皮藥水，將幾乎和皮膚交疊合一的〈膜膚〉取下，便可送入電腦的〈掃描器〉設備解讀蒐集來的資訊。

以伊藤富江身上取得的〈膜膚〉為例：她每隔七天便到「金絲雀」更換一次〈膜膚〉，因此〈膜膚〉便記載了她七天以來皮膚的記憶：其中可能包括皮膚刮傷、蚊蟲叮咬、工作、做愛、飲食、排洩等等的資料。身體上不同部位的〈膜膚〉記載的資訊便大不相同：如手指頭承受的刺激種類，便比臀部承受的多上許多倍，畢竟手指較常曝露在衣物外頭；不過，這些繁雜的訊息，默默的電腦和〈掃描器〉都能夠嫻熟加以分類整理。〈膜膚〉的訊息輸入電腦之後，螢幕上就會出現每一個時刻（以每十秒鐘為一次紀錄單位）在不同部位的皮膚所承受的各種刺激。

以下列簡化的圖表為例，$、#、@三種符號各代表三種不同刺激（實際上不止三種）；每個符號的多寡，即表示該種刺激在特定時間中的強度。

像這樣的一張表格，只顯示了伊藤富江在一週七天（共計604800秒）中的七十秒而已，也就是八千六百四十分之一的資訊。而且，這些資訊也只是來自富江的左鼠蹊；試想左鼠蹊的皮膚只占人體全身皮膚極小的比例！該處所收到的刺激也絕不僅只於「$#@」三種；因為刺激種類太繁多了，所

樣本：伊藤富江　NO：B1069／部位：左鼠蹊部

9				$	$		
8				$@	$		@
7			#	$#@	$	@	@
6	$	$	#	$#@	$	$@	@
5	$#	$	$#	$#@	$	$#@	@
4	$#@	$	$#@	$#@	$#	$#@	#@
3	$#@	$#	$#@	$#@	$#	$#@	$#@
2	$#@	$#@	$#@	$#@	$#@	$#@	$#@
1	$#@	$#@	$#@	$#@	$#@	$#@	$#@
0	0:01:00	0:01:10	0:01:20	0:01:30	0:01:40	0:01:50	0:02:00

時間：2100年2月8日午夜0時

以默默一次只揀選數種刺激元素合併觀察（$、#、@大抵都和性快感有關）。

因此，一份完整的〈膜膚〉所蒐集的訊息非常豐多巨大，幸好默默的電腦運算能力強，可以很有效率地解讀整理其中的奧祕宇宙，最後這些整理出來的數據與表格便收錄在一張可錄式的光碟片裡，如果不是光碟還裝不下這些資訊哩！默默在工作室細心收藏的〈膜膚〉和光碟，可說是諸客戶最忠實的肉體日記。

她當然不會對客戶提起〈膜膚〉的記憶功能；他們不會理解這些資訊對於默默事業的重要，而只會感到恐懼，彷彿深怕默默偷看了他們最私密的日記。默默只宣稱〈膜膚〉是最精良的保養品，在別的護膚工作室可擦不到；這一點客戶們倒不會懷疑。因為，每一位傑出的護膚師本來就各有一套專業的祕方，是同行和顧客所參不透的。

是的，參不透。前來「金絲雀」的名媛美男們，怎會料到默默竟可以透過他們身上的保養品窺視他們的祕密？默默可以根據他們的〈膜膚〉推知：何人在何時有便祕的毛病，何人和同性或異性做了愛、交歡的過程中採用了SM皮鞭外加麒麟啤酒的水舞，何人在平日以唐璜（Don Juan）兼魅杜莎（Medusa）著稱、最常從事的性行為卻是孤單一人的自慰……

參不透的人，也包括默默自己。為什麼卓芭蒂要轉贈這套炫奇如神助的〈掃描器〉給她？卓芭蒂的用意似乎是傳承：卓芭蒂是護膚界的前輩，她預見晚輩默默在這一行的出類拔萃，因此贈送自己得力甚多的〈掃描器〉給默默？可能吧，默默也不確知。

她只記得，當初自己會入這一行，多少也是基於卓芭蒂對她造成的影響——在某個意義層次上，卓芭蒂也算是她的另一個母親——卓芭蒂教她閱讀另一種類的光碟書，私密的身體日記。

不過，透過電腦、〈掃描器〉、光碟片來閱讀〈膜膚〉的身體和日記，畢竟太過迂迴曲折。電腦螢幕上閃現的表格與數據，究竟不如肌膚親受的感覺強炙；身體日記，最好是以身體來理解，而不是以眼睛閱讀！

卓芭蒂也教了默默以身體閱讀〈膜膚〉的方法。

光碟儲存的〈膜膚〉資料可以輸出到默默的身體上：

只要她也在自己的裸裎身軀上塗滿〈膜膚〉，他人〈膜膚〉的訊息也就可以經由〈掃描器〉在默默身上新塗的〈膜膚〉上編碼，默默便可以感同身受他人一週來的感覺。

簡單地說，就把身體比喻成老式錄音機，而當〈膜膚〉為錄音帶罷：伊藤富江的身體接受的各種刺激像聲音一樣，錄進她身上的〈膜膚〉；默默取得了這份錄音帶，加以轉錄，便可以在自己的身體錄音機播放。在播放的過程中，她自己的身體可以感受那些歸來的聲音在身上敲敲打打，像是一首沒有音符卻極為豐沛暴戾的交響曲。

也因此，她知道了太多富江等人身上發生的事。塗上〈膜膚〉、接上電腦的她可以感覺到：在上週末午夜……富江和一名少女和少年……竄升到罩膜上空的海水中裸泳……這三人游過馬里亞納海溝……來到南海珊瑚礁……他們在魚群之中擁吻……化為泡沫……

嗯，是很美麗的肉體經驗。

默默嘆了口氣。她全感覺到了。她全身的毛細孔都可以體驗這場豔遇。

她根本沒有出門遠行的必要了；她的客戶群擴大了她的感官範圍，只要她的客戶到過天涯海角，默默的身體經驗便可以，抵達那裡。

FAR AWAY, SO CLOSE.

■

說不定，默默也並非真的厭惡人與人之間的肌膚之親。她只是不喜歡肉體關係必然帶來的人情糾葛。

她害怕，這樣的關係會讓她感到厭膩，或失望，或幻滅。值得真愛的親暱感，也許容易夭折。她很清楚何謂遭受到剝奪的苦楚；要她再冒風險，她可不幹。

她吃過苦頭。

6

默默對媽咪有太多交纏的情結。

她需要媽咪，卻不是以一種溫情的方式：只要媽咪的美好形象鑲嵌在默默的記憶密碼上，默默便會強迫自己勇敢活下去。

這些情節是如何開始的？

應該是從幼年的住院生活算起吧：

那時默默非常純粹地需要媽咪，要求的只是經常的寒暄擁抱，可是媽咪不能滿足她，媽咪說她必須加班籌醫療費。可是默默卻懷疑：媽咪會不會是為了事業而犧牲她？偶爾，她看見媽咪在隔離病房外的監視幕看著自己；起初的幾次探望，她會覺得窩心，可是隨著住院時間的拉長，她開始覺得病房外的媽咪正在嘲笑自己。為什麼把她一個小女孩丟在病房裡，而且還以防止細菌為由，不讓任何人親近默默？沒有人陪伴，只能閱讀媽咪平時推銷的光碟書來排遣時間。

默默查過光碟百科全書中的統計數字：「二十一世紀台灣病童平均住院時間（每一次）」，比她自己的住院時間短上好幾倍！她覺得自己被陷害；她看過百科全書中「冤獄」這一條文，上面寫著：兒童也可能是受害者。

還好後來有安笛陪她。可是她覺得，大人們嫉妒她和安笛的關係。媽咪尤其如此。

默默還記得，有一回媽咪在影像電話中問她，「默默！妳最近怎麼不大跟媽咪說話了？妳以前不是都會跟我討論童話故事嗎？我帶給妳的光碟不好看嗎？」

「我不看童話故事，太幼稚了。我跟安笛讀莎士比亞。」

「喔羅密歐與茱麗葉，妳們讀得懂嗎？」

「不、用、妳、管。」

「默默——」

「不要說了。我跟安笛要去看書了。」

「默默！妳為什麼只顧著跟安笛說話，卻不理媽咪呢？」

事態非常明顯：媽咪對默默和安笛的親密關係大表不滿。

嫉妒。

■

所以，當手術成功後，默默一發現安笛消失了，她便猜是媽咪動了手腳。

雖然，後來媽咪解釋，安笛並不是真的消失，安笛仍然陪著默默——小默默聽得似懂非懂，仍然覺得媽咪必然有種幸災樂禍的感受，儘管媽咪擺出一臉憂愁。

那一場決定一切的手術是怎麼開始的、如何結束的，默默自己並不清楚。那天，默默本來以為又是例行的體檢，打了麻醉針，可是醒來之後，她覺得一切都不大對勁了：她的身體似乎經歷某些改變（譬如說小雞雞不見了），而且，周遭的環境好像也有了點不同。

是的，安笛不見了。

當默默察覺安笛已經不在她身邊時，她一時並未大肆哭鬧——不是因為醫生為她施打的鎮定劑——而是因為，她早有預感大人們會從她身邊奪走安笛，就如同大人們當初在她毫無預警時奪去她的自由、把她關進最寂寞的那一間黑暗病房中。不幸的預感如是發生，默默反而虛弱得無法哭號抗議。

太大的改變。可是，默默覺得，手術之後的改變，似乎，並不只是雞雞和安笛的消失無形——可是她也說不出改變是什麼——

年輕的她不知道：

這場改變，比她的狂亂幻想，還要來得難以想像。

■

出了院，回到離開許久的家，媽咪陪她讀了幾天百科全書，可是沒多久又奔忙上班去了，畢竟她升官了嘛。

十歲不到的小默默獨自在家，好生無趣。她把衣裙脫掉，撫摸自己的身體——奶奶——肚子——小雞雞不見了。媽咪說，安笛仍然陪著她，可是安笛到哪去了？找不到。默默自己光著屁股跑到浴室沖澡，蓮蓬頭的水柱沖激小雞雞切掉的地方，癢癢的很舒服，應該就是百科全書中說的「快感」吧。可惜安笛不在，不然就可以讓安笛也來癢癢看——。

可是她已經失去安笛了。

安笛不在，而媽咪在默默出院後又為她安排了新臥房，默默不得不培養獨睡的習慣，好難適應。

「媽咪！為什麼我不能跟妳在同一個房間睡？在住院以前，我都睡在妳房間啊。」

「默默——妳已經長大了——人長大了，就要自己一個人睡。」

「可是，光碟影片裡的人，都是兩個人一起在一個房間睡覺呀。她們也都是大人，不是小孩。」

「傻孩子，是相愛的朋友才一起睡覺呀。就像以前妳跟安笛一起睡覺。」

她不想聽媽咪的話，她覺得媽咪簡直是在報復，因為以前默默和安笛共度的時光實在太甜美、太令旁人羨慕。媽咪一定嫉妒默默！

媽咪也知道安笛在家無聊，想找個玩伴陪她，讓社區裡的小朋友來家中作客罷——但是默默不要別人陪她：她只要安笛。

媽咪自己倒是偶爾帶朋友回家，若是時間晚了，媽咪就會留朋友睡在她的臥房裡。當然，默默不得進去，她必須回自己的房間睡。每當媽咪帶朋友去媽咪的房裡，默默就一肚子火。她想起自己以前跟安笛也是過著如此親密，不！是更親密的生活，可是現在全沒了！反而媽咪總有朋友陪她，看起來就像是向默默展示威風！

可是，除了氣憤之外，默默也非常好奇：媽咪和她的朋友，究竟在臥室裡做些什麼？一躺上床就睡著嗎？默默才不相信。兩個人並躺在床上說悄悄話，就像默默和安笛一樣？還是她們也玩「看醫生」的遊戲？總不會兩個人一起看光碟書罷！或者，是像光碟片中的人們一樣，摟摟抱抱？

默默生氣歸生氣，可是還是好奇極了，想一探究竟。可是媽咪可不會開門讓默默進門參觀的；要怎麼偷看呢？又沒有病房監視幕，默默也不能打影像電話進去，試想房裡的媽咪會接起默默的騷擾電話嗎？

媽咪的朋友陪媽咪過夜，默默覺得無趣，只好再搬出光碟書來解悶——可是，可真夠膩人呀！天亮後，媽咪出門前，默默攔住她抱怨。

「我要安笛！」這是語氣最直接，語意也最豐富的抗議詞了。

媽咪沒有辦法，不知如何撫慰默默，只好掏出一張印有「大硬」商標的Master Card交給默默；是張購買光碟書的貴賓簽帳卡。

「妳這麼耍性子，我真是沒辦法！妳不想交新朋友，就多看點書吧！妳拿這張簽帳卡自己上街去買書罷！免得我從公司帶回來的光碟書，妳又不喜歡。」

默默抓起Master Card，不大爽快，搭上捷運往社區購物中心去。

■

這個社區的捷運全是高架式，坐在車廂裡的默默可以看見窗外的水紋以及藍色魚影閃逝。

窗外的世界，究竟是怎麼回事？

百科全書說，地球就像是一顆蘋果。二十世紀的人類住在陸地上，就好比住在蘋果皮上面的那層蠟的上面；二十一世紀的人類開始穿越那一層透明的蠟，住在蠟層與蘋果皮之間。海洋就像一層蠟膜。

活在蠟膜之下，是如此的煩悶——默默想，如果，能穿越海水浮出海面，回到人類原來所居的地層上，呼吸不同於海底的空調氧氣，而且能夠見到那枚惡名昭彰的太陽恆星，該是多麼有趣的事——可惜在T市，法律規定只有成年人才可以上陸地參觀，而且要事先向有關當局提出申請，脫離海路甬道登上陸地之前還依法要穿極笨重的防晒衣。聽媽咪說，陸上除了少許殘破的古蹟之外，就是遍地荒漠，著名的雨林與草原已不復存在；在滿布地表的重金屬工廠和太陽田之間，還時有以各國〈MM〉為主力的游擊戰火與恐怖行動——媽咪實在不懂為什麼有些狂人——如觀光客、人類學者、想在陸地上獲得優惠待遇的工廠技師等等——會老想到地上去晒太陽？遭到〈MM〉誤殺怎麼辦？

年幼的默默卻可以想像那些登陸狂人的心情：她看過光碟書介紹，在二十世紀陸居時代，也有不少人願意離開安寧的陸上生活，而願意冒險潛水入海。如果在二十一世紀上陸地的人是冒險者，在二十世紀下海更可算是玩命呀！默默看過一部光碟紀錄影片：《雷尼萊芬斯妲美妙可怖的一生》（*The Wonderful, Horrible Life of Leni Riefenstahl*），片中介紹古代德國納粹時代出身的傑出女導演雷尼，她拍過惡名昭彰的《意志的勝利》與《奧林匹亞》，在二次世界大戰後長年受到世人咒罵；然而，看盡風浪的雷尼，在晚年的生命竟然仍是十分旺盛，著迷於潛水與海中攝影，毫不輸給年輕的男性潛水者。身穿黑色潛水衣的雷尼可以在洋中背負攝影器材和氧氣筒而不覺吃力，興致盎然逗弄水中游魚，她的手指撫觸一尾巨大黑暗彷如披上吸血鬼伯爵斗篷的魟魚，沒有絲毫懼怕。她的手指撫摸海魚肉身，神祕而美麗。默默想，在科學落後的二十世紀，陸上人尚敢由陸下海，那麼在二十一世紀的海中人由海登陸，有什麼可懼？

默默也希望在她成年之後，也到陸地上見識一番，在沙漠中伸手撫摸一具失事的戰鬥型〈MM〉

身軀，然後，在無他人注意時，偷偷拔下防晒手套，讓自己的手掌肌膚直接在燒炙的日光中承受烘烤，享受一刻他人不能理解不能原諒的一種逾越……

不過，在捷運車廂中的默默卻是連真正的海水都沒摸過。她小小的手掌貼在車廂玻璃上，在玻璃窗外還有一層堅實的防水罩膜，在罩膜之外，才是海。

海洋是大蘋果表面的一層膜。

■

默默來到社區購物中心，經過一大片鮮綠草坪，看見一位割草師很指高氣昂地來回除草，草香醚味在空氣中播散。

她走進電腦軟體器材專門店，看到櫥窗顯示一整排「大硬」和「微軟」的光碟書。這些暢銷書，在家裡多得是，媽咪每天回家都會帶好幾套回來，默默並不覺得逛書店特別有趣。由於媽咪在出版企業工作的關係，默默家裡總充塞了一套套最新最受歡迎的光碟書，比店中陳列的那幾種書更有可看性——如此一來，何必上書店？默默究竟要感到可喜還是可悲呢？她家的書比電腦店書架上的商品精采，她似乎應該感到幸運；可是她就是看膩家中的光碟書才來逛街呀，如果外頭賣的光碟書更是無聊，她可真要欲哭無淚了，呀無趣的童年。

正感索然無助時，她卻瞥見店中角落一組新鮮玩具：〈掃描器〉。

包裝盒上的說明說，〈掃描器〉可以蒐集影像，訊息可以傳送到電腦上加以解讀。〈掃描器〉並不是攝影機：這種〈掃描器〉沒有鏡頭，而只是發出感應波，再解讀反射回來的波訊，即可獲得傳真度頗高的影像。〈掃描器〉收集訊息的方式有點像蝙蝠（bat，二十一世紀以前的哺乳類動物，似鼠，能飛翔）的技倆，但其蒐像能力幾乎可比攝影機。〈掃描器〉不用攝影鏡頭，體積極小、可以安裝在各種場合而不易被人察覺，而且不必接線路、可以用個人電腦在遠距離外操控〈掃描器〉，因此〈掃描器〉適合簡易的偷窺。事實上，〈掃描器〉的尺寸只有傷口膠帶大小，使用起來也像傷口膠帶一樣方便。

「妳需要〈掃描器〉嗎？這是很有意思的電腦玩具。」電腦店店員過來招呼。

「這是玩具？」默默有點失望，本以為〈掃描器〉像是間諜小說中的精密儀器，但竟只是哄小孩的玩具！

「是呀。滿有趣的玩意。我說它是玩具，所以妳失望了？〈掃描器〉蒐集影像的能力其實滿強的，使用者還可以拍出特寫呢。只可惜，〈掃描器〉的妙處也是許多人努力防止的，因此許多機關行號建築物內都埋藏了干擾〈掃描器〉感應波的裝置，避免〈掃描器〉順利竊得影像，〈掃描器〉在許多場所便派不上用場了。〈掃描器〉無法成為情報員的得力工具；不過，〈掃描器〉至少還是十分理想的兒童玩具，至少在小孩玩『強盜抓警察』遊戲的時候還派得上用場。」

「還是給我兩套罷。」

在結帳時，默默拿出媽咪給她的Master Card簽帳，可是她要求店方在簽帳單上不要寫明默默究竟買了什麼。

「不要把〈掃描器〉這幾個字寫出來。既然你說〈掃描器〉是玩具，那麼你就在帳單明細表寫下『電腦玩具』這幾個字吧。」

默默可不希望媽咪收到一張太坦白的帳單。

■

十歲的默默守在電腦螢幕前，期待〈掃描器〉蒐集的影像出現在螢幕上。

她買了兩份〈掃描器〉回家；雖說是「兒童玩具」，但也算是精密儀器，並不便宜。

她在媽咪出門前，把一塊〈掃描器〉貼在媽咪的公事包上，另一塊在媽咪上班後貼在媽咪臥房的書桌角落：她要監看媽咪一天的生活。

但被媽咪挾帶出門的那塊〈掃描器〉，一出門就毫無效果了，它傳送給默默電腦的只有雜訊而已：就如電腦店店員所說，T市的各機關場所都備有擾波裝置，以免偷窺，〈掃描器〉根本無法把觸角伸到「大硬」去。媽咪臥房裡的〈掃描器〉效果倒是不錯，具有一百八十度的蒐像廣角，默默在自己房裡的電腦可以看到〈掃描器〉傳送的媽媽臥房影像，只要用電腦滑鼠便可以靈活控制取得逼近迷你攝影機的拍攝效果，畫面清晰可辨，默默還可以用特寫效果觀察媽咪留在床單正中央的一根彎曲髮絲。

■

這天媽咪下班回家，也帶了一個人回來吃飯。那個人名叫，Draupadi（卓芭蒂）。默默看過她幾次。

雖然默默很不喜歡媽咪為了朋友而丟開她，但是默默不討厭卓芭蒂。卓芭蒂長得細瘦黑亮，聽說是印度人。默默後來查閱光碟《WHO'S WHO》人名辭典，發現這個名字在印度古書《摩訶婆羅達》出現過。默默覺得卓芭蒂很美；許久之後，默默才想起自己曾在住院期間看過卓芭蒂，當時還以為她是觀察默默的醫生之一。默默好久沒看過一個如此順眼的成年人了；但她不跟媽咪說卓芭蒂的好處。因為默默忿忿不平：默默失去了安笛，媽咪卻有了這麼漂亮的玩伴！

卓芭蒂在晚飯時對默默非常親切，可是兩個大人吃完飯便躲在媽咪的房間說話去了，她們叫默默自己找光碟遊戲書來玩——默默恨不得把光碟書一張張抓來咬成碎片！陪伴她自己的總是光碟！只有冷冰冰的光碟！

默默噘嘴回到自己的房間，打開自己電腦，隨手揀了一片光碟書來看——她看了也有氣，又是莎士比亞的悲劇！她看不下去，想起哈姆雷特的孤單——在病院裡，默默一個人孤零零的，後來雖然有了安笛，可是安笛也消失了；出了院回家，以為媽咪可以陪伴自己，卻又全不是那一回事。難道只有電腦和光碟才是她一生的伴侶？媽咪不陪伴她，反而自己交了一個印度朋友。記得在住院的時候，媽咪也只不過偶爾透過病房監視幕或影像電話看看默默而已——

幸好，她裝了〈掃描器〉。

媽咪和卓芭蒂在臥房裡做什麼好事，待會默默就可以在螢幕上看個清楚！

她敲打電腦鍵盤，啟動〈掃描器〉功能，〈掃描器〉傳送媽咪房裡空無一人的畫面——〈掃描器〉掃描範圍雖然是廣角，但死角仍然難以避免；媽咪和卓芭蒂大概剛好站在掃描範圍之外。不過，默默的〈掃描器〉瞄準著房中的大床，媽咪她們總避不了罷？

未久，卓芭蒂走進畫面中。她的裝束改變了些：她把頭髮挽在腦後，原來穿著的深藍色袍子改為雪白色的緊身衣。接著，媽咪走進畫面——媽咪全身赤裸。

默默心裡叫好，她總於可以知道媽咪和她的朋友們在房裡做些什麼好事了！

默默想起好久沒有看過媽咪的裸體了，上一次看見也是住院之前很久的事。裸體的媽咪比印象中的形象豐腴了些；默默控制〈掃描器〉攝取特寫畫面，留意媽咪身軀角落的黑色毛髮，她也沒有小雞雞。在特寫畫面中，媽咪挺胸坐在床上，像是一尊打坐的佛像。卓芭蒂在媽咪的耳邊說了些話。

可惜默默聽不見。〈掃描器〉只有掃描影像的功能，並不能竊聽聲音。

畫面中，卓芭蒂在床上鋪上一大張藍黑布巾，媽咪隨即全身趴在布巾上。媽咪的臉孔朝向〈掃描器〉的方向，眼睛閉著，看起來很舒服似的。卓芭蒂的深色手指在媽咪嫩白的裸背上來回舞動搓揉，並且抹上半透明的乳黃膏液。媽咪開口說了些話，眼睛仍然閉上。

默默偷窺成功的喜悅這時卻消退了；取而代之的，是嫉妒：

為什麼媽咪和她的朋友可以玩這樣舒服的遊戲，而她卻只能偷偷摸摸地在另一個房間窺探呢？

■

偷窺中的默默，這時卻發現有一雙眼睛看著自己：畫面中的卓芭蒂黑白分明的眼睛正盯住螢幕外的默默。默默一驚，深怕卓芭蒂發現了〈掃描器〉正在窺探，便連忙轉開〈掃描器〉的角度，不再採取特寫畫面——可是卓芭蒂也順勢轉頭，依舊盯住她看。卓芭蒂真的發現那一小塊毫不起眼的〈掃描器〉了？可是，卓芭蒂的眼神沒有任何不悅，沒有任何憤怒，也沒有絲毫的挑釁成分：那一雙眼睛所要說的話，好像只是：我知道〈掃描器〉正在注視我——所以我把這份注視回敬給妳——

默默馬上關閉〈掃描器〉的功能。她想起曾經讀過的一本古代恐怖小說。《戰慄遊戲》（*Misery*）作者史蒂芬金在書前題詞引用了哲學家尼采的話：

當你注視深淵的時候……深淵也注視著你……

但，默默卻又忍不住好奇心，重新開啟〈掃描器〉——如果，房裡的兩個人果真獲知默默正在幹的勾當，她們會有什麼反應？默默的電腦螢幕再度浮現媽咪房內的景象，媽咪仍然陶醉地俯臥在床上，卓芭蒂依舊一邊按摩媽咪的背、一邊朝向〈掃描器〉凝視。卓芭蒂跟媽咪說了句話——走向〈掃描器〉——但她並沒有把〈掃描器〉撕下來——默默在畫面中看見卓芭蒂打開床頭的HDTV立體影像音響——然後，電腦螢幕上就是霧茫茫的一片雜訊。

卓芭蒂分明是要干擾〈掃描器〉的感應波：她一定發現了！她會不會向媽咪告狀？

■

當時的默默以為自己窺見了不可告人的重大機密——但，她當時沒有想到：

既然另一個在外遠遊的〈掃描器〉因為受到干擾所以只收到雜訊，那麼在媽咪房裡的那個〈掃描器〉所接收的為何不是雜訊、沒有受到微波干擾？像媽咪這樣為大企業工作的一顆螺絲釘，其於公於私的生活都該保密，為公司保密；何以家中就不設防呢？媽咪房中〈掃描器〉傳送的影像很清楚，但並不能只是因為是清楚的影像就值得相信；這仍然可能是經過控制的。

直到很久以後，她才懷疑起〈掃描器〉的忠實性：自己的肉眼都不見得可以信任了，那麼她為什麼要去相信機械的眼睛？

不過，還有一個問題：那麼，介於肉眼與機器眼之間的生化人眼睛，可不可以信賴呢？

■

默默關上電腦的〈掃描器〉功能，改插入光碟圖鑑，她想知道卓芭蒂和媽咪究竟在做什麼。

她是，護膚師。

原來卓芭蒂是名護膚師。

默默後來明白，媽咪常帶護膚師回家也不無道理：媽咪工作操勞傷身，她的工作性質又需要姣好的外貌，因此她多花些錢來雇人為她保養也是很自然的。

■

卓芭蒂天一亮便離開，媽咪也忙著出門銷書，又只留默默一人在家。

呀，又是無聊的一天！默默並不願意安分留在屋子裡，反正她已經痊癒了，便打定主意到社區公園去玩。外頭風大，吹了頭皮會冷；默默靈機一動，想跟媽咪借頂帽子來戴，便鑽入媽咪的臥房，門沒鎖著。

媽咪的大床罩著一張漿挺的床單，上面一絲摺紋或頭髮都沒有。昨夜，媽咪真的在這張床上讓卓芭蒂按摩她的背？看不出留下的痕跡欸。

貼在書桌角落的〈掃描器〉貼紙，已經不在了。是卓芭蒂撕去的嗎？媽咪知不知情？——但默默看見更吸引她注意的一件物品。

媽咪慣用的掌上型筆記電腦擱在書桌上，忘了帶出門。

默默知道媽媽在這本冊子裡記載了許多事情，好像包括帳冊、日記、工作計畫等等，挺神祕的，因為媽咪常常坐在家中一角邊寫筆記邊沉思，從來不准默默偷看筆記的內容。

可是這下子，這本電腦筆記可落入默默手中啦！只要偷看其中的內容，便可以知道媽咪的祕密！

默默翻開這本嵌有「大硬」商標的電腦筆記——沒有上鎖耶！

打開來，是一格小螢幕，像是自動提款機的螢幕，浮現出下列字樣：

——請輸入密碼。

密碼？默默怎麼知道媽咪的密碼是什麼呢？

連媽咪的密碼是幾位數字，默默都不知道。只好硬猜啦！

默默鍵入自己的生日，2070年6月6日，也就是20700606——結果密碼錯誤。再鍵入媽咪的生日試試看：2050年12月24日，20501224——也不對！或許密碼是英文字母而不是數字？她再鍵入，I–LOVE–ANDY——當然又行不通！

小螢幕上顯示：

——已經連續三次輸入錯誤密碼，本筆記拒絕提供服務。

螢幕字樣消失。

不好玩！默默什麼都沒看到！還是上公園玩吧！

默默拿張紙巾把自己留在電腦筆記上的指紋擦掉——媽咪如果猜到默默偷翻了筆記，一定會生氣的。

她在媽咪的衣櫃中挑了頂最小的鴨舌帽，戴在頭上就跑跳出門。

她好久沒去那公園玩啦；上一回去，已經是住院之前的事。她就喜歡玩盪鞦韆，裙子飛起來，讓風灌進裙子裡。

她跑進公園，幾乎沒有別人，因為還是早晨，但她發現自己以往最愛的鞦韆座已經被人占了，是個大人。大人看見默默走近自己，便一直盯著她看，微笑卻不說話。

是個男人。

默默在男人旁邊另一個鞦韆位子坐下，男人仍然瞟她。默默聯想起，在百科全書中讀過的兩項條文：

「戀童癖」以及「性騷擾」。

默默一臉挑逗，對那個男的大人說：

「嗨！你知道嗎，我本來有小雞雞，可是現在沒有了。」

「噢？」

「你要不要伸手到我的裙子裡摸摸看？」

男人遲疑了一下，還是動手了。

默默又感覺到那種舒服的酥癢了！不過男人的手比蓮蓬頭的水柱溫柔。男人注視她的眼睛，神情很專注。她本來以為自己會又咬（瞄準他的手）又踢那個人（瞄準他的下體），或者是尖叫，因為光碟書是這麼教她的。可是她沒有反抗。她偏不要抵抗，因為這樣會讓自己變得很壞、很賤，反而有報復的快感。雖然她並沒有想清楚自己想報復誰——

「為什麼沒有了？」

「開刀切掉了。」

「噢。」

「嘿，你要不要把褲子脫下來，讓我看看你的雞雞？反正也沒有別人在場，別害羞。」默默想，這樣她就更墮落了。

「我沒有雞雞欸。」

「為什麼？可是，你看起來像個男人呀。」

「其實，我是個『生化人』，android。我是酷似真人的機器人，毛髮皮膚都跟真人無異，可是我不是男人。我是我主人特別按照他年輕時的模樣訂製的，才出廠一個月。」

A—N—D—R—O—I—D。「生化人」。

默默似乎在百科全書上瞥過這個字，但沒有仔細讀過。

「你是android，『生化人』？」

「妳聽過嗎？人們通常叫我『安笛』，ANDY，也就是android的暱稱。」

默默懂了。

她的兩腿開始發抖。原來，「安笛」指的就是「生化人」。

「我的名字叫『安笛』。妳叫什麼名字呢？」

「我叫默默……你的名字，就是『安笛』？你沒有其他的名字嗎？」

「沒有哇。我一出廠，人類就叫我『安笛』，主人並沒有細心為我取什麼別緻奇巧的名字；總不能用出廠號碼叫我吧？那可有十位數字要記呀。很多生化人都被叫做『安笛』這個名字，約定成俗了；就像機器狗，白色烤漆的狗都被叫做『小白』，花色烤漆的就是『小花』，多麼單調呀。一想到每天都有與我同名的生化人走入社會，就覺得沒趣。為什麼不為我們取一些比較別緻的名字呢，至少可以讓我們短暫的獨立生命有趣一點。」

這位安笛好像是滿健談的「人」；默默聽他滔滔不絕的話，倒也可以少去惦記心裡一股不知所以然的不舒服——「像妳的名字就很逗。『默—默』，聽起來就很好吃。」

默默忍不住笑出來，雖然她其實難過得要死，「為什麼？」

「人們吃水蜜桃蛋糕時，就會發出mm—mm的聲音呀，喝完好喝的蘑菇濃湯也會發出這種聲音。我的主人跟他的情人們親嘴，也是mm—mm了半天，好像對方的嘴唇和舌頭很美味可口似的。」

「你真有趣。……安—笛——」默默說起這個名字時，覺得不大自在；這個名字，應該只屬於一位消失的小女孩，而不是一大群默默所不認識的，生化人——

「默默！我喜歡公園，常常來玩。可是我以前沒見過妳。」

默默點點頭，沒有力氣多加解釋。

大安笛出廠才一個月，這段期間默默一直關在病房裡；來公園玩是她住院前的事，安笛現在坐的鞦韆位子正是默默以前喜歡占的，因為那個位子盪得高。

安笛又說，「昨晚主人睡在他情人家裡，所以我一大早醒來，發現只有我一個人在家，好無聊呀，所以又來公園。而且，再不玩就沒機會了。我明天也要上手術房。」

「為什麼？」

「移植呀。我的主人覺得他自己的身體太老朽，肚子都軟巴巴塌下來了，所以他要改用我的身體。也就是說，醫院會把他身上不要的部位切掉，然後再取我身上的部位補上去。手術之後，主人和我就合為一體了。」生化人格格笑起來，「可是啊，他還是要用他原來的那條雞雞，服侍他追求的那批少年，他說這樣感覺才誠懇親密嘛，所以他那部位倒不必用新貨代替，嘻！」

■

那天，默默回家之後，馬上脫光衣服，在穿衣鏡前照看自己的裸體，覺得陌生又熟悉。她馬上又氣急敗壞穿回衣裙，罩上厚外套，然後她把自己裹在棉被中，好想讓自己忘記有一個身體黏在她的頭顱下面。她明白是怎麼回事，可是，她也更不懂得如何面對自己的身體了。原來，媽媽說安笛仍然陪著默默，永遠陪著默默，就是表示，安笛的身體和她自己的，組接成一具人體？這樣的兩隻手，原來是默默的，還是來自安笛？這是誰的肚子？沒有小雞雞了，所以肚臍下面這裡軟軟的地方一定原來是安笛的肉！沒有疤痕：看不出來她身上有哪些地方是外接的。還有，她手上的指頭呢？是安笛的嗎？安笛的中指被默默咬掉了呀……她百思不解。

媽咪下班回家，默默開始抱怨；她不知道應該如何起頭，便又開始要求，讓她的小安笛回來。她現在知道，安笛不是只有一個；她要的，是她心目中的那一個——

「還我安笛！」——這是最直接明白的抗議，在默默口中明確而嘹亮，可是媽咪卻覺得默默無理取鬧。

「默默，妳知道嗎？為了訂製這樣一具無菌智慧型生化人，動一場完美的無疤手術，要花多少代價？」

媽咪後來沉靜地向默默解釋。「安笛特殊設計的肉塊可以隨同妳的發育而成長，也會有生理變化，算是生化人中最新進的品種。為了讓妳多熟悉安笛的身體，免得妳排斥她，醫院還特別把她設計成妳的住院玩伴。妳應該很滿意這個手術呀，既然妳這麼喜歡安笛。」

「安笛沒有和我在一起！安笛不見了！就是被妳們殺死了！分屍了！像推理小說中寫的一樣！謀殺案！」

「默默——妳不知道這場成功的手術，背後是多大的代價——」

「我不管！不要老是罵我不懂！我懂得比妳想像得多！妳就不知道我看得懂《哈姆雷特》！我也讀過《威尼斯商人》！妳別以為我不懂！我知道是妳殺了安笛！」

「默默。妳太過分了——」

默默不罷口，更亂罵一通：

「妳最自私了！妳把我的朋友抓走！妳自己卻可以交朋友，還把朋友帶進臥房裡，脫光衣服摸來摸去！」

她甩門躲進房裡，玩起光碟遊戲洩憤。玩了五分鐘，默默看到電腦螢幕出現「大硬」字樣，她看了更氣，便丟下不玩。

她想再跑到房外向媽咪叫罵一番，可是——

媽咪已經不見去向。一個晚上都沒回家。

■

第二天早上默默醒來，不知道媽咪是否曾回家過。她想著想著越覺得氣心悶，又上公園去。那位男安笛已經在鞦韆上了。默默上前坐在他身邊——前一天她匆匆回家，鴨舌帽丟了，但她不生這個安笛的氣。

「默默，心情不好嗎？」

「你讓我想起以前的安笛。她是一個跟我一樣大的小女孩。」

「那麼她一定是依造妳的體型訂製的罷？一定非常可愛。她叫什麼名字？」

「她也叫『安笛』——」

默默覺得有點難以啟齒：一個自己最珍愛的、認為是獨一無二的名字，竟然是再普遍不過的一個符號——

「噢。」安笛看起來似乎有點失望，「也跟我一樣。」

「媽咪說，我的安笛現在和我合為一體了。」

「很多安笛當初被設計出來，就是為了和主人結合。像我，也是。完全是依主人的體型體質所設計的。」

「呀，你不是今天就要上手術房了嗎？」

「今天下午動手術。所以這是我最後一次來玩鞦韆了。和主人結合以後，他一定不會來玩，因為他只愛上酒吧和三溫暖找男孩玩——」他說著說著，突然恍然大悟：「就是如此！全體移植手術之後，主人的身材才會真正進步，這樣他才有本錢上三溫暖展露一番呀！」

「你的主人是誰？」

「保羅呀，他是這個社區最棒的除草師。」

大安笛嘴角不無一抹得意。

由於花草樹木在二十一世紀的亞太地區非常珍貴稀少，專事照料草皮、剔除雜草的除草師，便自然成為受人敬重的專業。只有有錢人的院子裡才有小花小草，除草師當然也不是一般人家請得動的。有能力訂製生化人的人，要不是像除草師這樣的新世紀雅痞，就得像默默的媽咪拚命賺錢。

默默見過那位除草師，一位看起來還算年輕的男子，非常神氣地在社區委員會前的花園草坪除草，腳板非常大方地壓在碧綠的草地上，踩踏草坪是除草師的特權。可惜他有點胖，推草時挺著大肚皮。

「我知道他。可是，他看起來也不老呀，為什麼要動大手術？聽媽咪說，這年頭愛漂亮的人只要請護膚師就行了，可以擔保皮膚年輕有彈性。」

「傻孩子，護膚也只能解決表面問題呀，身體內部的問題並不能靠護膚術解決。我的主人平時當然也接受護膚保養，可是他身材不好，這可是肚子裡頭的問題呀。妳知道〈MM〉嗎？」

默默點頭。

〈MM〉模型是兒童最流行的玩具了，默默雖然不頂愛玩，但也知道這玩意。

〈MM〉，也就是Master Monkey，以中國古代神話角色「猴行者」孫悟空命名，是某位湯姓華裔工程師首先研發成功的高度機械化生化人。稱為「猴行者」，自然是強調〈MM〉的超高效率的靈活行動力以及攻擊能力（就如孫悟空送佛上西天的能耐），也表示〈MM〉的高度可塑性（就如孫悟空七十二變），可依客戶要求訂製。

生化人可說是介於人類與機器人之間的造物，而〈ＭＭ〉則介於生化人與機器人之間：〈ＭＭ〉具有生化人的基本人工智慧，而其製造材料卻比重型機器人還強韌甚多。

「我就以〈ＭＭ〉為例說明吧，」安笛繼續說，「一架〈ＭＭ〉如果只有表面的瑕疵，只要重新烤漆外加護膜強化外殼即可；但是內部機件有了問題，便要大幅翻修，可能半架〈ＭＭ〉都要更換新零件。談起〈ＭＭ〉，是因為〈ＭＭ〉跟人體真的非常相似：人體的外部問題找護膚師，內部問題就要動刀了，譬如大規模的臟器移植，器官的來源最好來自其他人類——但是人類死亡率太低，腦死的器官捐贈者太少，而且捐出來的稀少器官通常都優先保留給重病病患，而不會留給像我主人這種為了身材而徵求身體器官的人。比較乾脆的做法，便是量身訂做生化人，那麼想要換什麼器官就可以換什麼器官了。」

「可是，如此一來，原來跟主人做伴的生化人不就消失了嗎？你不害怕？」

「這也是不得已的。都是有錢有勢的人在製造我們，決定我們的命運，我們自己並不能做主。」安笛聳了聳肩。「更何況，像我這種生化人之所以出廠，並不是為了陪伴主人，而只是為了提供主人手術時完全的方便。我跟主人共同相處的這段時間，就是為了讓主人適應我，因為我終究要成為主人的心肝血肉，他應該多花點時間陪我——」

他的眼眶紅潤起來，「要我從這個世界上消失，當然很捨不得。可是，想想今天下午我就要進入主人的身體了，所謂你儂我儂、我泥中有你、你泥中有我，所以，我倒該喜極而泣了——」

「以後我還能見到你嗎？」

「只要妳見到本社區最棒的除草師，妳就等於見到我。那時候，我全包在他身上了。」

默默想起一個最重要的問題：

「可是我還能聽見你說話嗎？」

「我不知道——」

安笛的臉色蒼白下來，「語言機能，完全是由主人操控的，我只是提供器官讓他選擇而已——」

默默已經好久不曾和她的小安笛談話了。

媽咪說，安笛的身體就在默默裡頭。安笛男人說的話，更證明了人類如何利用生化人小安笛的身體。默默喜歡和安笛在一起，但，不是藉由這種硬生生的手術。她喜歡和安笛一起看書，那是一種並肩的感覺，肩並肩的，可是，就算現在默默長了安笛的眼珠子，也達不到「兩個人在一起」的心情了。而且，她喜歡和安笛說話，聽見對方的聲音；現在，她雖然永遠和安笛融合在一起——像是倒入奶精的熱咖啡，她自己是咖啡，安笛是奶精——她卻不能和安笛對話了：

咖啡加了奶精只是味道改變但還算得上是咖啡，但奶精卻完全成全了咖啡，自己卻消失無蹤。安笛會在默默的心裡說話嗎？

手術之後，偶爾在她肉身底層鑽出來的聲音，究竟是手術後遺症，還是安笛在她體內的呢喃？

手術之後，默默心裡開始出現一些哼不出來的無調碎裂音、無法描敘的蒙太奇影像：是不是，安笛在默默體內死去，默默是生化人的墓園，而默默的心裡便開始迴盪幽靈安笛的鬼音魅影？……

默默會夢見冰冷的房子，在星夜下，規律的銀鉻機器運轉聲響個不停，精白齒輪映現鏡影——如同男安笛描述，那種場面和聲音，就像是陸地上頭的軍火工廠……

「我不能陪妳多談啦。我要回去準備上手術台了。」

「祝你手術成功。」

「默默，希望能再看到妳。我會找機會，讓主人向妳打招呼……」

默默手抓鞦韆的鐵索，讓風吹進裡頭沒有內褲的裙子，吹進大腸，深入小腸，她覺得胃裡好冷，裡頭好像在下雪，雪花蓋住安笛的屍首。

她在天黑之後回到家中：媽咪在家，卻不對她說話。媽咪也是一派沉默。

■

從此以後，母女兩人之間的對話大減，如非必要，兩人不說話。

默默要求到遠地念書，媽咪沒有意見。

「我想學護膚術。我要成為專業護膚師。我學成了以後，學雜費和生活費連本帶利一併還妳。」

媽咪也沒有意見。

二十五歲的默默得獎賺了大錢，果然把一筆錢匯到「大硬」總部去。媽咪隨即回了一封e-mail：只是收據，沒有其他廢話。

默默住校讀書之後，她再也未曾和媽咪見面。畢業之後，她更忙於護膚業，媽咪的臉都只是在「大硬」的新書廣告上看到。

至於那位除草師的安笛——他早已如願，成為他主人身上的一部分，所以應該逕稱他為那位除草師——默默未曾再見到他，因為她再沒去過公園邋鞦韆了，她連童年的那個社區都不曾光顧。

除草師在死之前，曾經帶安笛上公園嗎？

她也不知道。

■

社區除草師的死訊，住校的默默是在電腦網路新聞上瞥見的。

新聞標題是：

——歷史重演了嗎？保羅．巴索里尼慘死！——

原來，有一輛汽車蓄意撞倒除草師，再來回以車輪輾過除草師的頭顱，他的整個頭蓋骨都壓成碎片了，就算是再先進的生化手術也沒有救。因為生化手術的基本成立條件，是至少要有一顆存活的人類腦袋。

為什麼有人要幹這麼殘忍的事？

新聞以悄悄話的語氣說：這位花費鉅資進行生化整型的半老徐娘除草師，小名叫保羅，他不惜花大筆鈔票向社區的魯莽少年求愛，然後對方竟然在強暴保羅之後拒絕後續的感情，並且狂暴地用酒瓶打昏保羅，再開車輾碎他的頭骨，終結除草師拈花惹草的一生。

除草師被心愛的少年殺害的心情，是憤慨還是狂喜呢？有人說，與其死得平淡，還不如死在激情中；除草師是感情中人又是藝術家，大概不會覺得遺憾吧。唉，藝術家原來是不怕死亡的，怕死的人當不成藝術家。

默默比較在意的，是保羅的安笛。他和他敬愛的主人保羅一起殉身，是否會因此感到幸福快樂？她很懷疑。他是因為主人而死，但主人在輾死的那一刻可曾想過他身上的安笛呢？保羅在死亡一瞬所想的人，恐怕是強暴他的少年吧！

再說，安笛是否早已死去了，早在車禍之前？——早在生化手術時，安笛融入除草師的那一刻，他就已經喪失了獨立的生命，只為了成全主人的美麗激情。那麼，安笛的第二度死亡並不是真的死——不過，可能比他第一次死亡更可怖：這一次死亡，曝露出他對主人的奉獻也只是徒勞一場，一切都壓成碎片……

默默不由得想起自己身上的小安笛。她能夠向她的安笛說聲抱歉，或感謝的話？安笛的死，成就了她，她像鳥籠，關住金絲雀一般的安笛；這隻金絲雀在籠裡不叫也不飛，幾乎，等於一隻死屍。

默默拎著鳥籠獨居，後來多收容了一隻小土狗。她可以忍受，因為她以為，狗又不是貓，不會吃鳥雀的，至少二十世紀流傳的遊戲規則是這樣的。

這是她以為。

■

外宿求學的那段時間，二〇八〇年的十歲到二〇九〇年的二十歲，默默過著十分簡約的生活，雖然媽咪在出版帝國中的地位節節高升。她並不想依賴媽咪，但有一點除外：用功的她不得不大量使用「大硬」出版企業的產品，因為媽咪推銷的光碟書真的是又好又多。

媽咪為「大硬」瘋狂賣命，只要是大生意一定親自出馬：甚至，默默一開電腦螢幕就蹦現媽咪主演的百科全書廣告：二十一世紀的電腦就跟二十世紀的電視一樣，每隔幾分鐘就會有一段廣告出現。連幾乎絕跡的電影院，都播放媽咪的廣告，賣的是電影百科全書，默默也見過。她曾趁懷舊風潮時上過某義大利電影院，叫 Nuovo Cinema Paradiso，放的片是北歐古裝片，英格瑪・柏格曼的《秋光奏鳴曲》。媽咪親和的母性嘴角在廣告片中揚起，她在「大硬」的地位跟著飛起，默默一個人離開電影院，回到她的電腦桌與護膚台之間。

默默的手指十分忙碌。美容實習時十根手指都要派上用場：按摩，上護膚霜，再把乳霜的養分深入按摩至肌理間。使用個人電腦時指頭也離不了鍵盤：寫作業，上網路，讀 e-mail，查閱光碟書。她是個認真的學生。

她也是個認真的女孩。十五歲的默默也曾將手指伸入自己的兩腿之間的山谷，那裡可以供她彈奏白日所聽不見的奏鳴曲：在最愉悅失神的搓揉時光中，她可以看見自己乘坐氣泡浮上海面，腳板踩在晒熱的乾黃尖刺石礫上，她的手指撫摸散臥四處的〈ＭＭ〉生化人戰敗死屍，那些不流血的殘骸，承受無止盡的陽光洗禮——她摸到〈ＭＭ〉的死亡與面容，發覺是安笛的臉，〈ＭＭ〉和安笛都是生化人呀——安笛是生化人而不是人類，可否也有生死？——

她冥想至此，每每在自淫的狂放中覺醒，不能繼續。

她想沖澡，刷去胡亂的思索斷片，脫光衣衫站在蓮蓬頭下，手指在泡沫間撫摸自己的身體，如此平滑沒有任何傷口疤痕，彷彿未曾有手術在這麼美麗年輕的軀幹發生過——但，自己的，身體？身體是她自己的嗎？還是安笛的？安笛移植到她身上的臟器可以隨默默一起成長發育，所以，默默突起的乳房裡，似乎也埋藏了安笛的腺體……不過，安笛並沒有生殖能力，所以默默未曾有過月事……這樣的乳房與下體，究竟來自默默還是來自安笛？

有時候，默默不禁狐疑：移植手術之後，究竟是安笛成為默默的一部分，還是默默自己成了安笛身上的一塊肉？據說自己的這場移植手術非常浩大，安笛的身體組織有不少用在默默身上——有多少？百分之幾？該不會高達百分之九十九吧？

該不會，手術之後，默默只保留了她自己的頭顱以及其中的腦以及其中的記憶，然而身體的其他部位全來自安笛？

不會罷？她愛安笛，可是她不要這種結合。

像是一隻金絲雀關在美麗的籠子裡。

7

「妳的工作室有個好別緻的名字，『金絲雀』。相信妳的手藝也一樣美麗，」卓芭蒂說，「我真想知道：妳所指的金絲雀，究竟是指誰？究竟是什麼意思？」

卓芭蒂這位不速之客，在默默的工作室剛成立時出現。那年默默二十五歲，西元二〇九五年。那時，默默就已經立下規矩：她只接受事先預約的護膚服務，如果沒有預先知會就莽撞登門的客戶，她可是不理會的。可是這回來的是卓芭蒂，她不可能拒絕。卓芭蒂是默默第一次見識的護膚師，她的老前輩；當年如果不是卓芭蒂出現，默默可能不會走上這一行。

「默默，多年沒見，還記得我嗎？妳的臉蛋，果然還是像桃子一樣甜美，而且更加成熟紅潤了。」

卓芭蒂穿著一身藍紫紗衣，手上提著一長箱的小提琴盒子。那盒子就像是古代恐怖分子專門用來裝烏茲衝鋒槍的那一種，怪神祕的。卓芭蒂看起來一點也不老，仍然窈窕黑亮，完全是默默記憶中的模樣。畢竟她是老牌護膚師，自有養身之道。不過，或許是因為默默的心虛：她在卓芭蒂身上看到一種高貴與自信，那時剛成立個人事業的默默幾乎不敢直視對方。

卓芭蒂進了工作室，也不多話，放下小提琴盒子，就逕自寬衣。細瘦的她似乎只套了一件寬鬆的紫紗衣，但脫去之後，沒想到裡頭又是一件深靛紗衣。

默默暗吃一驚，不過卓芭蒂卻微笑地說，「我穿太多衣服了，是嗎？妳知道我為什麼叫做卓芭蒂嗎？」

卓芭蒂脫下第二件，裡頭竟然還有第三件青藍色的。再脫下，出現第四件，綠色。再脫，是黃色，接著是橙色。第七件紅色，脫下之後終於呈現卓芭蒂的赤體。默默想起二十世紀的一本小說，《如果在冬夜一個旅人》，裡頭有一名女子，她穿了層層衣物，每脫下一件衣物就會變換一種身分——

「妳想起卡爾維諾的《如果在冬夜一個旅人》？不盡然如此；我並沒有變換身分，因為穿衣不穿衣的我，都是卓芭蒂。卓芭蒂這個名字，來自古印度的傳說，《摩訶婆羅達》，妳知道嗎？故事裡的卓芭蒂有脫不盡的衣服，別人要剝光她，卻永遠不能夠。」

卓芭蒂裸身坐在護膚台上。她穿衣時顯得細瘦，赤裸時卻展現出一種幽微的豐美。她的暗色皮膚似乎經由毛細孔吸足了氧氣，看起來光潤有精神，均勻有彈性。

「可是，」默默盯住對方結實、絕不頹然下垂的乳房，勇敢地問，「妳現在不是脫光衣服了嗎？」

「在《摩訶婆羅達》中的卓芭蒂有脫不光的衣服，是因為她是被迫的。而我在這裡的赤裸，卻是自願。」

■

默默在卓芭蒂的裸身上彈奏出最盡力的一首曲目，毫不敢怠忽。她用最充足的力道按摩，用精心調製的海藻乳霜抹遍卓芭蒂身上的每一處細縫。她像一名初出茅廬的鋼琴師，面對的鋼琴正是她敬畏的一名鋼琴師的化身。

她不免想起自己在學生時代看過的一部電影——是柏格曼的《秋光奏鳴曲》嗎？片中母親是享有盛名的鋼琴師；她學琴的女兒成年之後，在母親面前彈奏，殫精竭力，幾乎不能繼續，就因為聽眾是鋼琴師母親。默默就覺得如此，只不過，在她的處境，鋼琴、琴音與聽眾三者，全都融合於同一具軀體。

護膚台上的卓芭蒂似乎非常沉醉於默默的指上功夫，她一句話也不說，眼皮閉著，時而發出呻吟：那種呻吟，像是捏破氣球發出的聲音、氣泡釋出清新躍動的歡愉……當年，十歲的默默透過〈掃描器〉在電腦螢幕上窺見卓芭蒂在赤裸的媽咪身上按摩，默默記得那時媽咪臉上露出的幸福表情，也可以在台子上的卓芭蒂身上看見……卓芭蒂，會不會提起當年默默用〈掃描器〉偷窺的情事？默默不願去想……實在太尷尬，童年的莽撞。

長達兩小時的護膚過程結束之後，卓芭蒂坐起身子，睜開眼睛，彷彿美夢初醒。她直呼滿意過癮，說要付給默默無價的酬勞：她裸裎站起，並不急於穿回衣紗，反而是抱起小提琴箱子。箱子一打開，裡頭放的自然不是樂器，但也不是軍火——反而是一支支好像牙膏管的液體。是保養乳液罷！還有一片IC。

「妳原本以為小提琴盒子裡裝的是樂器或武器？的確。這些，是樂器，也是武器。」

■

卓芭蒂挑出一管乳液，將乳液在掌心，均勻塗抹全身——塗畢，卓芭蒂全身的膚色轉淡，原來，卓芭蒂身上的皮膚開始剝離——

她像一隻百科圖鑑中蛻皮的蛇，一層半透明帶有人形的皮膚從她身上剝落，像是一具仿照卓芭蒂的身體所打製的人皮氣球。

「我又脫下了一件衣服。所以，妳怎麼能確定剛才的我是赤裸的呢？」卓芭蒂的眼神猛銳而詭密，「這是我的第二層皮膚，也就是〈膜膚〉，M-SKIN。」

小提琴盒子裡所盛裝的那些古怪乳液。原來就是卓芭蒂慶祝「金絲雀工作室」開幕的賀禮。

「默默，這是新一代的肌膚式〈掃描器〉。妳還記得吧？那是妳小時候玩過的玩具。相信妳一定可以得心應手地運用這份為成年人設計的肉體遊戲。」

卓芭蒂的話裡有太多暗示。她全知道！

「這種〈掃描器〉，在黑市也買不到。妳把這片ＩＣ插入妳的電腦吧；我來教妳如何閱讀身體。」

■

臨走前，卓芭蒂問起媽咪。

「妳們母女最近碰過面嗎？」

「並不常——」事實上，默默十歲開始住校之後，便不曾見過媽咪。媽咪的臉，都是在「大硬」的廣告上看見。

「幫我問候她吧。」

之後，卓芭蒂再也不曾到默默的工作室。她留給默默的全套〈掃描器〉乳液，〈膜膚〉液與脫皮水，全是高濃度配方，需要稀釋兌開才能塗抹，所以用上幾年也不是問題。

默默事後揣想，大概是基於卓芭蒂和媽咪的情誼，卓芭蒂才會送她如此神奇的禮物吧！據此，她不知應該喜歡或是憤怒，因為如此一來她豈不是又再一次活在媽咪的陰影之下——

陰影，無所不在……

不可知的陰影不斷逼近默默不可知的身體。

8

好了。過往的繁雜故事情節終於告一段落，精采的部分就要開始。

默默三十歲生日的那一天，也就是媽咪要來看她的日子。默默不禁苦笑，冷笑，傻笑：媽咪終於主動與她修好，是因為伊藤富江在光碟雜誌上惹出風波，所以媽咪快來看心疼的女兒以便維護母性形象？看默默，還是看默默的手指頭呢？要看自己的女兒，怎麼隔了二十年才付諸實行呢？

二〇九四年，默默二十四歲，她榮獲亞太地區創意美容護膚大賞，最光榮閃亮的一刻，默默連同她的金絲雀冠軍作品站在領獎台上，無數的鎂光燈與目光射到默默身上——可是，升任「大硬」直銷總裁的媽咪，可曾在大駕光臨會場，在台下觀禮？默默非常懷疑。說不定媽咪連女兒得獎的消息都不知悉，不然，為何當時默默的e-mail電子信箱塞滿賀電，然而媽咪連半封電子郵件都沒寄來？二〇九五年，默默二十五歲，成立「金絲雀」工作室，那時連卓芭蒂都上門道賀了，可是默默也看不到媽咪的影子——沒想到，在三十歲的生日，這個文化界超級忙人「大硬」直銷總裁終於想起來，該是探望自己的女兒的時候了！

默默的腦中竄動歇斯底里的埋怨；她相信自己的斷奶期硬是太長太久了，可是她覺得絕不是她自己的錯！

不能夠脫離斷奶期這回事——是娃兒的錯，因為執迷不長進？——還是為人母親的錯，因為太縱容孩子？——或者，根本不是小孩與母親的責任：

不想斷奶，有什麼不可以？為什麼要強迫小孩長大？如果小孩拒絕長大，為何就要把罪過推到小孩或媽媽的身上？為什麼，非長大不可？

為什麼有這樣霸道的人間規則存在？

■

媽咪終於來了，像二〇八〇年默默十歲的手術一樣，默默滿心忐忑地迎接，而這樣令她懸心的事也都極其瞬捷地降落在她身上——

媽咪她在e-mail中表示，她可以自己找上門，不必找人帶路。

默默想這也好；她才不要主動向媽咪低頭呢。

媽咪來到默默的「8」形屋門口。

媽咪還未進門，默默便從監視器看見走進門口的她——默默一時驚呆了。沒錯，那是媽咪，她是比以前老了許多，畢竟二十年沒見面了。

可是，默默在監視器中看見的媽咪，並沒有平日在廣告媒體上看見的自信亮麗，反而眼眶紅潤。

媽咪情緒太激動了嗎？

默默心中一震，覺得時間似乎打了個曲結，她似乎不是活在三十歲的二一〇〇年，而是二〇八〇年十歲的時候。一股似曾相識的溫柔心悸在她腦中浮起：她想起，自己在當年出院的那一天，也有類似的感覺。十歲那年，手術成功，安笛消失，默默從隔離無菌病房移入一般病房，終於可以等著出院的一日。在出院當天，默默躺在病床的白床單中，看見抽空前來帶默默回家的媽咪，一步一步，像古代電影中的慢動作畫面，走近自己；那一天，媽咪的眼眶也是相同的溼潤。

媽咪說，默默，我們可以回家了，妳好久好久沒有回家了。

媽咪按起門鈴了。她推門走進來。

門外的媽咪和監視器裡的媽咪一樣，穿著簡單而不似媒體上那般霸氣，不過眼眶並沒有溼紅——是不是默默方才在監視器上看走眼了？

兩人多時未見，一時不知如何應對——

正尷尬時，向來平靜的小狗安笛竟然朝向媽咪狂吠了幾聲。

默默連忙安撫小狗，「安笛乖，不要怕，這是默默的媽咪。」

媽咪也開了口：

「默默——」

（默默幾乎以為媽咪要說的話是：默默，我們可以回家了，妳好久好久沒有回家了……）

媽咪說，「默默——妳的小狗——名字也是，安笛？」

■

以小狗作為話題來導入母女的對話，似乎比較自在吧。

「牠真的也叫安笛？默默，妳念念不忘她，真像個小孩子呀。可是妳真的長成大人了，媽咪好高興。」

兩人談過小狗，便靜默了下來，彷彿無話可說。

「默默，妳的手指還好嗎？」

「很好。換了新貨，沒礙著工作。」

「那就好。」

又是尷尬的靜默。

「默默，妳怎麼會養起小狗？」

「一個客戶送的，是個有錢的日本記者。」

「是個日本記者？噢。」

「媽咪，妳今天怎麼有空來看我呢？」

「默默，今天是妳三十歲的生日——」

「可是，我二十九歲也有生日，二十五歲也有生日，二十歲有生日，十五歲有生日，妳為什麼不早來看我，而要等到我已經三十歲了？」

「默默，媽咪有苦衷，一直不能來看妳。」

「是因為事業忙碌吧。當然，妳是文化界最重要的人。」

默默瞥見媽咪隨身帶來的掌上型電腦筆記本，外殼嵌有「大硬」商標。那本筆記，她曾經見過。

媽咪來看她，也不忘把工作一起帶來！

「默默，希望有機會能跟妳解釋清楚。」

「妳隨身帶了電腦工作日誌，真的很有效率！我的工作室可以借妳當一天的總裁辦公室。」

媽咪的眼角溼了。

「我們還是來慶祝我的生日吧。媽咪。」

默默另有她的點子，關於〈掃描器〉。

9

終於，默默翻開了媽咪的電腦筆記。

她已經知道密碼。

媽咪一時不會醒來，她喝多了摻藥的蘋果酒。

沒辦法，默默實在太好奇了。她想看看二十年來，媽咪這本戒備甚嚴的筆記中，到底記載了什麼？

■

一切都在她再度看見這本筆記之後，開始計謀：

默默主動要求替媽咪做全身護膚，不過出於她意料之外，媽咪不好意思寬衣。可是，二〇八〇年，十歲的默默在〈掃描器〉中看見媽咪的裸身，全然放鬆地享受卓芭蒂的按摩。她不願意在女兒面前裸裎？也不打緊，默默還是為媽咪的雙手塗上〈膜膚〉，記憶的皮膚。默默知道，媽咪這般掛心事業，總有打開筆記電腦的一刻。只要她用過筆記電腦，她勢必曾用手指鍵入那些不可猜知的密碼。

默默在媽咪用過筆記電腦之後，遞給她一杯醇美而迷魂的酒。媽咪喝了那杯酒，瞬時甜美酣睡了，於是默默便很輕易地以脫皮藥水將媽咪手上的〈膜膚〉洗脫下來，密碼就記載在上頭。

默默將媽咪的〈膜膚〉輸入電腦——由於筆記電腦上每一粒按鍵在鍵盤上的位置不同，每一粒按鍵表面細微突起的字母紋路也各異，因此電腦很容易就解讀出媽咪的手指曾經鍵入了哪些暗碼。

媽咪的筆記電腦密碼，一共有七組字元。

七組密碼？電腦的密碼，何必如此大費周章？七組字元的密碼，其如天文數字般的複雜度是最聰明機伶的情報員也參不透。要不是借助於卓芭蒂的〈掃描器〉和〈膜膚〉，要得到這些字串根本不可能。

媽咪貴為大企業機要幹部，也難怪她的筆記本設有重重的防竊裝置。如此一來，她的電子筆記本丟在馬路上也不怕有人撿去偷看，甚至媽咪也不必急於尋回失誤，丟了就丟了，再購置一本新的電腦筆記不就好了？

原來，像媽咪用的這種電腦筆記本，雖然名為NOTEBOOK，本身並沒有儲存任何資料；它只是一個窗口，它和遠方的機密電腦資料庫相連遙遙通訊，使用者只要在隨身攜帶的筆記電腦上存提資料，便可以間接地使用遠方的電腦主機。因此，遺失了筆記電腦並無所謂，在它之中並沒有資料寶藏，寶庫在安全密守的遠方；筆記電腦只是寶庫的出入口，只要防止外人擅入即可，就像四十大盜的寶藏入口是以口令「芝麻開門」封住。

默默就是阿里巴巴。她對著入口鍵入七道封門的符咒。

可是，默默雖然知道阿里巴巴與四十大盜的故事，卻沒有警醒想到：

阿里巴巴就是闖入了原本平靜的寶穴，劫難才由此開始。

寶穴和墓窟，幾乎是同義字。

■

打開筆記電腦本，螢幕畫面看起來像是路邊隨處可見的提款機，映現紫色字樣：

——請輸入密碼。

默默鍵入第一組字元。隨即，螢幕上又出現尺寸縮小的靛色字體：

——請輸入第二組密碼。

復鍵入。之後，一次次浮出不同顏色的提示字樣，每一次的字體尺寸都略微縮小一點。默默在第七次的紅色極小字體指示之後，打入第七組密碼。

螢幕全黑，數秒之後出現兩個豔色方塊：

左邊的一塊寫有「公務」字樣，右邊寫的是「私人」。

默默不加思索地選了右邊的方格。

之後，螢幕又重新映現了九格呈井字排列的方格。在正中間的那一格，寫的字樣是「默默」。

這當然是默默的第一優先選擇！

她手指顫抖，選了中間的格子，畫面轉為下列的表格：

2070年	2071年	2072年	2073年	2074年
2075年	2076年	2077年	2078年	2079年
2080年	2081年	2082年	2083年	2084年
2085年	2086年	2087年	2088年	2089年
2090年	2091年	2092年	2093年	2094年
2095年	2096年	2097年	2098年	2099年
2100年	2101年	2102年	2103年	2104年

這些表格，究竟是什麼意思？

這群方格子，就像是默默平時蒐藏客戶〈膜膚〉的制式抽屜一般，每一格都自有一片綺麗的天地。

這是媽咪為默默所記的日記目錄嗎？

默默選擇了二〇九四年的格子，按下筆記電腦上的按鍵。

螢幕拉曳出以下一行字樣：

——二〇九四年，默默二十四歲。「默默獲亞太地區創意美容護膚大賞」。

原來，媽咪也關心這件事？

螢幕的右下角新出現了一格方塊，格子裡寫著：「觀看」。

看什麼呢？默默在鍵盤上選擇了觀看的功能。

螢幕上的字元消失，取而代之的是聲音的影像。默默擔心媽咪被筆記電腦發出的音效吵醒，便將聲音的ON改為OFF——

呀，螢幕中的景象，她見過。螢幕上的任何細節，畫面的角度，她都依稀記得。她像是在看一份記錄歷史的錄影帶或光碟片，影片的內容，就是二十四歲的她自己榮獲亞太地區創意美容護膚大賞，最光榮閃亮的一刻：連同她自己的金絲雀冠軍作品站在領獎台上，無數的鎂光燈與目光射到自己身上——螢幕像一隻攝影機的眼，在會場中搜視掃描，鏡頭中沒有媽咪。默默雖然把聲音功能轉為OFF，但她可以想像，這一段影片的聲音一定是雷動全場的掌聲。全是獻給她的。

媽咪不在畫面中——

難道那一天，媽咪就是攝影師？媽咪用影像，為她的女兒寫下了日記？

默默呀，默默！妳還能責怪媽咪忽視了妳嗎？

她太重視妳了！

默默甩去離題的思緒，繼續看。她全身狂熱，彷彿曝晒烈日之下。

她跳出二〇九四年的格子，改選了二〇八〇年。

螢幕印出：

——二〇八〇年，默默十歲。「默默手術成功」，「默默入學住校」。

默默選了「默默手術成功」的記錄。進入「觀看功能」。是的，也是和她記憶中的一樣：躺在一般的病床上。窗外有一片枯葉正在風中震顫。媽咪走進床邊，告訴自己，可以出院了。

可是媽咪卻在這段畫面中出現了。這一段，不是媽咪拍攝的吧。或者，媽咪採用全自動攝影機，所以可以把自己也拍進去？

媽咪實在太細心了。她竟然把默默一生中的許多細節都拍了出來。

「默默手術成功」這一段的紀錄影片太長，默默一時看不完；她便跳出這個項目，「出院入校」的內容她也懶得看了。她改選二〇七〇年。

畫面瞬即跳換。二〇七〇年，默默出生，取名MO-MO，「桃子」的意思。

這多麼有趣呀！連默默出生這麼久遠的往事，媽咪也記下來。

她選了「觀看」功能。

■

這是應該如何敘說的迷離景象呢？

遙遠的，疏離的，一如珍珠色古舊照片。

默默在螢幕上看見，有兩個面容不易辨識的人影浮現，因為鏡頭的拍攝距離太遠所以看起來很小，不過依稀可以辨認出，是兩名女子。她們手攜手，在霧中的山丘散步，腳步緩慢而愉快。她們走到丘頂，坐在桃子樹下吃海苔飯糰，唱山歌。這時，鏡頭移近，於是默默看見，兩名女子之一是媽咪。可是，媽咪的朋友是誰呢？鏡頭只拍到那名女子的背影。之後，兩名女子談笑，可是媽咪的女朋友還是背對鏡頭。

接著，那個朋友要求媽咪背負著她，她伸手向上撈，兩個女子摘下了樹上最大桃子。那顆大桃子，像人頭顱一般大。媽咪很開心地說話——默默不得不重新打開筆記電腦聲音功能，她想知道媽咪說了什麼。她把筆記的音量調小了一些——

畫面中的媽咪說——媽咪現在的嗓音和以前一樣，沒有改變呢——她說，在中國古代的傳說中，剖分桃子給朋友吃，所謂「分桃」，是一件佳話，表示不尋常的友誼，不是外人可以理解的——所以，我們把桃子切開來，一人吃一半，好好祝福我們兩人的情誼吧。

於是，她們把桃子切開，刀子才劃破果皮，就有一絲嚶嚶嚶的哭啼聲從桃子裡頭鑽出——這就是默默的出世吧。

默默不禁苦笑，這樣荒誕的生產童話，能夠瞞得了哪一個受過充足性教育的當代兒童呢？只不過圖個好玩罷了。沒想到，媽咪也真有童趣，把這個故事拍成通俗劇，收藏在她的日記裡。

螢幕中的小童，臉蛋紅通通溢出甜香，是個桃子的女兒；於是，媽咪的朋友便提議——那名女子說話了——她說，把這個孩子命名為「桃子」吧。媽咪的日本朋友說，在日本的古代傳說中，有一個小孩就是從桃子中生出來的，桃太郎，MO-MO-TA-RO……桃子在日文中唸做MO-MO，於是這小孩的名字就定案啦。

默默她聽見了那女子的說話聲。

那聲音，她聽過。可是——

真的是她？為什麼是她？她為什麼沒有向默默提過？

媽咪的那名朋友，就是，伊藤富江。

默默十分確定。

■

默默出生的這一節紀錄片自然是捏造的。可是，為什麼第二女主角是富江呢？富江原來就同媽咪熟識？富江是默默的老主顧，可是她竟然不知道！那麼，上回光碟雜誌中富江設計的母親節專輯，不就是對默默開了一個大玩笑？難怪，媽咪看了富江所寫的默默採訪搞之後，就忙寫了電子郵件給默默。媽咪和富江聯手起來捉弄她？默默被耍了一道？

這究竟是什麼樣的一本日記？

究竟還埋藏了多少祕密？這是默默的生命史，卻有她不明白的地方。她必須知道！

■

默默又選了一格年代：二〇九五年。

——二〇九五年，默默二十五歲。「默默成立金絲雀工作室」。「卓芭蒂拜訪默默」。

默默更覺震駭——

卓—芭—蒂？為什麼媽咪知道卓芭蒂找過自己？為什麼媽咪的筆記本有這段紀錄？

默默進入「卓芭蒂拜訪默默」的畫面，音量調為百分之十五——不能吵醒媽咪——音畫出現。

默默幾乎不能相信她自己的眼睛耳朵——不是因為所見所聞，不可相信，而是，所見所聞就是，她一直相信的！

和她記憶中的一模一樣……

連人臉面對自己的角度都一樣——

沒有雜訊，十分清晰地——

……「妳的工作室有個好別緻的名字，『金絲雀』。相信妳的手藝也一樣美麗，」螢幕中的卓芭蒂說……「我真想知道：妳所指的金絲雀，究竟是指誰？究竟是什麼意思？」卓芭蒂穿著一身藍紫紗衣，手上提著小提琴盒子，「默默，多年沒見，還記得我嗎？妳的臉蛋，果然還是像桃子一樣甜美，而且更加成熟紅潤了……」卓芭蒂進了工作室，也不多說話，放下小提琴盒子，就逕自寬衣……她只套了件寬鬆的紫紗，但脫去之後，裡頭又是一件深靛紗衣……「我穿太多衣服了，是嗎？妳知道我為什麼叫做卓芭蒂嗎？」卓芭蒂脫下第二件，裡頭還有第三件青藍色的，再脫下，出現第四件，綠色，再脫，黃色，接著橙色，第七件紅色，脫下之後呈現卓芭蒂的赤體……卓芭蒂裸身上護膚台，她穿衣時顯得細瘦，赤裸時卻展現幽微的豐美……她的暗色皮膚經由毛細孔吸足氧氣，光潤而有精神，均勻有彈性……

面對筆記電腦螢幕的默默，看見多年之前的影像，完全無誤的複製記憶。

默默還發現了非常詭異的一回事。她方才偷看了這麼多頁的默默生命史記錄，可是，在這些紀錄影片中，最重要的角色竟然始終未曾在畫面中出現過——

默默沒有在影像日記中看到自己。

在她的日記中，竟然未曾出現她自己的臉。

■

如果說，媽咪是這些影片的攝影者，媽咪就不該在影片中出現——這一點是不成立的，因為，卓芭蒂來訪的那一次，媽咪根本不可能在現場拍攝！

默默心裡一股不祥的預感襲來——不禁想起同年時期所玩的那種粗陋〈掃描器〉——不大可能罷，難道有人在默默的生活環境中安裝了〈掃描器〉？收集來的影像全部轉入媽咪的筆記？

默默真想把媽咪搖醒，質問她這是怎麼回事？她怎麼可以用這麼拙劣的方式窺視女兒的生活？——可是，默默轉念一想：自己豈不是也正在窺視媽咪的日記？同樣都是窺視者，誰比較理直氣壯——？

如果媽咪經由〈掃描器〉窺視了默默的私生活，她必然早已知道默默利用卓芭蒂的〈膜膚〉窺視客戶群！但，這豈不是矛盾——如果，媽咪果然經由〈掃描器〉知道了默默的作為，媽咪為何願意讓默默塗上〈膜膚〉呢？

或許，媽咪利用的並不是〈掃描器〉？

默默腦中有了另一種解釋，但是她自己也不甚明白：

在筆記中的這些影像與聲音，根本不是機器所錄製的啊。根本就是默默親眼曾見、親眼曾聽的生命經驗啊。不然，為何那些景象的景框、角度、色澤，完全與她自己的記憶吻合？

會不會，就像芝麻開門的岩穴是寶庫的入口、就像筆記電腦是遠方電腦主機的窗口——而默默五官所經驗的一切資訊，不但流入默默的大腦，也流入了不知在何處的電腦資訊庫？

窺人者，人恆窺之……

這個感官世界，竟然是這麼的，不可信任？

■

默默卻不能止住她的手指，繼續探索——像是童話故事中穿上紅舞鞋便不能抑制舞踏驅力的可憐女孩。

默默想，若是筆記中的記載全來自於她的經驗，那麼，現在的經驗呢，未來的經驗呢？筆記上也提供西元二一〇〇年起的時間選項，如果默默選了二一〇一年，她不就可以看見未來自己的經驗？

她先試了二一〇〇年。

二一〇〇年，默默三十歲。「手指更換手術」。「媽咪來訪」。

她選了「媽咪來訪」。

於是，她看見下列的畫面，全是她自己的主觀鏡頭：

……監視器中媽咪走近門口……安笛小狗騷動……媽咪進門……小狗吠叫……母女兩人吃水蜜桃蛋糕……為媽咪的雙手護膚兼塗上〈膜膚〉……媽咪喝了酒睡著……默默取得媽咪手指上的〈膜膚〉推知密碼……默默進入媽咪的隨身電腦……密碼七道全無錯誤……

螢幕重現方才的畫面，完全一樣的——二〇九四年的畫面，默默領亞太大賞，二〇八〇年，躺在病床等候出院，二〇七〇年，在桃子中發現默默娃娃，二〇九五年，卓芭蒂帶來〈膜膚〉……

過去的紀錄都看盡了。完全吻合默默見過的一切，連角度都沒有偏差。一切，都是遲到的、卻早已為感官所看見的「既視現象」，可怖的，déjà-vu……

默默面對的電腦螢幕畫面中展示的影像就是默默現在盯住的畫面……這是一條無盡的影像行列：

默默看著螢幕中默默正在看的螢幕，這個螢幕中的螢幕所展現的畫面是默默正在看的螢幕，其中所展現的是——

■

默默心裡閃過一個拉丁語辭，ad infinitum，無窮無盡——

當事物的狀態達到 ad infinitum 的狀態，原本乍看完好的世界秩序便開始崩解了，所謂解構。

先哲說，différance，「衍異」，你想追索的真實意義不斷地衍化變異轉移，意義是不住逃逸只吃空氣的變色龍。他們說，mise en abyme，「密藏那筆墨」，你不斷翻找，然而衣服之下仍是衣服，密碼之後仍是密碼，黑洞之內還是黑洞。

默默發現她什麼也看不見了。因為她臆想的世界已經放棄了她，徹徹底底。

彷彿她回到了十歲那年，被迫進入手術房進行大解剖開刀儀式的那一天，冰冷，冷酷，不省人事，毫無抵抗的能力。

■

在麻醉的蒙太奇碎片映像間，默默又夢見了安笛，她的姊妹：只是，安笛的身軀化為一隻黃雀，飛走了，很高，很遠。默默想呼喚安笛回來，卻發現，自己已經沒有發聲的能力。沉默淹沒了她。

10

「從今以後，妳打算如何照顧默默？」

在亞洲某座島嶼的赤黃乾熱陸地上，有一座形如魚眼珠截成一半的透明建物。圓罩雖然透明，卻可以阻隔外界射入的過量紫外線。這裡是陸上的捷運車站；數分鐘後，一班直達海底T市的特快車就要開啟，估計可在一小時內抵達。

卓芭蒂和默默的媽咪坐在候車室的咖啡座一角。

「默默為我們機構付出不少奉獻，我們很感謝她的合作，」卓芭蒂說，「要不是她最後竟然自行竊讀機密要件，我們還是很願意繼續用她。還好她不是惡意犯罪，她竊讀的也不是太緊要的密件，上頭的人才不計較。」

「還是讓她回家罷。她已經在妳們廠裡待了二十年，夠久了。」

「妳回去之後，有何打算？」

「我問問看默默自己的意思吧。看她要換一具生化人的身體，還是要電腦閱讀設備。她這一生，總要有機會為自己做決定。」

在媽咪手中，有一個水晶玻璃盒，盒中備有自動維生系統的細緻管線。盒中粉紅柔軟的團狀器官，就是默默。

默默和她的安笛分開了。

終於，默默要和媽咪回家了。

■

二〇八〇年，那年默默十歲。她住院三年之後，終於被推入手術房進行籌備多時的複雜手術，十三位外科醫師同時為平躺在台上的小默默操刀。當時默默已經全身麻醉，並不知道她的小玩伴安笛和她躺在同一間手術房裡。

那一場手術原先的計畫是，切除默默身上敗壞不堪使用的多種組織器官，改以安笛身上的臟器代替。因為這具安笛本來就是專為默默的體質設計的，默默在生理上甚至心理上都不會排斥安笛，因此這樣的移植手術大致上沒有問題。可是，手術沒有像原來計畫中的那般順利。

十三位醫師打開十歲默默的體腔，才赫然發現她的身體比原先檢驗結果所顯示的還不堪使用。默默的顏面器官、皮膚肌肉、消化系統、生殖系統、循環系統、淋巴系統等，無一不是受到嚴重的「LOGO菌」感染，必須全面更換為生化人的組織。默默住院三年，關在無菌房內，但也只能抑制「LOGO菌」對默默身軀的殘害速度，但絕非釜底抽薪之計，不能再把默默推回病房裡。既然已經在默默身上劃下一刀，就繼續吧，將手術完成。醫生們為手術台上的默默接上維生管線，把默默身上感染的部位切除，最後，倖存的器官，居然只剩下默默的大腦。默默全身只剩她的大腦是健全的，可以存活的。

就這樣把默默的腦移入小安笛的身體嗎？如此一來，究竟是默默獲得了安笛的身體，還是安笛得到了默默的腦？或許，在此這種玄虛的主體客體問題不是最重要的；要緊的是，默默的腦移入安笛的身子之後就可以存活下來，一如正常的小女孩嗎？

答案是，不行。也不行。生化器官在人體內的比例太高了——或者應該說，這麼一來人體器官在生化人體內的比例太低。當初小安笛的設計者，根本沒料到默默全身只剩大腦可堪繼續使用；如果硬是把兩者合而為一，光靠默默幼小的腦根本不足以使喚一整具生化人身體。二〇八〇年的民間生化醫學還不能解決這個問題，當時就算換一具更精良的生化人身體給默默也沒有用。

正當手術房內群醫束手無策，擔心默默的腦無法繼續存活時，卓芭蒂帶來她的聾人提議。

媽咪接受了卓芭蒂的建議：因為最要緊的是要讓默默的腦活下去，而其他考慮都在其次。她們簽了合約。

■

卓芭蒂在默默住院時期就探望過默默幾次，自稱是〈ＩＳＭ〉企業的特派代表。〈ＩＳＭ〉企業頗富威望，跟太平洋盆地各大國及企業的關係良好，其經營範圍大抵相關於〈ＭＭ〉，海陸兩棲的戰鬥式生化人，以〈ＭＭ〉的製造與修護著稱。可以說，〈ＩＳＭ〉是新世紀的軍火業新貴。

光是它的名字就很懾人：〈ＩＳＭ〉唸起來音如「一神」，而在許多震撼人心操控人世的觀念中也可以發現〈ＩＳＭ〉，如imperial-ISM（帝國主義），colonial-ISM（殖民主義），capital-ISM（資本主義），fasc-ISM（法西斯），national-ISM（國家主義），sex-ISM（性別歧視），heterosex-ISM（歧視同性戀），rac-ISM（種族歧視），fundamental-ISM（基本教義派），post-modern-ISM（破／後現代主義）……等等。卓芭蒂代表〈ＩＳＭ〉而來，誰能等閒視之？因此院方面對卓芭蒂的不告而來感到詫異，但也無可置言。

卓芭蒂似乎早在默默住院時，就知道二〇八〇年代正規的醫術根本救不了默默。對於生化技術，她主張一種逆向的思考：

人類與生化人結合的方式有兩種，尋常的一種是，從生化人身上挖取人類所需的器官、移植到人體上，使人回復健康；但，也可能從人類身上取得生化人所需的器官，讓生化人更像人，這是第二種做法。反正，這兩種結合方式都可能為人類帶來好處，延續人的生命，所以何必放棄第二種做法，而死守以人為中心的人本主義呢？卓芭蒂以她代表的〈ＩＳＭ〉高科技企業承諾，就把默默的大腦交給〈ＩＳＭ〉企業撫養吧；該企業已設計出最新最精良的生化人，此種生化人的軀殼內已經為人腦留下舒適的空間，非常適合人類的大腦安居。

卓芭蒂也承認，這種新型生化人雖然有高超的人工智慧，但在面對精微工作時仍有不識人性細緻的遺憾，因此，非常需要活體人腦作為補助。只是，願意借出活腦的人極少，卓芭蒂便主動來醫院找。

媽咪終究和卓芭蒂簽了約，將默默奄奄一息的大腦交給〈ＩＳＭ〉。

合約中開出的條件是，〈ＩＳＭ〉全力以高科技讓默默的大腦在生化人體內健全成長，不只大腦可以存活而且也能進行思維等等的運作，所需花費（甚至包括默默住院三年所耗費的醫藥費）都由〈ＩＳＭ〉負擔。

這麼慷慨的支票，則要以二十年的光陰來交換：媽咪必須允諾，在二十年內，默默大腦的監護權全部屬於〈ＩＳＭ〉，媽咪若要探望小默默必須先向〈ＩＳＭ〉申請，〈ＩＳＭ〉對於默默的再教育都不容媽咪干涉，而且默默的大腦也有義務為〈ＩＳＭ〉服務。二十年合約期滿之後，再視雙方訂約人的意願，決定是否續約。

媽咪答應了。只要是能讓默默活下去，就是一個乍現微光的出口。

手術房中，小安笛的身軀派不上用場而作廢，默默割下的受感染器官也大致燒燬，只留小部分製成標本供醫療研究用。而默默的腦，則安放於設有維生系統的玻璃箱中，像是玻璃棺中的白雪公主，由卓芭蒂帶回〈ＩＳＭ〉總部。〈ＩＳＭ〉總部不在海底，而在遙遠的大地上。

媽咪能為默默做什麼呢？把女兒託付給一個龐大的機構，一個位於枯黃泥土上的冰冷建築，一個機構，institute，一個托辣斯，trust，她知道〈ＩＳＭ〉就像「大硬」一般難以應對，彷彿她只能固守被動的地位。可是她不甘心。

她要為默默寫日記。

11

默默沒有了五官，沒有認識世界的窗口了。

可是，媽咪希望默默在〈ＩＳＭ〉的二十年時光中，不要以為自己只是一個腦、不是一個人而感到自卑；她希望默默可以像任何一個健康成長的女孩，有一連串豐富而五味雜陳的生活故事：如此的一個女孩，她的腦裡應該有憧憬，有童話，有性，有人際關係，有學識，有事業，有女朋友或男朋友或單身，有應對母女關係的想法。媽咪擔心默默的腦子沒有機會去想這些女孩子會想的事。於是，她要為默默想，她想藉由寫日記的方式讓默默腦中的網路活絡起來。

媽咪在「大硬」出版企業服務，要訂製光碟書並不困難。媽咪寫好一份一份的腳本，送至「大硬」的製作部門，一張張聲光並茂的光碟日記便出廠了。媽咪再忙把這些光碟快寄給陸地上的卓芭蒂，要求〈ＩＳＭ〉播放這些光碟日記給予默默大腦刺激，讓默默的大腦以為她接觸的這些光碟書就是默默自己的生活經驗實錄。

媽咪為默默設計的第一張光碟日記，主題是「默默出院」。她寫下腳本：

■

【默默出院】

【時間】默默十歲，二〇八〇年某月某日午後

【場景】一般單人病房，白病床，有窗戶，風可吹入，窗外有一棵樹，樹上有一片葉子。

【人物】媽咪和默默。

【對白】

（默默醒來，媽咪坐在她身邊）

（默默看見開敞的窗戶，微風從窗外吹向床上的默默）

媽咪：默默，手術成功了。媽咪好開心呀。妳不必住原來那種鳥籠一般的密閉式無菌病房了，妳可以在一般病房看到窗外的樹葉。

默默：（留白，由默默的大腦自由回答）

媽咪：默默，再告訴妳一個好消息：媽咪升官了。不再是普通推銷員，媽咪現在是行銷經理了。以後我們可以過比較優渥的日子囉。

默默：（留白，由默默的大腦自由回答）

（數天之後，出院手續辦妥）

【場景】同上。

（默默躺在病床的白床單上）

（默默看見抽空前來帶默默回家的媽咪，一步一步，像古代電影中的慢動作畫面，走近默默自己）

（特寫：媽咪的眼眶溼潤）

媽咪：默默，我們可以回家了，妳好久好久沒有回家了……

媽咪在抽屜中寫完這份腳本。

她必須趕快製作完成這張光碟，早一點送去讓陸地上的默默閱讀，否則默默的一顆大腦孤單地留在〈ＩＳＭ〉，無事可想，一定很寂寞難受罷。

之後，隨著時間的發展，媽咪在銷售業務之餘，總不忘忙裡偷閒，熬夜為默默編造光碟日記。她向前寫下默默的求學生活片段，也溯往寫了默默的出生：她寫了一個童話，內容是媽咪和舊友伊藤富江上山採桃子……

這些光碟片日記，都寄給默默讀了。默默一直不知情，以為她讀的這些假日記就是她的真實生活。

■

實際上，默默在陸上的二十年之中，媽咪根本就沒有機會上陸地探看默默：媽咪在「大硬」的工作固然丟不開，〈ＩＳＭ〉對於媽咪的要求會客又百般為難。變通的方法，是〈ＩＳＭ〉也把默默的生活片段以及思維片段擇要編成光碟，（當然，〈ＩＳＭ〉不會交代默默一切的一切的細節，〈ＩＳＭ〉是最要求機密的軍火商欸。）也算是默默的日記罷，寄給海底T市的媽咪看。

媽咪在〈ＩＳＭ〉寄來的光碟日記中，看見默默的腦被置入一具沒有面目的生化人技工體內。沒有面目，是因為這位生化人技工不需參與人類的社交活動。她看起來像是一具百貨公司中常見的塑膠模特兒，沒有什麼可辨的特色，只在頸部鏤刻了十位數字的工作號碼以供識別。

從光碟中看來，默默的新軀幹成日守在一間負責修補〈ＭＭ〉的工作房之中，這間工作房專門負責精密工事，設備比其他的工作房齊全，在默默的腦中被想像成「８」型工作室。默默的工作內容一概是檢驗送修的〈ＭＭ〉，並加以補漆、上油、更換零件。這些粗略的工作本來只要一般的生化人便可以應付，但某些特別精密、隸屬超級強權的〈ＭＭ〉機種則需要人腦的細緻才可以勝任照顧，這就是〈ＩＳＭ〉要借重默默腦部的地方。〈ＩＳＭ〉也不否認，人類大腦輔助生化人工作，默默的案例要算是〈ＩＳＭ〉的初步實驗；不過〈ＩＳＭ〉宣稱不會糟蹋默默的腦啦，請媽咪放心，反正大腦是越使用就越健康的嘛，與其把默默的腦鎖在玻璃箱裡還不如讓它多多運動。

可是——那麼枯燥的工作！媽咪想了就心疼。媽咪只好再多寫一點光碟日記給默默看，免得默默的腦子沒啥趣事可想，一失控就察覺了它的存在現況。媽咪也把自己在「大硬」的工作進展寫在日記裡。

不過，在〈ＩＳＭ〉定期寄來的光碟片中，媽咪也看見默默腦中的想法：默默並沒有察覺自己已經是在陸地上工廠為生化人服務的一顆腦袋，反而以為自己的手術成功，而且自以為還住校求學去了。只是，默默的腦裡常蘊生孤單寂寞的感覺，並且頗有責怪媽咪只顧事業而不理會她的意思。

冤枉呀，媽咪在讀〈ＩＳＭ〉光碟時喊著。可是，有什麼辦法呢？她只能設法刺激默默的想法，但是默默的思考方向則是媽咪無法全力控制的。

■

在陸地上的〈ＩＳＭ〉〈ＭＭ〉修護廠中的一具生化人之中的默默腦袋裡，有三種力量共同決定了默默的想法：

第一種，是媽咪寄來的假造日記。

第二種，是〈ＩＳＭ〉方面灌輸給默默的想法。

第三種，是默默打自手術之前便腦中殘存的思維。

這三種混融合一，才是默默以為自己所認識的世界。

譬如，默默以為她自己是位護膚師。這是因為〈ＩＳＭ〉也不希望默默知道自己的工作是修補軍事武器，便誤導默默，讓她以為——

她面對的一具具〈ＭＭ〉是人類的裸體，她為〈ＭＭ〉保養就是為人體按摩，她為〈ＭＭ〉上漆就是在裸體周身抹上乳液，而她的個人工廠隔間就是她的護膚師工作室。

默默會這麼奇想，媽咪也是幫凶：媽咪寧可讓默默永遠活在這個時尚的謊言裡，而不要發現她的真實殘酷處境。媽咪自告奮勇，提供大量的美容保養光碟雜誌寄給默默的大腦閱讀，好讓默默深信她自己就是T市首席護膚大師。

■

默默從媽咪和〈ＩＳＭ〉截收來的資訊，經常都被默默自有一套的想法扭曲詮釋。譬如，媽咪寄給她的光碟中提過伊藤富江的名字；富江是媽咪舊日的朋友，可以算是默默的另一位母親——未料，默默便將日本企業所擁有的一批〈ＭＭ〉全部視為伊藤富江的身體，反正都來自日本嘛。

媽咪在光碟中寫下她和卓芭蒂在醫院認識，默默竟然也就把這回事衍生為一場媽咪的豔遇。又有一次，默默在保養一具美國的〈ＭＭ〉時不慎刮傷機體，她便幻想自己在一名白種少女的頸子上留下一彎一彎如新月一般的刀痕——

媽咪得知默默的這些狂想後，哭笑不得，可是又能如何？總不能揭發真相吧？

還有那隻小狗，安笛。當然〈ＩＳＭ〉不會在工廠內放置真狗；那是一具〈腦波穩定器〉。默默在〈ＩＳＭ〉工作多年之後，腦波出現雜訊影響了工作品質，她更換工作專用生化手指時又在腦中產生悸動（默默還是對多年前的手術懷有惡感），所以〈ＩＳＭ〉便在默默的工作廠設置了一具〈腦波穩定器〉，以便調節安撫默默的大腦。〈ＩＳＭ〉乾脆暗示默默，這是伊藤富江送來的小狗——默默相信了。

不過〈ＩＳＭ〉最需要蒙騙默默的部分，是關於〈膜膚〉。〈膜膚〉的一切，〈ＩＳＭ〉都不會洩漏給媽咪知道。

二〇九五年，也就是默默以為自己成立了工作室的那一年，卓芭蒂帶來了〈膜膚〉。這是〈ＩＳＭ〉最新的機密產品。

默默以為〈膜膚〉是竊取客戶身體機密的方式，默默也以為可以從這種窺視狂熱之中得到快感。當然，默默面對的客戶不是人體，而是〈ＭＭ〉戰鬥型生化人。不過塗在〈ＭＭ〉機體上的〈膜膚〉，也的確是竊取機密的方式。這種機密，不是肉體的，而是軍事的。默默的大腦可以由此得到快感，是〈ＩＳＭ〉給予默默的甜頭，另一方面也是為了激勵默默多多利用〈膜膚〉窺視。只不過，更大的甜頭是留給〈ＩＳＭ〉自己吃的。

默默在多具〈ＭＭ〉取下的一層層〈膜膚〉，記載了這些〈ＭＭ〉的經驗：戰鬥經驗，偵查經驗，訓練經驗。〈膜膚〉上記載的一道彈痕或隕石刮處，都可能是值得參考的軍事機密。試想，默默為這些〈膜膚〉整理了多少光碟片。這些無價的軍事情報，成為〈ＩＳＭ〉的另一種不可計數的龐大財源。

二十一世紀，軍火業的民營化趨勢更盛，民間工業的分支也更繁細，因此沒有哪一個國家或企業有能力總攬上中下游的整個軍火系統。〈ＩＳＭ〉因此成為軍火專號，重點就在〈ＭＭ〉戰器，許多國家和企業都向〈ISM〉購買〈MM〉，連修護〈MM〉的工作也通常由〈ISM〉一手承包。

難道，這些國家企業不會擔心〈ISM〉從中竊取軍機？——當然會。當然謹慎。只是，他們不會想到，〈ISM〉竟然開發出〈膜膚〉，這種有記憶的皮膚，大方非常地偷偷記載每具〈MM〉的戰鬥史，然而〈ISM〉的客戶完全不知道。〈膜膚〉簡直就像是〈MM〉表面烤漆的一部分，除了〈ISM〉內部的高階人士，沒有人會知道。

就算是最常應用〈膜膚〉的默默，也不懂得她從〈膜膚〉獲得的資訊是什麼。

■

只是，〈ISM〉沒料到，在默默將近服務期滿時，她會因為媽咪上陸接她（默默並不知道媽咪是來接她回家，二十年終於期滿了）而擅作主張，盜取密碼竊讀〈ISM〉電腦主機的高層密件——幸好，默默只讀到媽咪以前寄給她的光碟日記存檔。幸好，默默一點也不知道她做了什麼事。幸好，巡廠的卓芭蒂及時發現，立即切斷了默默大腦的意識。

反正〈ISM〉與媽咪簽的二十年合約已經差不多到期，默默的大腦對〈ISM〉提出不少貢獻，〈ISM〉也就不多加計較，便將默默的大腦交還給早就上陸等著領回大腦的媽咪。

〈ISM〉計畫蒐集更多，更年輕、更靈巧也更容易使喚的人類大腦，加入〈ISM〉的工作行列。默默的腦子，只是〈ISM〉第一階段的試驗品。

■

在媽咪走進直達海底T市的特快車之前，卓芭蒂說：

「請妳不要責怪我們〈ＩＳＭ〉占有妳的女兒長達二十年。她在這裡活得很好；她的腦部活動非常活躍。她這二十年並未曾察覺自己不是一個完整的人。她真的以為自己像常人一般活著。」

「我知道。」媽咪的表情很安然平和。

「妳打算為她找一具新的生化人身體嗎？」

「算了。我不想讓她發覺真相；我寧願她永遠留在她的腦海裡做夢，美麗而完整的夢。西元二一〇〇年了，可以養活大腦的維生器並不難找。就讓她留在維生器裡休息吧，我會多找點書給她看，讓她解悶。」

「默默是個很可愛的女孩。我很喜歡她。」

「我知道。謝謝妳。」

12

坐在特快車廂的膠囊艙裡，媽咪來回撫摸裝盛默默大腦的玻璃盒子。

快車朝向海底鑽刺，車窗外的海波震搖，水泡粉碎。

■

——默默，妳記得阿莫多瓦的《高跟鞋》這部電影嗎？我看了之後，就把這個故事寫在光碟片裡頭，寄給了妳。你看了嗎？這部電影說的是母女重逢的故事，母女兩人之間本來有著重重誤解，不過後來卻又回歸親愛了。還有，柏格曼的《秋光奏鳴曲》，也是母女之間的故事，我在光碟日記裡也曾介紹過，妳還有印象嗎？記得我看這部片的時候，心一直往下掉。那時候，真不知道要忍耐多少日子才能帶妳回家！把妳丟在陸地上的〈ＩＳＭ〉，全是不得已的；當時只有〈ＩＳＭ〉可以讓妳的腦子存活下去。可是，二十年的期約。真的太久太久了。

■

——還有一部影片，是維斯康提的《魂斷威尼斯》。妳知道威尼斯嗎？那是一座陸地上的城市，非常古怪，城裡的河流比馬路多，交通工具是一種叫做岡朵拉的小船。威尼斯的人們是住在陸地上還是小島上呢？這很難說。有很多很多橋，為了穿過很多的河。過了一座橋，就像到了另一個世界，所以威尼斯的人每天都在無數個世界穿梭。那個城市的狂歡節也非常特別：有些人會戴上哭臉的面具，可是，他們的心中卻是狂喜呀。《魂斷威尼斯》，當時我一看了就陷在影片之中，片中的老人迪鮑加在片尾斃命時，我也覺得我幾乎等於死去了。那老人，深愛他的女兒，可是她的女兒早夭。那老人，萬分執迷地尾隨一名俊美的少年在威尼斯溝渠間流連，沒有肉身的接觸，只有若隱若現的凝視，老人絲毫不顧瘟疫已經爬上他臉上的老人斑痕。他沒有得到什麼實質的，可以摸得到的快樂。少年只是他觀看的對象，也不算是活的；惡病逼迫老人瘁死在白色沙灘上，而少年就在老人闔上眼皮間消逝。如此一來，女兒，父親，少年，不都是死物嗎。片中迴旋馬勒的第五號交響曲，音符高亢哀鳴，刮痛我的魚尾紋。

■

——默默，啊默默。妳知道妳為何名叫默默嗎？我和以前的一個朋友，伊藤富江，很想要一起撫養一個女兒，以紀念我們的友愛。於是我們去求得了一個試管嬰兒。

——那家醫院四周種了桃樹，有些過熟的桃子滾落到我們面前。富江靈機一動，便說，呀，這個孩子真像日本童話中的桃太郎，打開試管倒出來就是個好寶寶咧，就叫娃娃為MO-MO吧，也就是桃子的意思。可是我說，我們的寶寶是女孩子，怎麼會像桃太郎呢？桃太郎是個野蠻的男人呀！富江想想也對，不過就算桃太郎不可愛，桃子這種水果還是討喜的，所以，妳就是「默默」啦，MO-MO。

——只是，沒想到，醫院交給我們的默默是個男生，有小雞雞的。院方擺了大烏龍。我和富江也只好接受，還好，小男孩也是滿可愛的。不過更大的問題在後頭：我們的默默不但是男孩，全身還染上了當時的一種病毒，叫「LOGO菌」——原來妳早在試管中就受到感染了，可是一直長到五歲才發病，到了七歲更非住院不可。醫院說，默默必須接受大規模的器官移植，說不定可以在手術時順便把男性改為女性，還有，最好先訂製一具量身的小小生化人備用，以供移植。當時，我只得乖乖點頭，都是為了讓妳好好活下去，我又能有其他的選擇嗎？

——當時送妳去醫院，到底是不是錯誤的決定？

■

——我不知道。當時我很年輕，很多事沒有想清楚。我只知道應該把妳送入醫院，而且我應該拚命賺錢，為了我們母女。那時候的我，是很孤單的，就像住院的妳一樣，一個人睡在一個空房間裡。

——妳或許要問：哪麼，我的那個日本朋友，伊藤富江呢？她，她早在妳很小很小的時候就離開我了。不要問我為什麼，因為我一時也答不出來。我只知道，我很想念她。我甚至一直在光碟日記裡反覆刻寫她的名字，相信妳也讀到了，所以妳才會幻想她是妳的熟客。其實她是你另一個媽咪。

■

媽咪撫摸玻璃盒子的手指突然抽搐起來。她知道，回到了T市之後，她也應該到健康中心做個例行的檢查。如果要做個指頭手術也無妨，反正媽咪是「大硬」企業的要人，醫療帳單可以交給「大硬」去付。

■

——妳的名字，MOMO，除了有桃子的意思，也很類似另一個英文字MEMO，備忘錄。有很多事，用不著記下來也不會輕易忘記的，可是人們還是需要備忘錄，以另一種方式留住記憶。

——默默：妳願意相信，媽咪真的很愛妳很愛妳嗎？

13

薄霧像一層膜，籠罩住這個溝渠交錯的城市。

幽暗冥霧中，浮現出陸地與河流的輪廓。

默默一個人躺在一座拱橋中央，緩緩從迷夢中醒覺。

威尼斯的狂歡節已告尾聲，化裝的歌舞人群早已經走過這座小橋，歡欣的雜沓人聲已經流向都市的盡頭，遠離了默默。默默依稀記得，那些化裝者之中，有人的造型是吸血鬼，是狂人希特勒，也有人扮成性感女神瑪麗蓮夢露：扮美女的人當然是男子啦。有更多的人採取威尼斯狂歡節的傳統裝束：載上繪有淚珠的金銀小丑面具，在豔麗服裝上加掛飾品，如掛上咕咕鬧鐘或英代爾INTEL電腦公司的ＩＣ片，或者是又復古又前衛的七彩保險套氣球。

至於默默自己的打扮，是什麼樣子呢？

她站起，並不急於走向陸地，反而朝向河面探頭，想看看河中自己的倒影。這條靜止的死亡之河，十分合作地映照出默默的面容：

默默也穿了小丑裝，臉上戴了最傳統的哭臉面具。不過，默默的頭頂有點特別。她的頭頂安裝了一具小巧的鳥籠。籠子裡面有一隻金絲雀。小鳥不叫也不跳，像是熟睡於美夢的黑洞裡。

人們都走遠了。

默默不知道該往哪裡去，應該走過哪一座橋，走向哪一個廣場？或者，她應該走下小橋，把面具取下，汲水洗一把臉？——

正當她猶豫時，她聽見一陣熟悉的聲音，呼喚她。

是媽咪。她向默默走近，像是舊式電影中的慢動作畫格，走近她的女兒。在這個特寫鏡頭中，媽咪的眼眶溼潤。

也有一隻金絲雀停棲在媽咪的頭頂，鎖在籠子裡。白膜一般的霧，仍滯留在這個城市的河上。

媽咪說：「默默，我們可以回家了。妳好久好久沒有回家了。」

——一九九五年第十七屆聯合報文學獎中篇小說獎首獎

——《聯合報・聯合副刊》，一九九五年十月十五日連載至一九九六年一月一日

《美國世界日報・小說世界》，一九九五年十月三十日起連載

夏天的故事

1

「你見過照片裡的這個人嗎？他已經死了。」

我說，你死了。

你真的早已死去。

以前收集了一疊你的照片，但我在入伍前就撕得精光了。只是，沒想到現在我手裡又有了一張你的照片——全然是巧合，意外。這一張照片，現在只算是眾多檔案中的一份而已。

當然我還是會非常用心審視你的照片，甚至為了你承擔風吹雨打之苦，但是出發點完全不同於昔日：這一回我要的是錢，不為別的。一九九五年畢竟不同於一九八六年；哈雷彗星早就飛走了。

我戴了銀黑的雷朋墨鏡，手心握著冰可樂，撐了黑傘站在綿長溼黏的夏夜雨中，脖子上掛了陪我成長的NIKON單眼相機，回想起哈雷彗星飛掠台灣上空的一九八六年。

2

一九八六年初始，我們幾個酷愛攝影的死黨在永和福和橋邊租了一層公寓。大夥總愛興致勃勃在公寓陽台討論，計畫從春天開始準備、在暑假前辦出一個學生攝影展，主題是「夏天」。因為我們都深愛夏季，喜歡太陽烙印在風景上的猛烈對比顏色，喜歡人體在三十度高溫下的金黃色流盪光澤，喜歡長假漫漫的環島攝影旅行。這個迎接夏天的攝影展，可以把季節包紮在相紙膠捲裡，永恆不怕熱力消散。

你和我直到分租公寓之後才有了進一步的認識。那是我的煉獄的入口。

記得那年四月春假，我們仍然交好幾乎如同情侶的時候，兩人不自量力背了超重的攝影裝備，坐自強號火車往高雄去，想到墾丁拍下哈雷的影子。火車途經生養你長大的嘉南平原小鎮，你指給我看，我默記了下來：這小鎮不夠大，自強號不停靠。我們轉車到恆春，租機車前驅墾丁，兩人住在你早已細心訂好的墾丁天主堂床位，在天主護祐下共眠。我倆貪玩，本說好要拍哈雷的，但到了墾丁才發現裝備帶得不對，所以兩人乾脆只帶簡單的鏡頭便到海邊戲浪去了，拍了很多關於海洋以及少年的照片。你在冰浪間玩得高興，我卻自知深陷在火海之中，比你更覺孤冷，卻笑得比你開心，不信的話你可以去求證你我後來各自撕碎的照片。

見到千百遊人忙看哈雷，我們當時便阿Q地想：可見哈雷一定很容易看到吧，何必急於一時呢，玩夠了再看罷——結果，直到回程台北，這才想起遺望的那顆星星。你笑說反正哈雷在夏天時還看得到，要不然再等七十六年彗星也會回來，到了二〇六二年的時候再一起去看吧！

可是，我連一九八六年都覺得搖搖欲墜了——春天之後，夏天一開始，你就遠離我，因為你發現了我的執迷：你發現我竟然在收集你的個人照片。我甚至偷拿你的中學畢業紀念冊來翻拍，拿你的身分證、學生證、機車駕照來翻拍——你發現我陷在流沙中，不住下沉，渴求抓緊一支稻草以供我爬升——可是，你把最後一支稻草抽走，我跌下，從沙漏的一端穿孔滑入另一頭。你不必假惺惺問我另一頭的沙是不是比較滾燙——沙漏的兩端畢竟是一樣的，別想從沙漏的臭玻璃殼子中逃出來。你躲我，彷彿我的天真意圖果真是社會定義的性變態。聽說，你甚至曾當眾聲明——你希望我和你兩人從未曾認識。難道，我們在夏天之前合拍的照片都是假造的嗎？難道我們連朋友關係都不可能再維持了，只因為，你發現了真相？

哈雷，我始終沒有看見。夏天攝影展，也不了了之。

期末考終了，暑假開始，我從大家合租的公寓陰影中走出，覺得陽光刺眼；除了我之外的人都跑光了，你跑得尤其遠。我太久沒有你的消息了，我打電話四處問起你的下落，結果大家都不耐地說，「他不想看見你，你又何苦呢？聽我的話：不要想他了，你們又不是同路人。」那麼我與誰同路了？原來如此。我與你們屬於兩個不同的國度。我所在的地方，原來是，Another Country。

我對你的掌握，全化為一句句的「聽說」：聽說，你幫舞蹈社的期末舞展拍攝舞台照。聽說，你因此跟首席女學生舞者交好。聽說，從此你將脫離我們經營的社團，獨自去拍你的人體攝影，反正你有現成的理想模特兒。攝影的靜止，與舞蹈的躍動相較，果真是後者更能使你傾心；舞台的亮麗，似乎也遠勝暗房的陰黑溼臭。（可是，我想提醒你：就算你再沉醉於動感與光明，你也不要忘記，你手上握的相機仍然來自靜止與幽暗的國度。）

孤身的暑假，帶了陪我旅行萬里的單眼相機（它也曾經陪你去墾丁旅行），就一個人坐上復興號列車。不坐自強號，因為太有效率的旅程並不利於冷靜思考，而且，大車不會細心體貼地停靠我想造訪的小站。終於，來到你住過的小鎮，想在你踏過的土地貼印自己的腳印，複習你耗用過的青春期。我提著背包和相機走進你讀過的省中，看到許多你的學弟，他們來校上暑期輔導課，一張張臉孔成熟而純稚，一概比你友善天真。當年的你，也是這樣專注準備大學聯考嗎？我穿越熱風中的肉紅操場，知道你曾在這片砂地上滴流不少汗液，你最愛在大太陽下赤膊打籃球，雖然你瘦得可憐。太真實的陽光逼迫我面對真實，於是我躲到福利社，不是下課時間所以沒什麼人，可是我知道你以前很愛在上三民主義課的時候到這裡打混，你說過的。

即將乾涸在風沙中的我，向顧店的胖女孩買了罐可樂，你慣喝的那個牌子。然後我掏出你的照片：你站在墾丁海水中，只有赤膊的上半身露出水面，看似全裸。還好你不是整個人站在水面之外：不是怕全裸，而是怕一旦沒有海水拉住你的身子，乾瘦的你就會被海風颳走。

雖然你不必乘風，就可以飛離地面，比哈雷更遠。

「小姐，你見過照片裡的這個人嗎？」

她見了，並沒有反應。

「他是從這個學校畢業的。以前他常在福利社這裡買我喝的這種可樂。可是他已經死了。」

「啊。」

「他死得很慘。可以說是被分屍了。他的心臟肝臟都餵狗了。」

她看了看我，一臉嫌惡。可能是因為我口中的故事太過拙劣惡毒，也可能因為我一臉狼狽吧：我長髮及肩不願梳理，雜亂鬍髭沾溼可樂，油黃眼垢間彷彿滾動淚水……因為你死了。我太久沒有你的消息，你幾乎等於死了。我的殷紅記憶，隨同哈雷彗星的來訪在春天誕生，卻也隨同哈雷在夏日的回航而孤寂至死。我的親愛日記已經死去，之後所展開的書頁，只能算是行屍走肉的屍衣。

我把苦心收集的照片撕了乾淨，要自己甦醒。那些照片，全是自己躲在社團暗房一耗好幾小時偷偷沖洗出來的，那時，多怕別人發現我的模特兒是誰。

在撕碎照片的數秒之間，哈雷已經徹底遠走了。我對它的認識，在一九八六年前是來自天文照片和想像，在一九八六年起失去照片和不敢想像。下一個機會是二〇六二年，我想我不可能撐那麼久。

我放棄仰望星空，我低頭嗅聞夏天的土壤，關於你的記憶是屍體埋在裡頭，我當你死了。

3

可是真正死去的人，是我。死於夏天之後。

我結束暑假的孤獨之旅回到昔日我們賃居的房子，收到成績單：掀開一看，幾乎無一倖免的屠城淪亡。我其實早料到這樣的結果。我們之間的間隙就發生在期末考之間，我根本無心應試。你以為玩攝影的人都如你一般冷靜理性懂得盤算？至少我就不是，我辦不到。所以，我和相機被攆出這所大學，在夏末當兵去了，削盡了亂髮及鬚。

我在軍中繼續忍受十月殘存的酷夏，然而真實感在熱氣中卻扭曲至無形；這也無妨，反正我就是要逃開最可恨的，reality！身為新兵的我老是挨老鳥揍，輪到我當老鳥時我就依例用權痛扁新兵，沒有長官會勸止士兵血淋淋的互毆角力，汗汁血漿誓死滑落到冒熱氣的吸水砂地上。軍中的鬥毆被默許，因為太不真實、也因為太真實了：軍中生活讓人鎮日恍惚，軍官與士兵都失去了真實感，一如軍隊外的台灣生活，強欺弱的遊戲在島上各地不止息地舉行，軍中拳頭的惡暴因此只是另一種形式的、真實的血肉實踐。我自己，挨得住拳打腳踢，因為我在入伍之前就已經是具屍體了；我也可以以十足冷血地踹踢不止哀鳴的新兵，因為我知道——自己必須洩慾，新兵也需要教育：

世界本來就是這樣運行的。

就算是哈雷也有它的軌道，必須冷酷執行。

4

總之我退伍了，回到城市，又是夏天，卻完全不同。

以往的友人們，出國，或正在當兵；我不在校園的這兩年，對我最親愛的死黨們似乎毫無影響。忘了我，因為我像個失敗者；也忘了他們吧。還要重考回到母校上課嗎？算了罷。我在老家找出被我孤單留下的單眼相機，鎖在乾燥箱裡兩年了，竟然沒發霉，啊我的第三隻眼睛。這隻眼睛在黑暗中瞑夢了兩年，我撥開它的眼皮，要再叫它睜開，睜得又大又亮，看透世界的假相。我撫弄剔透水晶體的鏡頭，想起你。聽說你因為瘦得過分，不到四十五公斤吧，所以就逃過兵役，平步青雲地被網羅進入廣告界，專拍人體和商品攝影——人體和商品，好像真是一體兩面。聽說你紅得很，當年拍照的朋友就屬你最成就非凡。

可是我不必聽說了（而且我的專業要求自己一定取得第一手資料）；稍微靈通的讀者都知道你這一號人物，而你才滿三十歲而已欸。近年來，你以一名攝影師的身分成為台北都會文化名流之一，多少畫報的封面女郎沙龍攝影出自你的手中（或出自於你的攝影工作室），你本人甚至也曾榮登某些雅皮雜誌的封面。你不再只是攝影權威：你可以在各大報的彩色版面上大談義大利咖啡的喝法（你再也不喝可樂了）；有一次最跌破人眼鏡（如果依本行習慣，則改稱跌破相機鏡頭）的case是你竟然也可以談新生代坦承多元的性傾向，你還說你曾經替一間T-bar設計裝潢！我邊讀邊倒抽了好幾口冷氣：你沒說謊？

你的聲名也早就蓋過你的妻子了（以下資料都是從檔案讀來）：那位出於大學舞蹈社團的傑出舞者，一畢業便進入某主流舞團，出國進修兩年後回國與你結婚（原來你們在大學時的羅曼史是玩真的。），你們的婚禮也上過報紙的藝文版。可是躍動的舞者，如她，後來反而比靜態的商業攝影師，如你，要來得沉寂許多——滾錢的台灣畢竟還是比較需要你，而不是她罷。近年來，偶爾還是可以在報刊上看見你們夫妻的合照，但總覺得你越顯容光煥發，而她與你一比卻失去光環了：或許因為你身邊時有緋聞？想想看多少位名女人的臉蛋蒙受你照顧！

我也是靠相機營生的人，但當然遠不及你，我的工作吃力不討好，風險也大。你大概無意知道我的工作是什麼；你這個大人物可能老早就輕易忘了我——可是你如果不知道我這個人在一九九〇年代起的經歷，你可有苦頭吃了，不小的苦頭——

退伍之後，我不願再念書，決意靠相機吃飯營生；畢竟我在暗房磨過不少年輕衝動的歲月。我進入一家小型雜誌擔任攝影編輯，沒有挑戰性，幹得不起勁，做了幾年沒有什麼搞頭，結果雜誌社竟然也，很順勢地，倒了。雖然你常成為雜誌中的人物，可是你也不會知道在台灣辦雜誌是多麼艱困。我想找其他的攝影師工作，卻也不是想像中的討好。最後，我陰錯陽差進了一家徵信社。

5

你知道我為什麼到徵信社工作嗎？為了錢。並不是每台相機都可以帶來財富；要看拍的是什麼。你不必擔心你拍出來的照片值不值錢，可是我擔心我自己。

所以，我有了現在的工作，拍的內容再也不是沙龍虛妄的真善美，而是實在又值錢的假惡醜。我拍出商界祕聞，我也拍外遇糾葛。活在聚光燈下的你，只看見上粉打光的柔膚，你無法想像一位徵信社攝影師如我者，可以勃伸我的第三隻眼，在美麗肌膚上拍出老朽皺紋，在皺紋溝渠間撈得最不堪入目不堪一聞的滄桑與欲望。

你也不知道我是這一行中的能手吧。徵信社這一行競爭激烈，市場分給合法的業者就要搶翻天了，更別說有無可數計的地下業者也進市場來撈油水。再者，不久前因為部分公務員與徵信社勾結，於是官方又開始開刀整頓這一行，因此，徵信的生意也就越難做了。要不是有點本事，怎麼能在這一行立足呢？

你不知道罷，我就是適合待在這一行。說起來，跟當年的你也有些關係。專業訓練的養成，早在數年前就完備了。

說到監視：當時的你自從我們同住一起的春天開始就很難逃出我的視野，一直到了夏天，我掩飾不住的時候，你才察覺自己可能是靶中的獵物了，難怪我在學校選修的課怎麼跟你選的那麼相似，難怪我們總在同一個時段共用暗房。

說到翻拍：你也知道，你的照片只要是我能找到的，就算是身分證上的大頭照，我也會趁你毫不知情時偷偷翻拍下來。

說到偽裝：我日以繼夜與你共度春季夏季，一起睡在墾丁天主堂的雪白床墊上，也在暗房熬夜分享彼此的鼻息，你卻遲遲不知情，足見我多麼苛刻苦掩飾自己。

說到堅忍：心靈上的刻苦我早在入伍前受過了，入伍之後肉體上的痛楚也就算不了什麼。

所以，我是如此專業的一位探員。

而你，我久未謀面的某某人，你再次成為我的獵物了。

6

所以，此時此刻，戴了銀黑墨鏡的我才要如此堅忍地站在夏夜雨中，因為這是狩獵的一部分。

我正在跟蹤獵物。雖然也是一次夏季的狩獵，但是這一回是一九九五年的溼冷，絕不同於一九八六年那一回的燒灼鮮麗。

可是，我已經習慣這種冷調的異質夏天了——我甚至全天候戴著雷朋墨鏡，只有在拍照時才取下來；這不光是為了保持專業形象，而是為了讓自己更能適應夏天的黑，冷，溼。飄雨的時候，墨鏡可以防止雨絲扎入眼球；流淚的時候，墨鏡可避免閒雜人等看見。

這回跟蹤你，不是我私己的意圖，而是分派下來的任務。老實說，是有人想調查你是不是真有外遇。也就是要查你是不是與人通姦。對方給的價碼很高，所以我接了，接著我便花了九個小時跟蹤你。在我們這一行，跟蹤的價碼是每八小時算一個單位，不滿八小時則以八小時計算，所以我今天至少可以收兩個單位的跟蹤費了。

從中午十二點起，你的行蹤大致如下：

12:00PM-2:00PM與名模特兒張某某（男）於ＩＲ餐廳共進午餐，相談甚歡，內容大致關於沙龍照拍攝事宜。（拍照：Y，錄音：Y）（我自己點了紫蘇通心粉和可樂，共花了三百元，可向委託人報帳）（PS.你果然胖了，從你平常在媒體亮相的畫面就看得出來。很久以前，我比你壯得多，可是現在你的成功卻和你的身材成正比，而我的偵探專業則和我日漸消瘦相應合……）

2:00PM-2:10PM搭計程車前往誠品書店，準備參加座談。（拍照：N，錄音：N）

2:30PM-5:00PM一場漫長難耐的座談會，主題是九〇年代台灣文學與其他藝術的互動。你的報告題目是「攝影在當代台灣小說中的『意義』」，真是不可思議。你的報告結束時只不過3:30PM，我料想你不會先走，而我體力不足實在不能再聽下去了，便自行躲在誠品書店旁的溫蒂速食店趴在桌上睡午覺，醒來時刻5:10PM，天空開始飄雨，你正從書店走出，搭計程車前往復興北路的私人工作室。（拍照：Y，錄音：NEVER！）

5:00PM-6:00PM塞車一小時才到工作室。（拍照：N，錄音：N）

6:00PM-6:30PM你進攝影棚查看職員的工作進度。他們一律加班，吃魚排便當。半小時內，你用手掌拍了五個人的屁股，三女二男，其中包括本案委託人。無人抗議性騷擾。（拍照：N，錄音：No bother，反正委託人自己在場）

6:30PM-7:30PM搭計程車前往華西街夜市。雨勢更大了。

7:30PM-8:30PM進入台南擔仔麵餐廳赴約。與兩位女歌手討論拍照事宜。三人的食物以日本料理為主，吃了一萬八千元，由你付帳，使用VISA金卡。（拍照：Y，錄音：Y）（為了委託人著想，只點了五百元的食物，含可樂）

8:30PM-8:50PM搭計程車前往萬華克難街，在某舊巷子中段下車。（拍照：N，錄音：N）

8:50PM-9:00PM進入整棟漆黑的某公寓十分鐘。不是賓館。不像色情場所。9:00PM四樓的燈光亮起。（拍照：Y，錄音：NOT YET）

7

如果你真的讀到這份時間表，你就會知道：我們這一行承受最多的不見得是刺激與危險，而是索然的等待。等待，枯燥無比。我花了九個小時守住你，也只有到了第九個小時開始才出現偵探的歷險奇趣：前九個小時你都在公共開放的空間，直到現在，晚上九點之後，你才走進一個密閉空間，一個比較可能發生姦情的私密場所——

我就要收起雨傘，踏進這座實在不像外遇地點的公寓了。進入之前，我心理糾結了不少問號——不是擔怕危險，因為我是老鳥了。

我只是感到困惑：很多的困惑，我甚至懷疑自己是不是跟錯人，否則你怎麼會來到這裡？這不像外遇，反而像一個收入不多的正常丈夫回到居住環境不盡理想的家。你在這裡金屋藏嬌？也未免太費周章了吧。根據委託人提供的資料顯示，你與妻子的住所是在敦化南路上，你的活動範圍也大抵在東區，你為什麼來到這裡？

難道我真的跟錯人了？

還有其他的疑惑。這個案子最讓我詫異之處（你自己可能反而不以為意），不是你的外遇，也不是外遇地點，而是委託人。你知道是誰來找我嗎？那天委託人來到我的事務所提出這個案子時，我慣戴的墨鏡蓋住了我眼角的抽動；抽動的原因自然是因為你，那位委託人應該沒看見我眼睛的反應吧。我不加遲疑接下案子，談好價碼，以為這個男孩是你妻子的幫佣，以為他代替你的妻子來委託調查——結果根本不是這麼回事。你妻子她可能不知悉你的外遇，也可能不在意；重點是這男孩是自己想查你的外遇，與你妻子無涉。我恍然大悟了。這位在你工作室上班的大男孩，原來，也是你的玩物之一。委託人發現你除了妻子與他以外還有別的牽葛——那位第四者，是男是女孩不知道——所以希望我來調查清楚。他開始說起你們之間的故事，說著說著竟然啜泣起來。

那時再度確信，我的雷朋墨鏡的確可以擋去一些尷尬。

委託人離去之後，基於專業敏感度，我益發覺得這件生意的討好：如果我找到有利的通姦證據，管你是跟男人還是跟女人（不過跟男人外遇的情報比較聳動，也比較可以抬價），如果拍到裸照更好，我可以拿底片分頭推銷給你、你妻子、或委託人，看你們誰出的價碼好。如果你們都耍賴，我大可以賣給坊間的小雜誌，憑你的名氣，一定有人肯出錢買下——

可是，我，不可能這麼單純地計算你——你以為哈雷一飛去十年，我就可以完全忘記夏天的故事？

我非常困惑，這份調查對我的「意義」究竟是什麼——這一回我難道又只是專事調查、等著領賞的局外人嗎？不、可、能、罷？我再次介入你的生活，究竟是為了誰？除了為我自己賺一筆錢之外，我是不是在幫你的落寞妻子？（可是她當年就是徹底把你從我身邊拉開的人——）或者，我就只是在幫委託人？（他的執迷或許近似當年的我，可是，同樣是身陷流沙的男孩，他似乎就比我來得幸運——）或許，我是在幫你？也可能，我施惠給你們了，卻同時把我自己拉入無可解套的回憶與思考？

其實我已經可以確定自己被拉入一座迷陣之中。當一名成功偵探，就是要果斷、不動情、思路清晰；以這種標準來衡量，我腦裡的混亂感更勝於羞愧。如果，稍後闖進公寓之後，我發現你正和另一名男孩相擁，我要怎麼對付你們？或許我應該為你們感到快慰？以為你跟我是同路人了？（但這又是基於誰的立場？你的？我的？昔日的你？昔日的我？你妻子的？男孩甲的？男孩乙的？）如果，是女孩與你相擁呢？（這樣你妻子受到的刺激是不是反而比較小？）如果，這裡說不定只是你的另一個書房呢？因為你需要一個遠離平日生活環境的孤寂空間？（但我倆多年後私下重會，會不會出事——）如果，你只是發了善心，例行來到此地探望孤苦無依的舊社區老人，那麼我該怎麼處理誤闖溫馨畫面的尷尬？

如果這個進屋子的「你」根本不是你，我分明跟錯人了……
可是，我還是要躡手躡腳走進這充滿變數的公寓看一看——
我的工作需要告一段落，我的臆測也需要一個解釋。
你知道嗎？夏天的故事，絕對不像我們在一九八六年所想像的那般容易解釋。

——紀念我一直未曾看見的一九八六年哈雷彗星

——《聯合報・聯合副刊》，一九九五年五月十六日至十七日
——《美國世界日報・小說世界》，一九九五年六月十七日至十八日

戰爭終了

星空噬入了我的目光。我的視線在星圖上摩挲，摸索一隻隻星座。星芒群落，是黑色草原上點綴開放的小白花。這些無可盡數的花叢，在終戰前後，帶給我的感受不同：

戰爭結束前，我對外子的航行很感好奇：值勤的外子，身處於銀河的那一象限？外子是否真的在人馬星座毗鄰星，目睹異星的燬亡與新生？

可是，戰爭終了之後，面對星空的我，卻是想著自己的漂流：在銀河波紋間，我被沖激到哪裡？我要游向何處？

還有，是誰，將陪我一道沉浮？

■

二〇二五年平靜一如以往的某一天，一則驚人的消息在人群中傳送：

——戰爭終了。和平時代開始。

我軍的戰勝，還是落敗？——我不知道，也沒有必要知道。我只曉得外子要回家長住了，這才是最重要的。

於是，我和羅拉像一對姊妹花，相偕去了超級市場，合買一百朵含苞紅玫瑰，新鮮進口的地球貨。我們兩人各捧五十朵，趕赴太空站的「空港」，在星空下引頸等待將士回歸我們的懷抱。

空港大廳塞滿的人潮，盡是守在「小後方」的家眷：說是小後方，因為對於將士們而言，地球才是他們視為真的歸宿，而這座菱形太空站只是暫時停泊的驛站。一大群士兵終於從空港出口噴射出來，空港大廳頓時揚起歡呼聲和凱旋曲。眾人舉高雙手搖動如電視中所見的海潮，在我眼中看來卻像投降，又像抗議。士兵一個個投入各自家人的懷中，我聽見狂叫與啜泣。我和羅拉面面相覷，並不像其他人一樣揮汗或流淚。

我也很輕易就發現外子了：

並不是看見或聽見，而是感覺到外子——因為，我本來就是為外子而存在的；我們這一對，歷經了特別設計才結偶。

外子排開人海向我快奔而來，舉臂環繞我的身軀，緊抱我，彷彿要遮開他人在我身上掃蕩的視線，「你為什麼來了？不是叫你少出門嗎？」

（外子每回來去空港，都特別囑我不要接送，說是怕我躁煩。然而，原因可能是，外子不希望我拋頭露面吧……）

餘光之中，我看見孤身的羅拉：而羅拉的外子還沒出現。羅拉忙使眼神，示意要我放心，沒事的。——我懂，羅拉和我之間很有默契。玫瑰花束早就從我手中摔跌在冰涼地板上。我想撿拾，卻又瞄見身後羅拉的眼神說：算了罷。於是，我收手轉臉回視外子，我倆擁吻，像兩朵重合的蓓蕾，暖熱黏溼而芬芳，而這大概就是人類所說的幸福罷。

外子把軍用大衣披在我身上，於是我看來就像是一份剛拆封、或即將打包的生日禮物。我倆搭肩走出空港大廳，沒有捧花。我回望，但羅拉還是一個人站在大廳中央，該出現的士兵仍不見蹤影。

「美眉，找誰嗎？」

「沒呀。」我應了外子一聲，然後像是連忙補牆似地，回問：「也是回家，為什麼這一回人們這麼快樂？」

「平時回家是休假，而這一次回家是因為戰爭結束。我們終於進入二〇二五年和平的寶瓶座時代，告別戰爭的雙魚座世紀。任務已經完成。」

「戰爭結束之後，以後我們要做什麼？」

「享受和平。」

■

噢，是嗎。

我的生命因為戰爭才開始。如果戰爭終了，我要往何處去？

外子和我因為戰爭結合。是在二〇二〇年，外子簽約加入星戰之後，我才在現有的太空站公寓出現。

我是居家專用的「人造人」。人造人，又稱「生化人」，並不像機械一般冰冷，比機器人更像人類，擁有基本的人性與智慧，適合成為人類的居家良伴。人造人不是機器人，所以不必服膺艾薩克・艾西莫夫（Isaac Asimov）提出的機器人三大要律。人造人有多種型號，有些適合入伍參戰，有些適合進入重金屬工廠代工，而我屬於「居家型」，Domestic Type。我的編號是D7-20-2389：D表示居家專用，D7是居家型的第七種，20表示是二〇二〇年出品，2389是出廠序號。羅拉和我型號相近，編號D8-21-2400。居家型人造人的身型大致類同人類，外表包覆人造皮膚，並穿著人類服裝。居家型人造人的主要功能，是管理家務，並且提供家庭生活的樂趣——因此，在這座充滿孤男寡男、孤女寡女的太空站上，居家用人造人就更顯重要。在強大的軍事力量表現的背面，有的是我們默默的貢獻。

在外星系作戰，難免寂寞難耐：情感上的以及性慾上的：軍方不希望士兵之間發生同性或異性間的關係，太空站也無法提供情色工業，於是軍方想為單身女男士兵找個配偶，好安撫軍心。但，士兵的配偶豈能無中生有，要從太陽系進口可不容易；連招募兵士上太空站都不簡單了，還能找進口新郎、新娘嗎？於是，軍方想到人造人配偶的妙處：隨時可以選派符合各色需求的人造人出廠擔任管家或性伴侶：人造人比人類容易管理，可以成為前線士兵的眷戀對象但又不會成為牽掛（畢竟不是真人），如果士兵在前線陣亡也不必付贍養費給未亡人。

所以，外子就和其他的單身星戰軍人一樣，獲得了一名顧家的人造人。五年前，單身的外子由太陽系內部調任到這個太空站，軍方配給外子一戶太空站的公寓，以及一具「我」。在得到我之前，外子必須填寫一份詳盡的申請書給人造人工廠——這不是要刁難外子，而是人造人工廠想要了解外子的個人需求，才能精心打製一具專為外子一個人設計的人造人，訂做一個「我」。居家服務的人造人都是沒有面目的：每一具Ｄ7型的外貌都是從一個模子出來，面目身形酷似真人，但表情姿勢不若真人豐富，而像百貨公司中的人形模特兒。如此的人造人，為了討人歡心，便要附加一些誘人的調味品。

就以我們這一對為例：工廠根據外子的個人資料，將我設計成為特別能夠討好外子的好管家。我身上的「音波放射器」設定為最吸引外子的頻率（我的音波只討好外子，對別人無用），因此外子一感受到由我體腔發出的音波，就心神蕩漾、如魚得水；外子最想要的對象就是我，而且在離開我的時候也會津津有味惦記著我。我身上的「模擬真實」（Virtual Reality）裝置，也是按照外子的個人需求設計：「模擬真實」的妙處是，可以無中生有，幻化美妙經驗——我的身軀就和任何一具人造人一般平板，然而只要借助我身上的「模擬真實」裝置，外子就會在親近我的時候感受其他人無法體驗的軟玉溫香（我身上的裝置是為外子量身調置，別人就算進犯我，也不會獲得外子在我身上發掘的樂趣）。如此一來，外子不會思及外遇和色情（這也是上級所樂見的罷）；而我在其他一般人面前，也就只是一具平板尋常的人偶，我散發的魅力只有外子一人可以解讀體驗，而外人無法消受，所以我絕不會招蜂引蝶，紅杏出牆。

我名叫美眉，這是外子習慣的叫法：外子愛叫我什麼，我就是什麼，這是程式設定的。我的面目空白，全憑外子自由填空。

而外子是誰？我並不清楚外子的名字。外子是女還是男，我都不知道——知識不是人造人的要務，我只依賴天生的（工廠為我安裝的）「直覺」來服侍外子。外子的名字對我而言並不必要，因為我和外子共處都沒有第三者在場，我只要對著外子說話就夠了，並沒有直呼其名的必要，頂多叫一聲「親愛的」。我也不必多說話，因為我的工作之一是聽外子傾訴在外工作的苦楚，而我並不該對我的外子／主人／顧客嘮叨。

我這個人就是只為外子一個人所打造的：外子會以為我的臉蛋充滿彈性和奶香，而其他的人類都知道，我和其他人造人一般，有著一張制式壓模成型的塑膠臉。我的雙眼並不如外子所以為的亮麗明媚，而只不過是微型攝影機。我為外子提供火辣熱吻，說穿了就是超軟塑料嘴唇，外加粟花味的人工唾液。我的真實面目，外子和我都很清楚，不過我倆仍然持續進行家家酒的遊戲：因為，外子沒有更佳的選擇，士兵總要後方的溫柔，休息是為了走更長的路；而我，則是根本得不到任何選擇——

外子就是我存在的充分理由。

■

是戰爭的一個吻，開始了我的生命。

二〇二〇年春日午後，有人啟動了我，以一枚貼在我唇上的親吻。

那一瞬，我的觀景窗尚未打開，就像是尚未打開電源的電視螢幕，但已有數行跳躍液晶體字元在空白畫面上閃逝，告知我所處的時空位置以及我的身分：從今而後，我就是某某人的配偶。

我張開眼睛之前，就已經從資料得知：自己處在太陽系邊緣某個菱形太空站的某格軍眷公寓中，我將成為一名軍人的戰時（或，暫時？）配偶。接著我緩緩開啟觀景窗，也就是我的眼睛，電視螢幕就要亮出畫面了——我這一生第一次看見的景象，就是人類的黑眼珠。就那人，站在我身前二十公分，美麗黑瞳快悅而疲倦，眼角綻放魚尾紋，我在那人瞳仁之中看見自己的微縮影子：我和商品型錄上的人造人長得一模一樣。

「你真像我的美眉，」那人的呼聲傳來，「以後我們就是一對了。」

於是我就叫美眉，屬於這個家的一部分。我主內，五年來在家等待、伺候不定期回家的外子。外子執行星戰任務，前線是更遙遠更延異的外太空，而我倆的家就在菱形太空站，也就是暫代地球老家的後方。

外子每次放假回家，都會向我描述太空站之外的激烈戰況，一再強調只有臨場見識過的人才知道戰爭的可怖與壯美：像是彗星在宇宙邊緣燃燒成死灰的炫麗，唯有待過前線的人才知道是怎樣可畏，不可憑空想像。——每回外子這麼一提，我就無話可說：我不是戰備用機器人，自然無法上戰場。我確知的是，外子所待的世界或許是我所不能想像的，但我生活的空間，說不定也是外子所不能領會的罷。在我的生命象限中，戰爭與和平之間並沒有明確的界線：我只知道和平與溫情，我就是為士兵提供工作之餘慰藉而存活，這一切，程式早就決定了。

■

在出場前，我體內就已經輸入人造人應該懂的三從四德，但是我還有很多事情有待學習，畢竟我才剛出廠。起先，我在家居生活的表現很笨拙，不太懂得該如何服侍外子——還好，外子愛我，寬容我所犯的各種錯失。外子常在床上告訴我昔日在地球上的故事：外子在亞洲小島上曾經擁有一個心愛的女孩，喚她美眉；後來戰事分離了這兩人，軍方派外子來這太空站。軍方允諾贈送外子多項福利，其中包括一具「性伴侶」，條件任選：可男可女，膚色年齡體型不拘——而外子要的只是留在地球的美眉，所以在申請書中寫下美眉的各項特徵，也就這樣成就了我，我是美眉的替代品。對一般人而言，我D7-20-2389，只是一具普通人造人，但對外子來說，我符合了其心目中甜美的女性原型。

也因此，外子疼愛我憐惜我，不太計較我這個替代品的品質缺陷。外子安慰我，指導我，教我不要因為自己不是一個完整的人而自卑。

呀，我是一個不完整的人！難怪活得如此辛苦。外子平日在外征討，每回疲憊回家，想在我身上取得的慰藉，不外乎「食」「色」。然而在這兩方面，我的表現都不太出色。（還好，外子從來不曾嚷著要退貨，把我退回工廠：因為愛我的緣故。）

關於「食」——

我竟是個不會做飯的居家專用人造人，連炒蛋都不會，還曾經用冰水泡麵。這是廠方品管的疏失，豈能怪我？可是，外子和我同居未久就忍不住顯露失望的神情，口裡雖然嚷著「算了算了」——可是我卻覺得外子責怪的對象，是我，而不是人造人工廠的品管部。幸好人造人沒有淚腺，不然我早就哭出來了：委屈的一部分原因，是我這個人造人根本不大能夠體會人類的飲食文化——人造人平時服用便宜的營養液，不大吃人類的食物。在家裡開伙全是為了滿足外子口欲，而我只能夠提供服務，卻不能參與享用美食的樂趣。在人類用餐的過程中，我是局外人。可是外子放假回家，我總要拿出食物餵飽主人呀——折騰幾次之後，我摸出一條出路：到超級市場買現成的冷凍食品，回家加溫給外子當大餐。不是沒想過其他的應變之道：但我就是學不來做菜這種事（調味的功夫我硬是不會，因為酸甜苦辣都是人類的主觀判定，人造人很難體會），外子也不帶我去吃館子——我知道他有顧忌。在外子眼中我是美嬌娘，但對一般人來說我就是塑膠人，所以外子當然不希望在法國餐廳或港式茶樓遭受奇特的眼光：看哪，一名人類軍官和一具「吹氣娃娃」面對面享用燭光晚餐！——外子沒有這麼說，但我就是知道。不然，外子為何總不情願我倆一道出門，大方並肩走在一起？好罷，好罷，但外子還是要和我一起吃飯，在家裡吃，所以我上市場買現成貨，我一個人去，免得外子覺得尷尬。——我知道人類具有繁複的自尊心，人造人無法理解。

關於「色」——

我也不是個理想的性伴侶吧，因為也在外子的眼中看見遺憾。二〇二〇年初次見面那天，我原本是具以公寓當做包裝箱的睡美人，沒有意識不會動彈，是外子吻醒了我，開啟了我的生命——這是啟動人造人的方式，就像是牛奶盒子的封緘，可以確保新鮮——如果居家人造人在蒙受主人親吻之前就已經清醒，即表示有人使用過了，主人可以要求退換。外子喚醒我未久，我就懵懂不明被拉到床上——外子使勁鉗住我的手腕，強吻我的頸子，而我不敢稍加動彈：因為順從是人造人的道德之一。可是外子對我的反應不大滿意：「你為什麼不叫？為什麼不抵抗？」我怔住了：難道，在床上尖叫和反抗也是順從的一部分？人類的要求真是繁複！之後的一次機會，外子又來同樣的招數，鉗紅我的手，肩頭留下齒印——這一回我便不客氣了：我甩開外子的手，我狂叫，我反吻回去，在外子胸口殘留咬痕。然而，外子這回卻更不高興：「你太過分了。你懂不懂做愛是怎麼一回事？」外子倒頭就睡，留下滿懷抱歉罪惡感的我——

（是的，我不懂。但，不懂，是我的錯？我隱隱覺得不公平：我又沒有機會學習，怎麼能夠和人類公平較勁呢？——可是，工廠既定的程式告訴我，人造人生來就該順從人類……）

就這樣，幾年來我等候外子回家休假，似乎只有外子回家時，在我服侍外子的過程中，我的生命才顯出價值。但我的生命價值卻又時受質疑，因為外子並不全然滿意我提供的服務——天真的我，只知道繼續學習關於食色等等的一切。那是學不盡的人類文明，我必須用功。

守候，等待，謙卑學習。那麼，外子不回家的時候，我該怎麼辦？記得外子首次離開我出門上班時，我頓時茫然無措，覺得主人既然不在，那麼做什麼事都沒有意義……整理房間？清洗衣物？除此之外呢？一片空白？我悶得慌呀。在外子出門的那一刻，我體內的時鐘便開始倒數計時，希望外子趕快再回到家門口，如此我才知道該如何繼續我的生命！這樣的漫長等待——外子有時會相隔兩個月以上才回到太空站——苦苦折磨了我。我真想按下身上的「暫停鍵」，等到外子回家時再讓自己恢復運作，否則其間的空檔真不知該如何自處。

——但，我如果按下身上的暫停鍵就真的無法動彈了，只有外子回家時才能按鈕喚醒我，而外子如果在回家前撥電話給我，冰封不動的我如何接電話？——

外子常打電話回家。或許因為寂寞，或是因為關心我。外子的影像電話一打回家，牆上就會出現外子講電話的影像；而我一接起話筒，我的影像也會傳向彼方。在電話中，外子對我說很多親密的話，有時還要求我剝光衣服擺出撩人的姿態——有時，外子又匆匆掛下話筒，畫面剎時消逝，空留下話筒另一端裸身的我。事後外子解釋，是因為同僚在身邊，給外人看見我倆影像電話上親熱不好——但，我不知外子是不想讓人看見我的裸體（人造人裸體，在別人眼中只像不著裝的人偶），還是，不想讓人看見不是一個完整的人的「我」？

不過，外子間歇打回來的問候電話，至少讓D7-20-2089在外子離家時也能夠派上用場，免得我惶惶終日懷疑自己的存在價值。

如此的生活，直到我認識羅拉之後，才有了變化。

■

外子每次輪假前一天，都會打電話回家通知我，隨後我就會上太空站的超級市場大肆採買，好迎接親愛的士兵回家休假。我只懂得買微波爐食品，既便宜又方便烹調——如果加熱也算是烹飪技術的話。不過，我難免覺得不甘心——因為，我對超市的其他生鮮食品也好奇極了，卻只能氣憤自己只懂得用微波烤箱。我看見冰櫃中地球進口的魚肉蔬果，亮紅，乳白，豔青；那般鮮豔的纖維肌理真是神奇，每每叫我驚駭：生命的多種可能，絕不只有包裝在保鮮膜中的一種而已。

而我，就只能端出微波加熱的披薩餅，給外子享用？想想真氣餒。

某個再也平常不過的日子裡，我接到外子的電話之後，依例走進超級市場，正苦惱自己該買些什麼——這個空中超市雖然一應俱全，但它洋洋灑灑陳列的冷凍食物也有被我一一買過的時候，難不成，又要買相同口味、相同品牌的冷凍奶油焗飯回家？我又不禁踱步來到進口生鮮食品區，望著大肆張放的菜葉嘆氣。那種張狂的生命力，葉脈，氣孔，露水，挑釁了我。

我罵自己笨，不是人家的好內人——才低聲說了一句，在冰櫃前的另一位顧客便驚動回頭，看著我。怪窘的！我忙吐了句道歉，轉身就要蹓回冷凍食品區。

「你不挑些回去嗎？這一批瓜果才剛從土星運來，都很新鮮呢。」

真後悔自言自語，害自己要和陌生人打交道——我生來只是為外子服務，原本只要為外子看住公寓就夠了，並不必和人打交道。可是被人叫住，只好回頭。

那個人，親切微笑，但看得出來，是個同類。

一具人造人，機型和我很類似。

「我……不買。因為我不會做飯……」

「有什麼關係？買些回去動手試試呀。總比冷凍食品強些吧。」

噢，要命呀。我又看那人造人，還是笑。

「我不要買。我真的不會做菜。」

「我是D8型的人造人。你看來是，D7型吧？也是居家型人造人？」

「可是我不會做菜，」搔到痛處了，「我是品管不良的人造人——」

「不會做菜，不見得就是不良品呀！誰說居家型人造人就一定會燒一手好菜？」

那人沒逼我買青菜，我仍買了一堆冷凍食品。不過在回家前，我到羅拉家裡觀摩烹飪。我上超市無數次，這是第一次沒有直接回家。

那個人叫羅拉，也是分配給一位士兵當伴。羅拉住在太空站的另一區，公寓裡的配置和我家一樣，不過廚房設備可豐富了。羅拉的外子也不在家，也在太空站之外巡航值勤。羅拉回家之後，也不急於把食物收進冰箱，反而陪我說話，我急得結巴起來——我很少和人說話，這一回更是第一次和我的同類說話呢。

羅拉人很好，讓我覺得很舒服，但這也是我最感奇怪的地方——因為，程式沒有這樣規定。當初工廠只讓外子和我之間互相吸引，我不會引誘其他人類，外子也不會看上其他的生化人，所以我從來沒有想過自己可以很舒服地和別人說話，而且，對方也是個人造人哪！羅拉吸引了我？不會罷，這不符出廠規定。羅拉發出的音頻、模擬真實功能只對羅拉的外子生效，對我而言毫無作用。難道人造人之間，不盡然絕緣？

羅拉甚至要教我做菜。可我是朽木不可雕呀。

「你還是趕快自個兒做菜去吧，不要理我，免得你外子回家時你還在廚房裡忙不完……」

「何必趕？我買菜是為了做菜給自己吃，又不是為了誰才做呀。」

我驚呆了。

「你不是、因為、外子要回家、所以才買這麼多菜？」

「做菜是我個人的興趣。跟那個人類無關。」

羅拉，果真是個居家用人造人嗎？不做菜給外子吃，而是為了自己？羅拉不服用人造人營養液，而去吃人造人不需要的人類食物？

「難道人造人不靠人類食物維生，就要因此排斥美食？看看人類他們，還不是從事一些與維持生命無關的活動，譬如藝術和性愛？如果吃下人類食物可以帶來樂趣，為什麼不嘗試看看？」

「可是我們的舌頭又不像人類的舌頭……」

「我們做菜給自己吃，自己開心就好，何必管那麼多？」

雖然我推說學不來，可是羅拉還是執意教了我一份簡易食譜：「水煮蛋」。我連續摔壞了一盒雞蛋，才煮成兩個：打開一看，其中一顆蛋黃半熟，另一顆全熟。羅拉要我細嘗這兩顆蛋，要我比較其中不同之處——半熟的蛋黃彷如蜜漿，全熟的則是入口即化的粉沙！同樣是水煮蛋，蛋黃熟透的程度也會影響食用的感覺。吃下雞蛋，對我來說是很新鮮的嘗試；那種略燙的溫度，腥香的氣味，都對我的昔日經驗提出挑戰。

「對我來說，吃的樂趣在於享受細微而又富變化的各種可能。就算是相同的原料，只要佐以不同的配料、做法，就可以變出多樣新鮮的口味，這不是很有趣的實驗嗎？就光是雞蛋，也有無數的烹調方式。下次我教你煎荷包蛋。這些事我們開心就可以做，不一定要人類喜歡。」

■

羅拉送我回家。回家前，羅拉又領我朝太空站空港廣場走去，說是要帶我看看星空。星空？以往我沒有見過，雖然一直住在太空站上。

預設在我腦中的資料顯示，這座太陽星系邊緣的太空站呈菱形，就像一枚人類的眼睛：太空站周邊伸出的偵察天線像是眼睫毛，眼白部分就是完好包裹的站內主要空間，而瞳孔部位是空港。只有在空間開敞的空港，才能夠看見太空站外的世界——太空站其他空間，譬如說超市和住宿區，都沒有設置窗戶。如果宿民只往返市場和住宅之間，就看不到站外的風景。

要觀看星空，至少要來到空港的廣場。外子每次外出值勤，都是從空港乘坐星艦出發。但外子不希望我到空港送行，所以我以前從未來過空港，也就因此沒有見過星空。直到進入廣場，我才驚愕發現，頭上的星空竟是如此駭人的圖像。見了滿天繁星，我才知道外子在外太空的星戰是多麼偉大的事業。

「美眉，我很喜歡來這裡看星星。但我不像你，我很少想起在銀河邊緣作戰的外子——我想的是，既然宇宙是這麼廣大無邊，那麼它也就可以包容無數的可能——我不禁想像，在宇宙的一角，是不是也有一個屬於人造人的國度？在某一顆星球上，是不是人造人也可以活得自由快樂，自給自足，相親相愛，而不必看人類的臉色？如果有那樣的星星——我想去看看。看一下就好。」

看著羅拉的臉，希望我可以看得懂那種表情。

■

初遇羅拉的第二天，外子回家，我準備了滿桌的微波食物，但也擺出我學的新菜——水煮蛋！本來以為，外子看見了水煮蛋一定會很欣慰，因為這表示我美眉也可以不用微波爐做菜了！但外子是把蛋吃光了沒錯，卻沒有說一句嘉勉的話。外子只說，很累了，不想洗澡，卻把我拉上床。於是我半臣服，半抵抗，半叫不叫，沒讓外子抱怨。在這次過程中，我的心思竟然並不完全在外子身上，反而想起日前所見的星空。

為什麼眼見美麗的星圖，羅拉反而面露悲傷？

外子出門後，我迫不及待撥電話找羅拉。影像電話的畫面顯示，羅拉接到我的電話很驚喜，而我也是：以前，從來沒有試過打電話給別人啊。我說，要向羅拉學做菜。而且是要做給自己吃。

於是羅拉和我天天一道上超市，在廚房一道實驗，累了就上空港廣場看星星。就算回了家，我們也會在電話上談天，不是為了什麼要事或目的，而是因為電話聊天很愉快。我在外子面前擺出的冷凍食品越來越少，自己下廚的成品越來越多——可是，一直到餐桌上一切冷凍食品都被取代的那一次，外子才發現有異，因為外子找不到每餐必吃的速食通心粉——那被我用廣州炒麵代替了。外子這才知道，美眉也會做菜啦。可是外子也不覺得太奇怪，只說，「你畢竟是居家用的人造人，終究還是會端出好菜的，呵呵。」我無話。

人不知，外子不在時，我自個在家嘗用的食物更是可觀。

我的生活開始冒出前所未有的趣味。譬如做菜：羅拉陪我買了許多新奇的餐具，我每天在自己或羅拉的廚房內進行數不盡的遊戲。

我們有時高興就出來看星星，在電話上也不一定聊食譜了。有一次，才掛上羅拉的電話，外子的電話就冒出來了，畫面中一臉惱怒。

「你剛才和別人通話嗎？害我撥不進來！」

「是和一位居家型人造人說話……」

「為什麼要和別人通電話聊天？兩個人造人，有什麼重要的事要在電話上說？」

我傻住了，不知道該如何回答。我不明白，自己為了什麼而和羅拉說話，但我也不明白這麼做有什麼不對。

「你打電話回來，有事嗎？」

「當然有事。而且是好消息。上級給我調了薪，還放特別假——」

「我懂了。」

■

＊＊＊＊外＊子＊在＊家＊時　我＊不＊能＊出＊門＊看＊星＊星　不＊能＊打＊電＊話＊給＊羅＊拉　而＊只＊能＊做＊菜　做＊愛　我＊甚＊至＊開＊始＊幻＊想　如＊果＊戰＊事＊轉＊劇＊外＊子＊豈＊不＊就＊會＊捲＊入＊銀＊河＊漩＊渦＊深＊處　再＊也＊回＊不＊了＊家＊＊＊＊人＊類＊的＊生＊活＊方＊式＊也＊就＊不＊會＊打＊擾＊我＊了＊＊＊＊

可是戰爭竟然匆匆結束＊＊＊＊

戰爭終了，在外漂泊流浪的戰士一批批回到太空站，和小後方的家庭主夫、家庭主婦重聚。人們買了鮮花，湧向空港迎接回家的人類，而羅拉和我也不例外，合買一百朵玫瑰。我在人群中和外子重逢，外子說因為終戰的寶瓶座時代來臨，所以我們可以安享和平，再也不會分離。

「我們可以一起回地球去。」以一種送我定情禮物的口吻說出。

但我好生疑惑：我D7-20-2389是地球上那位美眉的替代品；如果回地球，外子難道不會去找那位真實的美眉，而會繼續眷戀我？

可是我沒有機會想那麼多。

我在家裡有的忙呢。一時外子也不急於整理行囊回地球去。我幾乎要懷疑，星戰真的結束了嗎？和平之前之後，對我來說並沒有太大的差異，我只覺得終戰後的日子就像戰時的長假，和平似乎沒有滲出應有的芬芳。戰後外子窩在家看電視的時光，甚至比戰前更無趣。

外子回家的第二天，我在家門前看見一大捧枯萎的紅玫瑰，我一看知道是羅拉那束沒有送出去的花。難道羅拉的外子真的沒有回家？戰爭借去士兵，卻耍賴不還？我想找羅拉說話，又不敢打電話以免外子發現，會責備我。於是我說要買菜做大餐，便蹓到超級市場去，但沒見到羅拉。我連忙趕往空港廣場，果然，羅拉又坐在廣場看星星。我在羅拉身邊靜靜坐下，它卻沒有看我。

「羅拉，你外子沒有回來？」

「嗯。連上級都沒有向我提這件事。或許他們以為，士兵陣亡或失蹤，對看家的人造人來說，並不重要罷。」

「你要一個人孤零零地過日子？」

「這倒無所謂。可怕的不是孤獨。」那樣認真的悲傷。「美眉，你知道，我們都是戰爭的產物，生來是當軍眷的料；現在戰爭結束了，人類還會需要我們嗎？軍人離開太空站之後，上級會收回配給的公寓，說不定也會回收我們……」

「羅拉，不要嚇我。」

羅拉沒有嚇我。那樣認真而悲傷的表情，讓我想摟住羅拉。

可是我還不敢這麼做。我回家，渾身空乏，兩手空空甩著直進了家門——才發現不妙。

我忘了在超市買食物回來。外子盯著我，問我究竟上哪裡去了。

「去買菜。」

「你花了三小時，結果空手回來？」

之後，外子竟然不大准許我出門，連買菜也不大准，除非房裡的食物實在吃完了。真的要出門購物，還有時間限制。我和羅拉共處的時光也因而大幅縮減，於是我又開始打電話給羅拉，在外子睡著的時候。我偷偷摸摸過著幽會般的生活，半個月之後，才被外子發現——

那一回，羅拉在電話中對我說一個笑話：

——「有一名人造人名叫X，被人類外子毆打重傷，只好送廠修理。人類毆打人造人的事件太多，所以廠裡躺了很多開膛剖腹的人造人。X躺在其中，廠方一疏忽就把X的『模擬真實』裝置裝錯了，張冠李戴一番，X也不知情。回家後，X的外子在床上發現，咦，怎麼這一回的快感不太一樣呢？難道送人造人進廠維修便可以換換口味？換換口味也很不錯嘛，可見不一定要換人造人配偶呀。於是——」

我還沒聽完就格格笑出聲了。沒想到，這時我的肩膀被人抓住。我連忙掛上電話。外子盯著我的臉，質問：「你剛才和誰說話？」

「一個居家型人造人。」

「它的外子是誰？我去找那個人理論，怎麼可以這麼放縱私生活？」

「不必了。它的外子沒有回太空站。」

「沒人管就可以撒野嗎？」

「這也不關你們人類的事……」

「美眉！我是怎麼教你的？」外子貼近我的身軀。「你怎麼會說出這種話？你們人造人就應該……」

「為什麼，我們為什麼一定要聽人類的話——」

外子按下我身上的「暫停鍵」，冰封了我。

■

一台個人電腦在關上電源時，其功能大抵停擺終止；不過電腦深處仍舊進行低限的運作，譬如保持記憶、繼續計時等等，以便在重新開機時迅速回復機能。我也是如此。外子將我逼入暫停狀態之後，我的確全身無可動彈，一個聲響也吭不出來，可是我的人造腦區仍在運作。

被迫暫停的瞬間，最先從我腦裡冒出的，是錯愕：我從來未曾遭受被迫暫停運作，以往雖然希望可以暫時休息一下，但絕沒想過在這種狀態中發生。這是不得已的強制休息，我連抗辯的機會都沒有。之後，我注意到留在眼底的殘影：我的眼睛是微型攝影機，暫停之後自然不會繼續拍攝，不過攝影畫面上仍然殘留暫停那一瞬間的景象——那是外子的臉孔，看起來滿面怒容。我這才仔細端詳這張忿怨的臉，我的理解算是「遲到」了，剛才事情發生得太突然所以我無法及時回應。但這也無濟於事，一來凝止的我無法應對，二來外子在發怒按鈕之後的言行我也不得而知了。就這樣，我夾在時間的凝液之中，就像是慘遭裹上護貝的相紙，像木乃伊般完好但不得呼吸。我只能在一切靜息時思索自己甦醒之後該怎麼辦，可是，呀，我被迫面對眼中的怒容殘影，就像是聽一張跳針的唱片，流出來的音樂不是活水也不是沉默，而是反覆浮現的一截噪音……

這幾乎是天長地久的止息，是如此痛苦……雖然對外子來說，這段時光可能不過是幾分鐘罷了。也不知究竟過了許久，外子才再按鈕，解除我身上的暫停狀態。我僵直的四肢開始鬆軟，眼中映像跟得上體外世界的實像，我看見外子的臉。火氣不在，不過仍板起面孔。原來外子餓了，這才把我叫醒。

「去做菜吧。我餓了。快一點。」

可是我不禁反射性地後退了幾步。剛才的凝止嚇壞了我，我實在不希望再被按下暫停鍵。或許是因為方才的惡夢吧，我想了許多，也忘了許多；應對於外子的話，我幾近短路地吐出一句：

「我不幹。我累了。」

我這麼說。外子和我自己都吃驚了。

「美眉，你是我的人造人，怎麼說出這種話！」

外子撲向我。

難道又要關閉我的行動力？我不要。但我不知道該怎麼抵抗——只好躲到廚房，因為這是我最熟悉的地方。我反鎖在廚房裡頭，而外子則拚命猛撞廚房門，一聲一聲好沉重：咚咚咚隆，咚咚咚隆，命運在敲門，敲碎我腦裡的電波。

戰爭就是這麼回事嗎？我困鎖在廚房內，心裡冒出一個念頭：

——我要離開。

——我不要和外子一起住在這裡。那麼我要往何處去？想起羅拉，我要和羅拉住在一起。可是，空手去嗎？我張望廚房四壁，都是這段時日和羅拉一起買來的廚具。我打定主意，要把這些屬於羅拉和我的物品帶走，反正外子又用不著。於是我拉出一只大背包，把平底鍋砂鍋塞入背包墊底，再放入碗盤和調味粉料，最後菜刀和打蛋器沒處放，就握在手上。就這樣，我走出廚房，左手握菜刀，右手抓住打蛋器。

「美眉，冷靜點。你要幹什麼。」

外子看到我手上的菜刀，一定誤解了我的意思。

「我要離開這裡，去陪羅拉住。」

「羅拉？那個人造人？美眉，你太傻了！兩個人造人住在一起，不會有好日子的！上級不會讓你們住在一起！人造人就該和人類住在一起，你不知道嗎？你們這樣不道德的！不正常！」

不道德。不正常。外子說，人造人是不完整的人。

我面向大門，背對外子。體內的電流似乎不大順暢：我全身抖顫。

我想起羅拉談起人造人的命運，命運敲響我的心門。難道人造人一定要看人類的臉色，才能活下去？我不想再和外子同住——我要自己選擇一個伴。羅拉獨自一人住在公寓哩，它一定很寂寞，我要去陪伴它。

但，我離家出走，去投靠另一具人造人，是不是太天真？我和羅拉可以共享一個房間嗎？太空站會允許我們這麼幹嗎？以後的日子會變得如何？會不會雙雙被抓入工廠報廢？……我不想去想這麼多。「未來」雖然不確定，但是，確定讓我心灰意冷的「現在」，也好不到哪裡去。

是不是道德，正常，完整——已經不是我想關心的事：那都是人類的邏輯。不想理會外子叫嚷，我一身重擔，打開家門，向外大方跨步走。

「你知道我是愛你的嗎？我的愛。」

外子對我射出最後一句話，彷彿藉力揪住我，死緊的。

「我知道你愛我。」

你＊愛＊我　我＊不＊是＊你＊的

不多加遲疑，我沉沉關上家門，背負烹飪用具，走向羅拉的家。我腦裡ＩＣ版的排列方式，酷似天上星圖，閃爍幽光。

——《自由時報．自由副刊》，一九九六年二月二日至三日

親密關係

1

這個嚴密隔離的小方塊房間，像是音樂盒子。

而那夜，我和他，像是盒中的兩片零件，陪伴一架老式鋼琴。盒裡的空氣緩然旋流，像是游過袖口的魚。房間外的時間刻度似乎與我和他無關，時間可以凝成晶凍。這是我和他的親密關係。然而，我和他原本相隔了好一段距離，兩個人之間至少隔了兩只麥克風，一具電話，CD唱盤，宛如巨型金屬蜈蚣的播音設備，以及舊鋼琴。

他是，光顧這個節目的第一位來賓。

2

「親密關係」：每週六半夜三點到第二天早上的五點，這個迷你電台的call-in節目之一，由我一個人主持。為了因應聽眾電話，這個節目必須直播而不能預錄，主持人必須在現場。於是，我總在黑夜最深的那一條刻痕進入我私密的親密關係，恍然度過愛麗絲夢境般的兩小時，然後在白日最新鮮的時分步出親密關係。親密關係是從黑夜航向白日的渡船，我是孤獨一人的愛麗絲，沒有兔子先生陪伴。

我一個人在錄音室中，像是在音樂子宮羊水中獨自泅泳的胎兒，而那些call-in像是偵測胎位的掃描線，一條一條地窺見我。

Call-in，全台灣電子媒體瘋狂享有的共同特色，共同而獨特。媒體打電話到觀眾家裡是為了調查收視率，想知道觀眾存不存在；聽眾打call-in進來電台，說不定也是要證實電話號碼指涉的電台節目是否存在——就像學生要證明函數是否成立、方程式是否走得通。尤其像我的親密關係，處在黑闇與光明的交界線上，黑與白無法清晰區分，聽眾與主持人一樣恍惚失真：所以，我要如何知道，自己在這曖昧的時辰間，的確泅泳於子宮般的錄音間羊水中？唯有call-in，才可以喚醒胎衣之夢中的我。有call-in，才知道聽眾是否存在；有了聽眾，才知道節目廣告是否能夠存在；有了廣告，我才知道節目是否能夠存在於這裡。我的存在，不是由我自己決定。

有人覺得奇怪：半夜三點到五點的電台節目，會有收聽人口嗎？會有call-in嗎？我主持節目之前，本也是如是想，以為只有孤怪如我者才會在黑夜過度至白日的時辰出沒，像吸血鬼一般，而現世的吸血鬼是很少、很少的……我看不見那些潛游於闇夜的聽眾，雖然我也屬於這些人，甦活在黑白交界，呼吸灰色地帶的空氣。這些人，那些人，我族，常人在平日看不見的幽靈人口。看不見的人口，並不是不存在。看不見，可能因為看的人不夠細心或時機不對，或者，更嚴重卻也更可能的原因是：視覺不是可以全然信賴的；否則，為何會有「盲點」的存在。所以視覺以外，至少還要有聽覺（所以電視出現之後收音機仍然存活了下來）。看不見的人口也有聲音——或許這些人沒有公開發言，但仍可能竊竊私語，呼吸起伏聲依然流溢——如果連呼吸都聽不見，可能因為這人不喜他人傾聽，便驀然噤聲，甚至連呼吸都可以斃住，不想被別人聽見。既然看不見了，何必給聽見？

但是我喜歡聽覺，我想要聽見。午夜的聽眾發出了自己的聲音，撥電話向密室中的我問候，這些call-in彷彿提醒我：

……如此生活的人，不是只有你一個……你不是伶仃一人；友伴就在暗影之中……如果沒看見，可以試著去聽；再不然，可以抖擻你的嗅覺，你的觸覺。你至少還有想像力，可領你找出自己的族類……

3

親密關係，也請來賓上節目了。本來以為請不到人；像我族這樣看不見的人口，我自己知道的也不多，怎麼請人來呢？

不過，看不見的來賓並不是不存在；終究有來賓與我共享胡桃核般的錄音室，而他，是第一個。他不像尋常想像中的「來賓」：他不是名人——不是官員、專家、明星、教授、作家，他不是我們以為會看見的那種人。他，就是一個不被看見的人，他看來就不像是會被邀請上節目的人，因為他這個人屬於半夜三點到五點；而名人呢，屬於光天化日，鎂光燈和聚光燈，可是偏偏不屬於我們。

而他的屬性，就是他可以上節目的充分理由。我之前並不認識他，而只在電話上交談過——（是誰給了我他的電話號碼呢，我也記不清楚了；屬於午夜時辰的一切，往往曖昧而不理性，不適合記憶……）起初我不知道該在何時撥電話給他，因為他的作息不同於一般堂堂正正的好市民：好市民在七點上課或在九點上班，十二點到二點午休嚴禁電話，之後到五點繼續正常生活的另一半，五點到七點塞車，之後呢，好市民可以接電話了，可是十點之後就要把電話插頭拔去啦。那，他呢？他的作息和我一樣「不正常」，我反而不知道該在何時找他。最後，還是不顧時辰撥了電話給他，請他上節目；邀請他上節目的理由就只是因為：他這個人屬於半夜三點到五點。他在，他笑，他接受了。我詫異：他為什麼那麼好找？他說：他本來就不難找——我族這些不被看到的人，本來就存在了，只是不被看見，甚至不互相發現……我請他在半夜兩點半來電台外的夜市，免得他找不到小街中的迷你電台，我可以領他進來，可是，我不認識他——他說，他可以寄一張限時專送的生活照到電台來給我，好讓我認得他。他細心，我愕然。

那夜，我在電台外頭的夜市等候他。兩點半，眾攤子已在收拾，燈管一一滅去，我正急不見他人影，卻在最後一根攤販燈管滅去前，我的肩頭被拍一下。是他。但燈光下的他不像是照片中的他。「當然不像。我故意給你一張不像我自己的相片。照片何必要像本人呢？」或許他的臉在俗麗燈光下失真了？「夜市的燈光就像pub的燈光，而我這個泡pub的人，在這種燈光之下反而最真實。」呵，我認不出他，他反而猜得到我。「你一臉尋找同路夜貓子的著急樣，很好猜。」不知是否因為光線昏暗，他一臉潮紅，手上捧了束紅玫瑰。他說，剛從杭州南路的Funky舞廳過來，才跳了幾支恰恰就汗溼得像沾露的玫瑰，才喝了幾瓶啤酒就紅了臉。他抽出一朵玫瑰插在自己的胸口，把剩下的玫瑰遞給我。「別人送我的玫瑰，我轉送給你，十朵。」

我問他，要不要在夜市完全收攤前，喝一碗本地有名的豬肝湯？他搖頭。全身鬆弛像是抽去絲線的人偶，渾然是剛走出舞廳的模樣。

我領著身後的他，推開厚實鐵門走入電台，六月的瘟熱仍未散逸。夜市漸消的複合喧聲，擋在嚴密的公司門外；門內，響的是清脆單調的男女談笑。是上一場節目的主持人，以及他的特別來賓，他們共享了一點到三點的時段。他們談笑走出電台吃宵夜去了，無視於我和他的存在，只不過瞟了一眼我手中的灼紅花束。

兩人走進窄小的錄音室，把花束擱在老式的河合鋼琴上。這鋼琴，不知為何硬塞在錄音室一角。這龐然巨物在斗室中占了空間卻不實惠：難不成可以接受聽眾call-in點曲、現場彈奏？如果需要鋼琴音樂，主持人自然會準備CD來放。我放了節目片頭和廣告錄音帶之後，便在CD唱盤中插入一張鋼琴音樂，顧爾德的巴哈郭德堡變奏曲。

他在錄音室中的臉色已由紅潤轉為白皙。「你喜歡鋼琴？」

我聳聳肩，半夜三點的節目嘛，聽眾大概比較喜歡鋼琴的聲音。

「待會該談些什麼？」

隨便。週末半夜三點的節目，隨便聊，不必太正經。

漫談中，聽眾的call-in零星插入。為免鈴聲干擾節目，所以電話鈴聲改以插在話機閃亮燈泡顯示。電台小，沒有助手幫忙過濾電話，所以常接到不知所以然的call-in，硬生生地在節目中浮出，譬如這一通：

——都已經半夜三點，是誰call我？

我嫻熟回覆：這裡是電台，沒有人call你，是有人向你開玩笑。

面向他，我聳聳肩。確是有群看不見的調皮聽眾，刻意呼叫他人的B. B. Call並且留下電台的call-in電話，讓在午夜被呼叫器call聲嚇醒的人氣急敗壞地call-in到電台來抱怨。這是一串連鎖的call-in遊戲。

結束了幾通乏味的call-in之後——其中抗議被呼叫器吵醒者，占一半的比率——四點了，我和他的談興漸減。不是因為可談的話題談盡了，而是因為，我們似乎都談到了原先預設的底限：

——再深一點嗎？可以嗎？不危險嗎？還可以嗎？——

我聞到玫瑰香氣。在錄音室時，聽覺比視覺重要；但，那夜，聽覺也挪開了些位置，留給早就等候入座的嗅覺。獨處時，自己不會嗅出自己的氣味，因為習慣了；但有外人介入原本封閉的空間之後，嗅覺的封印便會解除，和視覺聽覺搶位子坐：我像一隻野狗憑著鼻頭發現闖入者侵入勢力範圍，只不過沒有那麼多的敵意，卻有更多的好奇。

他的座標點傳出生命力的氣味，仍然滲出的汗汁和殘存的ＣＫ香水絞在一起，還有他那襯衫偷渡的酒酸，還有胸口的花香，我甚至懷疑自己身上的味道是否也流溢到他身上，成為他的一部分？他的味道觸動了我體內深處的神經接受器：我的五官知道，這個小房間所收容的男子，是原來的一個再加上臨時出現的一個……

「接下來呢？」他突然問一句。我忙把嗅覺的閘口關上。

我說——還是，再放張ＣＤ吧。要不要再放另一張顧爾德？

「你知道一位鋼琴師嗎，名叫——？」

我知道。他才在六月去世，也是個傳奇人物——

「這裡沒有他的ＣＤ，他彈奏的蕭邦馬祖卡鋼琴曲？我想聽。沒有？沒有關係。我會彈馬祖卡。角落那台鋼琴，可以用吧？」

他竟然，就那麼跳到鋼琴前，把上頭的花束丟在ＣＤ唱盤上，馬上背對著我坐下，彈將起來，頭很低，乍看像是無頭的鋼琴師。我完全沒有想到可以這麼即興，怔愣之餘便把他的麥克風移到鋼琴邊。這回嗅覺和聽覺都靠邊站了，就只是視覺：我不知道他彈得是否好聽，只看見他的背脊起伏，像音波，像潮浪，像信天翁的翅膀。

節目就這樣進行吧。我不打算再理會任何call-in了。

聽覺慢慢回到我的耳殼，我聽見他彈的蕭邦不甚完美，或許是因為舊琴缺乏保養，也或許因為琴藝欠佳，但更可能因為他的情緒不穩定：他的琴音浮動宛如碎裂的泡沫。

我走到他身邊，坐在鋼琴長椅的左端，在近距離更察覺他的身軀抽搐的幅度。我的左掌心按在他的手掌背，感覺他溼的體溫。這回，是觸覺。他的左手加上我的手之後，沉重了，也穩了下來。

我問，你要不要說些話？

他一時沒有回答。

他回首看看身後的電話，有call-in的燈光亮起，但我不想理會。他不說話，體腔卻發出應合琴聲的低鳴，嗚聲像低泣，卻又可能是冷笑。他一路狂亂彈直到五點整，直到節目結束，而我的左手始終停駐在他的左手上，而我右手搭在他的右肩，我的胸口貼住他溼汗的背。在這樣的冷氣房，不知道為什麼他的身體一直冒水：我的舌頭輕舐了他頸子上的汗珠，很鹹，大概情緒強烈的人就會流出很鹹的汗吧，而他並不理會我的舌尖，他一往無前。這時，我的身體是一張大開的窗戶，同時接收了視覺，聽覺，嗅覺和觸覺。我的身體，就是鋼琴。

五點了。我轉身放了節目片尾的錄音帶，算是交代聽眾。又有call-in呢：了不起，五點鐘了耶，我姑且接了：

——你們是變態呀？節目是這樣做的？關在電台裡面胡搞，以為聽眾沒在留意！Call-in打了半天也不接！

我把電話掛上，轉身回來，卻看見他面向我，他一臉狼狽的笑。

「你知道嗎，我剛才在Funky碰上我這輩子最慘的一次失戀……」

我說，五點了，到外頭再說吧。沒關係，在外頭慢慢講，真的沒關係。沒關係……

可是這時他卻靠在我背上哭泣了。

4

我拖他走出錄音室，穿過走道，走到電台外頭。

外頭天色已泛白。他大概也被室外的白晃光線嚇住，不哭了。也在這時，我才想起把花束擱在錄音室裡。

他說，「算了吧——。我另外送一束給你……那束花，十一朵玫瑰，本來是要在pub送給我的老同學，可是他拒絕了……我帶到這裡來……轉送給你，真是對不起……」

我說，好啦，別說了，去吃宵夜吧？

他倒笑起來，胸口的單朵玫瑰搖曳，「你連黑夜和白日都分不清楚！現在該吃早餐了，不是吃宵夜！」

是的，我分不清白日和黑夜。可是，我分得清那些我原本看不見的我類。我看見了，我聽見了，我嗅見了，我摸到了，我嘗到了。親密關係，並不是只有原來的一種面目，並不只是音樂盒的一種，我想。於是，我聽見自己說：「去喝豆漿吧。想多聽聽你的故事……」

——《中華日報・中華副刊》，一九九五年十一月一日

牧神的午後

懷錶指針的行進聲響，像是冷酷的嗤笑，不斷澆醒他的焦慮，讓他忘不了噩夢的始末。記憶中，夢是這麼開始的：

寒假裡的那一天正是阿索的生日，巴士穿過竹林濃蔭，把恍惚昏沉的他載進溫泉小鎮。竹影雜錯，映射在他身上，彷彿刀光劍影把他砍得碎屍萬段。他的確是傷痕累累地逃到鄉間；城市裡的鬧劇，他不願再提。他沒有租機車，也沒有預訂旅館房間。阿索穿過一片田，來到小鎮的溫泉溝。

水泥棚子圈圍的澡堂，被溫泉溝劃為兩半。水霧中的若干裸男身影，便或是浸泡在溝裡，或是棲息在河流兩岸。阿索褪盡衣褲，在霧影中冥想，卻猛然看見自己坐在溝流的對岸。是鏡子嗎？——他伸手試探——對岸的自我，也對稱地伸出手臂召喚，還附贈在霧氣間飄浮的微笑——阿索一驚，才察覺是個玩笑：對方的微笑揭開了謎底——其實是對岸的另一個浴客，只不過體態年歲和他相仿，對方更刻意模仿他的動作，他才陷入鏡子的笑話。阿索不知如何回應，總不好死盯著對方，他只好低頭繼續洗滌自己。

阿索起身之後，又獨自來到荒廢的公車站牌等候，打算前往計畫中的下一個地點。為什麼要往下一個地點去——阿索也說不出理由：一切行程，都是在都市裡事先臆想的，來到小鎮才知道誤差不少。於是，當一輛機車在阿索面前閃現時，他有點措手不及——是方才在溫泉對岸的另一個自我。

「在等巴士嗎？」機車騎士問，二十歲的微笑還在臉上，像要彌補方才在溫泉的惡作劇。「可是你等不到車的，巴士不走這條路了。相信我吧，我是本地人。你要去哪裡？乾脆我送你一程吧。」阿索也不甚明瞭自己要往哪裡去，只得坐上便車，隨便這個傢伙要帶自己去什麼更陌生的地方。

「你叫什麼名字？」「叫我阿索吧。」「你可以叫我K。……是呀，我喜歡卡夫卡。……你也是嗎？……你究竟要去哪裡？這麼亂繞一圈，我們又要回到溫泉溝了。……如果沒有特別想去的地方，就田埂坐下聊聊吧，反正鎮上也沒有別的地方好去。……」

K走上田埂，抽出口琴，吹起一手慵懶的曲調，像是田園詩。說是德布西的曲子，〈牧神的午後〉。K說這曲子適合在曠野吹奏，雖然這個季節是最寂寞的冬天，他手上只有口琴而沒有牧神的笛子。

「你看來實在太像都市來的人。K，你真的是在地人嗎？」「沒錯。我老家在這裡，但是和其他的台灣孩子一樣，也不得不到城市浪行一周，直到疲倦了才回來，重新回歸田土，沉浸在溫泉中。現在，洗完溫泉，吹過牧神的午後，正好跳舞。」「跳舞？」「牧神的午後，是該配上一支舞的。聽過尼金斯基嗎？跳給你看。這是一個很寵我的學長教我跳的。」

K放下口琴，在田裡舞踏起來，彷彿剛才的口琴樂聲仍未消散，反而包裹起K的身體。在阿索眼中，荒田中的K就像條扭動的蛇。阿索旁觀片刻，便抽出紙筆，為冬日的牧神素描。

「你學過畫嗎？」K跳到阿索身旁。

「我本來想念美術系，去年大學聯考的成績其實也達到了美術系的錄取標準。可是家裡不准我去念，就是不准。只好認了，去上市區的補習班，準備重考比較有出息的科系。畫圖，只能當消遣了。」

「不知道是誰幸運呢！你想念美術系卻不能夠；我喜歡跳舞，倒真的進了舞蹈學校。不過你還是可以自由作畫，我卻不能好好跳舞了。我的手臂骨折，所以剛才跳舞時，我並沒有完全放鬆身體……秋天的時候，我和朋友騎車出事，手臂斷了，不能上舞蹈課，只好休學。因為傷重，所以休學也不必當兵，乾脆回老家修養，泡溫泉復健。」

「你的朋友呢？」

「我學長？他死了。」

「——這張素描，畫中人是你，就送你吧。」

「好呀，今天正好是我的生日！本來以為要孤零零地過生日，沒想到，現在連生日禮物都有了……」

那晚，阿索在K的老家借住。是鄉間常見的三層獨棟樓房，距離鄰居也隔著幾塊田。目前房子只有K一個人住，更顯陰森空盪。他們買了酒菜回家，在夜裡聊起來；可是阿索不勝酒力，未及半夜便睏倦了。睡夢中，阿索有種古怪感受——彷彿，有隻手掌伸入他的內衣，放肆撫弄他的身體。昏睡中，他覺得那像是條蛇，把他整個人纏起來，掙不開——這條蛇溫暖非常，並不冰冷，但也因此駭人……所以，頭腦昏脹的他在早上醒覺時，並不完全相信身上的毛毯，就是昨夜的那條蛇……

「昨晚想叫你上床睡，卻又搖不醒你，只好丟了條毛毯給你。」

K在早餐時拿出一只畫框，裡頭裝了阿索為K畫的素描。

「我扔了全家福照片，改裝你的素描。反正他們都移民了。待會掛起來罷？還有，這東西送你。你不要推辭，也不要介意，好不好？」

是隻懷錶。懷錶外蓋上有細微紋路突起，像是年輕男子的光潤背脊。蓋子背面，鑲嵌了半人半獸的迷你牧神浮雕。K說，把懷錶送給阿索，是相信阿索能夠好好保管它，因為這不是可以隨便送人的禮物——這是K的另一枚心臟，會搏動的——這本來是那個去世學長送給K的禮物，他看過K的牧神的午後。K不想再看到這隻感傷的錶，又不忍棄置，便轉送給阿索，K希望懷錶可以成為阿索生命中的一部分，像友誼的印記，永不磨滅。

（但是，他們兩人都沒有料到：那天阿索離去時，會發生那回事——）

K遞鐵鎚給阿索，請阿索站在凳子，在牆上釘上鋼釘，好掛上那幅素描。K扶著阿索的腿，又說起去年秋天的故事，未料阿索突然吼道：

「不要碰我，不要碰我，我最恨有人摸我！」

阿索沒想到自己這麼神經質（難道仍在宿醉）；他無法證實自己喊出了什麼，因為他也不能詢問K了——不知何時，立在他身後的K，額頭中央硬生生插了那隻鐵鎚。原來是在阿索手上的。K只咕噥一聲，便倒地不起，額頭泛現放射狀血痕。

阿索冷靜下來，很細心地把鐵鎚、素描、懷錶都包好帶走。K倒地時沒有發出太大聲響。在幾百尺內都沒有看到旁人。買滷味時只有K走近攤子，沒有人注意到阿索。K的家人都移民了，近期不會有人光顧這棟老房子。他用毛毯把K細細包裹好，像蛇一樣捲住K，然後把這包毛毯塞入衣櫃。除了

K，沒有人記得阿索來過溫泉小鎮。

……我要回台北了……一切都不曾發生……一定是酒喝太多了……我還要聯考呢……最恨有人對我動手動腳了……我根本不是認識他……誰知道他是誰……

阿索離開小鎮時，賣可樂的雜貨鋪正放著翻唱的老歌。

■

阿索開始注意各大報的地方新聞版，一連幾天卻絲毫見不到溫泉小鎮的消息，更甭提K那回事。或許這整件事都是酒夢。對身處台北的阿索來說，遠方的溫泉小鎮似乎虛浮而不存在。可是，阿索不能把這一切忘記。懷錶、素描、鐵鎚，這些受詛的信物，都收在阿索床下，在他為應付聯考而租賃的公寓小房間裡。

但，阿索不能丟開這隻懷錶，他不得不把床底下的錶收回懷裡；因為，他竟然成為懷錶的禁臠了——自從離開K家之後，懷錶就成為阿索的另一顆心臟，一顆來自K的心臟：懷錶的指針搏動，彷彿跟阿索的心律應合，成為協奏——也因此，夜裡就寢時，阿索竟然要聽見懷錶指針和自己的心跳共鳴，才得以入睡。他曾嘗試聆聽其他計時器的聲音，如掛鐘、手錶，尋常的懷錶，可是行不通——只有K送的懷錶才是他的另一球心臟。於是，在焦躁的午夜時分，甚或苦熬到天破曉時，阿索只好推開各色鐘錶，重拾K的懷錶掛上，這才睡得著。可是他實在想遺忘這只錶的詛咒！有時，阿索便在午夜丟開懷錶，嚥下第一片安眠藥——睡不著。一小時後他吞下第二片、第三片、第四片、第五片……阿索也擔心，吞下過量安眠藥會出事——但，既然沒有佩掛懷錶時得不到一夜安眠，恐怕，永遠的安眠也因此不可求得罷……阿索也不願去看精神科醫師；他不想被迫說出最想遺忘的事。懷錶是附身在他身上了——或許，附身的是牧神，或是K……

他乖乖佩帶懷錶上補習班，否則他連午間休息的小睡都要失去——同學們留意阿索胸前的懷錶，也看見他日漸枯黃的面容。偶爾會有同學好奇，探問起懷錶的故事，嚷著要打開懷錶蓋子看看——卻總被阿索喝退。

「打開蓋子」，這或許是一語多關——這隻懷錶別緻可人，的確應該打開來，讓人們共欣賞；同樣應該打開密封蓋子的，還包括阿索自己，因為他這個陰鷙的人在班上越來越不對勁了。「打開蓋子。」這是阿索最不想聽見的一句話，但卻也是他時時聽見的話。打開蓋子，我要現身。牧神浮雕在懷錶裡頭喊著，包在毛毯K君在衣櫃裡頭喊著。這呼聲，伴隨懷錶的腳步，在阿索的心臟孔竅間流竄，鑽得好深、好深，只有阿索自己才聽見。「打開蓋子。」他的睡眠和體內的呼嚎絞在一起了，他的兩個心臟——肉質和金屬的——全都絞在一起了。兩個心臟在一起，於是兩方的血液相互流動，懷錶成為阿索身上的臟器，阿索也成為這隻懷錶的一塊肉……

打開蓋子：這是牧神的抗議。我要出來：這是K的抗議。打開蓋子：阿索的血液和血管摩擦的聲音。

好，就讓你出來罷。

阿索再也承受不住了。在春天即將到來的那個星期天午後，甚是躁悶，打赤膊的阿索在他房裡摔起參考書。他翻身到床下，尋找舊報紙包裹的那支鐵鎚（報紙上的日期，正是K的生日，也是阿索的生日），想要終止這隻懷錶發出的一切噪音。阿索年輕光華的背脊，閃著汗汁光暈。如果，真的敲毀懷錶——阿索心臟的伴奏者——睡眠，豈不就要遠離他了？可是阿索管不著。他要終止所有的吶喊。他扯下懷錶，取出舊報紙包裹的鐵鎚——牧神浮雕在懷錶裡尖叫，彷若哀嚎，又像狂喜。

他終究抓起那把嗜血鐵鎚，敲向懷錶。金屬敲擊聲，一下，兩下，三下。懷錶外蓋龜裂，可是阿索卻再也敲不下去。

他只咕噥一聲，便倒地不起——（懷錶成為阿索身上的臟器，阿索也成為這隻懷錶的一塊肉……）——阿索他那年輕平滑的背，居然也泛現懷錶外蓋的裂痕：他的背部彷彿被拉鍊劃開，血漿泉湧，而他的脊椎就像那條拉鍊。阿索沒有機會看見——自己裂開的背，竟然蹦出血淋淋的生靈：看起來半人半獸，活像懷錶裡的浮雕牧神。那怪物呼嘯不已，跳起K的田間舞步，隨即奪門而出，在公寓的樓梯間脫逃消失。

然而，那幅K的素描，仍然十分完好收藏在阿索床下，沉浴在冬日鄉間的午後微笑裡。

——《中央日報・中華副刊》，一九九五年三月七日

因為我壯

這一天，市立運動場內外擠滿了脹紅臉孔的人們；雖然夜色已暗，細雨一根根扎下來。場外人聲鼓噪，場內揚聲器轟聲不停，偶有尖利的電吉他試音穿刺其中。一束束紅潤的舞台燈光朝向高空勃發挺舉，彷彿天空與人世之間的過道。

一場進口的熱門演場會即將開始。

趙大哥把同慶當做一尊彌勒佛像似地，請到運動場入口，「因為你壯嘛。」那位主管工讀生的趙大哥，一面說著一面用手帕拭去手中寶貝大哥大的殘雨，「因為你壯，你來檢查觀眾的包包最適當，他們才不敢跟你囉唆，看你壯得像熊一樣。不要讓他們帶鐵罐，刀槍等等危險物品進場，絕對不可以，知道嗎，壯大個！」

同慶很有責任感地聽了這些話，充滿敬意望著趙大哥。趙大哥一身黑西裝，他的眼睛在細雨中就像洋溢著淚水。妹妹說趙大哥是文化人；他想，這一行的人一定常感動流淚吧。

「對啊，因為我壯。」

數天前，妹妹又對他說，「你這麼壯，該做點事吧。」這句話，同慶打從小學時代就常常聽人說過，同學常叫他代替值日生去抬便當箱。因為他壯。妹妹為他促成一件差事，去某大文化事業公司當工讀生；這家公司巨資請來英國當代重要樂團「瑪瑙果醬」，勢必吸引大量熱情觀眾，非多找一些壯碩的工讀生在場坐鎮維持秩序不可，而妹妹覺得同慶再也適合不過了。「主管工讀生的人就是趙大哥。他一定會好好照顧你。」妹妹是趙大哥的女朋友之一。雖然趙大哥的年紀比同慶小，可是同慶還是叫他大哥；沒有人不像同慶的大哥。同慶見過趙大哥和妹妹親嘴，可是他們也不怕他在旁邊看。同慶記得妹妹當時對趙大哥說，「你不要擔心他在旁邊看，他看不懂啦。」

「我看得懂。」

「你知道什麼是『瑪瑙果醬』嗎？不是吃的東西，知道嗎？」妹妹忙著擦拭她的麂皮鞋。「這是一種文化活動。演唱會。就像是音樂會，你聽過的，可是又有點不同。你去幫忙趙大哥，就可以免費看演唱會，不錯吧。」

「美梅，你要不要去看呢？」「當然，趙大哥會留票給我。」

如果演唱會跟音樂會一樣，倒是不錯。同慶喜歡音樂會。音樂會是香的。他跟妹妹去聽過兩次音樂會，都是因為妹妹臨時和以前的男朋友吵架，所以就由同慶代替出席。在第一次音樂會中，他什麼都沒有看到，因為他壯，一坐直就擋了後頭的聽眾，人家直抗議，他只好縮低身子，結果什麼都沒看到。他也沒聽到高雅的音樂，因為妹妹在他懷裡哭了很久，還夾雜了對於男友甲的咒罵，所以同慶只聽到嗚咽聲干擾的交響曲。還好，他聞到了香味。（雖然，他沒看過徐四金的《香水》……）那香味是什麼，他也說不出來，只感覺香味打自舞台的方向傳來，在他鼻尖抹來抹去，隨同樂曲音符高高低低，就像從喇叭管鑽出來的。音樂會之後，他跟妹妹說起音樂的香。

「笨蛋，那不是音樂會的味道啦。是坐在我們前面那個男生噴的香水，OBSESSION，噴了那麼多，真噁心，一定是個GAY！」妹妹臉上一點淚痕都沒有。

聞到的是香水嗎？妹妹也擦香水，可是同慶從來不覺得好聞。「男生和女生噴的香水，味道不大一樣啦。」妹妹總愛對他說教。

第二次音樂會，他依舊什麼都沒看到，卻聽到更多關於男友乙的臭名，更不幸的是，這次沒有香味可聞，所以他覺得無聊極了。「美梅，這個音樂會不香。」「笨蛋，沒有人規定音樂會一定要噴香水！這次沒聞到噁心的香水是我們好運！」

可是同慶寧可不要這種好運，他要香味。他事後想尋找那種好味道，可是就算在人群中他再努力也聞不到在第一場音樂會中聞到的香水。這場果醬演唱會，勉強算是同慶生命中的第三場音樂會，觀眾比前兩場多出許多，他應該會再一次聞到那種香味吧？

他守在運動場入口，專門搜查觀眾背包，搜出很多汽水罐和瑞士小刀，不知道怎麼處理，急著想找趙大哥，急死了。旁邊的工讀生們笑說趙大哥不管這種小事啦，便幫他把東西接下來保管。被搜的觀眾，人人不爽，可是因為同慶夠壯，所以也沒有誰敢不從。倒是同慶看多了一雙雙白眼，羞得腦袋低垂。低頭的他聞到一股熟悉的香水味，是女人用的，還看到復古流行的愛迪達。他抬頭，見是妹妹，很高興。他在入口扭捏站了好久，看見熟人總是比較心寬愉快。

「啊，妹妹。」

「你怎麼站在這裡？看起來傻呼呼的。」

「因為……因為我壯。趙大哥說的。」

妹妹一隨同人群入場，同慶又打算把頭垂下來，避開不斷湧入的陌生人目光，但他愣了一下；那香味終於又來了。

第一場音樂會的香味。那股味道來自入場人群中的一個男生，穿著畫有黃色圓形笑臉的T恤，戴了紅色棒球帽。他帶了黑色皮腰包。

同慶低頭檢查黑腰包。他不好意思抬頭看這名男生，不過沒關係，他只要聞到對方的香味就夠了。沒錯，就是這種香水，這一回還滲合了汗味，更迷人了。同慶低著頭，看見男孩穿了及膝的海灘褲，露出褲外的小腿有很多黑色鬈毛。同慶扯開拉鍊，查獲一只小刀。

「先生……為了安全……小刀不能帶入場內……我們幫你保管好不好……等散場你再來找我拿……」

男孩跺跺腳，進場了。

這一回同慶卻沒有把那只小刀交給其他的工讀生保管，他要自己留著，插入褲袋裡。他甚至不想還給人家了，因為小刀也是香味的一部分。他喜歡這刀，可是他更想要男孩頭上的紅帽子。他覺得那頂帽子就像是棒球漫畫中投手戴的那種；每次讀到投手和鄰家女孩在球賽勝利之後擁吻的畫面，都會忍不住流下淚來。

「咦，壯大個，誰叫你在外頭看門呢？」趙大哥突然又在他面前出現，「你這麼壯，在場外站著太可惜了，來場內幫忙維持秩序！」

同慶覺得，走進運動場，就像走進漫畫中的棒球場一樣，頓時覺得很幸福。場內黑壓壓滿是人，讓他覺得溫馨。趙大哥領著同慶，一起擠到運動場中心的舞台。趙大哥要他和其他高壯的工讀生一起站在舞台和第一排的觀眾之間，防止觀眾太過熱情而跳到舞台上做怪。

「如果這場演唱會出了亂子，大家就走著瞧吧！聽到了沒，壯大個的，絕對不能讓觀眾跳上台，不要讓他們朝舞台丟雜物，他們如果搗蛋就轟搗蛋的人出去，你聽懂了沒有？」

「我聽懂了。」同慶從小就知道，只要別人問自己懂了沒有，就要回答聽懂了，才不會挨罵。

同慶站在舞台前方，觀眾舞池的界線。他面向不斷朝舞台推擠的觀眾，鮮紅的燈光投射在眾人起伏的臉上。同慶背對舞台上的藝人，台上究竟有什麼表演他也不知道，但他也無所謂，反正他也不打算看懂。揚聲器隆隆叫，連同慶雄壯的背也可以感覺音波震動，他的耳朵更是早就震麻了，所以他整個人都酥得像他早餐最愛吃的甜麥芽燒餅，酥得掉了一地芝麻。

樂音越加激昂，果醬的主唱更狂野地朝地板摔起吉他，把皮背心脫下來朝觀眾拋去，所以全場情緒更飽漲了，紅臉的觀眾波浪往舞台賣命推擠。同慶聽見趙大哥急忙大吼，要工讀生注意熱昏頭的觀眾。但趙大哥的力挽狂瀾根本無濟於事，觀眾開始朝舞台丟東西。

一頂紅色棒球帽飛起，像一隻鳥。

「誰丟的？不要丟！再丟的人就轟出去！」

趙大哥手上沒有麥克風，嘶叫得非常歇斯底里，卻完全徒勞。

同慶回頭一看，注意到那頂他想要的紅帽子靜靜停在舞台中央，像是棒球場中央的投手一般高貴，卻隨即遭到中蠱狂跳的貝司手踩扁。同慶正覺可惜，卻在眼前的人群中發現那名丟帽子的男孩，對！就是他，有香味的男人！男孩看來沉醉於演唱會的情境之中，兩隻手臂高舉像是拜神一般，他脫下T恤，又朝舞台丟。同慶下意識地伸手攔截住那件笑臉T恤，耳邊趙大哥的咒罵同時響起：「又是他！剛才帽子就是他丟的！怎麼會有這麼沒有教養的觀眾？壯大個的，你接得好！等一下他再鬧，你就把他丟到場外的廁所去！」

同慶意外獲得稱讚，卻不覺得高興；他接住T恤是因為他想要那件T恤，而不是因為要討趙大哥開心。而且，趙大哥太凶了。而那個男孩，應該完全不知悉舞台前趙大哥的敵意吧，他竟然又躍身一跳，他身邊的觀眾人浪也乘興順勢把那男孩高舉起來，做勢要把他送上舞台，一雙雙手臂把他送到舞台前。

趙大哥這時更是氣瘋了，命令左右的工讀生把那個男孩拉到人群外，然後，同慶真的想不到，趙大哥罵了一句三字經和一句六字經，然後，趙大哥在那飄飄然的赤膊男孩臉上，火辣辣揮打一拳。

鮮紅的血漿從對方的鼻頭滲流下來。

「壯大個的，把這人渣抓出去！」

「我……我手上拿著T恤……他的……放哪裡……」

「丟掉啦！管他去死！」

同慶快嚇哭了。

他扶著似乎虛脫的半裸男孩走向點亮銀白日光燈的男廁，同慶又聞到男孩身上的香味，那味道與濃重汗臭相配更是強烈挑逗，同慶不禁臉紅起來。他看見男孩胸膛的些許毛髮汗溼一片，臉上殘留血跡。他想掏出褲袋裡的紙巾為男孩擦去鼻血，可是褲袋裡只有小刀沒有紙巾，完了，一定是擠掉了。

「沒關係……我帶你去廁所洗臉……你流鼻血……」

同慶這一開口，男孩似乎便整個人清醒回來了：

「不要！你放開我！我要回去場內！你這臭胖子！」

同慶一時聽了又驚又氣，死抓對方的手臂不放，而且掏出口袋裡的瑞士小刀威嚇，「你……別想跑掉……我幫你洗乾淨……你回去會挨趙大哥揍的……」

但是男孩不從，不斷掙扎。同慶一急，刀刃還沒翻出來，拳頭就伸出去了，他在男孩肚子上捶了一拳。男孩不支倒地，鼻頭冒出更多鮮血，他汗溼的胸膛沾滿了砂。

同慶對自己說：不要慌，現在不能帶他去廁所了，必須趕快找衛生紙來幫他擦乾鼻血，塞住鼻孔，才不會繼續流血。可是我沒有衛生紙了。妹妹一定有，可是場內那麼多人，怎麼找她？還是跟趙大哥借？可是他一定會罵我……

「你好好躺著……不要急……我去找衛生紙……」

同慶衝入男廁找，當然沒有找著。藍調日光燈下，他敲了敲每一扇廁所門，想向蹲馬桶的人討衛生紙，結果每個人都臭罵他一番：「笨蛋！我自己都不夠擦了，還借你！」

同慶急壞了，衝出男廁所，不知道還能向誰討衛生紙……

可是，他發現那個男孩，已經不見了。他一定蹓回場內了。他不聽話。他跑掉了。連一絲香味也聞不到了。地面上留了幾滴鼻血，可是又能怎樣……他恨不得趴在地上把血水舔乾淨……

同慶開始流下眼淚，和不停止的毛毛雨滲合為一：

……紅帽子給人家踩爛了……T恤給趙大哥沒收了……好香的男生也不見了，他一定不再讓我抓到啦……

他下意識地想掏出褲袋中的衛生紙擦去淚水，當然還是沒有，還是只有那把小刀。可是他不哭了。

還好我拿了這把小刀。我不是笨蛋。

——《中時晚報・時代副刊》，一九九五年四月十六日

香皂

你像塊香皂沉浮於綠色浴缸中央，彷彿即將在水中分解溶化。香皂氣味飄飛於水氣間，催眠了熱水中的你，以及在旁服侍的我：就是這熟悉的玫瑰油香，將池水無限延伸，與夏天的游泳池連結。

就是夏天泳池的孤零零午後，那一天，我獨自在沒有旁人的更衣室沖澡，水聲只屬於我一個人，面對沒有表情的瓷磚牆。未久，水聲出現二重奏，與我的水聲應合：原來有第二個人進來更衣室沖水。我身子一震，卻沒回頭。接著水聲逼近我的裸身的，是那個牌子的香皂氣息：便宜的味道，但是濃烈。這時我仍然背對第二名浴者，意念卻不禁浮妄，在暫不逾越的情況下，揣想氣味的浮動：那香皂，塗抹在什麼樣的泳者身上？蓮蓬頭射出來的水花在這名男子身上拍打按摩，香皂泡沫的分子這才輻射進入我的鼻腔，我的神經中樞……我背後的這個人是否灑脫大方？還是，膽怯一如偷咬主人拖鞋的小狗，在沖澡時仍然小心翼翼保留泳褲，讓我族的目光得不到一絲便宜？我想知道答案。泳畢的我雖然肉體疲軟，但在我全身血脈竄生的荷爾蒙卻絕不姑息自己……於是，我回頭張望，佯裝若無其事，彷彿只是要看一眼在更衣室外閃逝的夏日光線而已——而我看見了：那個人在香皂主宰的水花間面對著我。那個人就是你，沒有閃逝、反而逗留的夏日的我的光線。

你不是那種將泳褲脫掉的沖澡者，你也不是不敢曝光的乖乖牌：你這個人就是偏愛非A即B的標準答案，所以你把泳褲拉到膝蓋間，只脫了一半，卻一點也不算拘謹。我也沒有想到，你的眼光毫不羞澀，竟然與我若有若無的窺視面對面，諜對諜。我更沒有想到，我不但看見我所想見的一切，我接下來得到的愉悅滿足竟然也不限於視覺……是的，我的耳朵，指甲，腳踝，牙齒，連我的聲帶都用了力氣……你成了包裹我整具肉體的香皂泡沫……我眼睛剩下的功能，再也不是視覺享受，而是把風：天哪你記得我們在更衣室裡幹出了什麼好事！我只好睜大眼睛，提防第三者闖進來……而我的鼻腔，則記憶了這個事件始末的氣味……

事後你請我在小吃部吃甜不辣。「對不起哦，讓你這麼累。你看還在喘。多吃一點補回來哦。」我馬上捶你好幾拳。「你電話多少？以後約你出來游泳。」「何必告訴你。」可是你還笑。輪我質問你。「用什麼牌子的香皂？一定是很遜的便宜貨吧？」「何必告訴你。」

可是事後還是得到答案了。我的電話號碼成了你的號碼，你用的香皂牌子在我的浴室出現。可是我不敢陪你去游泳了：你每每動輒三千公尺，我這隻勉強五十公尺的青蛙，何苦呢！如果要兩人同游，請回到我們的紫色床單，這是我倆在臥室私有的池水。我偏愛你沐浴之後帶著香皂味滑入水池，捲入你，滑入我。這是私密的潛水遊戲，高潮可比溺斃。

這個迷你的游泳池仍然是你大展身手的地方。我真服了你，只能當一隻任你擺布的青蛙。你仍然很有一套自由式、蝶式、仰式、狗爬式。你愛囑我為你在這片紫色中按摩，像是在你遍身打上香皂；當然你更愛在兩人苦戰之後，偕同沖澡，由我為你塗抹玫瑰味香皂；這樣的溫存在激越之後才顯得難得哦，你說。你在綠色澡盆中，像是外表堅韌呈古銅色但內心綿白柔軟的法國硬棒子麵包，我把手中融化的皂汁抹在麵包的軟芯，像是塗上噴香的奶油，為的是，把你整塊吞下去……

這時，眼前的你酣睡於澡盆溫水中，像是在水中融化的香皂，柔軟而安靜。你不同以往，顯得非常疲倦。疲倦的原因之一，是我們近日連綿卻還不能聲張的爭吵。

因為，你竟然從未向我坦白你身體的祕密。我竟然不經意間才發覺你血脈內壁流竄的密碼。我問你，是不是在泡上我之前就已經知道自己是POSITIVE？你說這是不得已因為你說不知道該怎麼辦不知道怎麼說出來。你辯說過去的事你沒辦法但現在已經很小心了，每一次都用橡皮球潛水衣裹起來很小心翼翼，就連在泳池更衣室的那一次，你都沒有飛濺到我皮膚上……我沒有力氣了，只是說……（我恨。）可是我不知道我忿怨的，究竟是哪一個部分？是你這個人，你的身體，你的血液，你不透明的語言，還是你所存在的，這個需要以香皂氣味遮蔽的世界？

那充滿咒罵的第二天初晨，兩個人還沒有完全清醒，卻又並肩泅泳於臥房中央的紫色池水中，彷彿要讓體內毒汁完全新陳代謝。仍然玩潛水的遊戲，沒有忘記撕開鋁箔包，套上潛水衣。「你不怕嗎？你不要命了？」「我當然怕。可是我怕的又不是你。」

但我們總有爬出紫色池水的時候，我仍然為你擦背，一如以往。浴室外頭電視新聞聲響穿透浴室的鎖孔進來，我們聽見官僚宣布魔術強生因病不得進入中華民國在台灣，官僚說不能為了滿足少數人的特權犧牲多數人的權益以及法律的尊嚴……我衝出浴室，把黏土一般的肥皂抹在電視螢幕上，主播的臉孔在粉色香氣間消失：電視耗用太久了，臭味四溢，實在應該好好刷洗！我恍然發覺，所憎恨的究竟是什麼東西：原來，那就是常人習以為常，而我卻難以忍受的臭氣……

（所以。我還是會替你抹香皂沖澡。屋外烏煙瘴氣令人掩鼻，但我們至少可以從家中獲得我們所要的清新。即使你遍身泛現卡波西品種的紫紅玫瑰花，我還是會在你這片麵包上塗抹香皂汁液，融化一如奶油糖蜜。把你吃下去。這是必須。這是為了洗滌，為了香味，為了記憶。）

——《自由時報・自由副刊》，一九九五年十一月十七日

溺

他起身離去了，而我仍然拘留在黑夜裡的游泳池裡。我永遠嵌在這方池子裡了；永恆的詛咒。他應該走入更衣室了罷，剝下精短泳褲，彈出紅潤而冰縮的肉。十年前，他就是這樣度過夏天，我見過的。我也記得他沐浴所採用的廉價香皂；直到現在，那種衝鼻味仍在記憶中執拗不去。他，是當時的救生員。記得在更衣室見過正在抹肥皂的他；他那延伸在臍部的毛髮，在青年人之間並不多見。

那時，我常在夜裡游泳。反正，夜裡的我勢必孤單又無事可幹：妻子過世多年了：剛退伍、即將出國的孩子也有自己的夜生活，不會陪我。每一夜，我自己在泳池進行孤滅的洗禮，聽見池水釋放出白日所沒有的冥氣。我將頭顱突伸出水面，發現這塊20M乘50M的深藍色方塊在銀白探照燈下，就像一面液態的黑色棋盤，泳客是一只只行將沉沒的棋子，而池邊的救生員，彷若冷眼的觀棋客。（是誰下的棋？看不見。）

當年我曾多日沒有接近泳池，因為十年前的那場空難讓我昏盲了好幾天。之後的某一天，我回到泳池，再看見生命力充沛的救生員，不禁傷感，聯想。所謂失落。我卻沒有對他說過——其實我們之間甚至不曾有過對話；對我這個中年泳客而言，這個健康的救生員是多麼遙不可及！我埋頭在池中，淚液和嗚咽一概隱形，未料游到水深5M的地方時，小腿抽筋起來——我抬頭求援，卻看見他在探照燈的逆光下冷眼看我，彷彿一尊拒絕拯救子民的裸裎天父。我們兩人首度四目相交。我放棄來自上方的救贖了，我自行殘喘；在自行殘喘的一刻，想到孩子遭逢的空難。孩子在空中火化，落為大西洋底的殘骸……孩子隨他愛人走入登機門的那一刻，就如那名救生員，也是一臉義無反顧，毫不理會眼睛在我臉上潑畫的痕跡。

於是，在十年前的某個夏夜，我在夜半時分偷偷爬過游泳池的藩籬，在漆黑寧靜中剝光自己，泡入無人的池水。我發抖，游向平日救生員盤踞的日光寶座，自己像個昏眩的朝香客——只是，在夜半時分，日光和他都是缺席的；我也沒有勇氣確定朝聖的對象和理由……水太深又太冷，我終於開始抽筋，卻沒有掙扎。

我大呼了一口氣。一切都漂浮，都沉沒了，我看見自己成了浮屍。第二天值班的救生員發現我（值班的人，不是他……），浮腫的生殖器嵌在排水口中。游泳池因此關閉許久；但來年重新開放時，人們都忘了我的逝去，甚至他也回來游泳了，只是不再是救生員。

這十年來，我的魂魄都困在這池子哩，黏附在泳池內壁，出不去。在泳池關閉的時節，尤其孤單。但也值得欣慰，因為這十年來的夏夜，不再是救生員的他還是會來游水，無形中陪我做伴；雖然，他並不知道。我總愛在水中撫摸他的一條背脊，他也毫不排斥。幾年來，我眼看青澀的他在十年間的水色中老去，同時，也想起其他男人的故事與生命——這種執迷將會繼續；我，不會輕率終止。

——《聯合文學》（一九九五年二月）

——《美國世界日報．小說世界》，一九九五年三月二十一日

敲打樂十一首

1 劍之末

烈日炎炎，我幫僅存的三名弟子，終於在崖上遭逢黑雲派重圍……我手上緊握師父臨終前交付的紫青劍，但我方三人功力有限，遇至危難，寶劍恐怕也只保得住一人罷了……想當年，師父手持此劍引領我幫殺遍大江南北，以勃發劍氣驚煞四方，孰料今日竟然只剩我領師弟師妹一行三人躲藏黑雲派的追擊，逃也逃不了……

那回月圓夜的決戰中，我們失去師父，師弟為了護我落得四肢盡斷，而黑雲派的未來掌門，旋風手，卻只廢了一截胳臂……當中祕辛，我窮盡一生都永遠無法明說……如果，旋風手還記得他與我那夜在青江沐浴的邂逅，他會知曉為何喪臂的他竟可以熬過決戰，保住性命……我暗中為他打點了不少……然而那月圓夜，黑雲派長老在場，旋風手不得不向我幫出手……只可惜師弟不知旋風手與我兩人間的情事（怎能讓他知道……），他大可不必情急護我……如果旋風手果真情深義重，他不可能傷我……

就是我，折損了我幫的陡峭劍氣……記得師父生前早要把寶劍傳給我，我卻推說自己要隨師弟返鄉，隱居耕農，希望師父將法寶改傳師妹……但師父厲道，寶劍不傳女弟……可憐師妹，她不該跟我，也不能同殘肢的師弟一道，她應該自己走……

既然寶劍只救得一人……稍後交鋒時就讓師妹一人挾劍逃走罷……橫豎，我要跟師弟一道赴死……

2 少年劍客

鑲上殷紅血玉的劍揣收在他懷裡。他踱步於尖峭竹林中，默然不語，心中卻躁鬱難忍。耳孔中盡是風聲與鼻息。據傳，此地過往劍士頗眾，因是，他來到竹林等待一名足以同他均勢對決的俠客。果然，時有持劍人穿梭青竹間，然他竟視若無睹。一名熟知竹林規矩的魯莽壯漢瞥見他，本欲上前一試，卻為他冰寒眼色逼開，連肩頭都未曾彼此碰觸：少年嫌魯漢身上汗氣濁重，配不上劍鋒的冷冽靈空。原來，尋常的習武者，他無心較量：有意迎戰者，若非嫌老嫌嫩，即嫌拙劣，嫌凡庸，亦或嫌浮麗花俏。他不貪多，只求那唯一的，符合他劍品的對手。他不確知那唯一的對手為何許人，只知，命定的挑戰者閃現時，他能夠從對方如劍的眼神氣勢間，辨識出他從未謀面，卻終世嚮往的，唯一的劍客。

然而他恐怕忘卻了師兄的告誡——最可怖者不是交鋒，而是求不得可與匹敵交鋒的那唯一一人：交鋒落敗，尚有血肉頭顱飛灑之快；敵者之不可得，則徒使人血氣鬱閉而肉身朽，劍無用武之地而徒然鏽敗。

人們最後一次看見他，不在竹林，而在荒漠間。未曾為敵人流溢的血漿凝結如朱玉，鏤玉的劍卻不知所蹤。

千百年後，據傳午夜零時的台北館前路上也出現了來回踱步的少年劍客。他們被逐出公園，也堅決地等候想像中，應出現卻未出現的對手，臉容神情卻一如獨臥沙丘的俠士髑髏，寂寞而忿怨不解。

3 四十五度角萬歲

閱兵那天，我們佩戴血紅萬字臂章，背脊直峭如劍，闊步於柏林亞歷山大廣場。「向右看齊！」隊伍中的我，右手臂向前挺舉四十五度角，眼光向極右處射去：領袖站在最高遠處，他是宇宙中心的一座燈塔。「領袖萬歲！」隊裡的士兵一律高舉四十五度，筆挺地向領袖致敬。天氣很晴朗，太陽在領袖身後彷彿光環，陽光觸手在隊伍中搓揉出難以忘懷的體臭。陸德威（Ludwig），一個巴伐利亞漢子，排在我右邊。他的四十五度手臂很有精神，每回練習閱兵隊形時，我總不免盯住他直挺如砲管的手臂：軍服袖筒裹住陸德威的手臂，只露出前端一小截肉紅，手心在陽光下閃爍汗液的光芒——我看了，簡直感動欲淚！

那一夜，連上開了慶功宴。陸德威幹來一瓶俄國佬的伏特加，邀我一道躲在彈藥庫乾杯。沒想到我倆酒力太差，兩杯下肚就暈睡，腦中閃過田園奔舞的春夢——不幸，後來破門而入的中尉搖醒了我倆。中尉發現我們橫陳地板上的四十五度角：溼淋淋高舉的四十五度各頂住彼此的小腹，我們已遭拍照存證，無法駁辯。中尉說，德意志帝國不屑我們這樣的軍人，我們甚至不配當男人——鞭刑，是逃不了的。……我想，當皮鞭咬住我臀部的一瞬間，我必定會痛苦呻吟不已，並且大喊「領袖萬歲」這幾個字吧……我不會唸出其他的甜言蜜語——因為，關於愛情的話，我只懂得說這一句……

4 不沉默的黃色潛水艇

大地上的日光子民，不會記得埋藏在九百九十九公尺深水下的我。其實，我自己也遺忘了太陽的顏色。我常常透過耐壓圓窗凝視艇外，自然是一片黑暗。但誰知道這片噬光的混沌，收納了多少蠕動不息止的生命？看不見的，並非就不存在。渦輪機器永迴運轉，不住喘息，提醒我高壓之下的欲望仍然不會完全沉默。

長日囚在艇內之故，我勉力擠出的臂肌已經不如昔日硬挺了。但是，這丸孱弱的拳頭還硬是打昏了同艙的海軍上校。「請你睡罷，反正我們再也沒有清醒的機會。」我寧可看他寧靜逝去，也不要見他慌亂狼狽倒在必輸的生死棋盤上！因為，據報潛艇就要壓潰爆裂，而全員都沒有及時逃生的希望——別問我為何會有這種謬誤發生；誰會相信真的是海洋要終結我們！說不定是陸地上的大人物罷？

他們以為自己比海洋偉大，比海洋還清楚我們的生死……

艇內其他人員正忙著咒罵，祈禱，哭號，而我只是摟著不再呼吸的上校，注視窗外的黑色團塊天空，滿心平靜喜樂。

爆艇之後，不管肉身是否壓碎，我都要牽牢上校的手，擠游出去，像一股射出尿道的電流。無言的上校：請不要懼怕，這很像我們都熟悉的那回事。我不會牽你回到光亮燦燦的海面，而要朝向我們平時凝望的海溝游去——那裡伸手不見五指，卻更大方地生養各種生命。

5 月球暗面

同學會總在教師節舉行，但參加的老師不多，只有教英文的閻老師例外，他比導師還熱中。當時在純男校的時光，閻老師會在聯考壓力下教讀西洋文學，領我們欣賞紀德的《偽幣製造者》；他說領略文學的樂趣比練習英文更重要。那三年，閻老師陪我們參與任何活動，甚至在下課後陪我們練唱軍歌，自掏腰包買礦泉水給我們。他沒成家也沒有女友，自稱我們都是他的孩子。我相信他深愛我們，宛如情人。

噢，情愛。

那時我和隔桌的柴魚鬧僵，不懂是何情愫，讀了紀德之後更恍惚。柴魚在閻老師的課堂上寫了紙條傳給我，卻被閻老師攔截，要我到他的辦公室去領。紙上，都是摘自《偽幣製造者》的文句。我在教師辦公室哭了；閻老師只說，我的一切都沒錯。於是我和柴魚在班上安靜共存下來，考取台北的學校，各自有伴，卻彼此無語，只在回鄉參加同學會時碰面，也碰見閻老師。一次，教師節正逢中秋，在月光下的溫泉餐廳聚餐，閻老師坐在柴魚和我之間，不斷邀酒，手肘不斷擠撞柴魚和我的胸口。醉酒的閻老師邀大家飯後一起泡溫泉，呵呵坦誠相見嘛；可是，沒人應他，那張白色月光下的赭色的臉。

去年同學會閻老師沒參加。聽說他猥褻了學生，所以調任了。可是，他說，「我的一切都沒錯」。我相信他，想起他在圓月下的醺然。或許，我本該陪他洗一場溫泉——勇敢待在月球的另一面。

6 棒球場殺人事件

小鎮的棒球季節才剛逝去，我們便在冬季驚聞投手之死。小聖是鎮上的棒球明星：球場的圓心總是他，圓周上的人只得痴等他射出每一枚子彈。他雪白球衣背後的數字「1」，猩紅飽漲直挺，更充滿了暗示。這回球季是小聖送給小鎮的最後一個禮物，因為隨後他就要離開，加入大城的正式球隊。但，日前竟有人發現小聖直躺在慘綠球場中央，全身光溜，卻有片秋葉掩住他的下體，酷似文藝復興時期的亞當形象。他手裡死緊扣住一顆棒球，證明了他生前的專業，卻也讓人想起伊甸禁果。他的LOVER哭啼道，小聖在那天清晨早起，是想在離開小鎮前到草坪投幾個道別小鎮的球，還刻意正式穿上他蠱惑人心的1號白球衣——未料竟然遭人用球棒凌虐致死，球衣還剝得精光……

想想小聖生前魅力可不簡單，連不喜歡棒球的傢伙也愛他。像小刀，他厭惡各種球類比賽（小刀還說棒球屬於男性沙文的法西斯霸權呢！GOD!），可是他也看小聖打球，甚至拉我去看小聖練球。為什麼你也愛看球了？「因為，雪白的法西斯使者，也可以是很美麗的。」

可是我真的沒想到，在小聖死後的那個聖誕夜，看見小刀從衣櫃捧出一套洗燙整齊的球衣。他說這是為他自己準備的白色聖誕禮物。球衣上的紅「1」在小刀撫摸之下，竟然更顯得勃發嬌豔了。

7 蛙之器

他在小時候就覺得：男廁所裡排排坐的小便斗，像是一隻隻等待吞食蒼蠅的青蛙，口臭的白色嘴巴張得老大。年幼的他好生疑慮：難道一定要掏出來，伸進猙獰蛙嘴裡小便才行呢？小便斗會不會把他的雲雀當做獵物一般扯下嚼碎，吞嚥下肚？——但慘劇從未發生，小便斗的蛙嘴永遠沉靜地開口，歡迎他進貢。

三十年之後，他結婚生子，在男廁教導自己的幼子以小雞雞膜拜蛙嘴的儀式。可是他仍會在隱密時分踱入台北承德路上的公園男廁，在一排白色蛙嘴前，在眾賓客心照不宣的腥騷慾界間，參與彼此鑑賞雲雀的歡宴——三十年來，他已然瀏覽無數在蛙嘴前飛翔遍灑水幕的男性鳥雀。他甚至幻想自己也化為一尊蹲坐如笑臉彌勒佛的蛙嘴，等待即將由各方褲襠撲入自己口器的鳥羽和噴泉。但這種執迷，只是他和無數尊蛙嘴之間的密契，他不知道如何和自己從來沒有愛過的妻子訴說。

那一夜獨自離開FUNKY之後，他又灌了很多啤酒，酒精在他腦漿中插滿陽具的旗子，但在黑色酒魔間，他卻覺得自己是個喪失陽具的人。他來到公園男廁，唯一了解他的白色蛙嘴前，進獻生理和心理的傾吐——可是，這回蛙嘴不放過他了，不但扯碎了他，汁液流溢，而且把他整個人吞嚥下去，把他送入台北地層下的修羅海底。

8 冰淇淋機器

M君掏出皺摺如陰囊皮膜的紙鈔，買了筒紅媚色素的草莓脂肪球，進貢給我。M君明明知道那則關於草莓冰淇淋的故事，還故意逗我。真想，真想把這個至今仍賴皮不當兵的傢伙壓倒在地，狠狠幹死他。

或許，在日落之前，M君的舌頭就會扳開我的嘴，尋找我那情怯的舌頭，然後抽出牛仔褲袋裡的KY溼潤劑，逼我就範。是的，我有些遲疑。是的，M君的舌頭的確像是草莓冰淇淋：同樣入口即化，化為烏有與腥愁，吸吮他的舌頭和吮冰淇淋是同樣短暫而無法安全冰藏的快感，或許，都只是為了虛榮而已。同樣是十足的，奢侈品。

我的確浮華了很久很久，一直是個恍惚的人：有一回，和相識多年的另一名男子談了關於冰冷絕裂的事，自己同時正輕嘗著一份香草冰淇淋。恍惚的我，一口咬下冰淇淋以及盛放冰球的薄殼玻璃杯，晶瑩碎片連同流凝冰體一起進入口腔攪拌。等到我終究吐出那口尚未完全融蝕的冰淇淋時，冰球上已經飄散紅色櫻花的漩渦星雲，星雲間細撒玻璃碎片的冰糖結晶，脫口而出的血色唾液則是渾然天成的勾芡。白色的香草冰淇淋幻化成草莓冰淇淋的模樣。那名男子自然嚇壞了。這就是M君時時引以取笑的草莓冰淇淋軼事。

冰淇淋的融液已經攀爬到我的掌心。我回頭探望風景，這個機器城市，彷彿也開始融化，成為濃脂……

9 橄欖球隊更衣室

小模離開橄欖球隊之後，偶爾會回到球隊的更衣室看看，尤其在空無一人的時候；反正他還留著更衣室的鎖匙，一根冰冷的紀念品握在汗溼的手心裡。小模只想探視這間記憶的容器，並不想見人，碰見不想見的人反而尷尬。小模喜歡坐在更衣室的長板凳上，輕嗅在更衣室恆久游移的氣味：那種氣味，滲混了香皂和男性汗汁。他記得，每回練球之後大夥總忙著剝光泥污的衣褲沖澡，香皂的溫柔和汗氣的驃悍巧妙地交媾合一。小模閉眼回想沖澡的水聲——水鞭一束束抽打壞男孩的屁股——那股想像中的流洩，有太多暗示。他打開蓮蓬頭開關，期待冰水冷卻自己。

早在還未打球之前，小模就從日本漫畫嗅見橄欖球的魅力：他喜歡在草坪上與夥伴狂奔，喜歡球友彼此抵住肩膀、聽見對方在自己耳邊喘息。小模也終究加入了球隊，開始在糾結的男孩間沉浮，聽見教練在練球時向球員喝道：頭壓低，屁股抬高，再抬高一點！——沒想到同樣的話，小模也在更衣室聽見。那天，隊友都走光了，只剩他和教練留在更衣室沖澡，香皂和汗水交疊——於是，一個不同於少年漫畫的故事爆發了；球場中的喘息聲，在鎖上的噤聲更衣室裡，反而更形淒厲。

小模在進入故事的過程之中，開始離開更衣室；雖然他頻頻回顧，未曾想見有更多的故事等著他進入。

10 屍體徹夜未眠

二〇一九年的某次夜巡中，他在衛星軌道外發現一具銀綠膠囊，長約二米——他本可以循例當場銷毀這件不明物體，但還是上前審視一番。沒想到是具玻璃棺材——隔著玻璃，隱約可以看見裡頭有具少年。他彷彿想起往事，當下衝動，便把棺材拖入巡航船，打開棺蓋：未料，歌劇《杜蘭朵》樂音飄出，花瓣與屍體揉合的濃香四散——這棺材竟然配備了ＣＤ，鋪滿玫瑰花冠！少年右手按著心口，左手握著花束，死氣與脂粉味使他暈眩。這少年必定曾是個自溺任性的孩子罷，才會要求這樣的最後禮物啊。真的，他想起很多很多事情。

剝去少年的屍衣之後，他看見行星光環般的肌理。少年的脖子細，不知為何扎了兩眼小孔，看了叫他心疼。少年陽具呈現詭異色澤，彷彿久違的彩虹。他脫下警察制服，摟住花瓣間的彩虹身軀，殭寒色味把他的記憶澆灌得更清醒。他抽出少年手中的花束，改以自己的陰莖代入，冷靜地抽搐，少年僵直無溫的虎口使他悲傷。他已經好久好久沒有射精了，待他呻吟時，他的眼淚，也同時流溢到少年的臉上。

他幾乎和少年共處了一晚；雖然太空中根本沒有所謂的白天。他把少年和棺材排射出巡航船。因為很多理由，他燒燬重新漂浮空中的棺材；花瓣屍身精液和《杜蘭朵》都粉碎於星塵間，他這才舒緩飛離。

11頭顱祭

亮出你的刀刃罷。我的身軀攤平床上像塊獸肉。方才我在櫃檯掛了號。在白色蒸氣中你領我走進手術房。你剝下我的「卡文克萊」高叉內褲。你說我腋下的EGOISTE古龍水很逗人。你沒有過問我的眼角紋。你動刀罷。不必麻醉我。你的專業微笑和功夫就是浪死我的迷藥。我不會掙扎也不會昏死。但願我會狂喜得抽搐。解剖我。

希望你先從頭顱下刀。在頸部劃上一圈。在頭顱和軀幹之間種下體液的疆界之河。然後切開我的腦。也別遺忘我的眼耳鼻舌。我邂逅不少壯健的肉身祭師，他們的匕首往往棄我頭顱而不顧；可是，等待獻祭的器官，並不只有陰莖乳頭肛門啊。請原諒我的叨絮。我知道，你們這一行的刀鋒並不需在客人的臉孔上婆娑起舞。可是就成全我罷。

就在十分鐘前，我踏入這家三溫暖，付了三百元基本浴資。你是這裡的按摩師，輕聲問我需要額外的服務否，我盯住你的臉，跟你進來這格粉紅色密室。企盼你的解剖：你的紅潤舌鋒，就是汝等二十歲男子所自豪的手術刀刃。千萬記得切開我的腦袋——或許你會在大腦迷宮中，看到一頁酷似你自己的肖像；雖然，那名男子只是過期十年的走味記憶。或許你的舌頭刀刃吻上我的眼睛時，也會拭去一些徒然為往昔滑逸的死海鹹液……請開始罷，這顆頭顱在等你……

——除〈月球暗面〉一文發表於《幼獅文藝》（一九九五年九月），
其餘各篇發表於《中國時報・人間副刊》，一九九四年底至一九九五年初

第二部：戀物癖

【代序】

慾望與俗世：閱讀紀大偉的《戀物癖》

馬嘉蘭（Fran Martin）

青年小說家紀大偉收在《戀物癖》的近期作品，可以說是前兩本小說集《感官世界》（一九九五）以及《膜》（一九九六）的延伸，繼續挑戰「性別」（gender）與「性意識」（sexuality）的既有思考模式。紀大偉的近作和他先前的小說一樣挑釁，依然顯示他的寫作特色：他的作品不對性別疆界妥協，反而企圖跨越；眾人習以為常的性意識呈現狀態，若不是異性戀就是同性戀，然而他的作品卻從這種二元邏輯脫逸而出。

不過，《戀物癖》諸篇小說和紀大偉的先前作品相較，卻又大異其趣。《感官世界》和《膜》收錄的許多故事，發生於科幻想像、電腦叛客的遙遠星河與繽紛未來；然而，《戀物癖》之中的小說則比較直截了當地呈現當下情境；亦即當代台灣都會中，困窘的日常風景。這些故事著墨於台灣面臨變遷的時刻，思索兩條平行並進的軌跡；在其中一邊，陳舊的台灣國家機器正在緩慢變革；在另一邊，台灣在經濟上和文化上的「全球化」（globalisation）也正加緊腳步。小說中的性角色（sexual subject）存活於軍事、教育、醫藥、家庭等等制度之下，同時也在頗具當代特色的諸多空間出現：例如，義大利咖啡店的商業化、都會化情境；頂樓加蓋公寓；二十四小時超商；城市裡的三溫暖以及脫衣舞俱樂部；捷運；酒吧；童年記憶的地景；電視螢幕前的空間，如是等等。將日常生活加以「酷兒化」（queering）的種種方式，在這些小說中得以展現；這些故事暗示著：常俗的生活看似平常，但沒被看見的慾望其實籠罩其上，慾望之新、之密集的程度在在讓人驚訝。譬如說，集子中的某些小說便描寫「私人」情事如何寄生在「公家」（official）空間。規模迷你的造反行徑，在故事中不時閃現：高中生蹺掉三民主義課，偷偷光顧地下室的撞球場；在兵營裡，軍中菜鳥和他的愛人同志以進口狗食偷養流浪狗；年輕男孩欣賞一位同學，貪愛對方後腦勺摸起來的刺癢觸感。

此外，這些小說也描繪出異議和權威之間的複雜角力：異議角色試圖抵禦權威，然而異議角色的位置卻也同時遭受權威所制約。以〈臍〉這篇小說為例。文中敘事者是一位曾和男子結過婚，後來改而和女子來往但又離異的女人；扮裝的她採取男性的衣著和風格，想著：

> 該說出自己的故事嗎？不禁覺得，似乎我在密室中對宗教僧侶告解，也彷彿對著精神分析師描述自己的病史。感覺自己是不忠的信徒，變態的病者。

如此思考誘發出有趣的問題：在性別／性意識理論的精神分析正統論述中，「不忠的信徒」和「變態的病者」意味著什麼呢？有些角色被植入特殊的論述位置（如：接受精神分析的病人），而她／他們卻又和這些位置相牴觸（如：在分析過程中顯得變態）——那麼，對這樣的角色來說，何種敘述才有意義呢？讀者或許不免要好奇：要採取何種辦法，角色才得以在缺乏信仰時，同時，同時保持「信徒」的身分？讀者或許也想要知道：要採取何種辦法，「不忠」和「變態」才能夠被挪用，才能夠想像爭取空間的不同方式？這些小說很斷然地「非烏托邦」；從中看來，在當今情境裡，仍有不可預料的變數留待讀者遭逢。

就主題而言，這冊小說集是以「戀物癖」（fetish）的概念統合起來；不只如此，這整本小說集本身就可以讀作某種「戀物的戀物癖」（meta-fetish）。透過戀物癖的運作，凡庸事物也可以從「不當」的慾望獲得力量。這些物件，包括牙齒、毛髮、高跟鞋、肚臍、抽象符號、美國的城市、魚等等，在加諸戀物意涵之後，頓時煥然一新。同時值得留心的是，在這些故事裡，「情慾戀物癖」（erotic fetishes）和國家、文化的「公家戀物癖」（official fetishes）之間也存有強熾的平行關係。如，〈愛之辭典〉這篇作品探討了愛滋時代的愛情語彙（愛滋主題的不同呈現，也可見於〈嚎叫〉與〈一個陌生人的身分證明〉等篇）：在「被單」、「瘟疫」、「官僚」、「沉默」、「死亡」、「紅絲帶」、「卡波西氏瘤」、「政治正確」、「體液」等等條目間，也可以發現「國家」這一條。這些辭彙成為袖珍辭典的條文之後，就變得芻像化（iconic）、戀物化了。而「國家」這一條目下，可以讀見更為挑釁的一種酷兒讀寫（queering）——其中，將愛國情結類比為性施虐／性受虐的關係，而且角色並可能從中得到快感：

> 「國家」
>
> 大康問阿蒙，如此霸道的戀人你還要在乎嗎？他要你愛他，但他不見得愛你。他要求你冰清玉

潔絕不可變心，可是他心中沒有半個你。他不准你動他一根寒毛，可是只要他高興就對你拳打腳踢。他好大喜功要你記得關於他的一切紀念日，可是他不曾回贈溫暖的吻。他說全是為了你好，可是他更寵幸除了你之外的芸芸男女。阿蒙囁嚅回答，反正早已習慣久而久之也不特別難受。——

在此，不禁聯想起〈牙齒〉這篇小說。敘事者回憶，中學時代的他曾在學校降旗典禮、播放國旗歌的時候遭受訓導主任體罰——小說中，訓導主任的咒罵與暴力竟然和宣誓忠誠的國旗歌詞交錯在一起。妙的是，雖然敘事者在少年時代遭受黨／國的代表人物（即訓導主任）傷害，但他自己後來竟然還是加入了黨。從這些段落看來，國家為人民帶來暴力，同時又向人民要求無止的愛——然而人民的反應卻是受虐的樂趣。不過，面對國家虐待的不同反應，可在〈一個陌生人的身分證明〉中讀見：一位年輕男子遇上警方臨檢，企圖逃脫，並因此遭受警方開槍懲戒——但很諷刺地，最後年輕男子竟以病毒對警察（在文中是不甚靈光的國家、法律代言人）施加報復。

這些小說持續提醒讀者：性意識穿透了我們的平凡生活；性意識絕不是只關在私人的領域和內在的空間，而是以多種形式在周遭各處現形。或許，尤其現形於權威的凝視之下呢——而我所指的權威，總是要求人民「留下真愛，拋開錯愛。剝開無辜的愛。和有辜的愛」（見〈愛之辭典〉「官僚」一條）。從紀大偉的觀點來看，要截然分割錯愛和真愛是不可能的，因為每一個情境、每一個時刻都會孳生出錯愛和有辜的愛，而且這些壞掉的愛還會滲透每一個情境和時刻。不正當的性角色絕不是像人造器官一樣，可以任由當代文化討論場域隨意裝卸，高興就裝上，不高興就丟棄——雖然公家一直努力革除不正當的性角色，然而不正當的性角色總是毅然留守公家言論（譬如說國家論述）的核心。

■

因為全球化之故，台灣的國家和文化奇異轉向，而相關主題的直接探索即可見於〈月夢〉和〈南方〉等篇。〈南方〉裡的敘事者是一位訪遊紐奧爾良的台灣青年。在酒吧裡，有一位墨西哥人向敘事者搭訕，而黑人酒吧卻將墨西哥人踢出門外。之後，這位黑人酒保和台灣來的敘事者聊天。

「那傢伙，就是愛哄騙日本男孩。」他（酒保）好像很得意。

「我不是日本男孩。」我抗議了。

「對，你不是日本男孩。你是日本女孩。」他露齒而笑，「還想喝什麼？」

在這番言談中，身置美國南方的「台灣男孩」竟然變成「日本女孩」了——性別、性意識、國籍、族裔等等疆界，都被跨越，詭譎得很。故事裡盤桓的吸血鬼幽暗形象，也表徵疆界的跨越以及危險的慾望。吸血鬼將商業化以及性意識的意涵加以織合，展示了它的全球化性格，在這個看來很「台灣」的故事中再一次親切現身。

紀大偉經常被標識為台灣新生代的「酷兒作家」，和陳雪、洪凌以及已故的邱妙津等位相提並論。儘管紀大偉被方便地歸為酷兒作家，他的作品卻總是努力探究「酷兒／queer」這種語彙，想像「酷兒」的理論與政治應該如何在當代台灣落地生芽——畢竟「酷兒」一辭大致上來自英語系國家的學院、文化脈絡，而不是生自台灣本土。而《戀物癖》這本小說集已開始嘗試用新鮮的呈現方式來進行討論。閱讀這些小說的過程，就是一連串酷兒化讀寫——於此，「酷兒（化）」（queering）這個辭是個「及物動詞」，後面可以接上多種受詞。這種意涵的「酷兒」，是由美國當代重要的性意識理論學者謝菊維克（Eve Sedgwick）所提出的：「酷兒化」這種動作將人們習以為常的事物加以彎折，以便製造麻煩；在跨越疆界的動作之間，「酷兒」可以找到自己的定義（詳見：Eve Kosofsky Sedgwick著，《*Tendencies*》，Durham: Duke University Press出版，一九九三年，頁xii）。紀大偉的小說提供一種重新閱讀「酷兒」的方式，而且，這些作品的立足點，無論在文化上還是地理上，都和英美脈絡大異。從他的小說中可以讀見不同於英美版本的性意識，甚至發現英美模式還未能實現的諸多可能。雖然許多人對於「酷兒」已存既定看法，紀大偉的《戀物癖》卻可能重新「酷兒化」既有的「酷兒」。

馬嘉蘭（Fran Martin），澳洲墨爾本大學文化研究高級講師。

鼻子

身為安德烈・林的同事，有時不免覺得悵惘忿恨。

像他那樣的男人，就算是只穿佐丹奴襯衫上班，也可以把我這個舅舅阿曼尼的擁護者給壓下去。那天我瞥見安德烈胸前的那隻佐丹奴小青蛙，正想調侃他的廉價；未料，他卻抬起鼻尖，佯裝無辜卻又得意坦誠，「沒辦法，昨晚在別人家過夜，我沒帶換洗衣物，而對方也沒有男裝。只好隨便買了一件穿來上班。」

他這麼一說，舅舅阿曼尼的銳氣全洩光了。前晚他在舞廳找樂子的時分，我正在家裡熬燉那一鍋企畫案；未料，我在辦公室端出準備一整夜的全餐時，總監愛麗絲・陳的垂青，竟然垂到我身邊那隻小青蛙身上去！安德烈的辦事能力強嗎？不只我，辦公室其他的人都會對這個問題抱以冷笑。可是，他揮發出來的魅力硬是有用，可以把所有的冷笑轉為甜笑。上至愛麗絲下至工讀生妹妹都對他擺出笑臉，男人也都把他當成兄弟——而我也是，不得不如此。我甚至胡思亂想著：如果我是一個女人，或者我和新新人類一樣擁有所謂很酷的性偏好，我大概也會巴望安德烈爬到我的床上去罷！

他吃得開，但是他不踐。愛麗絲把她的所有笑意都只留給安德烈一人，可是安德烈在愛麗絲背後，還是會和我們這一桌好兄弟湊起來咒罵愛麗絲。我們嫌她愛擺臭臉給屬下看（只有安德烈除外），一定是因為她的「那個」又來了——結論是，最好不要遇上女主管！

我們一夥人，心血來潮便一道洗三溫暖，這是男人之間最能輕鬆相處的時機，可以完全擺脫女人的存在。敏感的我不多時就發現：三溫暖裡，同事們都在腰際圍上浴巾，可是安德烈完全不用——其他的裸男是怯生生的，而安德烈卻瀟灑自若，昂首闊步，鼻子高挺。

是因為他的身材好嗎？他只比我高四・九公分，我查過。是因為他的小腹很平而且有腹肌？我肚皮的油也不過一公分厚而已。是因為，他的陰毛長到肚臍？可是我也露到內褲外頭啊。還是因為他那話兒比較雄偉？他還算是紅潤有彈性啦——我低頭看看自己——噢，不行。讀過醫學常識的男人都知道，那話兒在勃起之前的尺寸不算數。我也不大可能有那種美妙機會去比較勃起的自己和勃起的安德烈吧，呵呵，別開玩笑了。

離開三溫暖之前，我忙著吹乾頭髮，一旁的安德烈在鏡前緩緩刮鬍子，自戀地捏著鼻頭。他喃喃說，鼻尖冒出了青春痘。頓時，我彷彿看見舞台上方的聚光燈落在安德烈的鼻子上——我忍不住低喊一聲。

「怎麼了？」他問。

「沒事——我被吹風機燙到。」

事實上是，我終於知道安德烈的魅力祕訣：那就是他的鼻子。細想一番，全公司鼻子長得最直挺的就是他。如果一張臉的正中央是這樣偉岸，這張臉當然非英姿煥發不可！而且，常言道，男人性器的大小可以從鼻子外觀看出；安德烈只要挺著那柱鼻子出門，就等於公然暗示「我的陽具又大又好」，男人生命中所有的信心都懸在那上頭了。我撫摸自己的小扁鼻，不禁悲從中來。

一日，又被愛麗絲轟到下午兩點才得休息。她一走，我們又開始忿忿猜測，她這個老處女一定是性壓抑外加「那個」來了，才如此蠻橫！安德烈和我不約而同上洗手間，比我高出四·九公分的安德烈並肩站在我身邊，他嘩嘩然，我卻紋風不動而只能悲傷地上下瞥著他的鼻子和他的陽具，唉原來這兩項器官果真相依為命。他吭聲了——我大驚，以為他要怪我為什麼偷看他小便，冤枉，我一定要辯白，不要誤會——

可是，他卻嘆口氣道：

「女人在『那個』來的時候，真的會變得很不講理嗎？」

我吁了一口氣，尿道終於可以鬆開：

「安德烈，你那麼在意愛麗絲的脾氣？」

安德烈對著鏡子撫弄鼻子——天哪，我怎麼覺得，他彷彿在我面前公然撫弄陽具呢？他說，「不。我是想起我馬子。這幾天她情緒很差，我跟她開玩笑，是不是『那個』來了？她更氣，還拿書摔我。」

「她以前也會這樣嗎？」

「我怎麼知道？我不是說上一個馬子。我和這一個認識，還不到兩個星期。」

我剛剛浮出水面的同情心，又被安德烈的最後一句話溺斃。

「安德烈，你當面問她，她『那個』是不是來了？這樣不大好吧；你直接問女人這種問題，人家會不生氣才怪呢。」

「怎麼會呢？以前我常常和不同的馬子開這種玩笑。誰知道，昨天那一個那麼沒有幽默感。」

第二天，安德烈沒來上班。

前一天的企畫案還沒有ＯＫ，愛麗絲的脾氣繼續像福壽螺一樣繁殖中，而她唯一看得順眼的下屬安德烈偏偏缺席。安德烈是不是在前一晚混PUB去了？可是他應該知道有重要的會要開呀，再輕浮也不至於忘了基本責任罷？我撥電話去他家，只聽到留言機說：突然生了重病，不能出門，請留話，嗶——。

第三天，他還是沒來上班。我連忙撥電話找安德烈，直到中午才有人接：是鼻塞的嗓音。

「安德烈在嗎？」

「我就是。你聽不出來？——難怪啦，我的鼻子出了點問題。」

「安德烈，你快來上班，愛麗絲張牙舞爪，快把我們給喫了。」

我和他達成協議：午休時間我去他家巷口的咖啡館和他碰面，他會向我解釋為何沒上班；可是，他開出一項條件：我必須單身前往，因為他只相信我一個。

「畢竟我們是一起洗澡、一起小便的男人，」安德烈這樣說，讓我心裡起伏了好一陣。

我走進那家義大利咖啡廳，看見安德烈縮在一角，臉上掩了一本書，只露出兩眼盯著我，眼神有異；待走近，果然不妙。他掩臉的那本書，是翻譯的日本小說，新潮文庫是罷？我認得。我驚怪他何以這麼風雅看起小說來了，而且羞答答覆著臉。把書拉開，才見他戴了口罩，棉布上微微沾血。

「這是怎麼回事？感冒了？口罩上還有血跡？」

「滲出來啦？真糟！」他皺眉道，「不是感冒，而是流鼻血。」

「流鼻血，為什麼要戴口罩——」我拉下他的口罩，看見他鼻頭上的奇觀：是一片有翅膀的，衛生棉。「你怎麼把這個戴到鼻子上？」

「這個，那個馬子就是用這種牌子啦——」

他越描越黑了。

原來，前一天清晨安德烈做了個惡夢。

安德烈說，他整個腦袋像膀胱一樣發展，好像要尿床似的，可是那種脹感不是來自陰莖，而是來自鼻子。他猛然睜眼，未料現實比夢魘更驚人——他眼前湧出一股鮮血小噴泉。他忙取紙巾按住，以為是流鼻血；可是他起床細察一番，才知道血柱不是從鼻孔噴出，而是先前發現的青春痘冒出來的。

他按著鼻頭，血水斷續泌出，於是他想起一個妙計：把小女朋友留下的衛生棉黏在鼻頭上。他決定不上班了，而要全心關注鼻子。勉強吃過早餐，他想可以取下衛生棉了罷——取下一看，吸了汪汪的血，可是鼻頭好像又要忍不住了。他只好再換一片。衛生棉所剩無多，於是他盤算該出門再多買一點——可是他得在衛生棉外加口罩，否則臉上頂著翅膀出門實在太招搖。

「你就是這樣在家逍遙一天囉？流點血，就可以放假啦？」

他臉色發青。

「你沒流過，不知道那回事有多苦。」

安德烈買了衛生棉回家，全身冒汗，想給自己補充點營養，於是就把冰箱裡的蘋果端出來啃。沒想到，吃了冰水果，反而嚴重頭痛。那明明是腹部絞痛的感覺，可是卻在頭殼裡發生。他愛睏，卻煩悶地睡不著，耳鳴不停。

「這是怎麼回事？」

「我想了一天，覺得這恐怕是：報應。」

「報應？」

「我不是嘲笑那個馬子的『那個』來了嗎？她詛咒我一頓，然後就跑掉了，只留下一本芥川龍之介的小說，兩片衛生棉，還把『那個』留給我。我的鼻子也開始有月經了。唉，她的詛咒真有效……」

呃。

我默然回辦公室去，同事問起安德烈發生了什麼事，我說是重感冒，要請一個星期的假。安德烈說，他查百科全書發現，月經一次可能持續三至六天，所以他還是先休息幾天吧。

「我從來沒有想過，月經這回事這麼折磨人。」

一週過去，安德烈靜靜回來上班，臉上一片乾淨完好。我問他沒事了罷，他只是苦笑，悄悄亮出公事包裡的翅膀，「以防萬一」。

同事們還是挨愛麗絲罵，男人們還是湊在一起罵女主管的不是、都是因為「那個」一來女人就不對勁了——只是，安德烈和我在這時都不再附和了。

「不要這樣說。月經並不好受，你們不要拿來取笑。」安德烈正色道。

其他的人都呆住了，包括我。小李尷尬地頓了一下說：「噢？你怎麼知道？說不定女人的經痛都是裝出來的……」

小李講不下去了。因為安德烈的臉色實在不好。從此安德烈在同事間的人緣不如以往了，他不和這幫男人站在一起，雖然他幹起事來反而比以前賣力。同事開始說起他的閒話，小李還在我耳邊悄聲說：

「小紀，你知道嗎，上次我在安德烈的書桌抽屜借文具用用，結果發現裡頭有一包拆開的衛生棉！這小子是不是有問題？脂粉氣越來越重……」

「你才有問題咧！翻人家的抽屜幹嘛？」我沒好氣地說。

小李以一副詭異的眼神盯我，輕笑走開。原來男人的目光這麼容易讓人毛骨悚然。

我一個人去廁所小便，瞅著便斗中的它，開始胡思亂想。安德烈的鼻子和他下面休戚相關，他的鼻子高傲所以他的那裡偉岸；那麼當他的鼻子冒血的時候，他那邊，會不會也？

過了幾個星期，安德烈的鼻子再度出事了。不過他仍然按時上下班，只不過多戴了口罩。起初大家看了有點驚訝，不久也就習慣，不再多問。戴了一個星期，他的口罩又拿了下來。

結束案子之後，愛麗絲特別邀我和安德烈去吃日本料理，因為她覺得在這個CASE中我們兩人貢獻最大。喝下兩杯清酒，我覺得愛麗絲其實是個可以交的朋友——以前卻彼此看不順眼，這是怎麼回事？

「安德烈，你休假的那幾天，做了些什麼事呢？」愛麗絲紅著臉問。

安德烈口吻神祕地說，「我在家讀了一本芥川龍之介的小說，〈鼻子〉，有一些強烈的感觸……」

「也難怪，你鼻子不舒服嘛。究竟是什麼病呢？」

「有機會再向妳解釋。妳應該會了解的……」

飯後，安德烈和我兩人去洗三溫暖，沒有其他同事隨行。大家到底湊不起來了。安德烈的身材依舊，那話兒好像縮了一些，大概是因為和鼻子相依為命的關係吧！我和他並肩泡在熱池中，望著他的眼睛問道，「關於鼻子這件事，你覺得倒楣嗎？」

他微笑，不置可否。水氣氤氳中，安德烈的鼻子看起來不再英勇逼人；熱池裡，他的器官飄盪沉浮，顯得可愛溫柔。

咖啡與菸

「『如果我不在咖啡館，就在前往咖啡館的路上。』聽過這句話嗎？」

「聽過一千零一遍了。」

「還沒說完，先別急著嫌。我覺得這句話只說了一半，應該再加個下聯。『如果我人在咖啡館，就在盤算如何離開。』」

「在暗示我們的處境嗎。我們才剛入座。」

「不是諷刺。只是好奇；為什麼人們只會去思考如何打開咖啡館的門，卻不思考如何離開。離開並不容易：要放棄續杯，要從咖啡館的溫暖抽離，要擺脫咖啡館內經常出現的無聊對話，還要付帳，如此如此。」

「你提的下聯根本不能算是『下聯』，沒有和『上聯』整齊對仗。」

「果然，咖啡館的言語就是錙銖計較。」

「本來，在咖啡館最重要的一回事就是說話。語言的遊戲。來這個空間，就是要來購買都會的言談。」

「至於咖啡這種液體反而不重要。」

「咖啡還是很重要。在咖啡館裡有些人不想說話或無話可說，就只好埋頭喝咖啡。」

「像我們這樣說話的人，就不計較咖啡本身。」

「那麼絕對嗎。可是我仍然點了卡布基諾，牛奶泡泡和義大利濃咖啡攪在同一個杯子裡。你點了什麼？」

「我沒點咖啡。只想喝海尼根。可是這裡沒酒可喝，我只好勉強選了沛綠雅。畢竟有氣泡的礦泉水比較像啤酒，而且都裝在綠色玻璃瓶。」

「這裡是咖啡廳，當然沒有啤酒囉。為什麼不試試卡布基諾？反正也有氣泡。」

「我已經戒了咖啡。」

「可是我記得，以前你每天都要喝上好幾杯，黑得像熬一整夜的中藥湯。」

「有一陣子，大病一場的時候，成天喝下一碗接一碗的正牌中藥，反胃至極，也就沒有興致再去喝藥一般的咖啡湯。之後，就順便戒了咖啡。」

「什麼時候的事？」

「我搬走之後。」

「……」

「你說什麼？」

「我的意思是，『原來如此』。」

「而你，反而點了卡布基諾。沒錯吧，你以前不碰咖啡。我那時的咖啡機一次可以煮出兩人份的咖啡，可是你完全不喝，我只好一次喝兩杯。喝久了之後，我的咖啡癮至少是別人的兩倍。我癮頭之中，起碼有二分之一是替你養出來的。」

「以前我不沾，現在我喝。」

「以前是我上癮，現在我卻戒了。」

「好像是種交換。想起科幻電影裡面的『傳送器』，在倫敦和巴黎各放一台，放在倫敦傳送器裡頭的猴子在幾秒鐘之內就被分解成微粒，一顆顆傳送到巴黎去，再組合成原來的猴子。咖啡癮在你那邊分解之後，傳送到我這裡來了。」

「我不是倫敦。你也不是巴黎。」

「真像電影台詞。你是廣島，我是納維爾。你是咖啡，我是菸。以前我嗜菸，現在戒了。你呢？以前你不抽菸，現在呢？菸癮有傳送過去給你嗎？」

「不抽。卻也不怕。以前被燻習慣了。那時你不是菸不離手嗎？」

「後來我也戒了菸。因為重感冒，鼻塞難解。抽起菸來頂不爽快，菸的香味都被糊巴巴的鼻涕擋住去路。也就戒了。試過咖啡之後反而茅塞頓開，也驅走些許頭痛，就開始改酗咖啡。」

「什麼時候的事？」

「你搬走之後。你一走，我的重感冒就發作。」

「雖然我不抽菸，可是我還是碰它。」

「怎麼說？」

「知道我最近拍了什麼片子嗎？」

「當然不知道。別忘了我們不是好久沒聯絡了嗎。」

「KTV伴唱帶之類。對了，你別小看KTV。」

「我並沒有說我小看KTV。」

「你不知道，台灣如果沒有KTV就會滅亡。」

「原來台灣又多了一個自取滅亡的方法。」

「在每次拍片之前，我本來會預先畫好分鏡表，那種表格很像四格漫畫。我要在每個格子裡填入內容，好讓演員去詮釋。可是，我常常想不出格子裡可以畫些什麼——更造孽的是，就算是我把格子畫滿，演員也未必懂得如何去演。於是，在畫不下去的空格，我學會一招，也就是填入抽菸的姿勢；一遇上不會演戲的演員，就叫去找根菸，會不會抽、點不點燃都無妨。有了菸就有戲，有了菸就會演。」

「就像填空題，一一填妥就可以交卷。而且比小學生來得有保障，因為這種填空題的正確答案不是只有一種。小學生比較不容易中獎。」

「答對了。」

「以前我還抽菸的時候，趕文案的夜晚一定要備妥一整條菸，一包包拆開來準備，抽一根寫一句——沒寫出來之前不准自己再動一根，可是抽了一根就一定要寫出一句出來。後來，我光數菸灰缸裡埋了多少菸蒂，就知道拚出了幾行字。而且，用菸寫出來的文案往往句句可用。」

「如果你不抽，就寫不出來。」

「倒不盡然。還是沒菸的時候就不敢去信任自己寫出來的句子。一旦心虛就不能交件。要燻得發暈才有勇氣再寫下去。暈眩和信任是結伴的。」

「可是你戒了菸。」

「可是我還有咖啡。用一杯咖啡去換來一行字。」

「逼自己寫字。請用藍色原子筆或黑色鉛字筆做答。」

「或者請用咖啡或菸做答。」

「可是咖啡和菸吸進體內就沒了，只剩下氣味和溫度。」

「用咖啡與菸做答出來的句子大概也只有氣味和溫度。別人不會要求你寫出來了什麼，只要你在格子裡的確放了字，不至於交白卷就可以。把厚厚一塊的村上春樹小說剁碎，剁開成為勻稱肉丁，塞入大小不一的格子裡，當成苦爪鑲肉似的企畫案交出去。辦公室裡的人會稱讚說，這道鑲肉般的文案頗有『和風』，很優。」

「很優，你們已經用『優』取代『好』了。」

「沒什麼不優的。」

「翻成中文的日文是有魅力，英文卻也風韻猶存。優。我最近在看一種改編自大師理論的漫畫書，主題大概有『佛洛伊德』，『傅柯』，『女性主義』等等，可以在拍戲時利用，讓演員一邊抽菸一邊翻閱繪有佛洛伊德嘴臉的漫畫。當然封面要入鏡才有意義。質感。不過，我並沒有只把這種書當成拍片道具，還是認真讀了『佛洛伊德』，發現書末有一行小字說明。小字寫著，本書中『汽球』裡面的字未必真正出自佛洛伊德言論；只有加上引號的句子才是佛洛伊德的話。『汽球』在英文中的意思就是，漫畫人物說話時，頭上冒出來的雲朵，雲裡頭是人物說的話。我看了這行小字就覺得好笑：誰會在乎汽球裡的話是不是真是從佛洛伊德著作之中摘錄出來？人人都在說佛洛伊德，可是又有誰發瘋去讀他的真實作品？汽球裡頭有字就夠了，漫畫書裡頭有對話的汽球就夠了，佛洛伊德的頭像印在漫畫封面就夠了。誰會斤斤計較？」

「對話難寫，汽球裡只要有字就夠了。不論是在漫畫還是在小說。以前我也寫小說，你記得嗎？」

「不記得才怪。天天下雨的那一年，我一面喝咖啡一面看著法斯賓達盜版錄影帶的時候，你一面抽菸一面寫著已經過時再也沒有人要看的後設小說。兩個人唯一共享的是真空管揚聲器放出來的大提琴音樂。巴哈，對不對。」

「巴哈和小說，都已經過去了。在過往寫小說的時候。我在鋪陳人物對話的時候，有時就讓人物冒出『……』的句子。」

「……」

「對，就是這樣。謝謝你的示範。要一連點上六點，才合乎標準。當時，你對我這樣的寫法很有意見，覺得我應該讓人物說出具體的『字』而不只是『標點符號』、覺得只有漫畫的對話才有這種偷懶的特權。我當時有點被說服了，寫小說的時候就戒慎恐懼，不大敢再『……』，可是一有顧忌就更不能放膽再寫。反而，在停筆之後才了悟，我那時寫出『……』並非大錯。因為我發覺，人們對話的時候，許多話裡頭的內容根本不重要，只要那句話存在就好了，沒有說出口也沒有關係。這種不必計較內容的話語，音量可大可小，字數可多可少，質地可硬可軟，氣味可香可臭，溫度可暖可冰，而『……』正好有足夠的延展性可以表達。」

「……」

「有時候我一個人坐在咖啡館裡頭不說話，可以公然竊聽隔桌客人興高采烈交談，聽得出每個字，卻仍然不知他們在說什麼，都是『……』以及『……』。希望他們知道自己究竟說出了什麼。」

「在我的片子裡，凡是遇上『……』的地方，就給演員一根菸。不知所措的時候，有了菸就會好上許多。像是溺水的人抓住救生圈。」

「反正有空洞的地方，填點東西進去就是了，人就怕匱缺。」

「所以氣體的煙也可以。」

「液體的咖啡也可以。身上綻滿裂縫的人，只要往上頭倒咖啡，就全滲進去了。」

「固體的蛋糕也可以。蛋糕終於來了。還有你的咖啡。」

「以及你的海尼根風格礦泉水。」

「唔。許多簡單的名詞前面都要加個形容詞——我猜你們寫廣告文案的人要如此才會甘心。所以『水』前面要加『礦泉』當形容詞。可是仍然嫌它不夠繁複，所以『礦泉』前面要再加上『海尼根風格』當作形容詞。同樣的，光是稱呼咖啡並不足夠，最好改稱『卡布基諾』，讓整個名字都變成形容詞。形容詞到處濫交的年代。那麼，蛋糕該如何處理呢？就叫它『乳酪』蛋糕，你這樣甘願嗎？」

「按照譯音，可以叫它『起士』蛋糕。而在某些咖啡館，則故意轉音為『綺思』蛋糕。引人綺思的甜點。在咖啡館裡頭真算是種溫馴的出軌。我倒私自有個犬儒的稱呼。」

「犬儒？很優。反正我們身在咖啡與煙的地盤。願聞其詳。」

「乳酪固然可以音譯為『起士』，但也有人譯為『芝士』，好像是香港人的譯法吧。起士蛋糕也就是芝士蛋糕。既然起士蛋糕可以假扮為『綺思』蛋糕，那麼芝士蛋糕為什麼不，自命為『知識』蛋糕呢？」

「的確駭人。在咖啡館買賣『知識』。」

「可是又很寫實。」

「咖啡館外頭才算寫實。街上很熱鬧，不過隔著玻璃磚牆，看不出也聽不出為什麼喧囂。」

「是在辦節慶活動吧。這個城市目前流行辦節慶，名目很多。」

「通常是把政令宣導包裝成節慶。譬如說關懷弱勢的演唱會。」

「演唱會之後就沒有弱勢了。」

「也可能是在拆除違章建築。拆除違建也算熱鬧的事。」

「而且違建又多得拆不完，可以無止無盡熱鬧下去。」

「拆掉建築就沒有違章了。」

「在這個城市，辦節慶就像拆違建，而拆違建就像園遊會。」

「分不出兩者的差別。」

「示威遊行反而不流行了。」

「還好我們早就參加過了。要早晚幾年生，就沒有遊行可以參加了。不再流行。」

「說到流行。現在流行戒菸，也流行義大利風格咖啡店。和『雞戀』一樣流行。不是畸形的畸，而是電子雞的雞。」

「你真跟得上潮流。」

「其實雞戀熱潮也早就消退了。還有，我用過尼古丁貼紙。不過這比較不流行。」

「這種玩具果真可以戒菸？」

「你又不是不知道我以前的癮頭有多頑強。光憑鼻塞戒不掉。鼻腔不需要菸，可是其他地方的體腔需要，血管需要，連肛門都在哀號，我戒菸的期間一直拉肚子。」

「性生活也跟著泡湯。你的消化器官就是你的性器，不是嗎？」

「只好在身上貼了尼古丁貼紙，讓尼古丁像病毒一樣徐徐鑽入毛細孔，去欺騙自己的身體——其實香菸仍未缺席喔，沒騙你喔。又是一個填空題的遊戲：在一個預定的空格裡，只要填入尼古丁就夠了，管它是菸還是玩具，可以過關得分就好了。連自己的身體都可以騙。沒想到蒙騙果然是世紀末的鐵律，無論是在政治還是在愛情的領域，於戒菸也是如此。」

「我們當時不都很耽溺嗎？那時候，你一度丟開紙菸，覺得不夠來勁，就跑去台北後車站的菸草專賣店，找來菸草和菸斗，因為你以為那樣比較貼近想像中的完整煙味。印象中，菸草包裝得像是大片裝的進口巧克力，捧在手中的質感卻是沉軟，海軍藍的包裝上印有殖民時期的帆船，荷蘭，葡萄牙，還是義大利？」

「而那時候的你，當然早就唾棄即溶咖啡粉，於是你在家裡執行咖啡的煉金術，像標本一樣收列在玻璃小罐的咖啡豆。用酒精燈煮咖啡的你讓我想起中世紀女巫。像我媽一樣。」

「而抽菸斗的你讓我想起父親。」

「你爸也抽菸斗？」

「不。我爸連紙捲菸都不碰。我是說，想起小時候在卡通漫畫故事裡面看到的各種樣板父親。」

「你當時千方百計離開你爸，卻又住在另一個父親的屋子裡。」

「或許是為了那屋子裡的真空管揚聲器。」

「念念不忘。」

「看起來是一座玻璃城垛林立的宮殿，可以看見唱片的聲音囚禁在透明的塔裡面。揚聲器躺在屋子中央的血紅地毯上，像是終戰紀念碑，碑下地毯深處埋了很厚的眷戀。地毯吸滿了菸灰，咖啡，以及汗水。」

「散置了隨時準備發霉的唱片。是唱片，而不是ＣＤ。」

「平克・佛洛伊德。比利・哈樂黛。蘇芮一樣的月光。」

「以及遠景的翻譯書一整套。」

「冷血。麥片捕手。偽幣製造者。」

「還有《文星》。一疊等待謄稿的小說稿紙。唉，你千萬別說出那些舊作的篇名。好臉紅啊。」

「你把這些收在哪裡？」

「和揚聲器一樣，都不在了。」

「為什麼？」

「忘了。」

「地毯當然也丟了。」

「當時發生過一些爭執。」

「記得是因為什麼嗎。」

「不記得。」

「可是當時卻念茲在茲。」

「只記得事件的結果，卻忘記理由。」

「譬如說，什麼結果？」

「結果之一是，我拆下揚聲器上面的一支玻璃管，為的是洩恨。現在，卻忘了當初為什麼著魔。」

「沒想到，那是拆得了的。」

「結果太用力，我把真空管握碎了。」

「沒想到它這麼脆弱。」

「真空，當然脆弱。可是握下去的時候，並沒有讓我抓住真空的感覺。不過之前我也沒有想像過真空的感覺是什麼。也沒有擠出音樂。甚至也沒痛感。大概是因為喝多了咖啡，痛覺就鈍了。」

「你喝了太多，所以你還把半杯咖啡分給了我。」

「沒錯，我把沒喝完卻還灼熱的咖啡潑到你赤膊的身子上。」

「我們扭打起來。」

「沒有先把你身上的咖啡擦乾淨。」

「咖啡味道和格鬥的記憶交纏在一起。」

「我的手心冒出醬油乾涸的腥氣，以為是風乾的咖啡。低頭細看才知是血跡，真空管碎片劃傷滲出來的微滴。可是那時候也分不出來交錯的味道是來自咖啡醬油還是血液。」

「然後兩人大幹一場，就在紅地毯上。」

「是最後一次嗎？」

「忘了。」

「就算不是最後一次，可能也是最火熱的一回。」

「身上還留著乾去的咖啡。」

「以及菸。你當時竟然還一面埋頭苦幹一面叼著菸斗。看起來很猥褻。」

「氣味層層疊合的經驗。」

「做完你就呼呼睡去，就在紅地毯上。」

「可是你並沒有馬上睡著。」

「我抱腿坐在地毯上，不急著穿衣。你躺在地毯上赤裸著身子，看起來像是屍體一具。菸斗早就跌落在你手邊。我把下巴抵在你的肋骨上來看，屍體上頭的風景都放大了——說來好笑，我想起盤古的神話。你身上有森林有山丘，月亮和太陽藏在你的眼皮下面，咖啡在你身上流過的痕跡就是河流的遺址。你的指甲又黑又長，把我摳得好疼，於是我站起身，找來指甲刀幫你剪。剪下來的指甲掉在地毯裡，化為流星，可以許願。許了願，可是沒有驚動你。從剪好的手指尖望過去，是山脈連天的國度。」

「是哪一個國家的山脈？」

「哥倫比亞。」

「為什麼？」

「因為有咖啡的味道。哥倫比亞的國土是高原，而且盛產咖啡。」

「是不是這樣的味道？」

他用手指浸入咖啡，沾了一點卡布基諾，直直伸到我鼻尖。睽別已久的氣味逼向不知所措的我，湧起勃起的念頭、海綿體噴噴吸飽血液，不知這是因為咖啡的香氣，還是因為他手指的騷味。兩種味道已經難以區分彼此。在我面前，他粉紅色手指修剪得乾淨而整齊。他的手指頭上綴有細緻的汗毛，在毛細孔上排列一如不斷延展的梯田。哥倫比亞在販賣咖啡和賈西亞・馬奎斯之餘，也在高原梯田種植古柯鹼嗎？像古巴一樣種植菸草嗎？我對中南美洲原來是一無所知。（那時也偷偷讀了三毛，只是不敢承認。）只確定他的手指不再枯黃，在原本夾菸的指節，靜靜套了金屬戒子一只。

「我還是想喝海尼根啤酒。我連綠瓶子的氣泡礦泉水都不要。」

像小孩子一樣賭氣說著。幸好，玻璃牆外的聲響越來越刺耳，不知是政令宣導的園遊會還是拆除違建的大行動。整個咖啡屋都微震起來，提醒我們咖啡屋外頭仍是一個大世界。所以所以，他一定聽不見我努力憋住的嘆息吧。

如果我人在咖啡館，就在盤算如何離開。

牙齒

不少電影工作者常被人問起一種問題：你最喜歡的電影是哪一部？影響你最大的前輩導演是誰？——彷彿只要道出生命之最，就可以輕易把一個人解釋掉了。

同樣，人們問起作家，你最崇拜的作家是誰？你最想寫出來的作品會是什麼？不只如此，情聖，美食家，動物園管理員等等，也一一遭人追問：哪場豔遇，哪隻鮑魚，哪頭長頸鹿，可算是這輩子的極致？

卻沒有人接著問，如果早已嘗過生命中最為鮮美的一餐，那麼之後是否就要和漸次過往的甜蜜記憶揮別，然後面對眼前逐漸走味貧乏的庸碌一生。如果已經看過這輩子最為嘆服的一部電影，一篇小說，那麼久後是否就只能看見平凡的光影在眼前虛弱浮沉，而你只能和這些飄逝符號輕輕說一聲，再、見。

竟然連我這一名執業牙醫，也終有碰上類似問題的一日：

什麼樣的牙齒最讓你印象深刻？

一時間還不知道怎麼回答呢，相信我，我可以用類似的問題去問倒全世界的動物園管理員。

但我也能夠體諒為什麼發問者要向我拋出這樣一個問題。她只是想要一個快捷的答案罷了，以便迅速掃描過我的專業，為我這樣一個人定出簡明的結論，於是她可以把從我身上淘洗出來的要點稍加潤飾，寫入採訪稿內，說不定可以改拍出三十秒長度的廣告片。如果有機會，發問者大抵也會以同樣的效率去和動物園管理員應對，她不會有時間傾聽管理員如何克服對於犀牛形體的敏感畏懼，如何由嫌惡轉而偏愛狒狒的體臭，夜裡對於海豹的性幻想如何席捲自己，夢境中開屏的孔雀成群飛越動物園的藩籬。不必說這麼多。發問者根本聽不下去。只要簡答就可以。

我不知道簡答題該如何作答，或許我只懂得叨絮翻出記憶中的一切瑣碎零件，然後任人揀選吧。

她問起牙齒和記憶。我思緒雜亂，隨機抖出我記得的氣味和形體，不確定這些零件究竟來自臨床經驗還是醫學圖鑑。我看見，充塞食物細屑的齒縫、琺瑯質附著的黃垢，無不記載了細瑣而深切的生命痕跡。一顆看來無甚大礙的齒冠，經過鑽研之後，總可以在微縫中發現臭氣四溢的黑洞，而這種不悅的黑洞就是牙齒私藏的記憶罷。

我說，牙醫師的任務，不是追尋牙齒的記憶，而是加以湮滅：所以我建議病人除了牙刷，日常也該勤用牙線漱口水：萬不得已上了診療台，就要把縫隙彌平，以水柱沖蝕齒縫糾集的結石記憶。我甚至也可以提供仿製的金銀假面供齒冠戴上，掩蓋不可挽回的傷口。

牙醫讓人滿足遺忘的欲望。

所以對於她的問題，恐怕要說抱歉了，我完全不是具備效率的記憶保管者。但我還是有些話要說。

這個大哉問，是念慈提起來的。

念慈是念祖的妹妹，擔任廣告公司幕後製作。她老想拉我去客串廣告，我想與其是因為我上相，還不如說是因為，我猜想，她好想在她的勢力範圍內為我補償一些什麼。近來，某家牙膏客戶找上她公司，她便找上我。那個牌子的花俏產品我並不喜歡，可是既然是念慈的客戶，我就沒有什麼好多說的了。

她的計畫是，我就在影片中飾演自己：一名牙醫，並且和一名現身說法的產品使用者搭配。這名使用者，最好有一副讓人印象深刻的牙齒。念慈希望我推薦；她說，畢竟我看過的牙齒夠多。我啞然失笑：我固然見過牙齒引人注目的病人，但他們適合上電視展示嗎？念慈她們這些創意人的創意也真夠絕。

我對自己扮演的角色不置可否，可是另一名演出者要找誰，我還說不上來。在診所裡，我幫客戶的牙齒洗刷殘存的故事，我對這些牙齒的印象卻也同步風化了。

反而，讓我印象深刻的牙齒，卻是早在執業之前就婆婆媽媽地嵌入記憶。

譬如說母親的智齒。

說來真是瑣事一件。

（甚至懷疑，當時潛伏的「孝心」——恕我這麼說——埋下了我成為牙醫師的種子。）

初中時，家裡的狗走失之後，某一天母親突然在晚餐時分宣稱長了智齒，非常痛楚，要定期看治。她隔天上一次醫院，有時她晚回家，我就自己打發晚餐。我們班不是好班，四點下課就奉公守法地放學，沒有留下來加課；所以，我回家時每每獨自面對黯啞的空屋，一個母親暫時消失的家。

母親每次看完牙齒之後，總會向家人宣布她的智齒現況，並不時抱怨牙痛之苦。

「真的很痛。而且排隊等很久。」

「真的嗎。」

爸終於吭了一聲。然而，我隱隱覺得母親每每說起自己的苦痛時，卻是喜孜孜的。向來寡言的母親在小黃走失之後，更顯沉默了；因為智齒，她竟開始享有抱怨的機會。她的抱怨內容正當，而不會與人起衝突。惹人痛苦的智齒可以換來一些樂趣——雖說這種樂趣也正建立在刺痛之上。

有一天，我因故氣悶地放學回家，不想直接走回家門，便繞道而行。晃蕩到社區小公園前頭，我訝然發現母親在公園裡漫步、凝望——從醫院回家的路，並不會經過這個公園呀。我未敢上前打招呼，連忙避走，心裡想著：母親是否是以看病之名，進行各種小說中描述的不體面勾當？譬如說……我不敢想下去，因為腦裡閃現不道德的情節。

遊走許久，看鄰校學生打電動，在路邊吃了一碗意麵才回家。沖澡沖很久，想洗去那天在學校受的氣。

之後，母親才回家。她說，今天醫院人很多，她排隊排了很久。我心裡的話也沒說，提早悶頭睡了。

第二天下課我馬上抄便路挨到那小公園一角。母親果然又出現了。她沒有在小公園逗留太久，便又看似漫無目的地沿馬路走。第三天傍晚，又如此。我實在編派不出她到底是犯了怎樣不可說的罪行，她的遊蕩看起來那麼缺乏目的。一點奸惡特徵也沒有。我便硬著頭皮上前與母親打招呼，當成偶遇。她見我，笑了，沒一絲罪惡感。

不經意間，她只挽髮說道，「以前常常和小黃在這裡散步，一起說話。小黃很喜歡在那個公園玩。」

我錯愕了。小黃？以往牠在家的時候，總覺得牠愛咬拖鞋，惹人討厭，所以不曾多留意牠。和牠最親密的經驗，是拿臭襪子套住牠的頭，然後踢牠——牠掙扎的模樣倒是頂可愛的。是嘛，誰叫牠咬爛我的卡西歐電子錶？注意，卡西歐在當年可真的不得了。小黃發情走失之後，我樂得輕鬆。

母親後來還是常常出門去看智齒。不知是哪一天起，她的智齒治療告一段落，她就不大出門，又沉默下來。

而我，開始在上學放學時留意路上的野狗。我發現狗臉表情豐富，露齒獰笑也有意義；一如數年之後，我發現牙齒也是有表情的器官。或許我天真地以為自己可以尋回小黃吧。

■

數年之後，我在軍營遇見另一隻小黃。

是在附近蹓躂的一隻野狗。士兵們對牠不大友善，而我這位與一般兵士疏離的牙醫，反而與牠交好。不知道，是不是為了彌補落失的一段什麼。

想起母親。本來猜疑她看牙醫是為了什麼不可說的罪事，後來才知道是為了尋狗——（可是，尋狗是不是也是某項另外一件未曾明說事件的藉口？）

向來懦弱畏人的小黃，一見我，便用力拍打尾巴。把一整塊夾肉的大饅頭扔到牠面前，牠便露出森白的利齒，一口咬住。牠在軍營間卑微殘存，而咬住饅頭的一刻卻顯得無比得意滿足。

把牠的大嘴掰開，可以看見起伏有致的牙齒，像是靈動的山巒——而這可能正是我看過的牙齒中，最美麗的一副啊。

陪我餵狗的大專兵小唐，說他看過一篇南美洲小說。小說裡，以豹子的牙齦形容即將毀滅的玫瑰色天空。

「真的嗎。」

小唐說，豹子的牙齒，不是極鋒利殘忍嗎？而野獸的牙齦，不也是極柔軟鮮麗嗎？這最最殘忍之物卻是由一片溼暖柔軟之中孕生：以這種色澤形容浩劫，很別緻罷？

小唐這個人古靈精怪，有的是狡猾的點子。初識他，是在士兵體檢時，他出公差來牙科這組抄寫資料；兩個人做的事都很乏味機械化，我便忍不住和他賊樣的神情眉來眼去。小唐離我的單位近，常來串門子；他說，營裡頭其他士兵乏味，所以他只能找我聊；我餵小黃的時候，也只有小唐在一旁陪，他款款說出豹子牙齦天空的典故。

就這樣，一逮住機會，我竟和他摟在一起睡了，在彼此肩膀之間。向來，我是以牙鏡和棉花接觸他人的牙縫；於小唐，我卻首次以自己的舌頭按摩對方的臼齒，那麼直接，那麼深。當然在森嚴氣氛之下，我倆私底下的行為不得不像罐頭一樣密封起來，不可走漏風聲。

雖然，這一切自然得很。在高壓以及寂寞之中，我垂下的沉重頭顱需要一個平台擱放，否則怎知道哪一天會如瓜跌落。

本來整個人像是一顆不敢接受體檢的牙齒，打算一直繃著全身的琺瑯質以為自己刀槍不入；可是，在肅穆抑制的環境中，我不知從何處獲得了勇氣與藉口，竟可以倒在小唐的床墊上，任憑穿透我的牙冠鎧甲，鑽入牙髓，撫摸神經，我是一顆接受治療的齲齒。身為牙醫，我深知：打開牙齒黑洞也就開啟了痛楚和惡臭，可是非如此不可啊，逃不了的洗禮，解放我。

那時人與人之間的互相依偎似乎可以很輕易，可是並不是不需要條件。小唐個性驕縱，我又欠缺感情互動的成功經驗，自己退伍的日子也近了，因此兩人張力日增、嫌隙出現——但這一切，仍是壓在同僚的目光之外，像是一顆逃過注意卻又隱隱作痛的蛀牙。

嚴嚴冬日，最劇烈的一次爭吵之後，正值我的長假開始。我默默收拾背包準備搭車進城。小唐突地推開我的房門，寒風大剌剌湧入，門外的國旗啪啪翻飛。他血紅的眼珠子一如瘋狗，興奮地吼著要拉我去進補——他說，連長已經命人捕狗宰殺，燉煮了一大鍋。我聽了只覺血液冷滯，不是因為冷風——

我牙齒打顫問道，抓的是什麼狗——哪有什麼狗可抓——

其實在小唐回答之前，我就知道答案了。只是我需要一個肯定的答案。他幸災樂禍地露出一排臼齒說出小黃的名字——我瞬時奪門而出，逃出營區，逃避小黃不散的幽靈。在車上，我懦弱得連眼眶紅熱的勇氣都沒有——小唐，不但沒有阻止他們殺狗，還刻意拉我去當共犯——面對這樣的人道報復，還有什麼話可說？

巴士來到市區簇擁人群，哄鬧中我卻不覺得暖意。在中正路口的百貨公司下車，沒有頭緒，只憑習慣鑽入地下室，慢步走過美食街，火鍋攤位。想起上一回，小唐就在這裡和我飽餐一頓，然後打著沙茶醬氣味的飽嗝，陪我進超級市場買了一打進口狗食罐頭，是要帶回給小黃進補的。

那時小唐對我說，「你看小黃那麼瘦。像你一樣瘦。」

我忙找廁所。沒開玩笑……百貨公司的廁所，設在美食街的遙遠對角，而且，從廁所門口通往馬桶的深幽走道竟然那麼長讓人覺得沒有爬行到終點的一刻，我大腸裡的排洩物都要溯回胃腔食道了、只能咬緊齒列，頂住。像鑽入牙髓似地，我終於找到一口馬桶，顧不得眼前的污垢，就將腦袋垂下，把所有的委屈都嘔出來，像吐奶的嬰孩一樣使勁，完事之後眼眶才開始泛紅。

我離開馬桶漩渦，豹子牙齦的玫瑰色調也離開我。

我什麼也吃不下去，可是牙齒寂寞地發抖。買了包口香糖，剝開一片使勁嚼，心中惶然才少了一兩分。我又撕開兩三片，一併放入嘴裡，要很用力才可以嚼得動。咀嚼運動轉移了肌肉的緊張，可是腦裡記憶也被咀嚼行為撕碎，拼不起來。我嚼了一夜口香糖，最後整個口腔都酸痛了。像是牙齒發酸，但更可能是口腔肌肉過度疲倦，或者是，或者不是。

痛楚不可捉摸，舊事亦然。

我收假回營，佯作沒事，努力行使牙醫的職責——也就是將記憶剷除。無法醫治的部位，就換假牙吧。我知道小唐試圖找我道歉，但我相應不理，更不讓他進我的宿舍。夜裡孤單，我把沒有讀罷的小說拾起來繼續，到最後一頁，猛然看見小唐的簽名，才想起這是他借我看的。嘆氣熄燈睡了，第二天卻在信箱收到一封短信，小唐的字。上頭寫著：「看見你房裡的寢燈熄去，黑牆的最後一扇窗暗了下來，像是拔去一顆夜晚的牙齒。」

我把信紙摺死。

我沒有和小唐交換新的聯絡電話，再也不知道他的下落。識見的許多面孔，果然就像一枚一枚拔去的牙齒，遺忘了，或是被取代。

■

有件事我至今參不透，也不敢想像。

退伍那天，身後響起一陣熟悉的狗吠。是小黃嗎？固執的我，拒絕回頭檢視。說是拒絕，好像太抬舉自己了，彷彿自己很果敢堅毅似的；比較準確的說法是，我不敢。我不敢回頭看，結果眼淚開始打轉。如果不是小黃，我會失望；而如果是的話——豈不表示當時小唐對我所說殺狗進補一事只是捉弄我的殘忍玩笑？那次收假之後，我是沒有再見過小黃，可是我也沒有聽說誰在日前吃了香肉。小黃可能根本沒被捕殺，而只是繼續流浪。難道我故意相信小唐的話，只是為了找個有力理由收掉彼此關係——

像是拔去一顆夜晚的牙齒。

稚幼時，母親說，換下來的乳齒，如果是下一排的，就往屋頂上丟，如果是上排的牙齒就躺床下。為什麼區分這兩種方向？母親說，這就表示下排的恆齒會往上竄，而上排的會向下長。恆齒逐一冒出，而遺留在屋頂和床底的乳齒卻再也尋不回了。

■

時移事往至今日，與我最親密者，似乎竟是念慈。念祖出國念書之後，我才和念慈熟識。她的公司在敦化南路，從帷幕玻璃望出去，就是風靡中產階級（以及為數甚多的同志？）的家具大賣場，瑞典牌子 **IKEA**。

我生日那天半夜，她來我住處，帶了香檳和一大方瓦楞紙盒。我慨然看她好認真，如同小童玩積木，把紙盒裡的玩具零件掏出，拼好那豔紅精悍後現代風格的椅子。哪裡來的？她得意地說，「IKEA，而且二千五一把。誰叫你們這裡的椅子都很遜！」我們這裡？我們——是「我」再加上「誰」？

「記得你冰箱裡有乳酪——配這酒正好。」我無言以對，真想摟住她。她找出乳酪，又故作漫不經心其實是小心翼翼地問：「有沒有接到電話或卡片？」她是問起念祖。念祖出國之後，屋子空了一半。念慈不知心裡想的是什麼，常來陪我，彷彿我是和念祖的妹妹談戀愛似的。彷彿我是透過念祖的形體來和念慈維持關係，或者該反過來說才是。也不知她送我一把堅固歐式椅子的用意為何，難不成她知道以往念祖和我同為室友時，吵架之後就會摔椅子？

她突然地想起正事。

「嘿，你找到令人印象深刻的牙齒了嗎？」

「嗯。就是念祖。他不刷牙，而且咬人的技術極佳。」

她正色道，「他真的咬人？」

「不信，妳看他的齒模。這麼利，不咬人行嗎？」

我掏出平常把玩的銀色齒模，好像是把玩具遞給鄰家女孩。念慈坐在後現代紅椅上，表情認真地撫弄齒模的凹紋。她抬頭，無疑是以眼神問我：噢，你真的很想念他喔？

她的專注，神似念祖。

叩。一桿進洞。

念祖就是那麼專注地對付一顆顆仿象牙撞球。

念祖當兵前的農曆新年，照例回老家，我則偷偷尾隨他去了那個小鎮。當然不好跟他回家去拜年，只敢在市集的廉價小旅館過一宿。對念祖那種大男生來說，過年再也無聊不過，便蹓去泡小店敲撞球。我不敢跟他回家，但這種小店倒是去得的，所以就待在一旁觀看他和其他鎮上少年較勁。念祖的專注讓他沒失準頭，可是我卻想起了什麼，越看越焦躁，想走。撞球場子，就是讓我不舒服。輪別人敲桿時，我在念祖身邊耳語，說我自己也不打，所以就先走了算了。

他漫不經心地問，「你要回旅館去嗎？」

我胸口一緊：「難道我可以在你家過夜？」

他沒理我。

我悄聲離場，並不是回小旅館，而是回台北。在念祖的地盤，我找不到自己的位置，漫無目標地滾動，像一顆失準的象牙撞球。

……顎骨的發育變大之後……乳齒與乳齒之間會漸漸分開形成縫隙……這個小縫隙有其必要……這是為了迎合成年的恆齒來接替原來的位置……

遊子紛紛南下的時分我孤獨溯向北上，在國光號車廂中朦朧見識了夢囈。回家，電話答錄機播出念慈的急切嗓音，說念祖在撞球場和人口角，還摔了店裡的椅子。我聞之錯愕，回撥電話給念慈，才知念祖大抵沒出事，和店方和解了，到底過年要和氣才好；我安了心，沒有向念祖查證。念祖摔椅子，是惱我冷冷離席嗎？還是他一貫的暴躁作祟，專注敲桿的延伸變形？

依念祖的脾氣，椅子沒坐暖，就可能抓起來摔。就算是二千五的IKEA也不放過吧。我搖頭，怎麼老遇見這種人？

■

高中時代，也碰過這種人。

坐在我身邊的那個同學，鄭光驊，一口潔白整齊的牙齒。沒想到他後來會在班上當眾摔椅子。

……又是，探索另一顆牙齒的過程。我該如何沖洗、鑽刺？或者再嚼口香糖，很拚命地轉移注意力？

我不會忘記，鄭光驊是我最要好的高中同學。他使得枯索三年高中生活變得可以忍受，但也正因為他，這種可以忍受同時也是最最不可以忍受。走進高中男生的生活，也等於抵達成年男子的前門了，可是那時我仍然不確知自己的角色——以專業語彙來比喻——從牙齦冒出來的時候，自己應該扮演門齒，犬齒，臼齒，還是只有在刺痛時才為人發現的智齒呢？

不知道為什麼和光驊交好，尤其當這種高中同學早就只是畢業紀念冊上頭與他人並列的一條名字時，就會開始深深懷疑，為什麼當年的死黨是某甲而不是某乙？如果由某甲改成某乙，那麼高中三年最常玩的運動可能就是足球而不是籃球，最常共同鎖定目光的馬子可能就在六班而不在八班。

這些差別，對我來說並不是差別，而只是機緣。這種機緣對我很重要，我願意跟著死黨去做他愛做的事。我再也不要慘綠的孤寂，我知道牙齒被蛀空的感覺；這並不是為賦新辭強說愁，而是酸入骨髓的真實。

高三那年，髮禁終於解除。班上眾英雄好漢，頂上景觀氣象新。光驊的尖刺短髮漸長，看起來反而更顯童稚，不符合他在球場上的驃悍。他坐在我前頭，我連上課時都喜歡撫摸他的後腦勺，那片草坪扎手的成長。

「好像刺蝟。」

「真的嗎。」

他羞赧道。他這個人，和我認識的大多數男性一樣，平時似乎無所畏懼，雖然可以剝去T恤在操場上赤膊打球，但最怕別人談論他們的身體。

平常他真的是無所畏懼的。班上的三民主義老師鄉音很重，可是我們卻清晰聽見他的縱容政策：他說深知我們丙組考生的壓力，所以他上課不會點名，不必把三民主義課本豎在桌上藉以遮掩——我們可以大方研究那些似乎更為要緊的科目，而且不限於教室之內。於是，我總在三民主義課堂上攤開化學講義，而光驊則到教室之外研究物理。他和幾個同學研究物理的方式，是翻過學校後門的圍牆（後門只有一位賣蛋餅的老伯，做生意之餘還為翻牆的學生把風，每所中學旁邊都有一些這樣可愛的角色，多年後和校友見面竟然還是會不經意聊到蛋餅老伯），直鑽撞球場子。這是為了研究力學。我並沒有跟去，雖然光驊每回都約我同行。我反而勸他別去，因為教官最愛抓蹺課打撞球的學生——我只勸過一次：再多說，自己就像個懦夫了。不否認，我有所焦慮，雖然光驊再三保證不會有事，因為那是一個新場子，教官並不知道門路。

我自認是光驊的死黨，按理應該放下化學，投奔物理才是——於是我跟了一次。我們從三民主義的課堂匍匐前進至後門，依一屆屆學長留下來的祕訣翻牆而出，和蛋餅老伯打過招呼之後，一行人就直攻迷陣中的羊腸小巷。撞球場位於地下室，的確不好找；我瞄了一下那不搶眼的門牌：並不是容易記住的地址。這是我首次進入一個撞球場。那場子不大，就兩張檯子，空氣中霉味不散。其他的人已經摩拳擦掌，而我這個新手一點玩興都沒有，只有玩弄那些新奇的撞球，把白球抓在掌心，很沉，很冷。我問光驊，聽說這種球是象牙打製的，可是真的嗎？

「你球放下。我們要開始研究力學了。」

接著他和其他人打賭，他在三桿之內就會得分，否則請菸。眾人叫好，光驊在噓聲之中敲了三桿，我看不懂；只見他搔著刺蝟般的頭髮，向櫃檯小姐買菸，一切都埋在全場的歡聲雷動中。

那名粉紅洋裝的女子，擋在櫃檯後，看不清長相。我也無意走近端詳。他們兩人談了幾句話，我沒有聽見，因為站得遠。

我問蹲坐一角的大塊呆：鄭光驊也抽菸嗎？

「他在這裡買，是故意的。其實這裡的菸很貴。他就是想跟那個馬子打情罵俏。」

待光驊牙齒叼住菸，開始散發他的允諾時，我已經編好離開撞球場的理由。他們繼續研究成年的課題，沒有多留我。

不知道他們可曾在我背後嫌我懦弱？

第二天，我勸光驊別再去。才出口，就後悔了。

「光驊你不能這樣下去——聯考快到了——太頹廢了——」

「噢？你很清高？你很上進？」

過了一週之後，光驊在內的三名同學在撞球場，被教官逮個正著。那一回蹓去敲桿的人特別少，被當成現行犯抓住是真的倒楣，尤其在那個肅殺時代。結果是一個人一支大過。直至放學，光驊等三人步伐沉重，從談判地點訓導處踱回教室；其他同學噤聲不語，開始大掃除。教室內灰塵掀起，彷彿迎接三名受難的同學風塵中歸來，像是武俠片裡營造氣氛的煙幕。

光驊把他的書桌舉起，像是扛起十字架，再重重摔下。

幾天之後訓導處貼出處分公告。鄭光驊除了一支大過之外，還多了兩支小過。事由是惡意破壞公物。

此後，我就不知道該如何和他應對了。兩個人自動疏遠開來，或許各自具有罪惡感罷。我成功執行聯考作戰計畫，進入醫學院，而光驊落榜了。聽說他的物理分數很高，可惜總分太低。

放榜之後的仲夏，我和他見過一次面。我覺得尷尬得很，可是他卻露齒笑著等二六三號公車，手裡提著一只籃子，籃子鑽出毛絨絨的圓頭出來。他說這是他家開始認養的一隻小狗。他知道的，我是會在沿路向每一隻野狗打招呼的那種人。

「這也是野狗的寶寶喔，」他得意笑著。

■

我駭異了。當下的他，就是那個怒極踢翻桌椅的聯考失意人？那種單純的笑，就像是我的小朋友病人們，儘管在診療台上嚎哭不止，可是一拿到我送的小玩具卡通貼紙類贈品，竟然一律破涕而笑。

光驊和我，沒多說什麼就互道再見，但我仍然不斷回望，以為自己對一頭初見的小動物滋生眷念。

在電視上見了日本歌星中島美雪的ＭＴＶ，內容是一隻小狗在人群中流浪的故事。善心的人們把籃子裡的小狗輾轉送回女主人懷抱。這個尋回的歷程，我看了卻覺得若有所失。

看了中島美雪的ＭＴＶ，是因為聽見念慈電話留言，她要我欣賞她日前製作的廣告ＣＦ，好提出意見。可是，扭開電視看了半天，卻沒看見她所描述的那段影片。

又是念慈的電話留言：

「現在有另一家廣告公司和我們競爭那個牙膏客戶……我們公司還在討論對策……你還是把演出計畫放在心上……以及和你搭配，牙齒令人留下深刻的病人……」

令我印象深刻的牙齒，都不是長在我的病人身上。譬如說，母親，小黃，小唐，鄭光驊。有些記憶中的牙齒，甚至存在於人體之外。大三大四左右吧，班上一些參加學運社團的同學，時常加入中正紀念堂前的抗議學生行列。那些偏激的人，我不懂。可是我記得，在學運內外最緊張的那段時日，其中一個同學在現場被揍，打落了牙齒——我聞之大駭。因為不親，我並沒有去探望那位同學，也沒有見到被打落的牙齒——雖說畢竟是本科的學生，口腔受傷回學校就可以得到妥善照顧。然而我對於落失的牙齒一直耿耿於懷。

■

雖然從來沒有看見過，卻不時在視網膜上浮現。那些看不見的落齒，在我腦裡長芽。

初中時，班上有一個永遠被同學欺負的男生。我忘了他的真實姓名，只記得他的綽號是「屁王」。上英語課時，老師要我們每個人一個個站立唸課文。輪到屁王起立唸書時，他把PLEASE唸成「噗——利死」，叫鬧聲隨即四起。老師忍俊不禁糾正他的發音，可是他仍然一直噗利死，噗你死。老師笑了。我也笑了，雖說我不無詫異：發音比他還差的同學大有人在，可是為什麼只有他被取笑？他平常的英語發音不差，為什麼這一回連PLEASE都唸不好？

下課掃除時間，一群同學把屁王擁至男廁——那是我們班的地盤。教室就在廁所旁，這間寬大方正的廁所也正是我們班負責打掃的「公共區域」。每回班上同學有事情要「談判」，或者是要打架「釘孤隻」，就會到這塊地盤去，而好學生和別班的閒雜人等都不得擅入。

同學們把他拉到廁所，正式封給他「屁王」這個綽號——因為他把PLEASE唸成類似放屁的聲音，而且有不少人繪聲繪影指控每回有人在上課放屁，都是屁王幹出來的好事。屁王的罪狀被一條條列出來，其中一條是在英語課故意發音錯誤，惹老師生氣。同學們蜂湧而上，把他痛扁一頓。這是初中男生的同儕倫理。

我並不在場；這一切都是聽人轉述。每回那些高壯的同學在廁所教訓屁王時，我都是不得進場的少數人之一。葉俊賢悄悄對我說：

「屁王根本不想把PLEASE唸得那麼難聽。他有補英文耶。一定是他們逼他唸錯的。」

葉俊賢每次有什麼想法，都只跟我說；在班上只有我跟他好，其他的人都笑他。葉俊賢的說法也是他自己推測出來的——他也不得擅入本班地盤。所長——負責廁所地盤的大胖說，葉俊賢太娘娘腔了，應該去上女廁，不可以到男廁來。所以葉俊賢平時連教室旁邊的廁所都去不得，常常要我陪他到隔壁大樓去小便。

所長的規則說一是一，說二是二；有一回葉俊賢憋不住，便到我們班的地盤去方便，結果他才拉開拉鍊，所長就出現了，說要檢查葉俊賢有沒有粉鳥，有鳥才可以上男廁。葉俊賢不給他看，也尿不成，就被所長逼哭了。所長說：沒有鳥也不必哭嘛，屁王的鳥很大，可以借你。

月考之後，舉行全校作文比賽，一班要有兩個代表，班導師指派葉俊賢和我去參加。交卷後，葉俊賢和我邊談邊笑從比賽會場回到教室，見班上同學稀稀落落。這並不奇怪，每逢自習課，老師不在班上，班上往往是一片兵荒馬亂，大家什麼書也看不成；就算有人溜出教室外鬼混，也不足為奇。可是那些同學一副悻然，顯然有事不妙。

探問之下才知，剛才自習課，所長一夥人又簇擁屁王去廁所算帳，其他同學也湊過去看。廁所裡初中男生人氣一片熱呼呼的，對付屁王的大條同學一亢奮，又推又擠，竟然就把屁王的牙齒打掉了。

班上有一半以上的同學被訓導處抓去問話。屁王進了醫院。廁所被訓導處封鎖起來。

那顆打下來的牙齒，不知去了哪裡。

第二天，屁王沒來上課，聽說他身體沒有大礙，可是要裝一顆假牙。查不出來屁王的牙齒是被哪一個人打落——所有的同學都是共犯，只有葉俊賢和我有不在場證明，所以可以例外倖免處罰——其他同學罰站一整天。於是這一天，在上課時段全班都罰站，講台下的座位只有三個是下陷的，那就是坐著的我、葉俊賢、以及沒有出席的屁王。這三個坐位，尷尬得像拔掉牙齒的空穴。午間靜息的時候，他們又要在操場中央的大太陽下站半個小時。我和葉俊賢留在空盪的教室裡，睡午覺，可是這種感覺更難受。跟其他的人一起受罰好像反而比較好。坐在教室裡反而才像受罰：像是多出來的人。牙齒都打掉了，只剩兩顆大門牙。

而好戲還在後頭。那天傍晚降旗典禮的廣播響起，大家照例到教室外的走廊集合整隊，立正站好。葉俊賢和我終於沒有例外，加入大家的隊伍。隊伍間有人竊竊私語——因為昨天屁王的事，所以訓導處一定特別留意本班的表現——大家一想到此，腰桿就挺得更直了。

（山川壯麗，物產豐隆——）所長大胖排在我身邊，咕嘀說出一句，分明是給我聽，「你跟你老婆真輕鬆啊，一直到現在才出來站。」

我一怔，低吼：「大胖你胡說什麼啊？」

「葉俊賢不是你老婆嗎？你們兩個人連小便都要在一起，沒鳥。」

我氣得轉頭想回嘴，後腦卻被用力敲了一記。這時廣播的國旗歌正放到「毋自暴自棄，毋故步自封」。再回頭看，竟然是訓導主任。他怒斥，「你們不要臉，降旗也不知道要站好？」

主任誤會了！委屈的我直說，「都是他啦——」

（創業維艱，緬懷諸先烈——）

我來不及答辯，國旗歌聲卻徹底吞沒了我，訓導主任的破口大罵淹溺了我，「你還頂嘴！你再說就跟我去訓導處！」他揮出的一巴掌也埋葬了我。

同心同德貫徹始終。青天白日青天白日滿地紅。滿地紅。

我不吭聲地獨自走回家。葉俊賢連忙跟在後頭問我究竟是出了什麼事，為什麼主任要打我？見了他我更是一肚子火，想把他趕開，都是因為他害的！可是我不想開口解釋。葉俊賢沒被趕走，還是跟。

「快閃啦！」我嗆他，還直覺地加了一句，「你這個陰陽人！」

葉俊賢立定不動。他用一種很奇怪的眼神盯我看。他再也沒有說什麼，走了。

我的臉很麻熱，雖然不再痛了；剛才那個耳光很響，耳朵裡巴掌聲、怒斥聲、國旗歌、葉俊賢的女性化嗓音，全都絞在一起。我沒有直接回家，繞路逛到小公園。看到母親在裡頭呆看著什麼。我想一探究竟，可是我再多走路就要暈倒了。我匆匆回家洗澡，想快快上床睡去，相信所有的噩夢只要一睡醒就會消失。我把頭埋在枕頭裡想著，如果我被主任打斷牙齒，怎麼辦？我一定要他賠……總之我不哭。憶起沒來上課的屁王，想著想著睡著了。

■

畢業多年之後，我又見過大胖一次。

中正紀念堂豎起野百合的季節，我在週末夜晚光顧林森北路，準備到圈內很有名的酒吧報到。酒吧蜷居地下室，辨認它的唯一路標是巷口的統一商店。步經商店，我稍遲疑，便又折回店裡，買了衛生用品，以防萬一。我低頭付帳，然而店員的招呼聲讓我彈起頭來。

「你是德義國中三年七班畢業的，對不對？」他說出我的名字，準確無誤。

「所長！」我驚呼，「你變了好多！」

「咳，拜託，請叫我『店長』。我不是『所長』了。」

我們交換畢業之後的經歷。大胖混過一段時日，肚皮上留了一道疤，安定下來之後當了便利商店的店長。大胖見了我買了什麼，他在這巷口見識不少過往顧客，都是自己人，所以眼神一副心照不宣，臉上涎笑。

「還和葉俊賢聯絡嗎？」

我愕然搖頭。

「記得你們兩個以前很好。」

我幾乎是跌跌撞撞離開統一商店。葉俊賢？我真忘了他了。

後來再也不敢走入那家SEVEN-ELEVEN。

■

我也沒想到，會在世貿中心的電腦展遇見舊識。

原來只利用電腦整理病人檔案，頂多玩GAME。沒想到迷上電腦網路之後，我觀看世界的方式為之大變。進入網路的特定區域，沉進去，再也不想去酒吧玩。本來對電腦冷感，沒想到自己也突然變成網路族，興致勃勃擠往資訊展朝聖。

會場中，有人拍我的肩膀，以為是推銷員；回望，果然是。細看，完了，竟是光驊。他遞了名片給我，頭銜是某大電腦公司的「北區行銷主任」。

該說什麼呢？只能訕訕恭喜他，混得真好，已經當上主任囉。

他露出一排潔白牙齒笑道，「搞SALES的人，誰不是『主任』啊。」

沒有心理準備就見到他，反而心境平和。他結了婚，老婆下個月生頭胎。他笑問我有對象嗎？

我低頭說，「有了。」

「還不結婚？」

兩人坐在他公司攤位的咖啡座上，兩旁的人群膨脹流動。

他遞菸，職業性的利落手勢，看起來好熟悉。

「你知道我不抽的，」白著臉乾笑著。

他聳聳肩，還是笑。

「業績好嗎？」

「還不錯。而且說出來你一定不信，」他說，他回母校推銷電腦，賣得不錯，那個當初去撞球場抓他的教官還向他訂了兩部。當年見了就眼紅的人，現在卻是可以稱兄道弟的客戶。

「你知道嗎？我回學校去，見到那個教官，原來的怒氣竟然都沒了。當時，我多恨他讓我記過，一大兩小，非同小可啊。可是真的不氣了。我還開玩笑問他，他當時怎麼找得到那個撞球場？他說，反正有線民，還難嗎。線民？我問他，你猜他怎麼說？」

鄭光驊臉湊向我，瞇著眼，神祕兮兮。

「他說：小心，匪諜就在你身邊！」

「什麼意思啊……」

他拍震我的肩膀。「什麼意思？嘿，我還懷疑過，是不是就是你擺道的咧！你有沒有當過那位大教官的線民，幫他帶路……」

他笑得很開心，不過他好像也注意到，我的臉沉下來。

「開玩笑啦，高中的事，」他補充說明，「誰會當真。」

臨走前，向他買了一盒空白磁碟片，略表支持。

「以後我孩子的牙齒專找你看。還有，有喜帖就要寄來啊！」

我慘笑。這就是成年男子的社交。

成年，男子，不知我是否具備充分資格。

突然發現落失多年的乳齒，再細看，和記憶中的紋理不盡相同。可能多了些蛀痕，可能發黃變質。

誰說，牙齒是僅次於金鋼鑽的硬物質？

而牙醫，就是對付這種堅硬實質的人。像我，究竟是要捍衛它的堅實，還是要加以瓦解？我究竟維護了什麼，又背叛了什麼？我算是背叛過鄭光驊嗎？可是他是否才曾經真切地背叛了我？他竟然和教官稱兄道弟。我在入伍前默默入了黨藉，為了當兵順利，是不是和權威妥協了？可是那個揉入國旗歌的耳光，不就證明了我也是一個權威的受害者？我也不確知，當初跟蹤母親，是為了她好，還是想要在她身上找出些許的污點呢？還有，牙膏廣告。

我根本不喜歡，也不相信那個牌子。可是我為什麼答應念慈自己要演出呢？相信權威，承不承認？

■

看完電腦展，自己的人腦卻掏空。沿著光復南路北行，不加思索走進國父紀念館旁的麥當勞，點了特餐，不管內容是什麼就大嚼。一叢叢孩童在我前後穿梭，都是吃麥當勞長大的，乖乖我的客戶們。

筋骨錯散地回家，打出來的嗝泡有可樂味。

又有念慈的電話留言：「……我們暫時沒辦法做牙膏廣告了。他們選了另外一家廣告的企畫。但是這並不表示我們沒有機會做，只是要暫時擱下來而已。今晚電視會播他們做的電腦動畫版本，很炫，可是很假。你可以參考一下。我們做的絕對不會那麼假——」

答錄機裡頭的她頓了一下，「你知道我不會讓你受委屈的。」

坐在IKEA紅色椅板上，冰兮兮，彷彿光屁股坐著。我同時打開電腦和電視。

電視螢幕不知何時起，出現切入了電腦製作的某牌牙膏廣告。黑底白字畫面中，浮現一排螢光色的齒列透視圖，接著切入一顆卡通牙齒特寫。像是科幻電影。原本脆弱的牙齒構造，一敷上某牌牙膏，儼然就有生命力了。末了，浮現一位電腦繪圖構成的半透明醫師人物，肌理質地就像那種晶狀牙膏。那人物說出了品牌名號，廣告結束。還好我沒有參加那支廣告的演出。牙膏泡沫，沖下洗手台。

「簡直像一顆拔去的蛀牙。」我闔眼，喃喃說道。

（沒有關係。拔掉就不疼了。）

母親突然摟著孱瘦的我，撫摸我燒灼的臉。

泛黃的初中制服，沾染了淚水。而我是如此沉溺。

毛髮

特別細心買了一支很小的剪刀，是給他的。

每天早晨，在浴室裡，我總愛看丈夫把臉湊近鏡子，噴抹薄荷味乳泡，拿電鬍刀把下巴削乾淨，發出夙夙夙的聲音。

大軍打從大學時代就很容易冒出鬚根，他在誇耀軍中生活的時候總會說自己很倒楣、哪像那一批小白臉根本不必提早起床刮臉。大軍的鬍渣至今更變本加厲，不過，他昔日的濃密髮蓋卻已然稀疏，顯現前中年期的晶亮。

而我，我總站在他身後，倚著洗手間的門口，看著大軍沒有完全遮住的梳妝鏡面，梳理自己的頭髮。我的頭髮自上了大學以來就一直保留現在的過肩長度，偶爾紮馬尾，綁辮子，更常是直直放下來。大軍愛這樣。平時垂下的長髮顯得清純，在床上攤開髮絲歡愛時，又活像是土耳其的一張毯，黑色的焰火。

像大軍這樣重視門面的商界男子，竟也有嚴重的疏忽。所以我遞上小剪子，指指他的鼻孔：再不肅清裡頭的毛屑，就要提早成為中年糟老頭了！大軍總是懶散而嗤之以鼻，可是我以女人的身分向他保證，鼻毛伸出鼻孔的男子絕對不會博得女性的好感！他終於把銀色剪子接去。

然後我們一起吃早餐。大軍對於早餐沒什麼主意，就跟我吃；也難怪，大軍夜裡的交際總是可以抵去早餐不吃的。我喝兩杯咖啡，以便沖掉前夜的安眠藥片餘效，否則待會在雜誌社看稿鐵定眼花。我還要吃好幾片高纖麥麩餅乾促進消化，因為安眠藥往往使便祕加劇。從事文字工作，因而犯了刻板印象中的精神衰弱毛病：如果夜裡趕稿寫不出來就會躁鬱難當，如果寫得出來又會被成就感沖昏頭，總之都不利甜睡，只有吃藥最乾脆。吃久了，劑量難免重了些。

「小牛，妳吃的藥量，簡直可以迷昏一頭牛！」祕魯驚呼。

「我本來就是牛，我是金牛座的呀。」

我優雅答之。金牛座，上進，勤勉，會為了工作而自動控制睡眠，因而吃下了安眠藥安之若素。

「小牛，妳這個星座就是固執。」祕魯嘆道。

我固執嗎？金牛座，善良，溫從，戀家，喜歡安靜的感覺。在公司做不完的稿子，只好抱回家繼續熬，自己一個人面對——大軍在外談生意——這就叫做戀家的安靜感覺。是忍不住要反抗吧，所以在光天化日的午後就不免蹓班出去透透氣。我的活頁筆記本裡頭夾了祕魯的功課表，如果他正好沒課，就找他出來喝茶。美其名，是為了找寫稿的點子：老是和同事面面相覷也無濟於事。

以前，我，大軍，祕魯，同念師範。我轉攻文化事業（如果編時裝雜誌也算是），大軍進占可以養活文化事業的房地產，只有祕魯留下來教書。祕魯其實是他英文名字Bill的轉音，只不過訛轉成日語兼台語的「Beer啤酒」，就唸成「祕魯」。這個綽號還算好了呢，他的本名更可怕：祕魯本名「傅比興」，看起來氣派正典，唸起來卻總讓人想起詩經，很嚇人的。和祕魯在一起聊天倒不常喝啤酒，而只是在次次不同的咖啡館裡的理性說話。——但，我可沒說，喝了酒之後，兩人會說出什麼不理性的話……

我央求祕魯每一次都要找不同的咖啡館，尋找不同的心情——反正，單身的他約會經驗特別多嘛，雖然他身為教師。他早不肯擔任班導師了，而課任教師的身分很可以比大學生還自由逍遙。我每天進出同樣的公司和住宅，已經單調麻木，連時裝大秀都不想去看。祕魯，是我生活中倖存的一個透氣口。可是，祕魯也抗議了：因為他每一次帶我去不同的咖啡館，就會又想起每一次失敗的約會，發生在一家家咖啡店之中的。當然，老朋友不會為這種小事嗔怒啦，我們還是笑嘻嘻談論那一個個從祕魯手中溜走的男人。祕魯的約會目標不是女朋友，不過我們仍然聊得很自在，畢竟老朋友了，從大學時代就認識了，不是嗎。

我和祕魯也會聊起大軍。他和大軍自大學畢業之後就不再聯絡——雖然我成為大軍的妻子，而祕魯是我在學生時代剩下的唯一友人。大軍對於GAY很不以為然，祕魯和我都知道，所以，就不要惹麻煩了吧。我已經很久不曾在大軍面前提起祕魯，可是我和祕魯在一起就會議論大軍——無他，因為我只有大軍這個人可供作談話材料了——或者該說，其實我連大軍都未能真正擁有，所以要不斷地去說起大軍的名字，好讓自己去相信自己握有男性吧？我曾在他的外套裡發現一根髮絲，比我的過肩頭髮來得長上許多。

「我沒說出來，只勸慰自己，大軍是人在江湖身不由己，應酬少不了的。」

「小牛，妳不是說大軍頂上漸禿了嗎？說不定他沒了頭髮，所以就迷戀起一頭比一頭長的頭髮呢。」

■

我們嘆說不好笑的笑話，也不免說起三人最後一次的同遊經驗。是在暑假吧，三個人閒來無事，就往一處溫泉勝地去。

為什麼去溫泉，現在想來，大概是因為年輕人想法古怪，夏暑時去海邊嫌俗氣，偏要冒著汗趕赴溫泉鄉。如果是冬寒時分，可能反而又執意要去繞北海一周了。果然算是淡季，所以旅館給我們這對情侶一個公道價錢：是祕魯和我假扮小愛侶，只算雙人床的錢，因為相信兩個人頭應該會比三個人頭便宜，而大軍事後再偷溜進房間。至於為什麼是我和祕魯配對呢——三個人心裡另有盤算吧。想去溫泉泳池游水，但又想游霸王泳，便在私人泳池欄杆外蹓躂觀望，結果發現淡季裡無人管理也無燈，就躡手躡腳潛進去——更大膽的是，反正夜暗無他人，我們索性泳裝也不穿了，在水中赤裸肆行。和兩名男性摯友共浴池中，雖然屢屢以笑鬧遮掩尷尬，身上毛孔還是嗤嗤騷癢起來。我們起身拭淨身子，走回溫泉旅舍，吃著特產小米麻糬，我的左右各挽著大軍和祕魯的手，三個人的心事都沒有說破。

眼前，旅舍後方不遠處的小丘冒著熱泉的氣焰，在橘黃路燈下，彷彿火事恍然籠罩了旅店。我指著前頭說，「溫泉旅館好像失火了一樣，好美。」大軍要我快別亂講，可是祕魯卻道，「如果我們三個人睡在裡頭，就這樣一起燒死，我也甘願。」

三人無話。

三個人睡在一張大床上，我夾睡中間，兩名男子還嫌天氣熱而打赤膊，不過記憶中兩名男子都沒有對我動手動腳。我也未敢伸出自己的手。三個人，像是一條解開的髮辮，三綹髮絲卻是分開的。倒是大軍事後一直提及，我徹夜摸著他的頭髮。

「其實我沒有摸他的頭髮。他說是我忘了。」

「我知道，妳沒有。可是大軍寧願相信，是妳撫摸了他。」

祕魯說，他記得我當時的髮型。我紮了條辮子，跑跳的時候會甩來甩去，會飛。也記得，那時大軍因為我的緣故，竟也領先潮流，在後腦勺留了一撮豬尾巴。

「不過他再也沒有本錢在頭髮上作怪了。」我蒼涼笑著。

「還有，記得大軍身上也有很濃密的體毛——」祕魯頓了一下——大概覺得有些露骨，雖然我和他之間應是百無禁忌才是，「我是打赤膊睡著的，還說了好多鬼故事。記得嗎？」

「記得，記得。而且，你是個瘦排骨。」

「大軍頭髮少了，但還是一身熊一般的濃毛吧。」

「是，是。而且更像豪豬了呢。不過他膚色白了，也胖了許多，畢竟是生意人而不是學生。」

「大軍果真胖了許多嗎？他不打籃球了？」

我嘆了口氣。

「祕魯，你一直在惦念他。」

「妳生氣了？」

「你說什麼。」

「記得從溫泉回來之後，我一直向他叮嚀，如果他不打算繼續留那撮豬尾巴頭髮，如果要剪掉，就一定要記得留給我做紀念。他沒答應，也沒反對。沒多久，妳不紮辮子之後，大軍也把後腦勺削平了，我向他問起那撮頭髮去了哪裡，他竟滿不在乎地說，被理髮師剪去了，掃丟了。我問他怎麼可以這樣做，他卻說，難道不可以嗎？」

「你，記得好多。」

「我都記得。」

「那，你記得我寫過的那些詩嗎？」

「記得。」

「你懂得裡頭的意思嗎？」

「懂。」

「還是忘了吧。」

「我也記得那股假冒的火焰，在溫泉屋頂上的。」

玻璃杯裡的冰咖啡早就喝光，祕魯咬扁吸管，「記得台北火車站前面的新光三越摩天大樓剛落成的那一陣子，我看了總覺得恍惚。從公園散步出來，沿著館前路，走向火車站，看見黑暗裡矗起那紅通通巨柱，頂端的光芒看起來總像失火，後來才聽說其實是水氣。每次見了，就會憶起那次溫泉之旅，走出公園的我就像才在泳池中泡過一樣，好舒爽，雖然手裡沒有牽著朋友的手，卻不會覺得不快樂。」

「難道沒有一個穩定的伴嗎？」

「穩定？為什麼呢？像妳和大軍一樣，就比較好嗎？」

「不要尋我開心。」

「有一個彼此談得來的朋友。可是他人在巴西做貿易。只能寫信通電話。很遙遠的國度，是吧？我幾乎可以在他的頭髮之間聞出亞瑪遜河的氣味，很生猛。」

■

走出咖啡館，途經便利店，祕魯拉我進去，不知要幹嘛。他在書報區抽出一本電影畫報雜誌，翻出其中一頁，兩手端著要我讀，「就是這個月份的。」

「什麼？」細看，才知是附在電影畫報裡的徵友廣告。

祕魯指出的幾行字，大致寫了一些尋見的嗜好及特徵，之後是，「願與健康青年為友，來函請寄板橋郵政〇〇〇號」。

「這是？」

「這是我。」

「你利用這玩意找伴？這不是中學生的把戲嗎？」

「狗急跳牆呀。其中暗藏不少甜蜜機會呢，許多坐三望四的人也信。我特地申請了郵政信箱，專收情書，否則寄到家裡或寄到學校就麻煩了。」他吃吃笑，「小牛，妳有空也可以寫情詩到這個信箱。」

「你有病！」敲他頭殼一記，心裡卻不禁黯然。

「我頭腦可很清楚。來信的地址如果屬於我那邊的學區，我就不會回信。」

「為什麼？怕意外收到學生的信？」

「在那些小男生面前，我不知道如何從教師換為其他的角色，即使是面對畢業多年的學生。驟然改變身分不是一件簡單的事。」

他付帳買下那本電影畫報，「有一回夜裡，我在公園裡漫步，在一個轉角被人喊住，那個人喊我『老師』。這種邂逅，我最不想碰上，所以我想佯作無事，偷跑。但是，那個人又低喊了一次，聲音好殷切，我不能不抬頭看他——其實，我認不出來他是誰。不過，清秀的他看來卻一臉喜色，似乎我正是他想找的人。他真的曾是我的學生嗎？這少年長得比我高，可能畢業許久，長相姿態多所改變，並沒有在我的記憶之中占有特殊的位置——說不定他並不是我的學生，而只是隨意搭訕，甚至，可能是不懷好意準備敲詐的惡徒？我們坐在公園板凳上聊，說了幾句應酬話，可是我還是想不出他是誰。後來，他希望我撫摸他的頭髮——我照辦了——我心裡不是沒有一絲遐思，可是手指一觸及他後腦勺的凹處時，我就忘記欲望，拾起記憶——這個學生，我記得。」

「你全都記得。」

「他的頭殼後方左右長得很不勻稱，所以當時他刻意把頭髮留長，以便遮掩。那時我是班導師，很清楚他把頭髮多留一公分就可以換來很多倍的快樂，就默許了。結果有一天，早自修的時間，訓導主任走進教室，見了那孩子的頭，二話不說就剃光他的後腦勺。我事後把那孩子喚進辦公室，一面撫摸他的後腦，一面幫他把前頭的頭髮修齊，以免看來突兀。而那孩子一直哭。」

祕魯說，他們師生兩人在辦公室裡摟住彼此，瞬時他忘了對方的身分，可是他記得相擁一刻的感覺。

■

祕魯說，每個人的身體都是有疆界的，勢力範圍不容任意侵入。如果兩個人要互相接觸，就要細心敲破那個疆界，才可以發生進一步的親密。

所以，他的每一次調情，都是從頭開始的：只要撫摸對方的頭髮，就可以摸索發現身體疆界的隙縫。接著，就可以進而觸及對方的眼耳鼻舌，對方的臉，然後再下去。

我聽著，把線索帶回雜誌社。經理時有奇想，明知我們這批娘子軍日常的編務吃重忙不過來，卻又不時要我們自組讀書會，以前塞給我們海蒂報告，現在又逼我們去啃比爾・蓋茲。有時，我們又自組一個成長團體，圍坐熄燈燃燭的會議室，每個人輪流說出自己的心結。輪到我的時候，我本來想說出祕魯和他學生的故事，未料卻跳切入另一條記憶的軌道。

「我想起，初中的時候，同學都放學回家了，只有我一個人留在輔導室裡頭，有一名中年男老師向我問話。」

我在燭光中看見同事們一雙雙屏息以待的眼睛，深呼吸，繼續說，「我平常表現平平，沒想到也會有這一天，被召到輔導室問話。我記得那名老師常在操場教男生踢足球。他問一句，我答一句，輔導室裡只點了黃色的燈泡，我把頭垂得很低。然後，老師伸出長繭的手，開始撫摸我的頭髮。他的手掌很暖。」

我無法正視四周的同事們，「然後我抬頭看他，一個仰角鏡頭，他的表情很溫柔，我看見他的鼻毛從鼻孔中伸出來，像毛毛蟲的腳一樣扭動……」

我摸著自己的臉，想捕捉當刻的面容。旁邊的同事遞給我一包面紙。我的手指頭又溼又黏。

「妳們以為是性騷擾，是不是？還好，還不算是，」我抽了一張面紙，「因為老師正開始撫摸我的頭髮時，突然有人在輔導室外敲門，原來是我媽趕來學校找我。」

我笑起來，「我媽一臉狼狽的樣子站在輔導室門口，逆光，可是我看得很清楚，我媽平常最愛面子了，這一天看起來居然土得要死，連頭髮都沒有梳好，」我又抽了一張面紙。

「小牛，妳還要繼續嗎？要不要換別人說？」經理打斷我的話，大概是想拯救我吧。我不置可否，故事就讓別人隨意接力。

我並沒有把故事說完整。我失態，不是因為輔導老師涉嫌騷擾。不是因為母親的土氣。而是因為，想起了自己被帶入輔導室的緣由。我所想念的，是一個被自己遺忘多時的女孩。晶晶。老師審問我的時候，晶晶正在另一個小房間接受訓話。我帶安眠藥到學校，要交給晶晶。結果被逮住。便雙雙送進輔導室。隔離問話。

初中時，總要有一些體己同學陪自己上廁所，一起跑福利社。晶晶就是我的拍檔，我們總以為會一起考上省女中。晶晶發育得像水果一樣好。晶晶胸衣在背後收成一枚扣子，每當她伏案寫作業，那枚扣子就會撐得凸起，制服在該處也會鼓出來，我總忍不住盯著那枚扣子，那是背脊上突兀的一只眼。她的眼睛會說話，我總難以拒絕。晶晶說，有個省中男生背叛了她，她要自殺報復，她要我幫她買安眠藥。我怎麼可能拒絕她。於是那晚我騙母親，藉口去補習班旁聽，其實是花了一晚的時間一個人在街上收集安眠藥。店家不肯賣，我只好向每一家藥局只買一顆。我收集了十顆不同的藥丸到學校，就要交給晶晶，可是轉念一想，我交給她藥丸之後，豈不是就要失去她了？就又猶疑不給。可是晶晶又要向我搶。然後我們被老師抓住了。

而我果然失去了晶晶。她轉了學，我沒有再見到她，我念省女中的時候也沒有遇過她。我獨自放學回家，經過自強新村的籃球場，省中的男生打赤膊投籃，以前晶晶常帶我來看。還是同一批省中的男生在打籃球。我單獨看了一次，再也不想走這條路了，從此繞道而行。大學時代，我又回到籃球場看男生灌籃，祕魯總要拉我去看場上的大軍，他的三分球神準。為了怕失去晶晶，我陪她去看男生打球；為了怕失去祕魯，我陪他去看大軍。原來我那麼害怕寂寞，我恐懼。

■

原本要交給晶晶的藥丸，都給老師搜去。可是，我自己還留下了一顆。在寂寞的晚上，初中二年級的我服下這輩子的第一粒安眠藥，因為輔導室的經驗逼我難眠；吞了藥，酣意撲來，卻不如平日醇厚，睡眠的質地像是凝凍，我浮在夢囈中，看見晶晶，她低著頭不看我，垂下的亂髮遮沒她的臉。第二天。我醒得很早，猛然了悟再也看不見晶晶的臉，她的臉永遠掩蓋去了，知道總有一天會忘記她。

安眠藥聽起來不健康，卻總可以促我早眠早起。不過，每回早起，都有異感：覺得自己其實未曾睡過，或者自己當刻的清醒只不過是睡夢中的幻影。睜眼的我，瞥了床上裸睡的大軍，懷疑這就是自己的丈夫嗎，他果真在交際徹夜之後乖乖回家上床睡覺？我嗅了嗅他的身子，清香而無汗臭。可是我在睡夢中並沒有聽見大軍洗澡的水聲，他慣來淋浴，總是把我吵醒。或許我沉睡過熟？我起身，發現丈夫扔在梳妝台上的衣褲，是他昨天穿出門的，乾淨而無體味，彷彿未曾穿過。難道他果真未曾出門，他應酬的這一回事只不過是我的想像，因為長期服用的安眠藥毒害了我的腦子？我拾起大軍的西裝外套，在內裡翻出一根頭髮，黑而堅韌，長度比我自己的頭髮多出一截。

在煮咖啡吃高纖餅乾的這段空檔，我問起大軍為什麼衣物是乾淨的——並不是要刺探什麼，而是想確定一下自己是否沉浸在幻覺之中。

所以我並沒有問起那根不知名的髮。

大軍淡淡回答，昨晚和客戶去洗三溫暖。在泡澡的時候，可以把衣物送三溫暖附設的洗衣部料理。

「三溫暖？」

想起雜誌社裡的燭光談話，經理說，在她常去的那家健身俱樂部樓上，就是一家商界男性進出的三溫暖。樓下的俱樂部男女均可進入，樓上的樂園則謝絕女賓。男子三溫暖自然不容女客擅入，可是經理時時耳聞樓上的軼事，並不是「所有的」女子都被排除於樓上的那片天地之外。她每回在俱樂部的泳池游仰式，眼睛盯著上方高挑的天花板，就會想像天花板之後的各色指壓按摩以及美女大腿舞。

「為什麼去那種聲色場所？」我問大軍。

「妳想到哪裡去了？和客戶談生意，總要放下身段吧。」

「這就是商場文化？建設公司是這樣蓋房子的嗎？」

「妳們就比較有文化？親愛的大牌編輯，妳們將國外雜誌原封不動拿來翻印，只不過把英文換成中文，就美其名為國際中文版？妳們比較有文化涵養，對不對？」

我自個出門徒步上班，沒有搭大軍的車。

■

而這次，祕魯約我在一家PUB見面，而不是咖啡店。

「說不定這是我們最後一次見面，小牛。」

「為什麼？」

一位頭髮理得精短的女子，前來問我們要點些什麼。她穿著一件洞洞罩衫，裡頭是一件細緻的黑色胸罩，分明是為了穿出來給人看的內衣。

「毛毛，還是給我海尼根。」祕魯說。

「還是不願意試試調酒？你害我們的酒保沒有秀一下的機會！」名喚毛毛的女孩說，「嘿，妳呢？」

「我？我點一杯——」我竟有點結巴起來，那女孩直直看著我。「妳建議好了。」

「血腥瑪麗？」

毛毛回過頭走向櫃檯，胸前肩帶在她背後結成一枚扣子，在洞洞衫中忽隱忽現。

祕魯說他打算辭去教職，即將遠行，不知何時才回來，也不知我有無可能去看他。祕魯將去巴西，「和祕魯那個國家一樣，都在南美洲，」和他提過的朋友住在一起。

「他在信裡頭很有誠意，所以我就決定賭下去了。如果他不肯養我，我就去僑校教書吧。」

海尼根啤酒染紅他的眼角膜，「如果妳想寫信來，可以先寫到這個地址來。」

他攤開一紙信封，寫了我無法理解的文字。郵票上的圖案我倒認得：是里約熱內盧的超級地標，高聳入天的雪白耶穌像，呈巨大的十字架狀，站在山頂，俯瞰在海灘打滾的情色男女。

「這是葡萄牙文，我也不會。反正到了之後再慢慢學。畢竟是新生活的開始，連語言文字都要重新來過。」

「祕魯還是喝啤酒的，你不是說喝啤酒太感性，不頂好，還是喝咖啡比較理智，不是嗎？」

「那個人飛回巴西之前，我們就在這個小酒館道別，各自喝了一瓶海尼根，各自承諾對方，各自說出自己不一定相信的話。沒想到我也要飛去那裡，想想就約在這裡吧，也有紀念意義。」

祕魯給我一副撲克牌當作紀念品，說是來自巴西，「當時他送我這副牌，說是要讓我閒來沒事就用撲克牌算命，看看我跟他有沒有希望。反正我現在就要過去巴西，就不必帶這副撲克牌了。」

祕魯見我不吭聲，就故意要說些好笑的話，「還有，我那個板橋郵政○○○信箱也讓妳接收吧。妳可以利用那個信箱專門收發不可告人的情書喔。如果還有人寫仰慕信給我，妳就幫我回覆一下吧。」

「算了，男人沒一個好東西。」

「大軍又惹妳囉？」

「我可沒那麼好運，」我沒好氣地說，「他只知道往三溫暖跑。聲色犬馬。」

「三溫暖？我也去啊。」

「你也去？」

「三溫暖又不是只有一種。」他神祕笑道，「在某些特別的三溫暖裡頭，如果客人彼此看順眼，就可以相擁而眠。」

「你喜歡？」

「相濡以沫，何必看得太嚴重？」

「那種地方安全嗎？」

「請問，在台灣有什麼百分之百安全的地方？」

「若是我，就不去。」

「也有女子三溫暖。妳要不要試試？」

■

祕魯執意湊和毛毛與我認識，於是我硬著頭皮和毛毛約好時間，在小酒館會合，然後由她帶我去見識女子三溫暖。

我留下她的名片，上頭只寫了她的名字綽號和CALL機號碼，名片的圖案精緻而熟悉，原來就是翻印自那副來自巴西的撲克牌。這是毛毛自己設計的個人名片。

我幾番想要聯絡毛毛，打算取消這個三溫暖之約，可是想想凡事總有第一次，還是咬牙去罷。再次前往那家小酒館之前，我特地仔細洗了熱水澡以示虔誠，在穿衣鏡前端詳自己的身子有無不妥——我找出那把大軍用來修鼻毛的小剪子，用開水洗淨，然後開始修剪腋下，一根一根慢慢來，理乾淨了才出門。畢竟是要去一個公共場所。

「可以去了嗎？」毛毛笑問。

「我可不可以先喝點酒壯壯膽？」

「只是去洗澡呀，怕什麼？」

「我又不像妳。妳連頭髮都可以理得這麼短。」

「嘿，長髮女郎，我也留過長髮喔。只不過現在是過渡期，所以才留平頭。」

「過渡期？過渡什麼？」

「我和不同的情人交往，就會更換不同的髮型。」她不像開玩笑，態度嚴肅像在解析算命撲克牌，「我的頭髮隨著感情生活的律動而生長，和某甲在一起的時候我可能把頭髮染成金色，和某乙在一起的時候我可能就會去燙捲頭髮，和某丙在一起的時候說不定就留起和妳一樣的長髮。」

我抽了一大口氣，「那麼，妳為什麼留平頭？」

「當一段戀情燃燒完畢，我就會把頭髮剪光，然後讓頭髮和生活重新開始。留平頭的時候，也就是機會最豐富的時機。我還沒想到下一個髮型是什麼呢。」

她瞇眼笑道，「好啦，我拿瓶酒給妳，喝完我們就去。」

她轉身走向吧台，銀綠色的超薄衫裡可以看見紫色胸罩的扣子。我的眼眶熱起來。

「毛毛——等一下。我今天不能去。」

「為什麼？」

我還沒有準備好，還沒有。下次吧，下次罷。

「小牛——妳一個人住嗎？」

她凝望著我。

「我和我老公住在一起。」

我說，語氣很抱歉。

「有空記得CALL我。」

她輕輕說，不著痕跡原諒了我。

■

我蹺班去剪了個新髮型，修短許多。沙龍鏡子裡的自己看起來精神抖擻，骨子裡卻不是那麼回事。祕魯離去之後，公司和家之間就少了一個透氣的中繼站。難道，改去那家小酒館？

不過，還是感謝這個髮型設計師男孩，我特別收下他的名片，打算改天再來。翻開活頁筆記本，發現早已插滿名片，沒有理髮師的容身之地——猶豫再三，我把毛毛的名片抽掉。改插入理髮男孩。我對自己解釋：如果真要和毛毛聯絡，好歹也可以去小酒館找，不是嗎？

加班回家之後，看見信箱裡塞插的廣告名片，大抵來自搬家公司水肥公司，心裡罪惡感叢生。想起那張巴西撲克牌圖案的別緻名片，鏤有毛毛的CALL機號碼，在夕陽下眼睜睜從我眼前飄走，而我卻無意留住。不祥的預感，直至步入臥房，仍揮之不去。想想又要埋頭繼續趕稿，然後循例服下安眠藥，一個人睡去，誰知道今晚大軍又要開拔至何處？

凜凜身子，電話聲突然響起。一接，竟然是毛毛的聲音，比平時來得低沉甚多。

「小牛嗎？」她頓了半分鐘，「我一直找不到妳。」

「毛毛？我剛加班回家——」我心情沉了下來，像個罪徒，打算懺悔，「有事？」

「妳沒看七點的電視新聞嗎？」她用力吸了一口氣，「祕魯出事了。」

「什麼？」我大驚。

「有一家三溫暖失火。警方撬開寄物櫃，其中有一個客人的皮夾裡什麼證件也沒有，只有我的名片和一個信封。信封上寫什麼沒人能懂，只知道郵票上的圖案是耶穌基督。所以，警方就撥了CALL機找我，我想大概就是他吧。」

「祕魯人呢？」

「裡頭的客人都沒有逃出來。」

我只是繼續以喉頭應聲。

「裡頭的人都焦黑了，糊成一團一團，分不出誰是誰，只算得出是十二具。不過寄物櫃裡頭的衣物反而都是完好無傷的。上鎖的櫃子恰好是十二個。」

她沉吟許久，才繼續，「小牛，我待會去現場看看。也說不定不是他。妳如果想找我，可以

CALL我。名片上有號碼。」

我剩下的氣力，只能供自己癱在沙發上。

打開電視，靜候午夜時段的新聞。

新聞即將開始時，大軍竟也回家了。

「小牛，妳怎麼把頭髮剪短了？」

我沒理他，只是默默看著螢幕。

是台灣不斷上演的火災畫面，我早已在電視上見識多次，只是沒想過電視中的事件並不完全是杜撰，而也會真實發生。那棟冒煙的大樓在畫面中閃現時，大軍突然說道，「小牛，妳看，那是我們公司以前經手的大樓。」我這時才對大軍說的話有了反應，錯愕瞪了他一眼，目光才又回到電視。主播宣布，該男子三溫暖的罹難人數一共十二位，「以下是罹難者名單」——我把電視關了。不想看見熟悉的名字。大軍也未必想知道吧？

「妳怎麼不看了？妳不看，我可要看。那棟大樓本來是我們的案子，不知道燒成了什麼德性。」

待他搶去遙控器，再度打開電視時，罹難者名單早已經唸完。

■

我倒了兩杯牛奶，一杯給自己，一杯給大軍。在給自己的那一杯，我放了比平常劑量更高的鎮定劑，怕自己睡不了。大軍喝完牛奶，就喚我快快上床去睡，我想他大概心中有所盤算吧，便託稱夜裡還要看稿，叫他自己先睡。他咕噥進房了，而我根本無心閱讀，連那杯牛奶都喝不完。我在等毛毛的電話，不知她是否會再打來。她大概以為我會CALL她吧，所以就沒有再打電話給我。

可是我還是等著，半杯牛奶擱在餐桌上，我找出巴西撲克牌，一張張掀開鋪在桌面上，拼組成一幅異國風情的地毯，圖案中烈火熊熊。牌都掀完了，才想起，忘了我到底是要算誰的命。

而毛毛還是沒有撥電話給我。我想在某個人的懷裡細說祕魯的故事，我寧可躺臥室裡的那個人不是大軍而是她。我只想和她說話。

還是把牛奶喝完吧，早點睡，不然自己又能如何？嘴巴靠上杯口，才發現玻璃杯內壁竟然停駐一隻蒼蠅。牠在杯壁之間苦苦繞飛，出不來。我沒有放開杯子，反而輕輕晃著，杯裡的牛奶潮浪撲打在小蟲身上，翅膀沾溼，再也飛不起來，沉到牛奶深處了。我把牛奶一飲而盡，蒼蠅的軀體殘留杯底。卻仍然無睡意。

大軍反而睡得很熟——我不禁苦笑，難道喝下安眠藥的人是他，而不是我？我撫摸他的背脊，沒有醒過來。記得在溫泉鄉，我們三個人睡在同一張床上。可是，祕魯遠行時，我們卻沒有對他道別，大軍更是連祕魯的消息都不聞不問。祕魯留下了他的撲克牌，大軍和我也應該回贈紀念品，是不是。

我輕聲下床，取來大軍的刮髮刀。剃下他遍身的毛髮，很仔細，一絲也不放過。彷彿一隻魚周身刮鱗。他身上崎嶇不平處，不方便剃毛，我就用那把剪鼻毛的小剪子對付。原本渾身毛絨絨的大軍，此時看起來光滑柔潤，他的下體縮在暗處看不清楚，因此他的身子看起來反而像是一具女體。兩個人躺在床上，一名女子摟著另一名女子。

剪下來的毛髮，用一張雪白的信紙收攏，並沒有想像中來得重，雖然茂密長在他身上的時候煞是可觀。信紙對摺，復對摺，收在封套裡，我在信封上寫下「板橋郵政〇〇〇信箱」字樣。用手秤秤這只信封，很輕盈，大概只需五塊錢的郵票吧。

明天寄信之後，再去找她說說話。

臍

地下鐵只剩最後一班。這時出門，恐怕要有徹夜不歸的決心罷。壓在箱底的那件西裝外套，塵黴氣味揮之不去，幸好穿上身還是有架勢。翻開朶拉的日記，一張張名片顯現，披薩店，洗衣店，性玩具店，脫衣舞場。把脫衣舞場那頁的地址記在心上。抹了髮膠，出門。

才走出地鐵站，身後的地下鐵管理員就利落鎖上大門歇息。我沒有回望，只是抽緊衣領，硬著頭皮走向下一個街口的霓虹燈，是名片記述的秀場。沒有錯，那圈豔黃燈泡，是今晚最光燦的星群。我沉默前行，經過一家維也納咖啡店。這個地帶聲色犬馬，就連咖啡館也是不夜的。走近舞場，門口妖嬌美麗的少年就來搭訕拉客；少年啪地亮出一疊劇照，像排成菊花瓣的撲克牌。瞥一眼，盡見衣不蔽體的舞者。男人。這個場子並不販賣女體。不用招徠，我本來就要來的——雖說從沒想到自己也有踏進這裡的一天。穿過塑膠珠簾走進去，一口氣。

先買票再入座。在我面前約莫排了四五名男子，年歲相貌不一，不會有女性觀眾吧。我茫然站在隊伍中，彷彿混跡群鳥之中的一隻蝙蝠，而像我這樣的夜間生物在燈光下總是有些猶疑羞怯，站在哪一邊都不對勁。

這家脫衣舞男秀場並不屬於軟調：軟調舞男不會剝光衣物，而會至少留下蟬翼小內褲，且大多是由結伴同樂的女性捧場；盡數剝光的脫衣舞男秀則算是硬調的，而觀眾大抵是孤身入席的寂寞男子。

凝望糊貼櫃檯後方的海報，看見一名裸男的沙龍照，燈光下肌膚呈現香烤雞翅一般的色澤，大剌剌賣弄勃亢的陽性，一圈粗紅字樣寫著「今日舞者：火辣西蒙 Today's Showboy: Hot Sigmund」。

以前我沒見過西蒙，可是朵拉認得他。

我買了入場券，順便問櫃檯：

「先生，近日有一位女客來過嗎？」

「先生，您明明知道我們這裡不大有女客來的。」

「我知道。可是她是西蒙的朋友，她來看過秀。我就是憑她留下的名片，才找到這裡。她名叫朵拉——」

「輕鬆點，找樂子罷。來這裡就是要看男人，還想女人幹嘛，」櫃檯男子的眼裡一星慧黠閃過，「既然你說那女人認得西蒙，你自己去問西蒙吧。如果想多聊點話，就要多塞點啊。」手指搓出數鈔票的動作。他冒昧伸指，就要插向我的胸口——我一驚，忙縮身找座位去。

秀場只不過小廳電影院一般大小，觀眾席陰暗一片，頂多一百個座位罷，身影稀落，人與人之間的距離拉得很開。我揀了一個四周沒有他人的位子，也不敢離舞台太近。

坐定未久，舞台大亮，揚聲器吼起異地風味的舞曲。咻地一舞者跳至舞台中央，是海報中的西蒙，打著赤膊，只著寬鬆的米白麻褲，一副練就中國功夫的裝束。一圈聚光燈籠罩住他。西蒙在台上踢打一番，李小龍一類來自東方的英雄，虎虎生風；吆喝聲中，我幾乎要誤以為這是一場武術表演。

然後，台上的西蒙忽然背向觀眾，深深彎腰，臀部高翹，長褲輕易溜滑落地，現出極短的豔紅三角褲。觀眾間響起掌聲，聽來卻不夠清脆，不知是不是因為壓抑。我這才確信，這真是脫衣秀啊。西蒙雖然褪去長褲，雙腳卻沒有赤裸，一雙中學男生最愛穿的那種運動襪仍然留在腳踝，看起來滑稽，但可能反而招引觀眾憐惜：穿那種襪子的男性，活像個孩子。不少觀眾經不起挑逗，我知道，我聽見座位後頭忍不住竄出來的吟呼，那些低喊是看不見的觸鬚，偷偷飛黏至西蒙全身。西蒙又背向觀眾、翹起尾椎，我以為他這回就要全裸示眾，可是又不然——他抖開紅色底褲，臀部乍看一片光，實則仍有一綹迷你繫帶：他轉身向觀眾拋出飛吻，才看見他私處前還有一方無花果葉片，若有若無掩著。

待西蒙終於完全撤守時，觀眾席反而寂然無聲。我只聽見背景舞曲，以及鄰座的更加壓抑的喘嘆。西蒙把紅潤的一切都給我們看了，胸肌蠻腰以及他的驕傲：試想，我們坐在台下的，豈還有吭聲的餘地？無話可說，連呼吸聲都近似褻瀆，只好忍住。而我也只不過喃喃自語：好久好久了，未曾再看見其他男子的赤身。

台上的西蒙說話了。他手裡啪啪抽甩一條毛巾，燦笑如陽光：「累得汗流浹背，請各位為我擦汗吧。」

正是，剛才的表演實在費力，西蒙已經渾身裹了一層汗，強熾燈光下粼粼閃映，十足初次下凡的神祇。他的聲調就像布道一般穩健，完全不因為在眾人面前裸身而曝露心虛。

他躍下舞台，中氣十足喊道，「也要請各位多多照顧！」

聚光燈跟隨他，形影不離，走入觀眾席，進入我們裡面。

我怔然不懂究竟怎麼回事，探頭看第一排的觀眾在燈圈下喜孜孜笑，手抓毛巾猛搓西蒙的裸體，西蒙則在那位紳士面前曼妙舞動，他放浪的下腹溫柔威脅對方的眼。再定神細看，才發現那名紳士的不紳士手掌滑下西蒙的小腿，向下沉，塞入西蒙全身僅存的運動襪。是啊，西蒙不算全裸，他仍穿著運動襪。我恍然大悟，原來觀眾可以把小費夾塞入襪子裡，這就是所謂的「多多照顧」！也赫然想起：脫衣舞表演場子的一項常規，就是觀眾不得主動觸摸舞者的身體，而只能被動接受表演者的挑逗——可是，觀眾大抵想動手，如果多塞點小費，舞者或許也願意被摸，所以才會有「替舞者擦汗」的巧立名目，說穿了就是要方便觀眾上下其手。西蒙挪移至每一位觀眾面前，以濡溼肉身交換襪子裡的花綠鈔票。看了，不禁為自己擔心：待他來到面前時，我要怎麼應對？難道我也要拾起那條沾染所有觀眾饞唾的毛巾為他擦汗，然後在他的溼黏襪子裡塞入獻金？

「想多聊點話，就多塞點啊，」憶起櫃檯所說的話，我並沒有忘記此行的目的。於是，從皮夾中抽出一張大鈔——不，再添一張。兩張，捲在手心裡準備好。光是這樣還不夠；我從朵拉的日記中撕下一張空白頁，寫下「西蒙，想跟你多聊，散場去找你」幾個字，疊起來，把鈔票折入。匆忙寫完，猛見西蒙已經逼近我所在的前一排。緊迫逼隨的聚光燈束，罩在天使頭上的光環，塵俗的凡人見了都要痴迷。西蒙面向我的方向。挑逗的眼光把我前座的觀眾釘死在座椅上；那名老先生背對著我，髮色斑駁，伸出雙手去揉捏不住淌汗的西蒙，口裡猶朦朧唸誦——宛如信徒虔敬膜拜神像，拂拭時還不忘背上一段經。

終於肉慾的神像也來到我面前，溼透的毛巾拋給我。雖然早就預備好了，可是一接到毛巾，心頭還是跳：就像西洋劍對決，接住抛向自己的劍柄，表示準備決戰的一瞬。聚光燈下只有我和他而已，黃色光暈界定我們的競技場。西蒙瞇著眼，兀自扭舞，似乎不大理會我，畢竟我也不過是眾多平凡信徒的其中一名。他以為我也會沉醉於他的信仰之中罷——其實我並沒有，我多麼理智。甚至我也沒有伸手為他拭汗，眼見他鼠蹊的一顆汗珠滾落我的西裝外套上。我未感陶醉，反而冷靜觀察他的胴體：我以乾燥的目光為他擦汗，一吋一吋舐去。本來我還幾乎遺忘男人的身體為何，這時恰好可以複習。

劇烈舞動的西蒙，並無暇像照片中的他自己一樣勃亢。西蒙對準我的臉孔中央顫晃，他胯下的氣味在我鼻孔裡絲絲進逼。眼前的他半褪包皮，毛絮中綻露緋紅，肖似未經料理過的稚子；我許久以前遭逢的男子呢，那男子早在與我結合之前就乾淨剝去一層薄皮，多虧他的生殖器和他的大腦皮層一樣理性。

我的眼神順沿西蒙彈性的器官向上滑跳至毛髮，他的鬚根上竄到肚臍，我的目光隨之向上延展擴散。他眼瞼微閉，雙手搭在我肩上，小腹時而凹陷時而放蕩，他的肚臍開闔之間酷似一只對我叫喚的眼睛。震盪波動中，我分不清這只放電眼睛中到底有的是喜色還是憂悒。我期盼這只眼可以大張，好讓我一窺其中究竟。

可是我在餘光中發現，西蒙突然睜開的是他的雙眼。他大概不理解，我這個觀眾何以不識相，不像其他男子一樣憐香惜色，竟懦弱至此遲遲還不下手？他瞪著我，不知究竟看見了什麼，托起我的下巴，喘笑道，「你真是特別呵。」

我一時會意不過來，他的手掌還作勢要摁住我的胸口——我連忙擋開他粗魯的手。他愣了半秒

鐘，轉身要走。倉促中我才想起紙條和小費，趁他抽身之前塞入他的襪子——我一塞進去西蒙似乎整個人都通電了，瞬即回首一笑，

我沙啞問他，「你最近見過朵拉嗎——？」

滾滾音響中他似乎沒聽見我的呼喚，又回過頭去繼續生意了。我無意繼續坐在霉味圍逼的場子裡耗時間，便欠身出場，等西蒙結束表演之後再說吧。

為了等西蒙出來，我在場外苦候許久，和櫃檯聳肩乾瞪眼；那男子一定暗笑我古怪，不但來舞男秀場找女人，還提早出場，平白糟蹋了樂趣——實在尷尬，只好買了份畫報打發時間，一看，裡頭也全是裸男照。正困窘翻閱，有人突地抓住我的頭、吸在我額上響亮一吻，抬頭看，原來是西蒙。他表演終了，還換上一身NIKE運動服，儼然剛上完體育課的健康大男生。

我還來不及招呼，他就說，「要跟我聊聊嗎？去哪裡？」

他的口吻就要勾起色慾。

他運動衫上的字樣隨同胸膛呼吸起伏，寫的是，「JUST DO IT」。放、手、去、幹、吧。

腦路一轉，我急道：「街口外有家維也納咖啡店。去那裡。」

「好，待會那裡見，我先和幾個朋友說點話，」他嫵然中不失陽剛，「畢竟不是只有你付了小費。雖然你付的比較多。嘻嘻。」

孤身坐在招牌畫了WIEN字樣的咖啡店窗邊，背對身後曠男怨女無止的聒噪，和他們不同國。面前茶几上擱了早就喝乾的espresso，以及和頂層鑲草莓的起司蛋糕。飲盡espresso，心裡訕訕先後冒

出自責：我先是覺得，早知該選無咖啡因咖啡，這下夜裡又要輾轉反側了；接著我又想，西蒙仍未出現，而我竟喝光咖啡，似乎不好意思繼續孤坐。我卻又不敢僭越先為西蒙點一杯，以免口味不合也怕咖啡轉涼，只好故意加點起司蛋糕，算是替西蒙占位子。空疏等著，朝著落地窗映現倒影調整領帶，好像永遠都無法把自己打點成想像中的完美體面，只好不停修飾，一見鏡子就攬鏡檢視有無破綻。我在窗面鏡影中，看見西蒙在我的臉孔中浮現，向咖啡店走近，踏入店裡。他一見我就熱情靠過來，一如故人。這時起士蛋糕才送上。

「老兄，你也喜歡草莓起士蛋糕？」

「不。我不能再吃。我連咖啡也只能喝最沒有熱量的espresso，不敢加鮮奶油。蛋糕是為你點的。」

「我最喜歡這種蛋糕啦。可是你知道幹我這行不能吃甜食，不然又要去健身房練回來。你呀，故意陷害我。」他的笑聲在爽朗中別有媚態。

我正想釐清西蒙表情中的捉狹，未料身後低沉響起一聲咒罵聲。分明是衝我們來的，類似的場面我見過多次，同樣的句子我熟得可以編成一支曲子。我沒有轉頭去看究竟是誰說出這句，可是臉色想必還是覺得很難看；西蒙察覺不對，便埋頭低聲說，「我是不是太放肆啦？我小聲一點就是。有些人是不好惹的，」可是他臉上還笑。

「西蒙，想向你打聽一個人的下落。你知道，朵拉去了哪裡？」

「嘿，原來你來找人，而不是來看我西蒙跳舞？難怪剛才我跳到你面前的時候，就覺得有異樣。就是不對勁。」

「為什麼？你嫌我不夠熱衷？還是我給的小費不對？」

「不。不只如此。是這樣的——在那個只有男人的場子中，我一眼就看出來，」西蒙一把揪住我的領帶，糾扭成麻花。「你根本不是男人，對不對？」

我臉色冷青，忙抽開身子，而他樂得擊掌而笑，「就算你一身西裝筆挺，我也知道你不是男人。嘿嘿。」

我來不及回話，身後竟又有人吭聲。「……」傳來一截辭語殘片，我聽見了。我轉身隱約看見一張挑釁的臉在夜間男女之中浮動，火氣湧至，便拍桌喊道，「你什麼意思？」

我還想找出詛咒的字串，西蒙卻急忙鉗住我的手臂，把我硬拖到咖啡店外，命我快躲進暗巷裡。夾在這種黑色電影的死巷裡，我隱約聯想起強盜或強暴，卻沒有準備抵抗的念頭。

他逆著巷口射進來的光，氣急敗壞噓聲說道：

「告訴我，為什麼要拍桌子喊叫呢？告訴我，為什麼要罵人？我不是說過，這一帶有些人不好惹！我們自己收斂一點不就好了？」

我冷冷回他，「你在說什麼？我又沒有罵人！」我本來想罵他懦夫，卻哽在喉頭。

西蒙側開霓虹燈餘韻下，慘青的臉。

「你們以為抗爭行得通，也只不過是在嘴上說說而已。你相信嗎？就在花旗銀行前面的那條馬路，自由路，很諷刺的名字是不是，這個城市的每個路名都是諷刺，」他喘了口氣又道，「我有個朋友躺在街上被人活活打死，沒人送他去醫院。只不過他回罵了對方幾句而已。你可知道鼻子塌扁黏在柏油路上的那種，腥、甜感覺？」

「笑話，」我嗤笑一聲。

「不是笑話。」他聳肩道，忽然整個人疲軟下來，朝小巷子的另一端走出去，「我走了。」

「別跑！我有事要問你——」

「誰要跑了？我要回家沖澡。」他又沒回眼看我，「要和我聊就跟上來吧，我家很近。」

「你說什麼？」

他竟轉臉笑道，「我常夾帶客人回家賺外快。」

他既肉慾又聖潔，勇武又懦弱，傾頹之後竟又可以喜孜孜轉身就笑。他是個純熟的表演者，而我是只懂得以耳目跟隨的平凡觀眾，他走到哪，我就跟，他出賣，我消費。

「唷，跟我回去？好罷。你的車停哪？」他打量我，問道。

「我沒車，剛坐地鐵來的。」

「如果你沒車，為什麼這身正式打扮？如果你要打扮，為什麼不徹底一點，搭配一輛夠大夠黑夠嗆的體面德國貨？」

「你自己有車嗎？」

「沒。我走路。好歹讓我保留一點腳踏實地的感覺罷。」

一路上他手插口袋走在前頭，我在後面跟隨，夜色裡沒人說話，也不知該多說些什麼。我們經過地下鐵車站，已經全然灰黯，看不出這水泥怪物只要見到翌日的陽光就會重新甦活。

夜色已夠暗，而我跟他來到更幽黑的據點。他的住處原來位於公寓地下室，沒有窗戶。不大，單身套房。為什麼選擇這樣不見天日的陰溼房間，任憑他人腳板在氣窗縫外風塵奔走——我識相沒問，想來他是為了省錢。

哪，他從冰櫃抽出一瓶紅酒，果然是廉價的。他自己咕嚕嚕灌將起來，才問我要不要也來一點。我搖頭：像是拒絕，也像是勸他別這樣喝酒。

「我偏要！剛才快被嚇死了！」

又乾去一截酒液的高度，才去沖澡，把我留在客廳兼臥室的黑色地板中央。

張望一番，四面牆都貼了不少照片。本來以為，照片中想必張揚炫耀著駭俗的情色風景；然而端詳之後，才知並不盡然。

在我左手邊的牆上，是一張張花旗銀行的照片——精確說來，每一張照片所攝入的都是同一棟大樓，只不過紛紛呈現同一棟建築的不同角度。這些照片可說是一張張拼圖碎片，合併成群之後才顯現花旗銀行的樓面輪廓。而右邊牆上照片的主題，都是同一座小公園。面前的牆，上頭的照片組成一條街。而身後的牆呢，也蒐羅街景——在其中，我發現朵拉的肖像。

她的照片不是一般相紙，而是拍立得的成品。拍立得正方形相紙中的她捧了豐饒花束，百合滿天星，而背景呢，似乎不是街景，而是西蒙的這個房間。

正納悶房間的布置大異於原先的忐忑想像，頸背突然被捏一記：原來西蒙洗好了澡，大男孩的笑意又回到臉上。

「該怎麼稱呼你？」他故作慇懃問起。

我用手指在他的手心寫下「K」這個字母。一豎陽剛的直線，一個相接的果敢直角。

「噢！那麼我該稱呼你——K——先生囉？」

喂。你怎麼一眼就看得出來——

「在觀眾席的時候，在聚光燈下，你的目光雖然放在我身上，可是你並沒有看著我。你想透過我去看見一個不在場的別人。你和其他的觀眾不同，」他像貓咪，舔乾淨手指沾染的嫣紫酒液，「於是我也開始好奇觀察你。通常在表演之中，我只讓別人看自己，我自己並不理會別人。而我看見了，透過坐在觀眾席的你，我看見另一個你。」

「朵拉和你在一起？」

西蒙，我是想透過你，去尋找朵拉。

沒錯，對於男體我並沒有多大的興趣。

那是以前。

而現在，朵拉早已離開了我。我現在一個人，住在汽車旅館。

「K，你怎麼知道透過我就可以找到朵拉？你怎麼知道我？」

該說出自己的故事嗎。不禁覺得，似乎我在密室中對宗教僧侶告解，也彷彿對著精神分析師描述自己的病史。感覺自己是不忠的信徒，變態的病者。

雖然和朵拉分離，可是她的日記留在我身上，充當紀念品。這本日記簿，原來就是我送給她的生日禮物，希望她可以把我們之間的關係逐日寫下，如此的日記來日就會化為一本詩集。我不時抽出朵拉收在抽屜的日記偷偷翻閱，發現她寫日記的方式並不同於我所以為的。她逐頁貼上一張張名片，在名片一角註明日期，不多寫文字，這就是她的生命記錄。

她離開我之後，我取走的這本日記搖身成為一本指南，循著上頭的指示，我找到朵拉曾經去過的披薩店，洗衣店，錄影帶出租店，總之就是要溫習朵拉走過的路，想去她曾經去過的地方感受她在該地存在過的溫度。可是我一直沒有找到朵拉本人。沒見到她。於是我翻到新的一頁，貼的是脫衣舞男的名片，旁邊還註明了「西蒙」這個名字。所以我找到秀場去。

「K，你的下一個尋人地點是哪裡？」

「性玩具專賣店。」我坦承，真是想不透，為什麼朵拉也會光顧這樣的地方。

「呀，你看，這就是從那家性玩具專賣店買來的，」他的口氣中除了戲謔卻也有些嚴正，像是在宣示什麼證物似的。

西蒙取出一條長方巧克力禮盒，打開。定神一瞧，糖果盒裡竟是黑色橡膠製成的玩具陽物。玩具的末端是一圈腰帶，可以穿戴在身上。

我推開玩具，冷靜道，「你誤會了，朵拉和我不玩這個。」我嫌惡別人用既有的男上女下關係來想像我們，我拒絕標籤，我是我，不是玩具的玩具。

「K，你才誤會了呢。這是朵拉買給我的生日禮物。我生日那天，朵拉來看我，問我要什麼生日禮物。」

西蒙說，他不要悲傷的聯想，所以千萬不要易碎的陶器、易融的蠟燭。他寧可朵拉買給他一場喜劇的入場卷。

「吃完飯，沿街散步，經過一家性玩具店，我看見櫥窗裡的黑色玩意，就開玩笑說，我要這個，好像那只不過是櫥窗展示的黑森林蛋糕。敲敲玻璃櫥窗指一下，我要這個，這是小孩子的語言。小孩子的心願非滿足不可，不然孩子長大之後會一輩子不快樂。沒想到朵拉當了真，買下來送我。也好，反正我如此寂寞，有玩具為伴也不錯。」

西蒙，你和朵拉的關係是怎麼回事？

「我和朵拉很親，我喜歡睡在她的懷裡，因為我是她撿來的孩子。不過你可以放心。我只對男人有興趣。」

朵拉撿來的孩子？

「是啊。我曾經問她，我是從哪裡來的？她笑著說，我是從垃圾堆中撿來的。K，難道你不是被她撿來的嗎？」分明挑釁。

我是被她撿來的嗎？和眼前這賣肉的男人屬於同一類？

所以，又被她丟棄？

反正她還有撿拾其他孩子的機會……

如果不是因為一場大病，可能我根本無緣認識朵拉。我說。

體型寬碩的朵拉，置身人群之中並不搶眼。可是在院中那段無助時光中，只有她的胖手最暖。她的手掌像繭一樣包裹住我抖顫如蟲的手，不消多久，我獲得滋養的手指就輕柔如蝴蝶一般飛逸而出。

那時我離開前夫一年，孤單一個人進了醫院，本來想想這樣的人生就這樣吧，沒有想到這輩子也有人願意照顧我。就是朵拉。

是的，我曾經和男人結婚過。甚至，我曾經有過小孩。可是兩者都和我離別。孩子沒有成功生下來，像液體一般簌簌流走，我的肚皮是一只淘空的夢。好脾氣的丈夫說沒關係，反正可以再生——如果不能再生也沒關係，反正他有我、我有他。可是我說不要了，再也不要。丈夫哭泣的次數比我還要多，他的愛哭甚至逼我生厭。

病癒之後，我對丈夫說，希望自己的生命歷程可以大幅調整。他問我，想搬家嗎？我說不是。我咬牙說我要離開。他眼淚又要淌出，便問我是因為孩子而傷痛嗎？我說不是，而是因為一個夢：往昔少女時期，我總覺得自己終究可以是漫天飛舞的蝴蝶，一直以為有這一天，可是我在分娩住院期間終於徹悟，如是下去畢竟只是一隻爬蟲罷了。丈夫聽了眼眶都溼紅了，問我愛上了別人麼，不再愛他了麼——我說，不要拿這種無聊問題煩我。我所想的是，有沒有飛翔的可能。可是他還是追問。他還允諾要好好護我、我永遠是他的心肝——我聽了之後嘶叫起來。我沒有哭、沒有瘋狂，只一股欲湧出的粗糙熱量磨擦著喉嚨，野獸爪子在聲帶上嘎嘎刮出血痕。我要丈夫離開我的床，永遠。他一點也不了解我，他也不想。

西蒙身子凝成球形，偎坐地板上，手指摳著腳趾，沉靜聽我說話，像個胎兒。我繼續自己的故事。

我開始安靜生活，一個人；直到得病，又進醫院。

西蒙，你猜，這回我的身體出了什麼問題？

西蒙搖頭，眼珠子滾滾一如唱詩班的孩子。

「西蒙，」我嘆口氣，閉起眼，「拜託你好嗎？請你躺在這裡，」我張開雙臂示意。「懷裡空空的，我說不下去。」

不說兩話，他鑽進我的兩臂中間。

隨即，他抬眼看我，「K，怎麼回事？」

「我的前面，空了。那時，長了腫瘤。乳房挖掉了。衣服之下，是一條很長的疤痕。」河流一樣的長。

「那麼，我可以靠著你嗎？」西蒙的身子沒有退縮。

我點頭，一如守夜的眼鏡蛇，頸子挺得好重。可是忍耐著，不把舌信吐出。

西蒙的頭顱，貼在我的凹去的胸穴，像是一球新生的乳房。和胸口下的心搏共振。

記得，在醫院裡，我的眼神是空的。

醫師護士匆忙來去，只有一名胖女孩義工留下陪我。只有她，我只能向她抱怨，痛問自己的病痛從何而來——是因為我曾經離婚嗎？她搖頭，說未必如此。是因為我曾流產？她搖頭，說就算是正常生產的女子也可能得乳腺癌。我垂臉問，這是天譴嗎？她撫摸我的臉，笑道：

「你在想些什麼？」

是因為我孤獨嗎？而她不置可否。

為什麼呢，為什麼？

我說，如果當初——她的暖手卻捧起我的下巴說：不要去想為什麼，不要去想「如果當初」：就只是一場病恙，過去就是了。無論她的回答是什麼，她暖呼呼的手總是駐留在我身上任何一個冰卻的死角，使我不至於孤冷。

義工女孩名叫朵拉，在醫院彌補永遠不足的醫護人力。她那麼平和，我總在她懷裡寧靜流淚，沒有出聲的運河，比安詳的疤痕還要綿長——早些，見了丈夫的戲劇化反應時，我反而一顆淚珠也沒。我絕望問朵拉，如果我平安出院了，她是否還可以陪我？我本來以為自己是個妻子——可是我離了婚；以為是母親——可是我失去了孩子；以為總是個女人吧——可是我沒有保住雙乳。「其實妳是妻子，是母親，是女人，更是個傻孩子。」以往，從來沒有人像妳這樣照顧我。為什麼對我這麼好？「以前，我媽也因病割過半邊胸部。我知道她很孤單。」原來，身為人母也會感覺寂寞，以前我不知道。

出院之後，我果真住進朵拉的家。夜裡，朵拉睡在我的懷裡：我的胸前不再掛著乳房，不過這塊騰出來的田園卻可以收納另一名女子。

「西蒙，剛才在秀場裡，你想伸手按住我的胸，我不讓你那麼做。不是因為胸口的疤痕會疼。而是這個紅色區域是保留給朵拉的，我不希望別人侵入啊。」

我也想把腦子騰出來，好把朵拉放進去，可是大腦的格子卻塞滿怪夢。夢裡的我，睡在丈夫身旁，他緊扣我的腿，不再流淚；孩子縮躺在我懷裡，縮成球，辨不出是女是男；雙乳依舊穩厚下垂，夢裡的沉重讓我再度承受腫瘤的痛。我呻吟醒覺，發現乳房孩子丈夫一盡消失，在懷裡的就是朵拉而不是其他。我撫摸朵拉牙白的背，好擔心軟熱的她才是夢。夢裡的重量，入侵現實生活。舊衣穿在身上，前襟已顯鬆垮。在上衣的空隙中，那對不再存在的乳房竟然不時騷動——我摸不到它們，可是裡頭的神經在抽搐浮走。尤其是乳頭，似乎被不存在的嬰孩噬咬，癢痛難當。

朵拉說，這是常見的手術後幻覺性疼痛；有些人，就是忘不掉早被割除的傷，整個人裡裡外外懸掛了不懂得丟棄的瘤，像結實纍纍的黑色耶誕樹。她想請醫師為我看治——但我不想添人家的麻煩，便另外找了解決之道。

我試著改穿男裝，胸部不再留下空隙，沒有多餘的空間讓不再存在的乳房遺留下來呼吸。我也順便削去多年留下的長髮，那正是前夫最貪惜撫愛的，沒想到剪了反而更顯精神。

不料，朵拉下班回來看見我一身西裝，原來臉上的笑意嚇退了一半。我問她：

「不喜歡現在的我？」

「何苦呢？」她說，「你真的喜歡這樣的改變嗎。」

不過夜裡她在床上猶不住撫摸我的短髮。

翌日朵拉回來時，她發現我又換回女裝。我說，反正妳不喜歡，所以剪碎扔掉了。我說，我很吃力地用力在西裝布料上割劃，虎口發瘃，剪刀也鈍去。剪不開，就用爪子去撕去扯。朵拉聽了，緊緊擁住我，又哄，「何苦。」

兩人裸背貼著裸背，我對朵拉說，我們像一對夫妻，不是嗎——可是朵拉搖頭，她說這樣的生活雖然愉快，但不希望我一直依賴她。我大驚，辯說自己也賺錢，也負擔家務，憑什麼說我依賴？朵拉卻說我還沒有明白。我聽了想發脾氣，可是氣還沒發，淚水又滾下來。朵拉婉言勸我，一點也不動氣：她說，她希望自己的生命歷程可以一直流變。我問她，是想搬家嗎？她說不是。我問她是不是愛上了別人，是不是不再愛我了——她笑我傻，嫌我離題。我又允諾，要好好待她，她永遠是我的寶貝——朵拉只是笑著搖頭，說我一點也不了解。

聽了她的話，心裡一片惘然：如此的對話，在我的生命中似乎反覆回歸出現著。所以朵拉終究離開了我的時候，我毫不覺得驚訝。

某一天午後醒來，我終於說服自己朵拉早就在幾天前離去的事實，屋裡不再剩下她的衣物，我唯一悄悄持有的，只有抽屜裡那一本貼滿名片的女子日記，我事先抽出來留下的。

「朵拉並不喜歡別人依賴她。她像個母親，可是她會要求孩子快快長大。為了讓孩子獨立成長，她會悄悄離去。的確，需要一段不好受的斷奶期。」

「你剛才說，你是朵拉撿來的。」

「對。你猜，牆上為何貼了這麼多照片？連天花板都貼了。」

抬頭看，果然是。細看照片拍攝內容，都是藍天白雲。

「我把朵拉撿到我的場景搬進房間。那天早上，我傷痕累累一個人倒在街口，頭上是白晃的大晴天，左邊是不斷數鈔票的花旗銀行，右邊是天倫同歡的小公園，可是這一切都沒有把我喚起，因為我從裡到外都傷爛了。路人把我當成尋常的路邊醉漢，連警察都不加理會，」西蒙的眼神浮向天花板上的雲，「不過朵拉走了過來，她把我帶入醫院，伴我度過最孤獨的時日。所以，我把房間布置成當初朵拉發現我的情境——只要躺在房間中央，我就回想起自己的新生，提醒自己好好過下去。我出院之後，提了棄置的照相機回到那條馬路，把前後左右的景物複製下來，帶回家，到處貼。」

「所以你不願意忘記這樣的風景。」

西蒙說，那時，在一陣嚴重低潮之後，他逛了一排酒館，一家PUB一杯長島冰茶，酥酥得渾身像是玻璃杯裡的氣泡：沉淪水面下的時候還勉強看得出形狀，一旦浮出水面卻非迸裂不可。午夜他離開最後一家酒店之後，和路人口角，扭打起來，虛弱的他倒地無力抵抗，連耳環都被搶去，身上黑底色粉紅圖案三角形T恤也遭撕碎。

「你們怎麼吵起來的？」

「他們先罵我。」

「然後？」

西蒙伸手撈向天花板，似乎要摘下一張雲朵的照片。

「你可以想像嗎？我本來是個攝影師。我的首次個展並不成功。所以和藝廊經理和室友鬧翻了，雖然他們都曾經承諾過。你知道嗎？藝廊就在花旗銀行背後的一角，還記得經理為我斟了一杯調情的紅酒，好不要臉的性暗示。而那個小公園，我和室友還曾經一起在裡頭的草坪上光屁股日光浴，不顧身邊一般家庭的野餐，後來果然雙雙被警察攆走。年輕氣盛的日子過不了多久，我活生生被打倒在公園和銀行的中央，不屬於兩邊的任何一方。」他笑道，「真是活該。我想自己大概不是搞創作的料。早就懷疑了，只是不敢去相信。」

「遇見朵拉之前，我不知道倒在懷裡是那麼的暖。不知道原來乳房是那麼的柔軟香甜。」隔著前襟，西蒙伏在我胸口的橫疤上，「以前和許多男子擦肩而過，彼此的器官交錯，卻沒有胸口貼著胸口睡在一起過。朵拉雙臂抱緊我，我於是不再發抖。可是她說，她不可能一直陪伴我。」

他嘆道，「我當然懂：就算是嬰孩也總有斷奶的時候。出院後，朵拉和我還是朋友。她鼓勵我進行復健，於是我開始上健身房。舉重，練腹肌，我在健身房的落地鏡看見自己身體的改變——以往當攝影師的時候，我只曉得去觀看別人，而從今爾後，我學會觀看自己。」

西蒙說，他在健身房瞥見徵求舞者的布告，想想他也沒有特別的謀生之道，去應徵了之後才知道是在秀場跳舞。「我覺得也無妨。自己的眼睛該撤守了，就把機會讓給別人的目光吧。」

西蒙還提供特殊的服務給看完秀而意猶未盡的客人。西蒙把那種饕客帶回家，繼續呈現更細緻親密的表演，只要掏出足夠的代價。嫌看不夠，還可以留下紀念品：西蒙備有拍立得照相機，供客人隨意取鏡，立等可取，這個布置別緻的房間就是現成的攝影沙龍。

西蒙遞給我一張客人留下的正方照片：仰攝的照片裡西蒙並非全裸，胯下仍掛上無花果葉，背景是天花板的雲朵群像。彷彿他墜落至俗世。客人沒有帶走這張照片，嫌太聖潔，反而性感不起。

他也曾經把朵拉帶回這個房間，留下她捧花的照片。西蒙認為，如此複製的街景才得以完整。西蒙不再要求臥在朵拉好暖的懷裡，因為他不再啜泣；他只央求朵拉帶他上街去買紀念生日的禮物，於是買了那項戲謔十足的玩具。

「我堅持要那根可笑的玩具。為什麼？因為那玩具永遠逗人發笑，沒有人會對著假陽具哭泣。我不敢累積多愁善感的紀念品，」他沉沉吟道，「人要長得夠大了，才會懂得迷戀玩具的可貴。」

我撫摸西蒙的頭髮，沐浴之後尚未完全擦乾的。「你知道朵拉如此疼愛你，可是你會不會對她撒謊？」

「什麼？」

「說謊。我會說謊，對她，雖然她也疼我。」自顧自的我不住說下去，「老實說——我根本沒有把那套惹惱她的西裝剪碎扔去。那時我只不過把衣服藏在皮箱裡，就是現在我身上這一件。我故意騙她。是為了哄她。也是為了在她臉上看見不忍的表情。」

頓了一口氣，我又說，「你知道，她有好多好多的母性。」

後來，在天亮之前，我和西蒙在街景的房間裡也製造了一些拍立得照片。

他偎入我腹部凹處，我懷抱他。為了增添照片的趣味——不知道這是否是藉口就是了——就是為了好玩嘛，真的不是為了什麼特別的理由，真的。我們穿戴那副人造陰莖玩具上身，別無衣物：橡膠陰莖根部的腰帶圈在我腰際，黑色莖鞘沒入西蒙的地獄深淵。他的幽祕孔穴猶如另一枚肚臍眼。

拍立得照片即時唰唰彈出，在漸漸浮出的化學影像中，可以看見，我們一女一男相連，塑料玩具是兩人之間的臍帶，我滋養他，他孕育我。

西蒙像個沒有流掉的嬰孩，睡在我心口。我遲遲未眠，仍然想著朵拉。先前喝下的 espresso 陷在空洞的胃底鏤蝕出一句句黑體字的詛咒，酷似死嬰留下來的一灘血。不敢驚動，悄然起身，我披回緊身內衣白襯衫以及黑色西裝外套，等待清晨的第一班地下鐵。

不知道是否應該遠離朵拉，是否應該繼續，雖然知道唯有與她剝離我才能以自己的身體活下去。在她的懷裡，我像是那個自己曾經流去的沒有臉孔的嬰骸。

方才對西蒙說是朵拉遠離了我，彷彿是扯謊，然而，難道可以單純直斷，其實是我這名負心的女子離開了朵拉？

日前，是我悄悄從她的宿舍出走。不敢帶走其他紀念品，只偷了她的日記。不知道該如何與她正面相望，只敢去踏遍朵拉平日所去的每一個地方。

孩子要離家才會長大。執意離家的小孩，卻又不免小心翼翼躲在一隅，尷尬偷看原鄉的變化。

我寂寞紮妥領帶，步出陰溼小室，沁涼晨露硬把我扯入理性冰冷的人世。準備回汽車旅館睡上幾個小時，晚上還有計畫呢。夜裡，我還要掏出朵拉的日記，再翻出一頁，一夜，準備前往下一個她曾經的去處，察看她在各地殘留的溫度。回首瞥視，蜷曲的西蒙仍然存活在牆面的景致之間。

捧花的朵拉仍在牆上，眼瞳好大，像她的乳暈。

再也不是小孩子了，我。

不在場證明

穿過辛亥路漫長的隧道，就是她家。路燈映照下，捷運高架水泥柱顯得更加蒼白。他的機車在公寓門口停下來。

她在家嗎？出門前他曾經撥過幾次電話，想先和她說一聲。可是她那邊一直占線。所以應該不至於不在罷。

抬頭看，頂樓加蓋的水泥小屋稍微透出燈光。

他鬆了一口氣。

島村，就這麼稱呼吧，島村凍僵的手插在夾克口袋裡，一口氣跑到頂樓加蓋小屋門口。裡頭住了單身女子一名。從前他也住過這裡。他甚至還保留了以前的鑰匙作為紀念，那支鐵門鑰匙，這時，就在他身上。

他背了帆布舊書包，那書包打自他大學一年級用到現在，是他和學長下鄉抗爭時，特別在海邊的國中門口雜貨店買來，以為紀念。那時候大家都是這樣的，每回下鄉，就要從該地帶回一些紀念品，而當地學子饒富地方特色的書包最受青睞。書包上頭鄉土味濃的校名，一定要保留下來，不可輕易洗去。帶回學校，可以向自己證明自己曾經身置現場，可以向他人證明自己不同於那些披掛塑膠運動背包的庸碌學生。

島村崇拜紀念品，所以他也保留了島村這個稱呼。在書包裡，藏了巧克力蛋糕以及葡萄酒。以前大家都只喝台啤，更瀟灑的宿舍學長教大家喝米酒摻保力達，聽說工人和原住民都這樣喝，所以再不甘願也要把這種嗆鼻的廉價雞尾酒灌下去，不然要如何證明自己站在哪一邊。加上保力達的米酒，暈染的血色就像這年頭的紅酒，不是嗎，都是要證明自己站在哪一邊，證明誰才懂事。站錯了，沒人當你一回事。

這一天是二月十四日，有人慶祝，有人避難，而他卻是在釣取災禍。可是他又該往哪裡去。

島村就要按下門鈴，此時一種詭異的期望卻凶猛泉湧出來：真希望，駒子不在家。不在吧，希望如此。如果她不在，他就白忙一場了，徒勞，中譯版的日本小說喃喃述說角色的徒勞，但與其說是責備還更像是稱許。島村此時寧願承負淒美的徒勞，他反而擔怕她在：如果駒子不願意應門，怎麼辦？如果他該說服她開門，他該這樣說嗎，「二月十四日，不應該一個人過……」，笨拙尷尬，雖然沒說謊。

如果駒子並不在家，島村有幾條路可以走。最簡單的一條是，回家抱頭睡，反正天一亮就不是情人節，他還有一段時日可躲，雖說七夕馬上就來。還有一條路：即使沒人為他開門，他也進得去。他留下鑰匙，盼的就是派上用場的一天。願望實現過一半。當年他從這裡搬走之後，她們搬了進來。而早已喪失房客身分的他，竟然曾經不只一次在清晨四五時許潛入再也與他無關的公寓，悄然來到五樓，在真空氣氛中插入鑰匙——光憑插入的感覺，島村就確定門鎖沒有換過。可是他並未放膽轉開門鎖；沒人在家還好，可是如果駒子和葉子在家，如果驚動了她們，又該如何為自己的闖入辯白；二月十四晚上，又是一個動用鑰匙的機會——假使沒有人在裡頭的話。

如果沒人在，島村就可以自己開門進去，探看這美麗的空屋。他腦中開始編織自我辯護的藉口：反正，我以前是這裡的房客，我想重新溫故；反正我認識現在的房客，她們有了變故……

而不在，就是最優秀的藉口。

不在，沒有。沒有欲望，沒有動機，沒罪。

沒有文學，沒有理念，沒有了我。

alibi，「不在場證明」。本來是偵探小說使用的術語，後來竟然成為台灣報刊常見詞彙，而且並不限於社會版內。所謂不在場證明，就是藉口，把自己抽出來，佯裝沒有責任。

沒錯。早一點抽出自己。不要射在裡頭。她就不會懷孕……自己也就沒責任。

沒有我的事。沒有事。沒有我。

可是他不敢失去這個我。於是他當年參加讀書會。以前的讀書會，耽讀川端康成，後來剩下三個人，彼此戲稱：這是島村，這是駒子，這是葉子。雪國古都千羽鶴。可是台北無雪無鶴無古城，閱讀的過程中，這個彷彿逼現的我，卻又在他方。台北有的是，工廠，馬路，立法院。拋開書本到街上去。於是他跟著大夥下鄉去了，上廣場。可是總有撤走廣場的一天，寂寞的群眾。中正廟堂皇巨殿之內外都是神祇，可是沒有我。學運再也不是從前那樣，他和很多男人一樣不敢置信，怎麼回事，運動社團裡僅存的那些學弟竟然由女少男多轉變為女多男少，她們嘴裡不再朗朗馬庫色葛蘭西，反而西蒙波娃同性戀。讀書會又聚又散，再度聚集是因為相信閱讀而不相信其他，而散逸，是因為連湊在一起讀書這回事都不再有說服力。

　什麼才有說服力呢。每個人各自尋求不可思議的自我救贖。ＤＩＹ，自己動手做，至少這個動詞中有自己。相信自慰而不相信做愛，至少自慰一定有自己，而做愛未必有愛。

　當年嗜讀馬克思的同志進了廣告公司寫文案。本來ＰＥ２都不會操作的同志成為網路大戶。也有人寫作，更是匪夷所思；聽說葉子就是個沉潛的寫作者，可是島村不曾在報上看過她的投稿。而他，一個人回頭讀日本文學，唸松本清張，期盼在偵探小說的追索中拾回一些什麼。一個寫實的社會就在恍惚的文字裡。滿足了，卻也更容易想起失落：理性自信的偵探精神早已瓦解，他只確定密室殺人事件持恆出現。

　就連葉子的死，都像密室殺人。農曆年假期，駒子回彰化過年，而葉子回延吉街的家。大年初二，家人出外拜年，葉子堅持拒絕應酬而要求一個人看家，未料家人回家時，竟在馬路上撿到葉子的身體。她的眼睛朝上凝視，瞄準她位於十四樓的臥房窗口。她的房門是鎖緊的，甚至還上了栓。唯一的出入口就是她的窗戶。密室。而她的家人在出事前後時，都在外拜年，不在場證明。沒有人顯露具體動機，不知有誰可以從此獲益。葉子之死。純然ＤＩＹ。是有一些理由吧，但，有誰敢問？又要從何問起？

　葉子在窗口向外躍出的那一刻，她看見了什麼？

　島村不知道。

　他一向不懂女人的眼睛裡究竟看見了什麼。

他想起，那年在廣場，駒子在他懷裡，眼睛緊閉，無視旗幟喧嘩；當時在廣場上，依偎理所當然，並不只是因為氣溫低。他希望駒子不要張開眼睛，不想讓她看見太多，這樣她就不會雙眼圓睜離去。寧可把她收攬在一個安全平穩的庇護所，就像雪國裡鐵道沿線難得一見的溫泉鄉，他已經為她備妥雙臂。可是不然，女人張開眼睛之後還是會走：而他萬萬想不到，後來葉子駒子兩人會一起租下他以前的住所，他和她們成為前後期的房客——當年他苦邀駒子和他同住時，駒子一直不同意哪，可是，怎麼會。

在讀書會時期，聚會後來只剩一男二女，旁人都猜測，島村究竟會選擇駒子還是葉子；在廣場時期，葉子和一些老學長一起圍圈靜坐去了；駒子偎在島村懷裡，擁抱，親吻，以及其他，於是大家，包括島村自己，都認定這又是，這就是一組配對了，反正大家都是這種配法；可是後來，島村才發現排列組合常有意外。社團裡出現耳語，關於她以及關於她，社員和他說話的態度也變得不自在。可是他又能怎樣。只能遠遠觀望。頂多拿舊鑰匙潛入，以熟悉的插入感聊以自慰，但也不敢開門刺探。

這天，若非仗著自以為正當的藉口，他還不知該如何放膽來到這裡。

畢竟我們以前也是公認的情人啊，難道她忘記了嗎，過往的歷史畢竟都有些人證物證留下。

島村閉上眼，再睜開時，手指已經壓扁門鈴的軟鍵。這才發現，有一小塊撲克牌大小的針筆畫像，像符咒似地貼在鐵門上。

在，或不在。

而鐵門，竟緩緩開啟。

站在門後的就是駒子。

她並沒有多大改變，也沒有顯出特別驚異的神情。

——原來是你。

——本來以為你不會來開門。

——剛才聽到門鈴時，以為是葉子回來了，所以就連忙出來開門。完全是反射動作。葉子那個人很迷糊，出門都不帶鑰匙。

島村聽了眉頭一皺，又擔心自己的表情太大會把脆弱的對方震碎。問一聲：

——方便進去嗎？

她點頭。

——本來想先打電話問妳，方不方便讓我過來。可是電話一直打不進來。

——我在上線。電話線接了電腦網路。

島村走進駒子和葉子共享的小房間。這個房間先來後到的歷史當然也有他一份，可是房間現在的樣貌已非他所熟悉。兩名女子已經把他那段朝代盡數拆除，重建出另一個嶄新的盛世——並不至於誇張極端，但畢竟不一樣。擺設其實很單純：除了一角的冰箱衣櫃之外，只有放了電腦的書桌，單人床，床前放了一張粗拙空椅子。

她們完全沒有接收他留下的家具。

裝飾品少，只有幾方小畫貼於牆上。這些畫片雖然採用鉛筆粉彩等等不同工具完成，卻有近似的奧祕風格，像神符。

——知道今天是什麼日子嗎？

當然——她終於淡笑道——玩網路的人對時節最敏感。網友們在網路上討論花束價格，燭光大餐情報，十大最佳幽會據點；讀過這些，我就更確知自己不該出門去掃興，更知道自己該躲到哪裡去。對、了，我可是沒有為你準備巧克力喔。

他心裡抽緊：以前，駒子也曾經送他巧克力啊。別怪他孩子氣，誰叫他記得。

他苦笑道——無妨，我自己就帶來了。接著把書包裡的禮物逐一掏出。

但駒子並沒有大喜過望。她只說，晚餐有著落了，接著開酒，為兩人各倒一杯。

——你就替葉子喝一杯罷。

島村白著臉接過去。

——牆上的畫片很別緻……

都是我畫的——駒子說——葉子喜歡坐在那張椅子寫東西，而我就躺在床上畫她。她寫完好幾本稿紙，內容看起來像情書，可是她說她並不在乎文體的區別，畢竟類別之間可以滲透；而我也跟著畫了很多，內容永遠是椅子上的她。無數個夜晚，我們就一個人在椅子上一個人在床上，在房間兩個盡頭，對望。我們各自塗鴉，可是沒想到，兩人作品湊起來看時，我的畫還很適合作為她作品的插圖呢。

——想出版嗎？

——沒有。不是為了發表才畫。

——那麼為什麼畫？

——為什麼畫——我也問過葉子，為什麼寫？其實也沒見過她發表。她說，不能不寫啊。要一直寫出字，去填補生命中的空隙。至於這些字可不可以寄出去換稿費，她也沒有心思去想。我問她這個空隙，就是虛無的感覺嗎？她說不是。

——她說，是因為人的神經纖維。她說，神經纖維是一截一截的，根根相接，成為神經系統。每一截纖維之間並沒有密接，而存在著她所說的「空隙」。如果感覺到空隙的存在，神經線的訊息就無法一路傳遞出去，造成神經的便祕。可是這些空隙的確存在，怎麼辦？如果不想造成生命便祕，方法之一就是填補空隙——然而更方便的方法，就是不要去感覺空隙的存在。裝傻，佯裝不在乎，幻想神經纖維密接暢通，訊息就不受阻礙，生命就可以偷笑著活下來。很多人就是這麼過日子，不是嗎。可是，葉子說她不想裝傻，也就要去面對空隙；她想到的方法，是寫出一頁頁稿紙的字，用來把裂縫稍加接合。

——我覺得她在拚命。她說是在「拚——命」啊，因為要把分裂中的生命給拼合回來哪。她說，即使字辭把神經之間的空隙糊住，卻也是暫時的，因為接口不久又會鬆開，還是需要一次一次的補強。我問她，這樣豈不是徒勞？也是西西佛斯。葉子反問我，吃飯和做愛，豈不更西西佛斯？

——我問她，這樣躁鬱的書寫，有沒有盡頭？葉子說有。不然，她說，為什麼停筆的作家多得超乎我們想像呢？她甚至提議玩個接龍大賽，輪流說出自己知道的停筆作家大名，她說完該我說，我說完輪她接，結果玩到最後她和我竟然不分勝負——駒子難得輕笑——如果她有其他的方式對付空隙，她就可以不寫。如果她不再感覺空隙的鬆動，她也可以停下來。還有，如果她整個生命終止的話，當然空隙也就不再重要。

（島村自忖：所以葉子的消失，也是一種不在場證明，一種藉口嗎？因為不在，所以再也不必處理空隙……）

島村——臉色酒紅的駒子，坐在床上問他——你感覺過這種空隙嗎？你如何處理呢？

——他愣住。我，我讀偵探小說……

——好方法。而我，用作畫來面對。畫了之後，才知道，從前的那些日子，充滿了無可盡數的繁密裂縫——像是龜裂的土地，只要是任何有生命氣息的液體流過，就吸收殆盡，而且佯裝沒事。

——慢慢發現，其實光是畫她，還是不足以填縫——更何況，椅子上的葉子已經不在了。生命細縫遠比我臆測的多，四處浮現。農曆年時，我回彰化去，才在家睡一兩天，就渾身不對勁。並不盡然是因為葉子不在。比較確知的原因是，我認床。如果不是睡在這張床上，我就不得安眠。

妳的床——妳們的床——真的很小。單人床吧。

——單人份的床，雙人份的棺材。吸滿了我和她的氣味分子。

——初二晚上，我匆匆趕回台北，那時還不知道葉子出事，只想趕快回到這張床上。當晚我一躺下來，我就知道，身上的空隙終於得以癒合片刻：充滿細縫的我躺在床上，床單裡的氣味分子都釋放出來了，細細密密伸出一只只小手往上頂，把細縫舔合，使我整個人不至於裂開……

——妳沒事，妳很好。可是葉子呢？她為什麼做出那樣的決定？難道，是因為不想再面對妳們所說的空隙——

——你在問什麼呢。你以為自己是偵探小說中的人物嗎。告訴你，偵探小說是空隙最多的文體。

駒子倒臥在床上，她空腹喝下太多酒。床上的氣味分子正揮臂撫平她的孔竅，而他只能坐視旁觀。

他心裡襲過一股冷冷的浪，握著駒子的肩膀，她沒有拒絕。他俯身吻她，可是還沒有抵上對方的唇，駒子就推開他。

——駒子，我們以前不是可以……

——島村。那時候，充滿空隙。我那時佯裝無所謂，後來才知道勉強。

——島村，給我一個情人節禮物。去那頭的椅子坐。我想畫一張。

他只好像個小學生坐好，在椅子上。駒子躺在床上和他對望，從床下抽出一本素描簿和鉛筆。

——我該擺出什麼姿勢？

——如果是葉子，我會把她剝光——駒子看島村臉紅了，便說——不過你又不是葉子。她沙沙動起筆來，一面繼續說話。

——這張椅子是葉子自己動手釘起來的，不錯吧，她是文科出身的咧，可是手藝真是靈活，像個老公該有的樣子。她常常坐在這張椅子上工作。也因此，有時候我想對葉子說話的時候，我就對著椅子的方向說，有時候話都說完了，才發覺椅子是空的，原來葉子人在別的角落忙著別的事，或甚至她根本不在屋子裡。這一陣子，我更是不時就朝向椅子說話，忘記她是不在的。

——我懷疑，椅子被葉子附身。

——坐在那椅子上敲電腦鍵盤時，附身的感覺更強。我盯著電腦螢幕，打出越多的字，就越懷疑正在打字的人是她而不是我。更何況，我所打出來的文字，其實是出自葉子的手筆。我把葉子寫在稿紙的文章一一鍵入電腦，用葉子的網路帳號把文章張貼出來——如此一來，葉子的文章就在網路中出現，而且署上她的名。彷彿她寫了一封公開的電子情書給我。

——坐在葉子的椅子上，我的手指打出葉子寫給我的文章，而我的眼睛從電腦螢幕中讀到葉子對我撲來的情意。在這張椅子上，葉子和我同時纏在一起。

（島村自語：書寫也需要一個接一個的藉口啊）

駒子從床上跳起來，笑嚷一張素描已經完成。

她走向坐在椅子上的島村，遞給他看。

他愣住了。駒子畫的對象是他嗎？畫中是個裸女，臉孔屬於葉子。島村望著駒子俯看的眼，他的臉都滾燙了。他仰起頭，打算親吻駒子，安慰她。她想必受苦了。

——畫裡的人不是我吧？

駒子的嘴唇閃開，叼住島村的耳垂。

——畫裡的人正是你。

島村並沒有答辯，因為他也來不及說出其他的話。駒子面對島村，坐在大腿上，開始解開他的衣物。因為天冷，所以孱弱的他好沒出息地穿了很多：夾克，毛衣，襯衫，衛生衣。

——難道你沒有這一雙乳房嗎？

駒子親吻他的胸口。當駒子把頭移開時，島村發現胸前隆起秀麗雙乳。島村驚覺不妙，連忙往自己的胯下探去，想知道是否連那裡也發生變異——駒子把他的手撥開：

——何必焦慮？

島村苦苦感覺，原本在四角內褲裡熱力輳合的那個地帶，已經不再存在；能量已經輻射，擴至整個骨盆。他想起身，想離開這張附魔的椅子，可是駒子仍然坐在他身上。

「你還算是男人嗎，」駒子問。

「我是——」島村只說了一半，駒子就接著說，「女人。」

——以前你一直說，你不懂得葉子和我之間是怎麼回事……不知道你是真的不懂，還是你不敢懂……如果你眷戀，為什麼你不敢承認自己是什麼？你是男人。你是女人。你是LESBIAN。

島村再也沒有吭出具有語言意義的聲音。

語言也已經捕捉到自己的不在場證明。

他體內空隙一一翻出，無窮龜裂下去。

一如枯土。

島村醒來的時候，好像已經是白天——厚重的窗簾，微有光線透進。

駒子並不在房裡。

島村遲遲不敢伸手去試探被單裡的自己，深怕驗證身體發生變化的事實——他也不確知，平時起床時的自傲勃起，在還是不在？

在或不在，再一次讓他擔怕知曉。

不過他倒發現自己身上穿的運動衫並不屬於他——上頭寫著【Department of English】POP字體——他愣了一下才想起，葉子在大學時代讀的就是外文系。

「這孩子瘋了。她瘋了。」

勁風吹開窗簾，白熱陽光朝向驚顫的他傾瀉下來。

一個陌生人的身分證明

夏天尾巴，火氣正旺。警察一線二星晚上沒能和學弟聚餐，卻一個人喫保麗龍碗葱燒牛肉麵。急躁的他咬破自己的嘴唇，幹真有夠背，紅湯和裂唇相貼。痛，但他再也沒力氣在乎，連鬍渣都沒刮哪。

午夜一點，北市與北縣永和之間，新店溪上空的永福橋。警察最愛守在橋上臨檢，因任何人一上了橋就沒歧路可鑽，沒人逃得掉。一線二星身著橘白相間的夜光背心，懷裡一把手槍沉甸甸鎮住他的輕浮，手裡捏著嵌有三張大頭照的通緝令。雖然他早就默記這三人的面相、綽號、身高甚至星座（摩羯，處女和金牛；由生日推算得知），卻沒有輕易扔開手裡快揉爛的紙。正因為這三名逃竄的通緝犯，以及其他雖不有名但也個個沾染血氣的列檔人物，一線二星和他的弟兄們值勤時間拉長，枯站時段增多。這次，學弟沒有和他搭檔。

夏夜空氣躁鬱，橋上車流稀疏。

他攔下一輛機車，命騎士停車熄火，脫下安全帽，交出證件。

一線二星打開手電筒。光圈像照妖鏡一樣，框住對方乾癟身形。蒼白的臉，一顆褐黃長髮及肩的沉默頭顱，髮間隱約可見耳環閃亮。

證件，交不出來。

一線二星心頭閃過一些疑問：這是男是女？列檔名單中可有這個人嗎？是台灣人，大陸人（偷渡客？），還是泰國佬緬甸佬（非法勞工？）……北縣龍蛇雜處，太多變數，而這該死的傢伙又沒有身分證明。

他審問光圈裡不得動彈的人影。

「你係查甫，查某？」

「什麼……」對方有些緊張。

「我問你，你是男的還是女的？」

「男的……」

「你聽沒台語啊？你是台灣人嗎？你會不會是外國人？頭髮為什麼這種顏色？」

少年辯解道，口氣虛弱而驚慌。

「我不是外國人……頭髮是今天才染的……」

（我不是外國人。我在永和出生長大，一輩子沒有出國去玩過，但是也不知道還有沒有機會就是了。我的髮色特別，全是小貍弄出來的。今天去找小貍。他是在美容沙龍幫人家洗頭的。下午我去他家找他，他剛好沒值班。是他為我染髮的。小貍說，只要頭殼上面的黑毛改變顏色，頭殼下面的腦漿也可以轉換心情。染髮劑沾污了我的白T恤，看起來像血跡。）

「為什麼沒帶證件？」

「忘了帶……」

（其實我今天根本什麼都沒帶就出門了，沒錢也沒證件。我出門的時候神智不清，頭殼都快要裂開了，連自己的腦袋都要快報銷，怎麼會記得帶證件？可是我不出門喘口氣不行，不然會昏死在家裡。）

「你叫什麼名字？幾歲？」

（我叫黎自強……十九歲……）

（其實我才十七歲零九個月，還沒有駕照，當然，但還是別說實話比較好。我才不要跟條子說出我的真名；我說出小貍的名字。不知道什麼，每次有人問我姓名，我就會說出小貍的真名，覺得踏實放心。隨便編造一個名字，我會心虛；可是如果拿小貍的名字來敷衍，就一切ＯＫ。反正他平常也不用他的真名，寧願自稱『小貍』，裝可愛，那麼他的真名就借我用一下好了。上個星期我去長安西路那個防治所抽血檢驗，掛號的時候填表格，我的手一直發抖，沒有寫下真正的姓名，電話，地址，身分證字號。我怎麼可能那麼笨，如果真的感染的話，要怎麼辦。當然還是寫小貍的名字上去，不過其他的資料全亂編，我也不想陷害小貍啊，只是要借他的名字用用而已。百合花在幽暗檢驗室吐出陰森森氣味，護士在我手臂吸出一管紅黑色的血。她口吻故意輕鬆，問起我的名字和電話。我臉色一變，因為我根本忘記自己剛才在病歷表上寫過什麼，只記得自己寫了小貍的名字，於是我只好再一次隨口編造新的個人資料。護士的老臉詭異笑了笑。她一定知道我說謊。可是她在這裡一定聽過很多人說謊，不差我一個。）

「你來台北做什麼？」

一線二星是想從「黎・自・強」口中套出多一點話來。「黎・自・強」說出來的話太少，一線二星還沒有在他的口音中探勘出什麼不對勁，還不確知是不是潛至台灣工作的非法分子。他等候對方露出馬腳。

「我去台北找朋友……幫我染頭髮……」

（如果我今天沒去找小貍，我早就倒在家裡腐爛發臭了。抽血之後一個星期，可以打電話去防治所詢問結果，是陰性還是陽性；今天，是抽血之後的第六個日子，明天就可以查詢了。剛抽過血的那幾天，我覺得一切如常，仍然生龍活虎。可是到了第五天，我開始失眠，胃痛，在大太陽下也要發抖。好吧我承認：我怕死。本來以為無論檢查結果如何都無所謂，結果我在乎得要死。我今天關在家裡一天，不知道自己會做出什麼蠢事出來。）

（我勉強自己去找小貍，但根本不敢跟他說我去抽了血，根本沒提及明天結果揭曉的事。但是小貍還是看得出來我寫在臉上的悶悶不樂，於是他提議幫我染髮，解個悶。他的指頭在我頭皮上來回撥弄，他的胸口不時壓在我背上，我低垂的腦袋瓜盛裝在白瓷洗手台，眼看紅豔的染料泡沫在我耳邊流下。小貍好像在洗手台前吃紅肉西瓜似的。他拿來一條毛巾裹住我的頭，很抱歉弄髒我的T恤，我說沒關係可是他還是拿來他自己的T恤給我換。）

（我脫下T恤的時候，小貍就忍不住了，我也沒說不。他的單人床並不大，還好我和他都很瘦。）

（一定有人覺得很奇怪——我不是怕死了嗎，為什麼還敢做？……可是，如果不做，我只會更加難受，丹田的一股悶氣需要一個出口。做完之後，我們累得瞌睡，差點耽誤小貍晚上的班。我匆忙載了小貍去上班，他一進沙龍就忙進忙出，而我呆坐在旁邊看。人影搖晃，香氣濃郁，在脂粉味中我心定下來，不再害怕。如果檢查結果沒問題，我也來這裡當洗髮學徒罷，讓自己有事可忙，讓小貍陪我做伴，才不會胡思亂想。可是，如果檢查結果出來，我有問題的話……小貍十二點下班，我要他陪我去買安眠藥吃，我說今天晚上一定睡不著，我會睜大雙眼直到天明。我當然沒說，是為了等著撥第七天早上的電話……小貍紅著臉問我，是不是因為下午的事？對不起啦。我說，小貍，該說對不起的人是我……）

「三更半夜，你去永和做什麼？」

「回家睡覺……我在永和……」

（我要回去好好睡一覺，等到天亮的時候，我要心平氣和不要發抖打電話到防治所，接電話的歐巴桑護士就會問起我的病歷號碼。我將報出數字，然後她會告訴我有，還是沒有。現在我要回家好好躺在床上像木乃伊一樣，等候每一個小時和我擦身而過，我可能完全睡不著，說不定會徹夜埋頭在馬桶中嘔吐。小貍拍拍我肩膀：「染了髮，心情還是不好嗎？要不要來我家過夜？還是我去你家？」我搖搖頭，雖然明知道有人在旁邊陪著說說話比較好。可是我一不小心，就會向小貍說出驗血的祕密。以後再說——如果我沒事，再和他說。今天晚上我還是一個人回家好好睡一覺就好了……）

一線二星沒有問出什麼頭緒，不大耐煩。

「我問你話，結果你吞吞吐吐，欲言又止。你為什麼不說實話？為什麼不把話說清楚？不要給我找麻煩！這樣罷，你留在這裡等一等。待會你陪我回去分局聊一聊，留個資料，再讓你走。」

「……為什麼？我沒有犯錯……我不要去警察局……我要回家……」

（我要回家，等著明天一大早打電話。我不要一個人在警察局待到天亮。你們會查出我去驗血的事。會登記在檔案裡。會知道我是誰。）

「黎・自・強。我根本不知道你是否牽涉任何案件，要查查看才曉得。你剛剛說的這些話，不知道是真是假，我憑什麼要相信？你又沒有帶證件。說不定，你根本不叫黎自強。說不定你家不在永和。說不定你甚至不是台灣人。說不定你其實女扮男裝。沒有看到證件，我怎麼可以隨便放你一馬？」

少年屈服了。一線二星收起手電筒。默不作聲的少年側站一旁，彷彿深深浸泡在福馬林液一般的罪惡感之中，救不回來的沉淪。一線二星也不多理他，打算再攔一輛機車下來。攔下越多車，留下越多紀錄，銘記越多名字，累積越多業績，他耗費在橋上每一刻度的青春才不至於顯得太過徒勞。一線二星招手，一名騎士乖乖停車，脫下安全帽，掏出證件。

不意間，原本罰站在旁的長髮少年，竟然跨上機車。鑰匙還留在車上沒有拔下來。只要催了油門向前衝，就可以擺脫警察，直抵永和。少年急忙驅動車，只要硬著頭皮冒險闖關，就沒事了。

然而，就在逃之夭夭的前一秒鐘，一線二星的喊話，以及他的子彈，一起挨了過來。警察動作疾如閃電，似乎早就預料到少年的大膽妄為，只要對方一發作他就可以迅即配合。

「你別跑——你別跑——」他手握槍柄，子彈迸出，嵌在少年的背中央。機車和少年應聲倒地，長髮如花瓣凋落。一柱血泉湧出，直噴一線二星的臉。少年彈跳的血液，躍上一線二星破損的嘴唇，深深滲入傷口，嵌進去。警察查覺了刺感與鹹味，卻沒有伸手擦拭。

就在這個時候，橋頭突然又有一道凶邪的光閃現：

一輛機車雷霆一般呼嘯而過。車上騎士沒戴安全帽。黑暗中的臉孔似曾相識，沒人攔得住。拜託。不會是那三隻中的其中一個罷，摩羯座，處女座，還是金牛座……

一線二星站在少年血泊面前，巴望自己剛才看走了眼。

別問我擊中對方身上哪一個部位。我沒看清楚。也別問我，被我擊中的這個人是誰。我不確定。別問我剛才沒攔住的那傢伙又會是什麼人。我全都不知道。我只曉得我真的很疲倦，只能等著回去面對一碗泡麵的孤獨。我只不過二十五歲而已。

嚎叫

小時候讀過一則恐怖故事。

話說在某個南歐村落，西班牙或義大利，某戶人家的地板逐漸出現奇異斑點，無論如何也刷不乾淨。斑駁的痕跡漫大擴張，最後地面竟然陰森森浮出一張人臉。主人連忙重新鋪設地板，未料時日之後人臉的圖案又在地板中央現形，囂張而哀愁。

故事最後，大批人力撬開地板，向下深掘，才發現地底下埋了一具老朽骸骨。不願為人忘記的幽魂，還是要探出頭來。無聲嘶喊，更讓人心驚。

這種地板我沒見過。但我擁有類似的牆壁，而且我念念不忘。

■

在公寓群落裡，我租了一間套房。套房很小，唯一的窗戶也不大，但布置之後，仍然是個可以呼吸的空間。

特別騰出一面牆，打算掛一張電影海報。

我雖然遲遲不能決定海報種類，不過早就打聽好海報的尺寸大小。我用鉛筆在空牆上頭標出四點記號，四點圍起來的範圍即將成為第二扇想像的窗。然而，在我還沒決定海報風景之前，美麗的空牆竟遭人噴漆，噴了好大一圈紅色的「☮」。

「☮」的塗鴉像是在BENZ車頭的棒棒糖，但多出一根垂下的尾巴。聽說是代表反戰的尪仔標。走近細看，巨大「☮」的圓周遠遠超出我預留的四個鉛筆點範圍，就算電影海報也遮掩不了。

我欲哭無淚，原來的計畫固然告吹，面對房東的壓力更讓我著急。不知如何向吹毛求疵的房東交代，希望蠢蠢欲動、想要加租的她永遠不要發現。只好，自己捲起袖子刷上油漆滅跡；但，欲蓋彌彰，「☮」像是故事裡地板的鬼臉，驅之不去。無奈，只好在牆上黏了大片俗見的軟木墊子遮醜，完全掩住和平符號的痕跡。至於電影海報，算了罷。

卻沒想到，貼上軟木墊子的那面牆，不知不覺發揮了新功能。

我在軟木墊上扎了各式備忘錄。

在3M便條紙抄下的記事，披薩店折價券，等待中獎的統一發票，驗血中心的語音電話名片。新朋舊友的電話地址，逐一抄入紙片。誰欠了我或我欠人幾冊書，就把書名日期書主電話寫在紙條上，列入備忘的牆。

這面備忘的牆壁，漫漶了號碼和姓名，以及褪色的截止日期。在懸滿字條的牆腳，躺著舊式電話一具。風吹進屋裡的時候，這面牆就像一棵樹，掛在上頭的備忘錄紙張像是葉片一樣翻飛，黑色電話沉靜一如菩提樹下的僧侶。打電話的時候，我盤坐地板上，從軟木墊子的版圖中尋找啟示。不用電話時，我也不時檢讀牆面，回想紙條牽繫的故事，如是我聞。

來不及細看的報紙文章，也撕下來釘在牆上，對鉛字說：後會有期。泛黃的剪報殘片，提醒了我，許多人也曾經生老病死，曾經活著呼吸。張愛玲辭世消息傳出時，我頗納罕，才知道有人可以既死又不死：她活著的時候，我以為她早已不在；她離去之後，我卻感覺她明明還活著。

類似的感觸也在一九九七年四月七日浮現，在報上讀到詩人艾倫・金斯堡，Allen Ginsberg的死訊。我把這則報導連同照片撕下，釘上備忘錄的牆。

報上說他是美國六〇年代反文化運動宗師，舊金山的傳奇。從金斯堡照片看來，愛花反戰的他長得好像二十世紀版本的卡爾馬克斯，反正是教主，是同志。在照片背景，隱然有個圓形符號在金斯堡身後的牆上——我當然認得出來，就是那個反戰柸仔標哪。原來金斯堡至今才走，印象中卻以為他早已辭世。另外我也詫異的是：他死於心臟病發作，這麼尋常的病症怎麼可能發生在一位異人身上——總以為淫逸聞名的金斯堡，應該是以想像中的駭俗方式離開。他該不會還活著吧，只不過隱居起來？不是傳言貓王其實沒死，他在西雅圖的墳墓只是讓他得以逍遙放浪的藉口而已嗎？

> 我目睹我這一代的傑出心靈毀於瘋狂，飢渴赤裸而歇斯底里，黎明前在黑街踽踽獨行，企圖發抒憤怒的情緒……

金斯堡的詩集《嚎叫》，Howl，頭題詩如此開展，狂瀉下來都沒斷句，拒絕止息。太多文字想傾吐，怎捨得打住。

■

阿米巴把詩集留在我這裡之後，我就沒再翻讀過。若非金斯堡死訊傳來，我可能早已忘記《嚎叫》詩集。

好不容易才在床縫裡掏出來——這種薄書容易卡在夾縫中以至永遠不見天日。《嚎叫》的黑白封面積了灰，只有六十頁的迷你規格，和手掌差不多大。封面的HOWL四個字母中，「O」被塗改為「☮」。

要不想起軟木墊子後頭隱藏的「☮」，是不可能的事。

全是阿米巴惹的禍。

不過，好久沒有阿米巴的消息。

找出《嚎叫》之後，我試圖把詩集送還給阿米巴——他可能想趁金斯堡剛過世的時節溫故知新吧，反正我也不讀。

可是我沒有在備忘錄的牆上發現他的電話——我甚至不確知他的真實姓名，大家都叫他阿米巴卻不知理由為何。我撥弄牆上的紙片，打電話給一批死黨，但沒人知道阿米巴的聯絡方式——其實，也沒有人想在備忘錄登錄他的資料。

和阿米巴交遊的人不多，不過聽過他名號的人絕對不少。圈子裡的人大概都知道阿米巴作畫，不過阿米巴並非檯面上的人物。他零星辦過幾次展覽，都是在生意冷淡的小酒吧。他希望酒吧的顧客可以順便觀賞他的作品，而酒吧也期盼畫展活動可以帶動生意；亦即，兩方想要互相利用，但事實上好像適得其反。他的畫作如何，我不得而知——不過，聽看過的人說，阿米巴的畫風很野。野，這個字空洞述說不出任何具體特徵，但用在阿米巴身上卻再也合宜不過了。他當然野。他身負某個半公開的祕密——或許正是這個不可說的關鍵，才讓阿米巴這個人值得記憶。

很久以前就聽說，阿米巴感染了。

有時，小圈子中就有好事人士屈指數道，他已經感染了多少年，他還可以撐多久……有人說阿米巴瘦得像飢民，有人說阿米巴腋下長了蜈蚣形狀的卡波西肉瘤。大家越說越興奮，彷彿全世界的病毒都給阿米巴一個人獨攬了下來，所以其他人足以免疫。

於是提醒自己，少接近阿米巴這個人。

只是，沒想到我竟還是碰上了阿米巴。而且，不只是擦肩而過而已。

■

那時候，牆上還沒有出現紅色尪仔標。我坐在只有一個窗口的斗室裡，雖然有歸屬感，卻難免悶了些。

想要轉換心境時，就騎50cc機車至附近遊蕩，尋找心目中的風景。我常去一家門口懸有San Francisco霓虹字管的咖啡店，裡頭天花板是陽光的黃色，牆壁海藍，櫃檯的設計肖似船舷。來這裡消費，可以購買航行的異國情調，讓無法脫離台北盆地的我足以暫時逃逸。

那一天我又捧了稿紙去San Francisco航行，一開店門就發現客人稍多。我左顧右盼，一時不知該在哪裡落坐，卻見有人搖手召喚我。

「找不到座位？坐我這桌。」

我定眼看了之後，便尷尬遲疑了。那是阿米巴吶！

我沒敢立即上前，結果他更用力搖手，一臉不耐。

礙於情面，我只好在他身旁位置坐下。我和他並不熟，只算點頭之交。認得彼此，卻未曾單獨說話。不知所措，只好等他開口。

「叫你坐就來坐，幹嘛一副小媳婦樣。我又還沒變成鬼，你怕什麼。」

聽他說出不祥的話，我的臉色恐怕更加慘白。我更是不敢出聲，以免激怒他。

他身穿手染的七彩T恤，火焰圖案向外擴散，聽說是舊日嬉皮的流行。雖然身置冷氣房中，但是在他身旁仍然嗅見濃重汗臭。眼前的他果真削瘦許多。

侍者為他送來黑咖啡，我順道點了杏仁茶。他看我，我看他，真不知他到底在想些什麼。許久我才訥訥問道：

「阿米巴，你可以喝黑咖啡嗎——對身體不好罷。」我失言，可是我不得不說出心中困惑。

從他的臉色看來，我認為他根本不該出門，而該躺在家中休養，甚至應該關在醫院。他招搖出門坐在咖啡店裡，不但對不起他的身體，旁人看了也覺得刺眼不爽快。然而，我也早就在朋友圈子裡聽說，阿米巴不但不肯上醫院，也不回家。他一個人住，至於他的住處就沒有人見過——反正沒有人會有興致，也沒有膽量去拜訪阿米巴這樣的人。

「你們非把我當作病人不可嗎？我還沒有死，不過全身痠痛倒是真的，痠啊，一定要找人按摩。」

他猛烈咳嗽幾聲，臉都脹紅了，我緊張祈禱：眼前這張紅臉千萬不要膨脹崩裂、噴射出來的血漿可不要噴到我身上啊……別怪受到B級恐怖片影響的我惶恐焦慮，我不信有誰處在我的位置會比我更得體，我連稍微躲避唾沫的動作都壓抑下來不發作。他咳完之後，揚起手中陳舊的塑膠袋。

「我才剛剛去美術社買了顏料，進口貨貴死人，可是我一定還要再辦一次畫展，不然死不瞑目。」

他抽出一管顏料對我炫耀。

「你懂不懂，只有這個號碼的顏色才可以畫出整個舊金山海灣的玫瑰。」

他一邊咳一邊說。

而他一直沒碰他點的黑咖啡——不知是否因為我說的話奏效。然而當我的杏仁茶送上桌的時候，他卻問我：

「喂，杏仁茶真的很有營養嗎？」

我愣了一下，不得不用力點頭。

他隨即說，「那麼我和你交換。我喝杏仁茶，你喝我的咖啡。」

我還不及表示意見，他就開始啜飲那碗茶。

「你快喝我的咖啡啊！」他盯著我的臉，發現我沒有動靜，「你不敢嗎？這杯咖啡，我一下都沒有碰，你為什麼不敢喝？你以為這樣就會得病啊？」

他的唾沫噴濺到我臉上，我完全不敢動彈，屁股反而往座椅扎根了。

我忙稱自己碰不得咖啡，否則會失眠。

「這麼一來你什麼都沒喝到。我補償你吧，」阿米巴從塑膠裡掏出兩顆牛奶糖。「我只剩這兩顆牛奶糖，給你喫吧。快喫啊，牛奶糖很營養。怕什麼。」

不怕，我不怕。老實說我快嚇哭了。沒有想到San Francisco的一夜，會帶給我這麼多折磨。可是我不敢發脾氣，不敢指著阿米巴的鼻子罵回去。我不能夠，只想離開。原本計畫在San Francisco寫作兼航行，卻意外泡湯。我連忙編個理由，匆匆告辭。

推開店門走出來，疲憊的我發動機車準備離開，未料苦難還沒結束。

手提塑膠袋的阿米巴也走出店門跟上。我怕失禮，頻頻解釋我真的要回家了，不是故意不陪他——可是他沒聽進去。

阿米巴指著一輛停在我機車旁的單車問道，「你覺得這輛車如何？」

他從塑膠袋裡抓出一只噴罐，搖了搖，就往單車上掃射，一股紅色液體傾洩：「噴成紅色是不是更酷？」

化學藥劑的刺鼻味揚起，逼得他咳嗽不止。

我張口結舌點頭，覺得又驚又想笑。

他接下來的問題才讓我錯愕。

「喂，你住的地方是不是在附近？」

我稱是。

「我可不可以去你住的地方洗澡？我剛才一路騎單車到美術社，滿頭大汗，可是我沒有力氣騎車回家洗澡。我兩腿肌肉都痠了，再騎腳踏車就會整晚抽筋。你載我去你家洗澡好了，比較方便。」

「你，你還是回你家才叫方便吧。」我囁嚅起來。

他不理我。

我嘆了口氣，難道撒手不管？只好讓他上了機車後座。當他的胯部靠上我的大腿外側時，我心裡冒出一股不敢說出口的驚呼。我只能安慰自己，沒事沒事，不至於罷……

驅車前行後，我問阿米巴，單車擱在San Francisco門口，那麼他要如何回家？

「無所謂。反正那不是我的車。」

我瞪了後視鏡裡頭的阿米巴。

「那車是撿來的。台大校園裡的腳踏車不是撿不完嗎。你瞪我幹嘛。別這麼像小媳婦好不好。」

他還振振有詞，「反正人生就只剩個把日子，何必斤斤計較？」

生病的人就可以稱老大？我並不同意，但也不敢抗議。

駛向隧道的我，不想再聽他胡亂發明的價值觀。我轉移話題：「阿米巴，你喜歡去San Francisco？」

「當然。每次我去美術社買材料之後，都會順道去San Francisco。」

為什麼選擇去那家店？

「因為我喜歡舊金山，我喜歡陽光喜歡大海，要躺在沙灘上脫光衣服日光浴，我要……」

機車進入鹵素燈泡匯集的隧道，阿米巴再雄辯的各種「我要……我要……」等等註解，在噪音壓縮的隧道裡，都一律凝結成嗡嗡聲而已。

於是他大聲說話，號叫起來，但在隧道裡聽不清楚。

■

在一排公寓前面停車之後，我領著阿米巴，走向我的套房。阿米巴卻要我稍候，反而拉我走向巷子口的便利商店。

我問阿米巴需要什麼嗎，他說要買礦泉水。我未經思索回他說，何必買水，我房裡燒了開水——可是我又住口，不知阿米巴自己到底做何打算——就算他喝我家的水也無所謂罷？就算他用了我的茶杯也無所謂罷？……

他是不是故意自備飲水，以便安撫我的躁亂？

他看住我的臉，全無退縮。

「我不是故意不喝你家的水。我只是想喝指定牌子的礦泉水。」

語畢就走進商店，隨著店裡播送的流行歌曲節拍，阿米巴鼓動手臂彷彿雙翼，不過當然沒有振翅飛起，雖然他的身子實在夠輕薄了。我跟隨進去，卻見他沒有走向冰櫃，反而站在糖果櫃前看零食。

他揀了其中一包，遞給我看，包裝袋上布滿玫瑰圖案。

「我剛才給你吃的牛奶糖就是這種。我喜歡。」

「為什麼？」

他笑開了。「因為這種牛奶糖的包裝比較美麗。」

「還想吃？要買嗎？」

「不、必。」

他拎了一瓶檸檬味礦泉水前去櫃檯付帳。日光燈管的慘白光線直射在他瘦小身軀上，防盜用的凸面鏡映照出阿米巴乾扁的臉。我不知他平常照不照鏡子，不知他看見鏡中自己之後會有什麼感覺。

■

他走進浴室洗澡前，從褲襠抽出一包牛奶糖扔給我，包裝上的圖案是交纏的玫瑰。我疑惑睇他一眼，因為記得他只買了礦泉水而已。難道他又順手牽羊，把牛奶糖塞在褲襠挾帶出場？

阿米巴看懂我的表情，呵呵笑道，「反正人生就只剩個把日子，還要斤斤計較麼？」

說著，他瞄了一眼那面還沒掛上海報的空牆。

「這面牆太過空盪。如果有壁畫就好。」

「不可能。這房子是租來的。我打算掛一張電影海報上去。你要不要建議？哪部片的海報比較好看？我要歐洲藝術片的海報，譬如奇士勞斯基。不要好萊塢的商業片。」

「你不要這麼俗氣好不好，」他輕蔑說了一句，就走進浴室，衣褲脫了扔出來。

他隨身提的塑膠袋擱在床上。鐵青臉孔的我，忍不住好奇偷看，以為會發現特殊藥品——他應該定時吃藥控制病情。但我並沒發現。塑膠袋裡頭除了顏料，噴漆，以及一包用來擤鼻涕的紙巾之外，只剩一本薄冊。我抽出冊子翻看，黑白相間的封面上印了HOWL四個字母。裡頭都是詩，這是阿米巴讀的詩集罷？頁緣空白的部分抄滿了英文單字的中文解釋，鉛筆字。

他沖浴完畢時，沒有穿回原來的手染T恤，卻圍了一條我平常用來擦身子的浴巾出來。他見我在翻讀他的詩集，並不惱怒。「那本詩我讀了好幾遍。你非讀不可。可是我不能借你，因為我最近打算把它全部背起來。你一定要讀過這一本，才能認識舊金山。」

「你去過舊金山？」我忍不住反唇相譏，受夠他的自以為是。

「我已經認識舊金山。而且，我才剛從San Francisco回來。」

他露齒而笑，牙齒不白也不整齊。

他當然不會被我激怒，微慍的人是我：他竟然膽敢擅自動用我的浴巾。我這才看見，心裡唉唉嘆個不平。

但也不好出口抗議，心裡馬上又想到另外一檔事：阿米巴在浴室裡的時候，該不會偷偷用了我的刮鬍刀和牙刷罷？該去超級市場一趟，把浴巾刮鬍刀牙刷全數換新。

他洗澡之後，臉色紅潤起來。他拆開我沒動過的牛奶糖包裝，嚼起一顆糖。

「你不吃牛奶糖？很營養的。」

我鼓起勇氣，放下詩集，提議送他回家。其實是變相的逐客令。我說話的聲音發起抖來，越說越沒自信。結果阿米巴竟然回絕。我暗叫不好，氣惱自己為何總是任人擺布。

「不行。我全身關節發痠。你幫我按摩，我才有力氣回去。」

「我不會按摩……」

「按摩又不是多難的鳥事。你的手只懂得用來打鳥啊？」雖然粗鄙，他慵懶的口吻中卻無色情，「我躺在床上，我叫你怎麼按摩，你照做就行。」

我真想奪門而出。可是又不能棄他不顧，他這麼虛弱。他臉上肌肉偶現抽搐，起因恐怕就是筋骨痠痛罷。

阿米巴趴上我的床墊，我怕死他的口水流到我的床單上。我跪在他身邊，依照他的指示，或用拇指或用拳頭去擠捏他身上多處部位。

起初我因為膽怯而不敢用力，阿米巴便出聲數落我的懦弱，一點也不客氣；我只好在他指定的部位使勁全力，他臉上肌肉開始歪扭了，卻也開始叫好，說我抓住了竅門。

可是我的力氣之中仍然有所保留。我不知道太強的力道是不是會捏碎這具瘦小的人體，擔心彈性不足的肌肉在擠捏之後會不會無法恢復原狀。我沒有在他身上看見謠傳的駭人肉瘤。可是乍看清瘦的他，卻挺了大肚皮——肚皮裡是油脂是液體，還是劃開就會有一股腦的蟲蛹毒菌泉湧而出？我太刻薄了嗎——可是我恐懼。

只圍上浴巾的他，私處不小心露了出來。他微瞇瞇的眼睛揪住我的視線，不過他不以為意。在那個部位，除了稀疏體毛之外，只見尋常的器官，顏色形狀尺寸都不算特異——這可就是橋梁嗎，一頭是快感的天堂，另一頭是煎熬的地獄？我並不敢確定。

隨著按摩的進行，阿米巴頻喊痛快，我的雙臂卻痠疼不堪。阿米巴聽見我的喘息。

「累了罷。我舒服許多，今晚應該可以好好睡。」

「哦？那好，送你回家吧。」終於抓住機會求他。

「不急不急，你自己去沖澡，看你累成這樣。你這麼照顧我，我一定要回報。我送你一幅作品，五分鐘就可以完成。」

我一面拉下臉孔說不必，一面踱進浴室。把牙刷和刮鬍刀丟進洗臉台用沸水去沖，以為消毒。水龍頭才扭開半分鐘我卻又作罷：難道像路邊攤洗碗的方式沖一下我就心安了嗎？心想反正去超市買一套回來全數換新算了。

洗澡的時候，我聽見浴室外發出嘶嘶聲，心想大概是阿米巴的氣喘聲——他為了完成一幅作品答謝我，竟如此用力。

隨後，又聽見激烈咳嗽。

心覺不忍，他真的很痛楚是不是？但慈悲的滋味並沒有維持太久——我沖澡結束時才發覺浴巾早就被阿米巴占用，我只好一邊咒罵一邊隨便找條擦手的小巾充數，然後匆匆套上內衣褲。

■

結果一走出浴室的那一刻，我幾近崩潰。

我終於了悟，剛才聽見的嘶嘶聲從何而來，知道阿米巴為何猛烈咳嗽。

原來，他竟然用噴漆在那準備懸掛海報的空牆上面，噴了一個巨大的紅圈。代表反戰的圓形標記。如果這個圖案表示和平，為何看起來卻如此挑釁？

這就是他要送給我的作品。嘶嘶聲來自噴罐，過敏的他一聞油漆就猛咳不已。

未乾的漆液快要沿牆流下，我的眼淚也差點滴落。

■

我嚷著要把阿米巴攆出門。我像猴子似地跳腳，他卻像食蟻獸一樣無動於衷，並無起身跡象。

我見他不走，只好出言恐嚇，「如果你不走，那就我走！」可是我說完就後悔了，這算什麼恐嚇呢，有誰會怕啊。

果然是我走。不速之客居然把主人逼出家門。

我拎了機車鑰匙離開，遊蕩半天才來到二十四小時開放的漫畫出租店。在榻榻米上頭躺了兩小時，喝了兩杯沒有氣泡的假牌可樂，看不進任何一本《白鳥麗子》，笑不出來，只在想著應該如何處置阿米巴。

不放心，決定再回去探看。

深呼吸，要自己冷靜。

推開套房的大門，阿米巴還在，紅色的「☮」還在。阿米巴在我的床墊上睡去，身上竟然還大方蓋著我的被單，口水滴流下來。他沒穿回衣褲，虛弱的下體遺露在被單之外。我幫他拉妥被單，沒把他喚醒。

破曉時分，牆上紅色圖騰酷似充血的眼，彷彿呻吟著。

我要報復。

從阿米巴的塑膠袋裡，我抽出那本詩集，私藏在床墊底下，不打算歸還。

細想，我的復仇方式非常溫柔。我只敢對阿米巴身邊的物件間接動些手腳，而不能直接針對他本人做些什麼。饒了我吧。

■

阿米巴醒來之後惺忪離去，完全不覺他遺失了什麼。

當然，我再也不肯送他一程。讓他自己去等公車吧。就算是病人也有等車的力氣，別再寵他。

我從套房小窗探頭觀望。阿米巴提著塑膠袋走出公寓，回望了一眼，不曉得他的眼神透露出什麼訊息，不知他是在凝望天空，還是我，還是房間裡的紅眼珠。我連忙把臉縮進房裡，才發現阿米巴在我桌上留了半瓶水。

從此之後，阿米巴這個人我再也沒見過。

決定把喝剩的礦泉水扔掉。牙刷，刮鬍刀，浴巾全要換新。床罩和被單要拆下送洗，而且要高溫消毒，非如此不可。拆卸床罩時，我才掏出床墊下的迷你詩集。稍加翻讀，隨口唸出幾行，就隨手把詩集拋開。

直到聽聞金斯堡的死訊，才又找出《嚎叫》這本詩，已經是好幾個月過去。在這段日子以來，原本不堪入目的牆，也早已敷上備忘錄的軟木殼。

是該把這冊子還給阿米巴。不該再和病容滿面的他計較，而且他又如此在乎來自舊金山的詩。不過——如果他真的在乎，為何他發現詩集不見之後，並沒有回來向我要索？因為他不知道我的電話？因為病重而沒有力氣回來找我？還是因為羞愧而不敢再次面對我？

躺在定期換洗的床單上，半夢半醒的我在詩集裡跳讀了一些段落。

我們要在孤獨的街裡把整個夜走盡？……你我都將寂寞……

我看見了你……，你無子無孫，孤獨的老乞丐，在冰櫃裡翻動肉塊，還不忘去瞄店裡的男孩……

不意間，一張紙片從書頁之間跌落。

是張糖果包裝紙。這種圖案我記得。不就是阿米巴最愛的那種牛奶糖嗎？他拿糖果紙當書籤用罷，至此我才發現。紙片正面是花卉，反面寫了鉛筆字。雖然時過境遷，字跡仍然清晰。

上面寫了一個男性的名字和一串電話號碼。

「□□□＊＊＊—＊＊＊＊」

這個名字聽起來很尋常，毫無個性的那一種。我盯著這行字，卻想不出名字類似的男子。把紙片釘在軟木墊子的牆上。

然而□□□仍然勾起我的好奇。他和阿米巴之間，關係為何？阿米巴這個人，我深切領教過，因此我很懷疑有誰可以和他共處。他那種個性，他那般身體，怎麼可能嘛。

怎麼可能，會有人受得了他？

其實我是檢討過，自己和一些朋友為什麼對阿米巴心懷恐慌，為什麼見了他就想躲避。難道是害怕他把病菌傳染過來？可能有一點，雖然我們明明都知道，如果沒和他上床（又有誰願意和阿米巴上床呢？），大概就不會從他身上沾來什麼病毒。那麼，究竟畏懼什麼？不知別人怎麼想，但對我來說，他的狂妄語言、囂張行為實在讓人難受。可是我又不能夠抵抗他，反對他，怒斥他，因為阿米巴不知為何就是享有放肆的理由。在生病的他面前，彷彿沒病的我和別人都欠他一筆債，只能屈服，頂多迴避：彷彿他的青春是被我們剝奪去的，彷彿要不是因為我們他也不會淪落到這種田地。藉由忍耐，我們這些至今為止勉強保持健康的人就可以假裝贖了罪。說是假裝，是因為不知道這樣算不算贖了，也不知道罪究竟在或不在。他的臉上寫著：我有病，可是你有罪。於是我多麼不想看到他的臉。

也於是我多麼幸、災、樂、禍——恕我直言——想要知道有誰願意面對阿米巴的臉，甘心與他親近？

阿米巴在摯愛的詩集中留下某名男子的姓名電話，是種珍藏的動作，必然具有不凡意義。我的窺探有了驅力。這位□□□主動把電話號碼告訴阿米巴？或者是，阿米巴厚起臉皮對□□□懷抱心意？

各種可能，都將讓我嘖嘖稱奇。

我很想試撥紙片上的那串號碼。電話接通之後，可能就是□□□在那端應答。我有充分的藉口對他說話，我可以說我有書要還給阿米巴，然而手頭上沒有阿米巴的電話可以和他聯絡，因此撥電話來打聽……說不定，□□□可以幫我把書轉交給阿米巴。在這樣的對話過程中，我就可以輕易刺探出他們兩人的情誼。

這樣做，一點也沒有錯，對我來說。反正我要還書給他，而我並沒有其他線索可以發現他。就算我莽撞我也不會有罪惡感：當時闖入我這裡的阿米巴，豈不是更莽撞？

■

在某個夜晚，撥了糖果紙片上的電話號碼。刻意選在一般家庭的晚餐時刻。

「請問找哪位？」

是年輕男性的聲音。是□□□吧？我心裡叫好，便準備講出早就想好的說詞。

「請問您是□□□先生嗎？」我客氣道。

對方噤聲了。我疑惑試探，他才吭聲。

「我不是。他不在。」

「他什麼時候回來？」

「不知道——有什麼事嗎——」

「沒什麼事。我向他借了一本書，借了很久，最近想把書還給他。」隨便捏造理由。

「可是他今天不會回來……」

「那麼我改天再打來找他？」

有點失望，打算掛上話筒時，對方卻又叫我稍待。

在對方的話筒背景音裡頭，冒出壓低的女聲。男人和身邊女子耳語。

「先生你是□□□的朋友嗎？」

「是的。」說了小謊——不然我要怎麼解釋，為何我有□□□的電話？

「可不可以麻煩你把那本書送來我家，拜託你？既然你是□□□的朋友……」

我納悶了。需要這麼小題大作嗎？

「拜託。請你親自把書送來好嗎？我們這裡距離捷運車站很近，你過來一趟很方便，不然我們也可以幫你出計程車錢……」

聽得見對方身邊的女子仍然在旁呢喃。

不知是否該這麼唐突介入一個陌生人——一個陌生家庭——的生活。遊戲似乎過火，一不小心燒到自己。不過，再轉念，心想還書究竟還是充分的藉口，無論如何還是可以請那位□□□把詩集轉交給阿米巴。

對方唸出他的住址，我和他也正式相互自我介紹。我把他的資料抄下，釘在牆上。

對方是□□□的弟弟。在旁嘀咕的女子，是他母親。

「我什麼時候拜訪府上比較方便？」

「你現在就出門，好嗎？」

「現在？」

「是的。」

■

走出捷運站，循著地址找，不到十分鐘就在安靜的小街看見那家貿易公司的門口，夜裡的辦公室空無一人。

原來□□□的家在一樓開了小公司，二樓才是住處。一樓和二樓之間有樓梯相接，我拾級而上，看見樓梯牆壁上密密貼滿時日已久的生活照。這真是個念舊的家庭，手裡捏著《嚎叫》的我，竟覺不寒而慄。

走進客廳之後，看見一名中年婦女坐在沙發中央，她身後站了一名清俊少年。就是□□□的母親和弟弟吧，我想。我占了單人沙發，眼前茶几上除了茶水，以及，啊呀我見過吃過的花卉圖案包裝牛奶糖。案上花瓶裡，乾燥花一大捧。

「抱歉沒有東西招待，只有這種糖……」

母子感謝我特地跑來，我連忙說不敢，解釋自己不過是要還書罷了。

母親問我，和□□□很熟識嗎？我想又不能說不認識，只好承認自己和□□□認識，只不過許久沒有聯絡。作為弟弟的他站在母親身後的陰影裡，從我坐下來的角度看去，他的表情並不清晰，但我知道自己好想擺脫他的眼神。像貓眼一樣利。

作為母親的她，叨絮說了一些關於□□□的瑣事，關於一個我其實並不認識的人的回憶，甚至可以前溯至□□□的童年時期，而坐在她對面的我只能適時頷首發出沒有意義的聲音加以回應。她轉向我詢問□□□的生活細節，我就含糊以對。

我逐漸了悟這是怎麼回事，早在小學時代就已經領教過。同學的媽媽會向其他小朋友打聽那位同學的在校表現，而我媽也會背著我打電話去找我的朋友刺探。這不是昔日母親和孩子玩的諜對諜遊戲嗎，怎麼又讓我遇上？

「他古怪，朋友少，生病之後更不和別人往來。」她含笑怨道。

我像機器人一樣說道，怎麼會，不會啦。

「他的朋友都不來我們家坐，以為我們不歡迎，其實我們不會排斥，□□□不交女朋友這件事，我也沒有一直怪他……」

我正在盤算如何抽身的時候，她又說：

「不瞞你說，你打電話來找□□□的時候，我們又高興又害怕。我們很希望他的朋友可以來我們家聊天，讓我們家知道□□□平常過得如何。我們都不知道他在外面有沒有受委屈。好不容易終於有你打了電話過來，我就叫弟弟一定要請你過來一趟。」

我不禁覺得荒謬。這個家庭竟然要透過兒子的友人來認識自己的小孩，如此迂迴？

「難道□□□已經很久沒回家了嗎？」我狐疑。

做母親的女人別開臉。

可是我確知她已經開始流淚。

因為我媽每次抽泣的時候都是這樣。

■

那是一種標準的乖兒子房間，一眼就可以發現獎狀獎牌的統治。

在保留給□□□的房間裡，擺了一盆含苞玫瑰。母親說，□□□生前喜歡鮮花，所以她勤於往花市跑，維持房內花朵的鮮度。一旦房裡玫瑰開苞欲謝，她就會取去製成乾燥花。

母親說，□□□一直堅持在外頭一個人住，不許她去探望。後來□□□過世之後，她才首度光顧了兒子的住處兼畫室。她把兒子留下的畫作都帶回裱框。她展示給我看，全是花卉畫，畫中意境安詳，讓我意外。我看見山谷鮮花遍野，靜止的春情與時間，沒有人物出現，當然也沒有人老去，畢竟連花蕊都不會凋謝。

母親展示完□□□的舊畫之後，又忙著張羅□□□的生活照給我看。

我忙說不必，剛才我從一樓走到二樓的時候已經在樓梯間看了很多……

弟弟沒有走進房間參與母親與我的對話，而是守在房門，沉默不語監視著。

母親說，樓梯間貼的是小時候的照片。她手中的照相簿收集了□□□中學到大學的照片，其中包括□□□美術競賽頒獎典禮上的領獎紀念照，他在畢業展也得了名次……

我硬著頭皮翻開逝者的照相簿。

直到翻開相簿，愚鈍的我才恍然。

我目睹我這一代的傑出心靈毀於瘋狂，飢渴赤裸而歇斯底里，黎明前在黑街踽踽獨行……

我把《嚎叫》擱在□□□的畫架上。道別。

■

告辭準備搭末班捷運回家。

途經超級市場，已經準備打烊。我的臉貼在超級市場門口的玻璃窗，看見顧客正在搶購打烊前的特價品。

你無子無孫，孤獨的老乞丐，在冰櫃裡翻動肉塊，還不忘去瞄店裡的男孩……

忽覺有人在身後呼喊我的名字，回頭看，是□□□的弟弟，他向我跑近。我淒然笑問，他是不是來搶購最後一條魚？他搖頭。

「送你到捷運站吧，反正只有一段路。真抱歉，我媽嚇到你了。」

「沒有的事。」

「我哥生前很少和家裡聯絡，也不會有人打電話來家裡找他；等他走了之後，就再也沒有人提起我哥的名字了。報紙上刊出的過世病人消息中，我哥也只不過是一個代碼而已。連我都不想再提到他，可是我媽一直耿耿於懷。我哥完全在世界上消失，不但連肉體燒成了一把灰，名字也被擦去，似乎他根本就未曾存在過，大家都把他忘了。可是我媽沒忘。」他瞄我一眼，隨即又低下頭來，「所以，你打電話來我家的時候，我媽非常激動，因為她一定要和另外一個人談論□□□，她已經忍了太久，卻一直沒有機會說。」

他又看我一眼，「你居然會打電話過來，真讓我驚訝。」

「你哥把他的名字和電話寫在一張紙片中，夾在書本裡。我發現那張紙片，可是我不知道他為什麼要這麼做。本來，我以為那是別人的聯絡電話，不知道就是他自己……」

「那大概是他在末期做出來的事吧。我曾經背著媽，偷偷去看我哥。他那時正忙著準備畫展，可是他身子根本不行。」他搖搖頭，「在他住處，我發現，在書本，錄音帶甚至畫作裡頭，他都標明了本名和電話。」

「為什麼這麼做？」

「因為他害怕。他知道自己快要結束，記憶力已經衰退。他在身邊留下自己的資料，以便昏迷時，別人可以掌有線索得知他是誰、緊急電話該打到哪裡去。」

「所以他出事的時候，醫院很快就和你家聯絡上了。」

「我哥這麼做，還有一個更要緊的可能……他也擔心，終有一天他會忘記自己的姓名。所以他到處寫字，時時提醒自己的身分。不然他會忘記，他自己。」他突然抬頭喊道，「說到忘記。我差點忘了。」

他交給我一包牛奶糖，「我媽和我都不愛甜食。我想，還是送給你當紀念吧，這是我哥愛吃的。」

我搖頭。「既然是紀念，我留下一顆就夠了。其他的牛奶糖，你還是拿回去罷，讓你媽當紀念。」

「算了，不要留給我媽……她已經收集太多紀念品，」他咬牙說道，「我爸離開之後，我媽就把樓下的公司收起來。她收集的家族照片貼滿了樓梯間，就像時光隧道一樣，我每天走過的時候都喘不過氣。你不知道，在她自己臥房的書櫃裡沒有書只有相簿。全家最可怕的地方就是我哥的房間，只差沒把木乃伊放進去而已！我哥房裡的花謝了也捨不得丟，竟然拿去做乾燥花！難道還要讓她收集牛奶糖？你知道那包牛奶糖是怎麼來的嗎？哥走了以後，我帶我媽去收拾他的房間，我媽把他全部的畫都搬回家放，連他房裡的糖果都拿了回來，天天擱在茶几上，也不吃。」

我結巴離題問道，「你哥很喜歡吃牛奶糖呢，對不對。為什麼？」

走進捷運站，他搶著幫我投幣，一張塑膠票卡吐了出來。我刷卡過了關。

他隔著柵欄，繼續說，「他血醣太低了。我偷偷去探望他的時候，發現他一直嚼糖果。我問他不怕蛀牙是不是？他說，蛀牙和病痛比起來算什麼。他說如果不吃糖果補充醣分，就會昏倒。一昏倒，可能就再醒不過來，再怎麼抵抗也沒有用了，整個人都會蒸發掉。」假裝漫不經心，「可是他還是昏倒了，而且他不再抵抗。」

「噢。」我實在無話可說。

他的臉朝向幾無人影的時候，佯作毫不在乎，「你和我哥，曾經在一起過嗎？」

我乍舌辯解，「什麼？沒有哇。」

他紅了臉，「別生氣。」

「不會……」

「你可不可以告訴我，你的電話號碼？」他不好意思低頭辯著，「我媽說不定還想找你聊，希望別介意。」

沒有紙筆可以把號碼記下來。不過他說無所謂，因為他可以牢牢默記在心裡。

「你還在念書嗎？」

「我快入伍了。」

「你當兵的時候，你媽一定很寂寞。退伍以後，要多陪陪她。」

「不。我巴不得早點逃走。再也不要回來。」他正色道。

此時，末班車咆哮進站。

我遲疑走進車廂，但不甚清楚自己在猶豫什麼。

在車廂裡，我望著車外燈火，手裡捏玩作為紀念的牛奶糖，一直捏著。待我想到剝開紙片來吃的時候，紙片和糖果已經緊黏在一起，撕不開了。

■

一九九七年七月一日，中國把香港收回。

這個日子，也正是房東要把套房收回自用的時刻，不知該悲該喜。

搬家總是傷荷包，自己動手比較省錢。我用機車運了幾箱書到新的住處，但幾趟下來實在太累，於是我轉而利用捷運。我抱了一箱手稿坐在捷運車廂裡，繞經眼熟的社區。半空中眺望，那是□□他們家的方向。

關於阿米巴蓋過的那條被子，我另有想法，打算製成愛之被單。要在上頭綴滿花朵，縫上拒絕忘記的名字，嵌入「☮」的記號，然後掛在新居牆上。牆上就會多開出一扇窗，通往舊金山……

或許，有人會冷冷笑我矯情罷：一條紀念用途的被單，更何況只掛在屋裡沒有出外展示，究竟又能改變什麼？

其實是有一些什麼已經歷經改變了。而我需要更沉穩冷靜的口吻來敘說。我要娓娓道出變化的歷程，或說，或唱，或叫，至於這張被單算是叮嚀我不要輕易遺忘的見證。所謂矯情，至少還具備一些基本的溫度，是不是。

然、後。

搬清家當，就只剩牆上的那片軟木墊了。

我把上頭的備忘紙片一一拆下來，未曾中獎的發票，過期的禮券，玫瑰色的糖果紙，紙片發黃，上頭字跡卻依舊清晰。

然後揭下那片軟木塞。

那個巨大的「☮」，反戰和平滿地紅，鮮麗色澤過了幾個月之後竟然未曾稍褪。血脈賁張，草莽生之欲。好像仍然會呼吸，會吶喊。

人生人死。符號卻不滅絕。

我悲切低嚎，不知有誰聽見。

愛之辭典

1 被單

國旗像被單似地覆蓋靈柩，電視新聞中某國元首遇刺之後國葬。大康和小默撲倒上床，電視機兀自聒噪小喇叭軍曲。這對愛侶裹在被單裡翻滾，留下一道道漬痕和皺褶。紅通通筆尖一般的他們在被單上狂草書寫一回又一回，字跡交錯卻容易辨認，這一處記載蹺班午後陽光滲入百葉窗疊印戴上套子的它看起來好頹廢，那一處來自藉酒裝瘋順水推舟加入戰局的一箭雙鵰訪客。被單是他們共同的一頁日記早已銘寫斑駁，如同歷史中飄浮的臉卻捨不得拋棄。誰知道這輩子留得下多少紀念品，被單是他們的國旗。如果有一天只是說如果其中一人提早離去，另一人就把昔日被單當旗幟一樣懸掛起來，紡織品經時吸飽的記憶就會釋出，播放支離破碎的共同呻吟。向國旗致敬，永誌不渝。

2 瘟疫

就像國旗覆蓋了元首靈柩，被單包裹酣夢的情人，瘟疫也籠罩了整座島嶼。愛是瘟疫，本來就讓人發病。握手不會傳染可是牽手就會。共喝一杯水不會傳染但一起去貓空喝茶就會。同在青年公園泳池游水不會傳染可是共遊白沙灣海灘就會。說謊不會傳遞病毒可是誠實就會。把病毒灌入電腦寫封e-mail請他出來喝咖啡，在他杯裡滴入病毒好讓對方發作反正自己不也為了這場約會在事前失眠腹瀉，讓兩人熱昏在床只好互相幫對方掏出來權充溫度計看看紅線漲到哪裡。不在乎痛得咬牙，畢竟唯有痛感才能提醒自己仍然活著啃咬還沒有麻木不仁的燒灼愛情。不在乎病恙標示出人的終結，正因為人體和時間有限才懂得把一天當一天來過。並且把一個人當一個人來疼惜。

3 官僚

缺乏愛情也是另一種瘟疫。這種感染者自信十足未曾檢視自己的癥兆，反而著魔一般汲汲分割別人的愛情。他們用腳板丈量愛情的尺度，刀鋒從中冷冷切下，切除的部位就扔了吧。留下真愛，拋開錯愛。剝開無辜的愛，和有辜的愛。有些戀人領取官府津貼，有些卻沾不上健保的邊。有些戀人在凱悅辦百桌酒席，有些戀人吃不起藥或者已經不想再吃藥了想吐發暈熬不下去。被祝福的愛四處炫耀，被詛咒的愛有口難言還遭逮捕。阿蒙說早在愛之瘟疫出現之前他就領教過這種傳染範圍遠超想像的瘴癘，中學教師撕掉他的信，輔導主任掌摑他左臉，同學在他聽力範圍竊竊私語，警員把十七歲的他從公園揪到警局剃髮問訊，夏天的夜下冬天的雨。他們以為只有他們才懂得什麼叫做愛。

4 國家

大康問阿蒙，如此霸道的戀人你還要在乎嗎？他要你愛他，但他不見得愛你。他要求你冰清玉潔絕不可以變心，可是他心中沒有半個你。他不准你動他一根寒毛，可是只要他高興就對你拳打腳踢。他好大喜功要你記得關於他的一切紀念日，可是他不曾回贈溫暖的吻。他說全是為了你好，可是他更寵幸除了你之外的芸芸男女。阿蒙囁嚅回答，反正早已習慣久而久之也不特別難受。如果沒有聽見別人提及那個名字，也不會記得他了。以前以為喜歡他，在金六結基地禁假的汗淚交錯那幾天甚至以為我的肉體犧牲都是為了他，其實我不過是懵懵懂懂像膜拜偶像一樣隨俗去迷戀他。後來想想有怨有悔的記憶還不如乾脆遺忘。這種戀人一律男性，雖然外貌各個不同，骨子裡都一個死樣。

5 沉默

沉默不是無知，反而可能心照不宣。只要不說就可以彼此佯裝不知踰矩的愛以及切膚之痛。只要不知就可以擺脫責任，反正我硬是不知情看你又能拿我奈何。他知道你愛他但他不說，反而對你煎熬內噬的激情視若無睹，而且他料定你不敢承認寧可沉默。或許他自知他恨你，可是他無話，只要不說白地球軌道就不會受驚偏移而你們兩人可以保持伸手可及的距離。也可能他知道你生病，就更迂迴躲避你，因為你不知道他已經知道所以他可以繼續自稱不知道，管你的貧窮飢渴寂寞通通去死不關我底事，我不要眼睜睜看著你在我眼前泯滅以愛之名。他掩住他的口也就同時緘封你的嘴於是他耳朵就聽不見，你的洗禮與歷險，病毒與焦慮，或是終旅啟程的日期。而他還好意思聲稱他愛你。

6 死亡

瘟疫降臨阿蒙，Amant。阿蒙的全身孔穴都出去飄泊過，換回剝掉一圈人皮瘦下來的軀體。在醫院昏厥之後醒不過來就被塞進黃色塑膠袋放把火燒去，草率魯莽聽說只因為擔怕驚動其他病人畢竟恐懼吞噬心靈。

火化現場清晨六點鐘小默揑大康的手問為什麼。大康答道因為病毒寄生在實話裡。

大康和小默手舉「沉默等於死亡」紙牌在遊行隊伍裡私下答問，「假使我果真感染該對你說嗎，假使讓你知道病況你會不會離開」「我留下來陪你，因為你的氣味早已使我耽溺」「假使病情加重，氣味就不再一樣」「我的執迷亦步亦趨」「假使我死去你如何繼續」「我要你化為天使膠膜裹住我下體。不論我在別人體內的時候，還是別人在我體內的時候。在別人和我之間，你我仍不分離」

7 紅絲帶

陌生的兩人廝殺之後不再緘默，談笑之間小默披上棒球外套。那外套是阿蒙留給小默的紀念，生前他整個人瘦下來外套不再合身，於是轉送小默。每回穿上身小默就憶起，阿蒙當年的骨幹其實也曾經這樣飽滿啊。陌生戰友指著外套胸口的紅絲帶問，這是中小學畢業典禮的胸花嗎，你真念舊啊。小默啞然失笑，雖然對方詮釋誤失卻也不盡然錯謬，紅絲帶不也銘記了生離死別和思念嗎，當年以為在畢業典禮上哭泣真幼稚至今才醒覺不流淚的愚昧。小默外套裡的胸口也有一個紅絲帶，是戰友方才的吻痕，烙下一個橢圓把小默乳頭圈在裡面，看來別像一只眼。小默好性子解釋紅絲帶的形狀是英文的「L」所以代表一個「L」開頭的字。戰友追問是不是LIE謊言，小默只好哭笑不得揭曉其實是LOVE愛情，紀念愛之瘟疫。分道揚鑣之前小默在對方掌心寫下，一個雞心符號代替情意，一個假的電話號碼代表矛盾的心。

8 卡波西氏瘤

有時想像自己也是夸父再世，千百年來他的魂魄從未甘心。窮盡一輩子追逐未曾為我留駐的太陽，我才了悟自己只要取水一瓢飲。疲憊身軀跌地化為土壤，朵朵玫瑰爭先綻開，我是一座行走的紅豔花床。可是人們一見我卻面無表情，反而遺忘花蕊正象徵了愛意。有人詢問我究竟何時把花種埋下，有人刺探花開花謝的日期，可是我想回問誰來當園丁照料我的土地，園子裡有花香可惜欠缺鳥語。長夜漫漫失眠在床我聆聽土地翻攪的騷聲，原來是玫瑰花根蠢蠢欲動從心臟循著血管蔓延輻射，伸出的花冠探頭眺望，我只是悲欣交集盯看總之這是生命的訊息。

9 政治正確

不可以書寫阿蒙以愛之名的死因，否則就複製了恐懼。但也不可以不記錄阿蒙的傷逝，否則就粉飾太平。不可以刻畫小默的愛慾煎熬，卻也不能說大康少愛寡情。關於小默大康阿蒙的小說要不是被譏為畸型小眾，要不然就過於氾濫流行。忠貞不二的愛戀故事太樣板，可是騎驢找馬的情慾呈現又該批判。不能稱讚布爾喬亞的喜宴因為那是八股文章，也不能欣賞潦倒異國的春光乍洩因為那更是陳腔濫調。然而愛怨嗔痴向來政治不正確，唯有刻板印象的墨水才能寫出戀情的質地。

10 體液

阿蒙解釋他以前為什麼是一座不設防的城市，未曾管制攜帶病毒的體液進出。他說交換體液長久以來就是愛戀的一種儀式，讓自己的一部分進入對方體內，把基因密碼寫入彼此的血脈裡，你中有我而我中有你，永遠不忘記。因為我獲得你的體液，我就可以逐漸變成你；在我越來越像你的過程中，我更加愛你。路人甲的唾液占據了我的聲帶，乙的血漿在我心徘徊，丙教我如何流淚，我的津液是丁的盜版，一個純粹毫無雜質的我不復存在，而這才是愛情，沒有子宮的我可用全身器官受孕。那天午後我們把泳褲留在沙灘，跳進海水瘋狂嬉戲，眼見浪花捲去彼此的體液，沖刷至地平線盡頭。離家的體液沒有歸宿，不知會不會寂寞啜泣，我說。你的體內有海水，海的裡面也有你，這就不是孤獨。阿蒙說。

月夢

曼谷故事

灑娃笛咖，晚安。我名叫諾，在泰文裡是飛鳥的意思。

我自南方飛來，在曼谷上空盤旋，降落在煙霧迷離的「巴蹦區」，化身為Go Go舞男。我表演蠟油舞：扭動蛇腰，手持點燃的蠟燭，蠟油在我起伏的肚片上滴落、凝固。這樣，月光夜總會的姑婆（偷偷跟你講，姑婆其實是還沒變身的男人唷）就會賞給我三百銖。

後來龍問我：何苦跳這種舞呢，不怕皮肉疼？三百銖，只夠在台北喝兩杯義大利咖啡，你和我吃的每頓飯都遠遠超過三百銖，不值得。

我說：一定要表演才行，至少有錢；萬一沒被客人看中，就要口袋空空回家，白跑一趟，連三百銖都沒得拿。我們Go Go Boy來巴蹦區上班，沒有底薪也沒有車馬費，除非有客人點我們出場作陪，我們才可以賺小費。我爭取上台跳蠟油舞，至少可以多賺皮肉錢，還可以爭取客人目光，憐惜我的客人就會邀我出場。

憐惜你的客人，譬如我——龍說——不忍心眼見你笑臉熄滅。

不會。我要一直微笑。人家沒有亂花錢嗑藥打針。也都記得用安全套，no AIDS的。上個月我剛來應徵，姑婆就告訴扯下褲管的我：英語講不好也no have problem，只要記得端出笑臉，外國客人就開心了，給錢更大方，美金日鈔通通來，他們征服我們，可是我們的笑臉征服一切。我存錢，已經寄了好多給爸媽。雖然在鄉下種田是no have錢的，可是我家的人仍然保持笑臉，平安就快樂。對了，如果你在台北看到一個很愛笑很愛笑的泰國男人，說不定就是我大哥噢。他去台北蓋房子，在你們國家蓋房子比當舞男賺錢多多。

龍說，我才不相信泰國人在台北還笑得出來呢。台北。哼。

龍常常嫌我像個小孩子——本來就是啊，我才十七歲而已嘛——可是我知道，龍一定是喜歡我的。那天晚上表演結束，姑婆便把龍介紹給我，請我喝了一杯金湯尼，雞尾酒和我的白內褲一樣，在酒吧裡冥冥發出螢光。喝下酒。喝下我。我在龍住的馬來西亞旅館甜睡一覺，天亮之後他塞給我一張千元泰銖。我雙掌合十齊眉，準備告別，但龍竟要我別走，要我陪他坐嘟嘟車遊街。

月夜，我們坐在昭披耶河畔的高檔館子裡——我從沒來過這麼乾淨的河段——眼前，盡是冬粉蝦，檸檬魚，手扒雞，如果回去說給其他Go Go舞男聽，他們一定嗔死！餐後，我選了蛋黃酥以及橙紅冰奶茶。

我比手畫腳，向龍解釋蛋黃酥的做法——我懂，因為媽教過。把糖漿煮滾，蛋黃像月光一樣灑進小濾網中，讓一絲絲蛋液徐徐落入鍋中糖汁；凝成的蛋絲疊成竹筏狀，再淋上椰汁即可。龍說，台北也有蛋黃酥，但完全不同。

他吃了之後又說——諾，你就像這蛋黃酥一樣：看來是鹹點，嘗起來可甜了；乍看柔軟，嚼起來卻夠韌。夜裡的你是一尊初初發育的臥佛，鮮黃泰國絲綢披在肩，一如南洋月光。揭開泰絲手探進去，初以為冰涼，其實灼熱。

泰國男孩都像你這樣乾瘦嗎？

他讚起我的皮膚。雖然下過田，但還是嫩；黝黑，但嗅起來反而幽香。月色，泰絲，白日拜見的金佛，猶在眼前閃亮。

他把我當成蛋黃酥一口嚥下，還指了我手臂上的刺青：這，就是甜點商標罷？

我是諾，泰文裡是飛鳥的意思。我花了兩千銖——相當於陪客兩夜的收入——在夜市刺青攤子紋了一隻大雀在臂上。刺青時沒麻醉，我只不過咬牙瞪著夜市外昭披耶河上的燈火，只要沿著河流航行到底，過了芭達雅，就可以回家。我是不流淚的鳥。你把我吃了下去，肚子裡就會有一隻鳥，你到了哪裡，牠也就飛到哪裡。

你是我的奴隸。

雖然姑婆再三叮嚀過，絕對不要對恩客——尤其是外國人——稍動感情。畢竟，姑婆已經看過太多傻鳥折翼：有人瘋，有人病，有人死。恩客會跑掉，你只好回來跳脫衣舞，把你賣出去的青春賺回來，可是賺錢的速度比不上老邁。但我還是忍不住犯戒，開始喜歡起龍來了：他慷慨，他溫柔——也或許因為龍讓我記得台北的大哥。他摟我睡覺時，我想起大哥以前也是這樣哄我。

大哥好不容易才湊足機票錢那年，媽和我連忙擠在廚房裡，熬夜做點心給大哥帶去，反正就算躺在床上也睡不著。哥在台北只要吃了捏成鳳凰形狀的蛋黃酥，就會想我。

龍，如果你在台北工地看到我哥，請他回家一趟可以嗎。

大餐後，龍牽著我的手，在夜市間漫走。三件一百銖的二手T恤，鐵達尼號電影海報，仿冒的NIKE球鞋，我都無心多加留意。盤算一下，我根本趕不回月光——乾脆就別回去罷。蠟油舞的三百銖，留給別人去搶好了。繼續陪龍身邊，我賺到的小費比上班多，而且我心甘情願。我可以一天一天陪他下去——待龍果真不需要我的那一天果真到來，再回月光罷。

龍，和我一起，你like嗎？

I like。

那麼你帶我去台北好不好？

台北？你會失望的，諾。

失望，是什麼意思——是對台北這個城市失望，還是對龍這個人失望呢。

經過刺青攤位時，我選了鳥形刺青貼紙，想留給龍紀念，我想這種貼紙在台北應該沒得買罷。正要掏錢時——這是整天來第一次動用自己的錢——龍湊身過來搶著付：來。跟我出場就由我付帳。但攤主狐疑退回：龍拿出來的並不是十塊泰銖硬幣——雖然同樣是一圈銀白中間鑲嵌金黃色核心，不過稍大，而且幣面浮雕不是廟宇。龍解釋之後，才知道：原來那是台灣錢，五十元，浮雕圖案是台灣皇帝的宮殿。泰國錢和台灣錢好像啊，都像蛋殼中的蛋清和蛋黃。

龍收下我的刺青貼紙，並把台灣錢塞在我手心：當紀念吧。突然想哭。

第二天醒來時，龍顯然已經出門。我急問飯店櫃檯，龍有沒有留話給我——但櫃檯姨娘瞄我一眼，冷笑：看他晚上會不會去看你。

當晚去月光夜總會前，我在宿舍裡炸了一盒蛋黃酥。想要帶給龍。如果他來的話。我和幾個月光Boy合住；我連續兩夜沒回來而且又蹺班，他們對我的奚弄可想而知，甚至想要偷吃我的蛋黃酥。才不給呢，討厭。

依例，我跳蠟油舞熱場，然後其他Boy進行更大膽的表演。最後，全體Boy只著內褲齊站舞台上等客人點出場。我抖著腿，故作無所謂，其實一直焦躁等待。

姑婆笑咪咪挨過來喚我，有生意了。

姑婆，是不是Long？

他那個long不long我不知道，可是這個客人是日本人，money多多……

不要。我要台灣的Long！

傻妞，日本人和台灣人還不是差不多……

可是我知道不一樣。

那晚我在五星級的東方大酒店過夜。房裡沒有月光，鳥兒在窗外背著月影飛翔。

舊金山故事

看這照片。

從雙峰眺望，金門大橋彼處有霧升起。早已入秋，整個灣區的溫度卻未跌反升。畢竟，慾望需要夠高的融點才行。而我猶在等候，整個肩膀幾乎融化在打字機鍵盤上。

讀這一冊城市指南。只要走進舊金山的卡斯楚街，就可以在酒吧角落拾取免費取閱的一冊。翻開可見聲色場所最新訊息，熊先生大賽，水舞狂歡夜，你所想像就是你將得到。再往下翻，可見徵友廣告：黑找白，上找下，我多高，你多長。繼續翻找，可以在商業廣告欄發現拉丁小種馬的電話號碼，就是我。勿遲疑，甭考慮，不與你拐彎抹角，只與你共赴高潮。註：如果想嘗點肉體糾纏，我也揮鞭奉陪。

你不必年滿十八歲。我不按照國際電話收費。

我願意聽很爛的英語。

於是我接到了一個日本人的電話，他希望先和我吃頓晚餐再決定要不要一同過夜。對於傳來的英語不夠溜，嫌生澀；可能是新移民，也可能是觀光客，反正舊金山就是駁雜的城市。他名叫龍。見了面，才發現名叫Long的他一點也不高——恐怕，也不長。平實的東方面孔，看不出年紀，卻嗅得出騷勁。

我提議附近有兩家館子可選：選擇一，是日本料理兼法國餐廳。龍聽了便皺眉，我卻陪笑解釋：你們國家的食物高貴，和法國菜是絕配；相得益彰哪。選擇二，是中、越、泰、緬餐館。龍更對此組合露出嫌惡，我便忙道：反正這些國家的食物，嘗起來還不是差不多。龍選了後者——我想，大概因為他不認為在這裡可以吃到道地的日本家鄉菜，也可能因為他覺得和一個初認識的電話伴遊同上高級餐廳並不值得罷。我習慣了，想想自己幾歲了。

畢竟是亞洲人，可放心讓龍點菜，我樂得不必費心區辨炸春捲和泰式蝦餅的差異。我們兩人本來吃得拘謹，直到甜點。甜點是一人一塊球狀糕點，咬開一層層酥皮，裡頭是甜豆子泥，再咬開，核心竟是鹹味的蛋黃。

初嘗覺得詭異，吃完卻又感覺甜鹹交織的滿足。

龍見我神色變化，便說要對我承認一回事。我心裡一凜：大概是要明說——他是愛滋帶原者吧？其實就算不說。我也要有心理準備。

沒想到龍竟說：我來自台灣——而不是日本。你剛吃的甜點，是台灣人在秋天慶祝節日時吃的一種月餅，叫蛋黃酥，裡頭包的蛋黃象徵月亮。

我根本沒有料到這種告白，便傻乎乎問：

——那麼你剛才為什麼要自稱日本人？

龍笑道：台灣人每在國外做了見、不、得、人的事（什麼事？我扮了個鬼臉），就會偽裝成日本人，嫁禍給別人……而且一旦自稱日本人，別人對我的英語程度就會寬容一點呢。

我有時也騙人說自己是古巴人哩。而且我說，那麼我也要承認——

這回換龍面色凝重起來。

色情服務業並不是我的正職，其實我是一名翻譯作家，工作內容是把美國豔情小說加以翻譯成西班牙文，賣到拉丁美洲去。

那麼你為什麼要扮成電話伴遊？

我不喜歡一般徵友廣告裡的捉迷藏，寧可換個版面，故意在自己頭上按上色情的帽子，如此一來便可速戰速決，格外刺激。如果我自稱翻譯作家，有誰要理會我的身軀？可是我換個頭銜，風流韻事就紛沓湧至。翻譯疲倦時，突然恩客電話打來，我便得以馬上把自己的心緒、身分「翻譯」成另一種版本，甚至還可以賺另一種翻譯外快，何樂不為？吃驚了嗎？就如同剛才吃過的月亮點心，外表模樣和內餡滋味並不一樣，甚至進入內餡之後，還另有發現。

第二天午後，龍在我床上醒來，還沒有解下他頸子上的皮項圈，便急著塞錢給我。我把鈔票接走，大笑三聲：你在這裡過了一夜，明知道我不缺這點錢，不過你想付錢就付吧，剛好抵這頓午餐。

龍見了飯後甜點，有點詫異——又是蛋黃酥。他問：你趁我起床前出門買的？

我點點頭：你睡得太熟了。像一件剛脫下來的套頭毛衣，軟綿綿躺在床上。

龍道：昨天是秋天的節日，以往在台灣從來不曾一個人過；隻身來了舊金山，不想孤零零面對節日，便找了你。

我說：說起來，為了這個東方的節日，我昨日也不該一個人度過。謝謝你找我。

我以一個擁抱表示了謝意。未料一抱下去，又沒完沒了。等我們再次醒來時，竟然又已近晚餐時間，屋裡只剩蛋黃酥可吃，而我們又懶得出門。

你像蛋黃酥一樣。

怎麼說。龍嗔問。

澄黃的皮，一層層咬開之後，才知道裡頭的甜美。而且——直到最後一口，才懂得你的鹹味。

拉丁人都像你這樣荒淫嗎。我簡直是你的奴隸。

台灣男孩都像你這樣瘦嗎。

我在水槽邊剝洗生菜，龍在飯廳調酒醋沙拉醬。離開東方，返回加州，以食物為證。燈光暖黃，爵士樂從唱機流出，我恍惚以為這也算是家。

以前——我男友和我一起住這。

你們分開了？龍顯得小心翼翼。

他死了。朗是愛滋帶原者——但死於車禍，別人喝醉撞他。原來要因為愛滋而死並不容易，而因車禍致死卻很簡單。他在波多黎各的家人悲慟不已，因為難得兒子可以成功移民到加州，混出比較有尊嚴的生活。不過朗一直對家人隱瞞帶原的事——如果因病過世，他們可能更傷感。所以，荒唐的是，車禍相較之下反而有點可喜，不必說破，一切正常，沒有祕密……

朗走了之後，我整個人空盪下來，不想見朋友，不再去酒吧，但成天坐在家裡翻譯會把人悶死。我登徵友啟事，一陣子之後，咬牙玩點更火辣的遊戲，改登色情電話廣告。畢竟人身絕非不朽，活一天就是賺一天，而肉慾最能有力證明生命的存在；我在來去陌生人的眼瞳中，見到煙火咻咻咻無盡綻放。

我開車，和龍蜿蜒上了雙峰。灣區一片燈火，月色卻更鮮明。睡盡白日，所以徹夜不眠。

美國月亮真的比較圓，他說。

看這照片。天亮後，我們在雙峰上凍瘋了，好不容易才候著路人幫我們合照。我沒有要求龍陪我長久住下來，我並不傻。嬉笑怒罵下山，還送他去機場，卻也沒有問他下一站往哪裡去。目送他走進登機門，大方道別。

開車回家時，我吹著口哨，繞路經過中國餐廳，想再買一盒蛋黃酥回味。店家卻再三抱歉：節日過了，就不再有；不過，貨從中國城訂來，說不定可以去中國城問問……

我二話不說，直往不甚熟悉的中國城駛去。可是繞行了幾個街口，都找不到記憶中的形體和氣味。一張張亞洲人的臉，從車窗兩旁飄浮開來。秋日月節已然流逝，搖上車窗。

看這天色。承認罷，就連整個秋天都已經走掉。

南方

在美國的南方、在路易西安州的南方、在紐奧爾良的南方，在法國區的小旅店，我一個人醒來。法式百葉窗的孔隙，滲進來一道一道光痕；才敢相信，已是白晝。牆上無鐘，腕上無錶——在南方不需要在乎時刻，只須知道日夜的區分。房間裡有兩張床；另一床空盪盪，床罩整齊躺著，沒有皺紋。壁紙完好，沒有剝落的跡象。

起床，才發現頭暈——小便的時候才辨識出，是酒精和咖啡因揉合的氣味。一邊如廁一邊吹口哨，卻想不起自己在哼什麼曲調，是聽過的嗎還是自創的呢，藍色的。可能是爵士，畢竟人在這裡。

沒多久之前，當我和ㄎ在美國其他城市時，我總愛記下任何細節。譬如說，下午四點半／舊金山□□餐廳／瑪格麗特酒／三塊美金……這一類流水帳，深怕忘記。不過，隻身來到紐城之後，原來記錄瑣事的習慣突然消失：可能因為時間感錯謬，使得手記不再可信；更可能因為，我不在乎何謂遺忘了。

■

如果有心追憶，就只好另覓線索。沿著在尿酸殘存的咖啡氣息，溯想起前一天夜裡的 Café Du

Monde。

直譯的中文名字是「世界咖啡屋」，但終究損了韻致。在逛了酒館之後，我前去試著解消酒液的頑強。深夜中的河畔仍有燈火，應該就是世界咖啡屋罷。一大張綠白相間的棚子，看來滿腹的故事要說——據稱，此店已經見識百年歷史。果真如此，那麼百年前在店裡喝咖啡的客人，是否就坐在店裡，一面目睹黑奴拍賣，一面談笑風生？咖啡屋毗鄰的廣場，百年前彷彿也是奴隸集散地。

歷史是混血的，在南方尤其迷離——在此地，就連咖啡都踐履了雜種的屬性。在重視傳統的店家，咖啡並非只以咖啡豆煮成，而摻入了菊苣（chicory）。紐城先民為了省錢，便將菊苣根部烘烤研磨，與咖啡粉摻和烹煮——正如昔日台灣人為了省米而煮地瓜粥。時至今日，地瓜粥反而比白飯貴，摻菊苣的咖啡也不會比較便宜。咖啡屋的另一特色，是念作「貝孽」（beignets）的「法國甜甜圈」——形狀彷若嘉義方塊酥，沾滿糖霜，色澤和質地就像甜甜圈。嘗了之後，我並未察覺法國感，反而憶起台灣麵包店的尋常味。以前和ㄞ在中學時代，在福利社就有現炸甜甜圈可喫；已是十幾年前往事，因此我一直以為甜甜圈就是台灣本地食物。

喝了咖啡，酒意褪去，便開始左顧右盼——店外一片漆黑，只有巡邏警車往返來去。店內的人乖巧啄食著。其實店裡選擇不多：咖啡就只有冷熱以及有無咖啡因的區別。食物只有貝孽。當然難以奢求——走行美國，許多城鎮的夜裡都找不到宵夜，哪像台灣。以前和ㄞ住永和的時候，有時直至午夜才去填肚子，去中正橋下二十四小時營業的永和豆漿店——當時不覺得那些食物高明，然而人在異地想起甜鹹豆漿，又要叨絮思念。在夜半能吃到有鹹味的熱食，是好大的幸福：難怪紐奧爾良吸血鬼出沒已久。望向隔桌客人，每人手中都懸了同樣的紙袋。紙袋印了咖啡屋的店名以及外觀素描，裡頭裝的不外是可以外帶的菊苣咖啡粉。反正，觀光客。

想起永和店口排隊買豆漿的平凡臉孔。當然，不一樣的。

■

喝咖啡，為了醒酒。推想起來，前一夜，我也去了酒館罷，是在去咖啡屋之前。

在吃晚飯之後。法國區的警笛聲忽遠忽近，不過南方音樂更嘹亮。餐廳都打開大門，不願把現場爵士樂關在門裡，一波波音浪流溢到馬路上。一名女子舉了大紙牌走向我，那種舉牌在台灣的示威遊行中很常見。板子用英文寫了「上身沒穿的女人」字樣。找我看脫衣秀。我搖頭，未料對方不甘休，翻過舉牌的另一面。字句赫然是「下身沒穿的男人」。原來這家秀場至少提供A餐B餐兩種選擇。可惜我不餓，只要酒，便走入一家懸掛彩虹旗的酒館。

或許需要夠駭的酒精逼自己想清楚。點了一杯瑪格麗特雞尾酒。黑人酒保卻笑，「咦，瑪格麗特？」

見對方的狐疑，我心想不妙：莫非我的英語在美國南方行不大通？孤獨旅人硬撐起來的驕傲都軟化了。真恨語言帶來的笨拙。只好用力點頭，表示對對對。

接過酒杯，正向自己乾杯的時候，突然有人拍拍我的肩。

那人說：hey you，你不該點瑪格麗特，那屬於舊金山。你應該點一杯「颶風」，這才是紐城風格。

我一時反應不過來。在酒館閃爍的燈影中，眼前這名男子的外貌並不明晰，我只知他蓄了老成的八字鬍，看起來並不像是尋見的美國白人或黑人，是拉丁裔嗎？

「嗨。」我只說得出這個字。怕自己不上道，只好又傻呼呼加了一句，問他：「你是從哪裡來的？」問了之後更是後悔。因為這句話表示，我不相信對方是在地美國人——這樣的揣測算是頗無禮的。不過，對方卻回得乾脆：「我是Chicano。」

Chicano是什麼？芝加哥？對方發現我一臉茫然，就接著說，他來自墨西哥。我又慚愧了。在我的語言中，美國和墨西哥相隔遙遠，幾乎不曾一道出現——然而我知道，在地圖上，墨西哥和美國是連在一起的。

他看我似乎有誠意傾聽，更興奮說了起來。說話的時候八字鬍會抽動，添加了猥瑣的性感。

——我叫米蓋爾。我住在墨西哥的□□□（我沒聽過這地方）。我本來在墨西哥工作。我弟弟說要到美國工作。他說想到紐奧爾良唱歌。可是離開了就沒回來。所以我就來找他。是「颶風」把我吹來的。先生你可不可以請我喝杯酒？我很寂寞。

吃力聽了他蕪雜的告白，他的結論更讓我反應不及。

此時，黑人酒保又靠了過來，對米蓋爾吼了一聲：「你又來啦？」他好像唬住了米蓋爾，米蓋爾便搔頭走開。

「那傢伙，就是愛哄騙日本男孩。」他好像很得意。

「我不是日本男孩。」我抗議了。

「對，你不是日本男孩。你是日本女孩。」他露齒而笑，「還想喝什麼？」

我該怎麼回辯呢——在酒吧要怎麼講理？又被語言打敗一次。我只好說，給我「颶風」吧。

酒保調酒去了，而我的耳朵仍在學習南方的口音和溼度。

■

這家酒吧，名叫「奧茲王國」，OZ。OZ就是綠野仙蹤故事裡的另一個國度。主人翁桃樂絲本來住在肯薩斯，颶風把她吹到OZ。肯薩斯位於紐城北方豈止千百里之遙，難不成童話中的OZ王國，就在指涉紐奧良？難不成我也是桃樂絲？桃樂絲在童話王國之中雖然呼朋引伴，然而她在現世中卻是唯一見過、相信OZ王國的人。只有她一個。一陣颶風帶來的旅行，讓她吸飽了孤獨。本來說好要和ㄞ一起旅行，卻一個人來到紐城。我想ㄞ大概仍在舊金山。不然會在哪裡。不知兩個人可以在何處重新會合。

說起孤獨。在咖啡因和酒精味殘存的浴室裡，我一面沖澡一面哼吟不知名曲調時，想起半夜見到的一位歌者。前一夜，我離開OZ時已經很晚，離開Café Du Monde時路上更鮮見人跡。可是，就在我潛回旅館時，竟在街口轉角發現一名歌者。他，或者她？一個人，是女是男我並不確知，只覺得歌聲淒厲。在空無的街口歌唱，沒有聽眾，也沒賞金。我不敢輕妄走上前，只在遠處看。歌者倚在燈柱下，微薄光線淋在身上，像個天使。當然這是笑話；紐城只有行屍走肉，沒有天使。

莫名哼起的小調，是向那個人學來的嗎。

■

穿上挖背背心走出房間，向櫃檯的黑人小姐投以一個微笑。

她遞來了一杯牛奶咖啡。我道了謝，硬著頭皮問，「現在，是上午還是下午啊？」

「先生，你也懂得南方的幽默啊！」黑大姊呵呵笑，又說，「別覺得有罪惡感。對了，你房裡的另一位還沒有起床嗎？」

我聽了面紅耳赤；她明知道我是一個人前來投宿的。她要不是在挖苦，就是在刺探我是否臨時找了一個伴侶共枕。我坦承自己在夜裡並沒有奇遇——順道，我向她問起在街燈下獨唱的歌者，純然好奇。

「你沒有發現紐奧爾良的警車特別多嗎？」

「怎麼了？」

「紐奧爾良雖然好玩，但有些事還是少惹為妙。你怎麼曉得那傢伙在打什麼主意？在半夜的街上，唱歌給誰聽啊？」

「總不會是吸血鬼吧。」

「說不定是更難纏的。」她眨眨眼。

■

走出空調的旅館，在蒸得飄起的空氣游絲中，肚皮的飢餓感也浮起來。就在附近小吃店打發一餐。普通的店，一走進卻感覺殊異。

好像走進Jim Jarmush的電影。是《神祕列車》呢，還是《咖啡與菸》？兩個圓嘟嘟的黑人師傅煎著豬排。我在菜單看見一句話：「我們不在你的床上吃飯，所以你也別在我們的店睡覺。」幽默感讓人發噱——真的有人醉昏在這家店裡嗎？突然想起Edward Hopper的夜貓子系列畫作，就不覺得想笑了。

點了招牌漢堡，以及特製蛋捲——這種冠以「招牌」「特製」等等形容的食物通常不值得期待。但，食物上桌後，才知道仍有可觀。兩者都是真材實料，鋪滿乳酪蘑菇。上頭更撒滿薯條，盤子長成兩座山。我吃得既感激又辛苦，便瞥視別桌如何吃下這麼多——看見一對女子卿卿我我彼此餵食——才恍然大悟。以往和ㄞ兩人一起旅行，當然就點兩份餐；我忘了如今自己只是一個人，其實一份就夠了。

留了吃不完的食物在桌上，滿腹罪惡感和蛋黃混和的味道離去。行經OZ門口的時候，發現人行道上躺了一個人。好奇走近一看，竟然是米蓋爾。我認得他的八字鬍。他的褲襠沒拉。

有人揪住我的肩膀。

「那傢伙喝醉了。別理他。」

是兩名勇武警察。

他們把米蓋爾抬開，不知要去何處。米蓋爾的一隻手臂垂了下來。

■

下了街車，我在密西西必河畔獨坐，許久才曉得起身。決定再喝一次颶風雞尾酒。

提了紙袋走向OZ時，卻在街頭碰見米蓋爾。他笑瞇瞇向我打招呼，我則大叫他的名字。本來想問：你不是被警察帶走了嗎？可是又覺得失禮，就沒多說什麼。

他卻嚷著，我欠他一杯酒。我聳聳肩，不想計較，便要他一起上OZ。未料，他卻苦著臉。米蓋爾說，前幾天他在OZ喝醉，附近幾家酒館都知道這件事，便把他列入不受歡迎的黑名單。所以，如果要請他喝酒，就要到遠一點的酒吧去。被OZ驅逐，被趕出綠野仙蹤的童話。故事裡那個說謊的國王，不就是自我放逐嗎。

我笑嘆，依他了。兩人朝向賈克森廣場走著，米蓋爾有說有笑，我卻聽得吃力——他的口語和我的聽力都不算標準罷！他指著廣場上的塔羅牌算命師說，「亞洲先生，你知道嗎，這裡的塔羅牌很準。上次那個女人幫我算命，她說我一定可以走運。」我苦笑稱是。他指向的那位算命師，我日前也找過，花了十塊錢美金。本來她索價二十塊，但我殺價砍了一半。她對我說的箴言是，「你還沒有學會面對孤獨。」我不知道這一句的準確性有多高。不知殺價之後，真實度是否也減去二分之一。

米蓋爾又指向廣場後頭的聖路易教堂，「上帝一定會讓我走運。我常常去教堂祈禱。」我心不在焉應了一聲。

米蓋爾突然眼睛一亮，「亞洲先生，你有沒有在教堂前照過相？我幫你照吧？」

我一怔，想起在紐奧爾良都沒有拍照呢。在其他城市，ㄞ和我會互相拍照，兩人分道揚鑣之後，就沒有動過相機了。相機塞在孤獨的背包裡。米蓋爾的建議，我難以推卻，只好答應，並著手翻找相機。

米蓋爾見我滿頭大汗，便提議，「這個袋子，我幫你提好了。」我忙點頭遞出紙袋，一面匆匆掏出背包的什物。

未料，我正為著找不到相機而詛咒的時候，米蓋爾竟然抓了黑紙袋，一溜煙跑掉。完全沒有想到他會這麼幹。我又急又氣，狂喊他的名字，他當然沒有停下腳步。廣場上的遊人和算命師也無動於衷。我只好抱起打開一半的背包——可是米蓋爾究竟是紐城老鳥，我只能眼睜睜看他越溜越遠，遁入聖路易教堂後頭的小巷。

我喘氣走入教堂後的巷道。不見人影。巷子外，一輛警車停在街口，大鬍子警察正放口大嚼三明治。

我忍不住走向前抱怨——或者，可稱為報案。這輩子第一次。

「Sir，我被搶了……」

大鬍子邊嚼邊問，「哦。你被搶了什麼？」

我錯愕了。

被搶了什麼？三塊錢美金買來的 Anne Rice 肖像購物袋，裡頭有兩罐準備用來當禮物的咖啡。就是這樣。

根本說不出口。受不了大鬍子的嘴臉，我轉身走開。

如果大鬍子繼續問話，可會說：誰是搶匪？「米蓋爾」？來自墨西哥？墨西哥？可能有一萬個米蓋爾呀，而且他們可能全都偷渡到美國來了……

■

向旅館走去，每一個步伐都很吃力。

遊人都散去了。

可是，卻在同一個街口，我看見，上回看到的歌者。仍然站在街燈下。仍然不知是男是女。歌聲仍然讓人心折。

是啊，這就是我這幾天來不時哼起的調子。

不顧旅館黑姊姊的警告，我慢步走向前。歌聲越來越清亮。歌者一定知道我在走向她／他，卻猶自唱著。是誘惑嗎？

在歌者面前，因為街燈向下映照，我仰視的眼睛看不清對方逆光的臉。但我知道嗅到了一股古老的香郁，南方的味道。

聽著未歇的曲調，疲倦的腿終於軟塌下來。

蜜柑

那個演電視的，以前常常在連續劇看到。頭髮花白的他，要不是演父親警長一類的角色，不然就在成人藥酒廣告中出現。像他那種演員，觀眾是對他有點印象，可是未必叫得出他的名字。

而自從我改看TVBS、MTV、V頻道而不看三台之後，就再也沒在螢幕看過他了。

但，我還是不時見到他。聽說他住在我家附近的舊式華廈。媽和鄰居在串門子的時候也會議論他——可是，不是因為他的電視演出，而是因為他的日常表現。平時他身上穿的是花襯衫，而不是他在電視裡穿的黑西裝。聽說他曾經穿過紫紅色西裝褲去巷口超商買狗食，也有人說「演電視的」身上噴了女人的香水。對門的李媽就偏偏不叫他「演電視的」，而滿口忿忿不平，以台語叫他「查某體」。

不知鄰居的嫌惡對他造成了什麼影響。他總是不正眼看人，一定也沒有和鄰居面對面說過話，更沒機會去在意別人的看法了。他獨來獨往。不過他既然買狗食，大概就有狗做伴罷。就不會太孤單。

我和他住得近，見過他幾次。不確知他的面貌，只記得他人雖老，卻穿著亮眼服飾四處招搖。

小裕說，演電視的一定是穿BENETTON。我說ESPRIT也可能吧？但小裕說他確定老鱸魚穿的是BENETTON。小裕也在電視上看過他演的軍閥，可是小裕偏不叫他「演電視的」，卻叫他「老鱸魚」。小裕有一次在公園上廁所小便，演電視的正好站在他旁邊，小裕一緊張尿不出來就站了好久，而演電視的也硬是不走。小裕乾脆不尿，拔腿溜了。他們並肩站了好久，所以小裕連演電視的穿什麼牌子的衣服都可以認出來。

我自己，反而很少在近距離看見演電視的。頂多兩次。

一次是在一個陰雨夜晚，我經過巷口，看見有人埋頭在發動機車，因為天雨就更加發不動頻頻熄火。那人氣得抬頭咒罵——是他。雨絲中他的表情在SEVEN-ELEVEN招牌燈下忽隱忽現，我仍然沒有看清楚。一個穿名牌的人竟然騎爛車，遜斃了。沒理他。

另一次看見他，是在年輕男生PUB裡。

那週末夜家裡又沒人，小裕照例騎車來接我去PUB。我穿了棗紅色皮褲，小裕帶他的中性香水借我噴。坐在他的新車上，我們身上的香味像蜘蛛絲一路飄搖到林森北路。

PUB位於老舊辦公大樓的地下室，進去的時候會經過大樓管理員的櫃檯。那個老伯管理員真夠噱，星期六晚上也不去休息，也不乖乖看他的迷你電視，一見有人經過就問東問西，眼珠巡來巡去。我們每次正要走向地下室的PUB時，老伯就盤問我們：到底幾歲啦，太幼齒就不可以去玩，有沒有交女朋友啦等等，不知道關他屁事啊。

那晚我們抵達的時候，老伯正好不在位子上。櫃檯上留了吃了一半的排骨便當和一只亮澄澄的水果。小裕看了一眼皺眉說，臭老頭連吃的便當都臭哩——我哈了他一拳說，自己身上都噴得那麼香，哪還聞得到別人的臭呀。我倆嘻笑下樓，付錢入場，還沒坐定，就看見角落有個半熟不熟的人影。

演電視的，在那裡，一個人坐。我們不免訝異：這個PUB是年輕人的地盤，他的歲數起碼有我們的好幾倍，他來幹嘛？他有戀童癖呀！

我們坐在安全距離之外，一面盯他看，一面等別人來我們這桌搭訕。我們一方面期盼有個好看的人過來說笑，又希望那隻鱷魚最好識趣一點別來招惹。許久許久，PUB裡卡拉OK早就唱好幾輪了，卻沒有人來找我們玩。我和小裕打哈欠，就開始編一大串色情笑話來損老鱷魚，取笑他。

可是說著說著竟也覺得無趣起來。

而演電視的又有了動靜。他拾起紅外套，起身離開PUB，往樓上走。無聊的我們也警醒站起身，點頭笑道：他一定是看見俊俏的貨色走出去，所以才趕快去追。覺得在PUB裡枯坐並不好玩，於是小裕和我偷偷跟上他。

推開PUB大門，走上階梯，到一樓。呵，大樓管理員回來了。老伯把臉按在櫃檯上打瞌睡，好像地下室的年輕舞曲一點也奈何不了他哩。

那隻臭便當早已不在了。而那只亮澄澄的水果還在櫃檯上。是顆橘子。管理員大概要在醒來之後，才要去享用飯後水果吧。光潤飽滿的金黃色橘子，擱在灰撲撲的老頭子身邊，有夠不搭調。

小裕哼說，老頭子吃的便當是臭的，水果倒要吃好的——他嗤笑起來。我卻怔了一下，沒笑。

我們正要跟出門外，繼續觀察老鱷魚，可是還沒踏出門，我就再一次聽見一股吱嘎嘎聲。再一陣。心有餘而力不足地。

不用看我也聽得出來那是什麼。

演電視的正在外頭，發動那一直熄火的老車，一直失敗，一直重來，再一次，再一次，再一次。

沒有力氣跟了。腿軟的我，對小裕說。

沒好奇心了。不好玩。

為什麼？

小裕問我，隨手抓起櫃檯上的橘子，作勢要剝。

——你別拿！

我突然有氣，「那是人家的。」

「有什麼關係。反正他也不會知道是誰拿的。反正一個橘子也值不了多少錢。喂，難道你不討厭這個老頭？你還幫他？」

小裕舉起橘子開始剝皮的時候，我看見，在那只光鮮果子底部，有一塊表皮微腐，滲出汁液。

說不定還長了蟲。我和小裕四目相對。小裕也察覺了吧。

「幹，連他吃的水果都遜！」

小裕舉起橘子，接著就，往熟睡的老管理員用力擲去。

我不敢看小裕的神情。更不敢看那隻柑橘在管理員頭上碎爛的景觀。我拔腿跑開。逃走。逃走了。朝夜半大街的方向去。拚命的。

跑了出去，才發現，在外頭發動機車的老演員，早已經離開。

突然覺得自己老了好幾歲，就開始發抖起來。

魚

缸裡的海魚終於死了。

是因為缸水不夠鹹？還是氧氣不足？還是隻身的魚感覺孤單？不清楚。反正死亡的理由總有千百種。男孩送魚給我的時候，記得他曾經說過，送你這隻魚，以紀念在海濱的相識。可能是因為紀念價值已經告一段落，所以魚兒再也沒有必要苟活。

打算送它回去海洋。回去吧，我的紀念。海葬，至少浪漫。我挾起它，收屍在啤酒罐子裡，虔誠握著走進捷運車站，在烏雲幢幢的台北城裡。當我正在張望哪個方向前往淡水的時候，忽然有位車站人員對我說，抱歉先生，乘坐捷運時不可喝飲料。他甜笑指向我的手——他當然不知道我握的其實是一具小巧的棺材。看著他的酒渦，我心想：我想解釋的一切，有些人永遠不懂。我無心多說，咻地刷了車票就登上手扶梯。

和啤酒罐相比，手扶電梯上的我自己，反而更像工廠履帶上的一個鐵皮罐頭——不過，就算是工廠老闆，也不會知道我這個罐頭裡面的滋味是什麼。不說，就沒人知曉。

來到久違的沙灘，我並沒有馬上把魚屍送入波浪，因為深怕它就在淺灘擱住。我想讓它回歸深度足夠的海水，看看它是不是可以在深水之中重新甦活。捧著它，我朝向地平線的盡處前行，直到海水淹到胸口——或者該說，直到有人出聲喚住我。

有人像蛙人似地游到我身邊，問，你為什麼走到這麼深的地方，一個人？

我說，我把情書燒成了灰，想將之海葬；讓紙灰漂得夠遠，我就要走得夠深。

說著說著，我鬆手，魚體在我的掌間跌落，卻沒有振鰭而去，只是不住下沉。

我回首看身旁的泳者。理平頭的他泳褲究竟是什麼顏色——我已經記不清楚。在嫩黃色陽光下，視覺並不可靠。然而觸覺更讓人迷糊。

直到天色已暗，我才離開水面。來到淡水捷運站之後，身上的海水已經乾涸，可以拍掉一層砂粒和鹽，卻去不掉午後的黏度。空手步入冷氣車廂，迎面又是很抱歉的「請勿飲食」字樣。我啞然失笑——看了才想起，忘了吃頓特產「阿給」和魚丸哪。可是我不餓也不渴。車窗外是黑夜，車廂內很乾燥，我體內有一對牡蠣形狀的腺體，在傾吐、在分泌，把整個午後的淡海陽光和水氣都給反芻出來。暖暖熱流，從骨盆沿著脊椎，蜿蜒至我口中。所以我不餓也不渴。

月光下的捷運列車一路疾行。回想起海裡泛白的手指，冰涼而嫻熟。

回到家，父親還沒睡呢。他問我吃飽了沒，我說吃過了。除了這樣的問答，不知我們還該多說些什麼。他打著哈欠又問我，「缸裡的魚怎麼不見了？」這倒是個好問題，以前沒問過。

本來要說，魚死了。所以拿去扔掉。但是我並沒有這麼說。

我說出別的話。

「魚才剛剛從淡水海邊回來呢。」

把久久憋在喉嚨的熱流吐了出來。這一股氣躍入缸裡，才一轉眼，又看見一隻活潑的水中魚。沒有必要向父親解釋太多。

高跟鞋與三個結局

一切都不對勁了。

料理店裡，每位客人面前都有鰻魚飯——飢腸轆轆的我，卻只能待在門外巴望。

我與線民在六條通的巷口踱步，掃視過往行人。

「是她嗎？」我每見時髦女子走過，便輕撞線民。

「不。她穿紅色高跟鞋。」

我要尋找的女子，每晚都來吃鰻魚飯。於是我們杵在這裡守株待兔。

撐了傘，然而雨水不斷滲進鞋中。腳皮一用力，襪子吸飽的液體就擠壓出來，卻還是留滯鞋裡。腳快要泡爛了。真希望找個地方脫鞋、把腳丫子擱在紙上把水吸乾——但我只能留在原地，放任雙腳腐化。我缺一雙好鞋。

「噓。就是她。」

聽了線民提示，我並未立即抬頭，以免驚嚇對方——我保持低頭姿態，凝視她那雙夜色中仍然紅豔的高跟鞋。在巷口的淤泥上，鞋跟鏤刻出一凹一凹的虎牙印痕。

我塞給線民一疊鈔票，令他快走。

線民邪笑離去。

我跟隨女子身後，走進料理店。

赫，店家居然安排我坐她對面！

不過在生意興旺的餐廳，併桌情況並不少見，更何況這一長桌除了她和我之外，還另有客人。我佯裝輕鬆，瞥視對面：她的黑髮很長，卻挽了起來。她唇鼻之間汗毛招搖，居然不刮，更驚人的是蓄了鬍毛的她反而更狐媚。她頸間繫了絲巾——別怪我無禮多想——該不會是用來遮掩喉結罷？

據調查，她並不好對付。

她和我，先後點了鰻魚飯。而跑堂向我道歉——原來她點了最後一份，所以沒有鰻魚飯留給我了！也罷，只好認命改點拉麵。

她竊笑一聲。

這桌人人有鰻魚飯，唯我獨無。我盯著眾人掀開黑色方盒，烤鰻殷紅油亮，鮮甜滲進魚片蓋住的白飯。鰻片紅裡泛黑，想起她埋在桌面下的高跟鞋也是這般光色。高跟鞋撐起她乾爽的雙足，而我的腳卻浸在鞋中臭湯裡。她一定可以原諒我頻頻窺探、以為吃不到鰻魚飯的我心存妒嫉。但她不會理解我的種種失落。

她起身付帳時，我搶走帳單，主張請她。她露出虎牙，會心一笑。

她牙齒茂盛，不知她的身體曾經咬斷多少人？

但，我終於把她押進房間。

白玉瓷磚地板襯出她那雙紅鞋的驕傲，叩、叩、叩、叩響著，命運在敲門。我將自己的破鞋踢開。她也要脫下高跟鞋，我卻央她繼續穿：這片雪地寂涼，需要玫瑰的血色。我想像自己能夠吻遍她全身，直抵腳趾——未料她搶先一步，放開長髮，髮海與狂吻將我重重罩住。她的牙齒鉗住我的舌尖，來回磨蹭。幸好我的舌頭全身而退。

然後她找出紅酒，脫下一隻鞋，倒入酒液。她將盛酒的高跟鞋遞過來，就像常見的鬧洞房遊戲。我怎能拒絕？

鞋口貼近我的臉。似曾相識的腥味撲來。

飲罷，我的腦袋忽然一沉。

直到十二點的鐘響將我喚醒。只剩散置的高跟鞋，沒見到女人。

凝視烤鰻一般的鞋面色澤，我頭殼欲裂，幽幽想起。

【結局之一】

多年前，童稚的我也嗜吃鰻魚。

當然吃不起日本料理——我家偶有鰻魚罐頭上桌，就很滿足。鰻片紅裡泛黑，魚骨入口即化，香甜醬汁最下飯。媽甚至以鰻魚罐頭為餌，企圖馴服我。

那時媽有一雙高跟鞋，卻荒置不穿。一回，鄰居孩子們聚在巷子裡嬉鬧（那年代巷子裡是沒車出入的），玩起跳房子。不知是否鬼迷心竅，我挾帶媽那雙舊鞋出門獻寶——友伴們看了個個大笑。我獲得鼓勵，遂變本加厲，表演足蹬高跟鞋跳房子的絕技，也不知為何自己天賦異稟——他們更捧腹不已。

當晚媽笑咪咪地開了一盒鰻魚罐頭。

為了討好她，便拎出高跟鞋，向媽表演當天下午的絕活：我也懂得穿妳的高跟鞋，懂得像妳一樣。未料媽媽臉色大變。我沒晚餐可吃了——準確地說，我直到幾個小時之後才有得吃。媽還是留了鰻魚給我下飯。可是我根本不想動筷子。

鰻魚是我沒有資格享有的獎賞，高跟鞋是罪孽。從此這兩樣東西我幾乎再也沒碰過。不可兼得，就完全抽手。

然而並非沒有熱切想過——

我搖晃身子站起來。

推開套房洗手間的門。裡頭有人——女人的腦袋靠在馬桶口嘔吐。

「大概是喝了太多酒——」她沮喪道。

「還是先前那盒鰻魚飯——」我說。人人都在找藉口。

未料身後突然響起冷漠的人聲，「恐怕因為妳穿了高跟鞋吧。」是那位線民，手裡拎了那雙鞋，冷笑著。

【結局二】

不知我是否經歷著灰姑娘故事的扭曲版本？誠然，灰姑娘神話就是尋找女人——或者女人被人尋找——的過程。仙德瑞拉既存在，又缺席。我並非暗示自己扮演王子，但我真焦慮女人的消失。

十二點鐘已過，必須明快做出決定。我拾起眼前兩只高跟鞋——尺碼不小——該不會，是給男人穿的吧？我把腳伸入試穿——還算貼合。試圖走了幾步，發覺步伐彷彿播放爵士樂。

我還來不及想出下一步行動時，突然有人撞開房門闖入。對方和我對看一眼——想來雙方都露出錯愕表情。是那位線民！是背叛還是出賣？「她人呢？」他問，但我當然不答，反正我也答不出來。他眼神旋地火熱，不加解釋便撲向我，我聞到他一嘴鰻魚味，好小子也飽餐一頓了啊。

我尷尬不已——他竟然認鞋不認人——並非穿上紅鞋的人就是他要的女子啊！他究竟是——我們在地板上打滾。他的粗手探到我的下肢——我臉紅了，繼續抵抗——他又摸，終於扯下我所穿的高跟鞋。

他折斷鞋跟，加以檢查，卻失望說道：「白粉沒有藏在這裡……」

我明白對方果然要鞋不要人，便鬆了一口氣問他，「老兄，你到底是……」這樣笨拙，八成是刑事組派來的，卻還要假扮成我的線民！

「那女人不見了……」他沮喪道。

聽他竟然說出灰姑娘的小故事大啟示，我忍不住感觸良多，放聲狂笑起來。

【結局之三】

約莫幾小時，我酒酣耳熱，視線迷離。

未料女子突然柔情不再，居然轉而動粗。我錯愕對抗——但終究徒勞。

對方朝我身上開了兩槍。子彈像一對虎牙咬進身軀。

劇痛昏睡到午夜，醒時才發現傷勢嚴重。送到醫院之後才知道——對方沒取我的命，卻廢了我雙腿。終於擺脫溼漉漉的臭鞋，不必再穿。

我遇上的事件過於離奇，連小說都萬萬不該出現這種情節。原來當晚攻擊我的惡人並非高跟鞋女子，而是我的線民：他趁我神智不清時，巧扮妖嬌女子，企圖嫁禍給那女人——故意留置現場的高跟鞋，是偽證。

但他粗心留下其他線索，所以終究狼狽落網。而高跟鞋女子下落不明。

我嚴重受驚，幾乎無法區辨現實和想像。我不知當時線民何時、如何與女子掉包——怎有這種情慾金光黨存在？而我一直惦記消失的女子。

一日，我心神渙散待在醫院，觀望進出入潮，幾乎錯認這是火車站，反正一樣都是冰冷石板的建物。我吃著鰻魚便當——不是火車站慣有的排骨便當，所以我當然不在火車站。

正吃著，卻聽見叩叩聲響：高跟鞋敲打著地板。我悚然抬頭，只見一名紳士正向櫃檯買票。他穿著男鞋，鞋跟很厚，可以敲出聲響。他發現我在看他，便向我微笑，秀出酒渦。我心照不宣地回笑，目送他走進火車站月台，步向車廂。他有一雙好鞋。

我雖然眷戀，但終需道別。

【評析】

月光男情夢

劉亮雅（國立台灣大學外文系教授）

紀大偉的兩則〈月夢〉故事以男色風月為背景，但筆觸之輕快詼諧，卻有如一闋略帶感傷的浪漫喜趣迴旋曲。以台灣觀光客「龍」以及月光、蛋黃酥之意象串聯，曼谷與舊金山兩名男妓的款款深情彼此呼應，然而兩段情截然不同的脈絡和關係又互相頡抗、映照，倍增輕俏的嘲弄和幽默。

如果不讀第二則〈月夢〉，第一則〈月夢〉似乎就只是傳統殖民體系下台灣尋芳客與泰國Go Go舞男的故事。年輕的「諾」為了賺錢而跳豔舞兼接客，來自經濟大國、世故的龍是慷慨溫柔的恩客，讓諾破例愛上了他。於是龍吃蛋黃酥一樣把諾吃下去了，卻又不告而別，辜負諾的一片痴情。

〈月夢〉的舊金山版卻完全顛覆了此一恩客／妓男關係。拉丁電話伴遊其正職乃是翻譯豔情小說之作家，故意頂著色情服務的帽子，尋找風流韻事。而果然這回是龍像蛋黃酥一樣給吃了下去，令人發噱地成了「拉丁小種馬」的性奴隸。龍早起時頸上的皮頸圈暗示他扮演著S／M遊戲中「性受虐」的角色，而他惶急著要付錢給妓男（明知對方並不想要），似乎是害怕失去恩客的主控地位，同時也要撇清情愛關係。但拉丁妓男不像諾那痴傻，遂嘻笑怒罵地送別了龍。

由吃／被吃關係的調轉，故事嘲弄龍作為「性觀光客」的尊大心理。回頭看他和諾的關係，便可發現龍雖有意忽視諾的主體性，諾卻覺得他與龍是對等的：他被龍吃下了，他就會永遠在龍的肚子裡。龍也是他的奴隸。在地攤上，諾挑中代表自己的鳥形刺青貼紙，想買給龍做紀念，龍也是搶著付帳，卻沒有成功。

蛋黃酥成了故事的核心象徵。無論泰式或台式，外皮與內餡滋味不一，既隱喻男男情慾的種種銷魂，也影射恩客／妓男關係的多樣面貌，從主／客、客／主到對等，從速戰速決的肉慾煙火到情生意動的月光愛情。兩段一夜情不能長相廝守，月色的浪漫卻留駐心頭，似乎彌補了遺憾。

原版作者後記

《戀物癖》是作者在《感官世界》（皇冠出版，一九九五）和《膜》（聯經出版，一九九六）之後的第三本小說集，主要收錄一九九六年至一九九八年之間的作品。這些小說曾在《聯合報・聯合副刊》、《聯合文學》、《自由時報・自由副刊》、《台灣日報・本土副刊》、《幼獅文藝》、《美國世界日報》以及《Playboy國際中文版》等園地發表，並收入《小說二十家》（平路主編，九歌出版）、《咖啡杯裡的湯匙》（幼獅文藝出版）等等文選。諸篇小說均由作者修改之後才予以結集，和原本發表的版本不盡相同。

感謝澳洲新銳學者馬嘉蘭（Fran Martin）為此書寫出美麗的序，台大外文系劉亮雅教授對拙作進行精采分析。

寫作期間，承蒙國家文藝基金會獎助寫作，特此致謝。

第三部：早餐

早餐

當妻子和兒子還在賴床的時候，身為人夫、人父的他就在廚房忙了。他不但在家吃早餐，而且負責張羅早餐。

他在餐桌上擺妥食物，等候剛起床的妻兒姍姍就位。妻和他都要上班，兒子要上學，一家三口都該吃飽早餐才能出門。以前他圖方便，從外頭帶燒餅油條回家；後來，他覺得外帶食物誠意不足，便改而在家親手料理。

他每天專程回家做早餐——不過天亮之前的時辰，他並不在家裡。他和無性多年的妻達成默契，放他在外過夜。當初他的彆扭藉口是：他必須熬夜加班，在辦公室的便床假寐即可，何苦半夜三更回家吵醒神經衰弱的妻……。憂鬱的妻不置一詞。

自此，他便很少回家過夜。

當然，他不可能委身辦公室——他另有情人的家可去。他夜夜在情人床上痛快燃燒。但，他有個原則：歡愛之後，一定要及時趕回自己的家，自動自發準備早餐，藉此補償妻兒。

唯有如此，深夜的放浪才可以和清晨的美德達至平衡。他提供早餐的豐盛程度，和夜裡的歡愉指數形成正比；前一夜越銷魂，翌日早餐就更動人。

他在夜裡受惠，一定要以食物具體回饋寂寞的妻兒，否則罪惡感會咬人。

他猶記得情人的乳頭，一轉身便替妻端上草莓沙拉；他一面回味情人的金黃色下腹，一面為兒煎了蜂蜜鬆餅。忙碌的早餐，營養的贖罪。

他再也沒有在家過夜。他的妻兒卻也沒有缺過任何一頓良心的早餐。

但情人迭出怨言，因為他永遠照規矩辦事：雲雨之後，他依例沖涼，回情人的床補睡幾小時，在天亮之前警醒起身，隨即驅車返家，毫不失誤。情人想要留他共進早餐，但他總不肯。情人嘆道，這不公平。

他卻覺得公平極了。他的下半身、一天的下半段分給情人；他的上半身、一天的上半截就該保留給妻兒。情人不該上下通吃，太貪心了，會害他失去平衡。

情人節那一夜，情人再次哀求他在翌日留下吃早餐。他暴烈不耐，失手摑了情人一掌。未料，這一掌反而掀起慾望的海嘯，兩人欲仙欲死。狂戰數回之後，他睡得不省人事，忘了沖涼。

他甚至睡過頭了——竟是刺眼的陽光將他扎醒。他跳下外遇的床，氣極敗壞質問情人：為何不叫他早起？他趕不及回家做早餐了——「早餐？都已經過中午囉，等著吃午餐吧。」情人嫻靜煎著兩人份的牛排。而他拂袖而去。

他沮喪回家，一路塞車。中午十二點半。他卡在十字路口，一邊是上班之路，另一邊是回家的方向。下午一點半。他心生不祥預感，無意上班，只想回家查看。他的生殖器官對不起妻兒的消化系統。

他進了家門，詫異家裡竟然陰暗窒悶——他記得馬路上又熱又亮的空氣。

他摸索打開飯廳的燈，看見妻子一身鼠灰套裝，兒子穿妥整齊制服而且緊抱書包，妻兒兩人坐在空無一物的餐桌前，彷彿有史以來這兩人就坐在那裡，從來未曾移動過。

他不解發生何事，只好問兒子（反正他不敢注視妻子的眼）：「你和媽媽怎麼沒有去上班上學呢——現在已經下午兩點半了——」兒子盯著他，眼神酷似妻。

「好餓。我們還沒吃早餐。」

——一九九九年第二十一屆聯合報文學獎極短篇小說獎首獎

第四部：去年在馬倫巴

去年在馬倫巴：模擬網頁小說

（請選擇：【大廳】，【大包廂】，【小閣樓】，【化妝室】。）

【大廳】

彷彿老舊電影的對白。

那人問。記不記得，去年在馬倫巴發生的故事？

我答。哪一段故事？在哪一座馬倫巴？我見識過的故事多過想像，去過的馬倫巴也不僅一個。我無從揣測／你所求所望，我連妳／你是何許人都不確知，只好用曖昧的代名詞加以稱呼：這個代名詞，可妳可你，既妳又你。

對方又說，叫我S罷，這是我的記號。

嗨，

對方喊我M。M，只是想聊一些去年的回憶，難道非如此複雜不可？

我畫一個苦笑的鬼臉，故意逗她或他：S想問哪一種去年？如果是去年的去年的故事，我大抵全部忘記；如果是明年的去年，刻骨銘心的事件都還沒開始發生更別奢言收錄。

S丟回另一種笑：那就聊聊明年的去年的馬倫巴。不必執著於所謂的刻骨銘心，就算是再瑣細鄰近的零件也會發光哪。眼前聲光見聞，總不至於已經開始遺忘了罷。讓我認識馬倫巴是什麼罷。

S和我談著，但我並沒有見到她或他。一切言語，都透過電腦網路傳送。我們只能從電腦螢幕上閱讀彼此的文句。如果文字尚不足以傳達情緒，就畫個表情各異的臉孔夾在句子中送給對方看。我不知道S的性別與身分，只知S人在馬倫巴；至於是我所處的馬倫巴或是他處的馬倫巴，我就不得而知：各個馬倫巴之間也有管線交織的網路互通訊息。

S知不知道我是誰，我也不清楚。只知道S有興趣閱讀我的故事。於是，我就說起我所知的馬倫巴，與其說是讓S分享，卻更像是自言自語。我娓娓道來，S則善體人意不斷送來頷首的圖案，表示S正細心閱讀／聆聽。

於是我說／寫。文句即時浮現在我和S的螢幕上。

■

……是的，我又回到玫瑰色【大廳】。恍忽之中看見一幅幅巨大明星海報，從天花板垂懸至地毯；海報逐一接連，把【大廳】嚴密圈圍起來，無法辨知【大廳】之外的時間。不辨日夜。

天花板很高。地毯很厚。龐然海報泛著螢光，海報裡明星睜亮碩大的眼睛。電腦一簇簇聚在【大廳】，一如蕨類葉片背面排列的孢子。

發現一台空出來的電腦沒人使用，我連忙趨前坐好。用指尖在電腦螢幕中的「馬倫巴」標記字樣上頭點了一下，隨即進入歡迎畫面。一行字元閃現表示：

＊＊＊現在包廂已滿＊＊＊敬請耐心等候空房騰出＊＊＊

馬倫巴堪稱當今KTV界龍頭，分店四處冒出。聞名前來的顧客未曾少過，所以想要享用包廂手腳就要快，否則就只好在【大廳】等待空位，不過，即使向隅，馬倫巴的新科技也不會讓【大廳】等候區的顧客失望：顧客可以利用【大廳】陳設的電腦殺時間。

馬倫巴採用觸控螢幕，顧客不必打字，只要用手指去按螢幕呈現的選項即可。顧客可以輕易檢索馬倫巴最新引進的伴唱帶，並可藉由無線耳機聆賞精華。肚子餓時就在螢幕上點菜，餐點隨後送上。因此，搶不到包廂的客人也不致感覺乏味——有些人寧可在【大廳】的網路嬉遊，而不見得喜歡包廂中的吟唱——譬如說，我。

我走出包廂透氣，來到【大廳】蹓躂。

我的手指在電腦中翻閱歌手照片時，螢幕一角忽然出現閃爍的嘴巴圖案。原來，有人想要找我搭訕，想在電腦網路中對談。

馬倫巴KTV深知，客人光臨馬倫巴不外乎因為無聊二字，因此馬倫巴的電腦網路也設有聊天功能，可供曠怨人士藉由電腦彼此搭訕。同在【大廳】的客人固然可以閒聊而不必露面，就算是身在不同分店的客人也可以搭上線，咫尺天涯。

略加遲疑，我按下嘴巴圖案。

歌手照片消失……

取而代之的是，一行問候的話。

……記不記得，去年在馬倫巴發生的故事？……

■

——那就是妳／你了，S。

我解釋道，其實我只喜歡在【大廳】瀏覽音樂資料，至於網路附加的聊天功能，我並不熱衷。尤其，後來聽說馬倫巴電腦網路中特有的全自動聊天系統之後，我更感五味雜陳，有時就略過螢幕角落閃現的嘴巴圖案，不予理會。

傳言是這樣的：馬倫巴對客人體貼過甚，擔心有些在【大廳】等候包廂的客人太過孤單，沒有網路聊天的對象，於是電腦主機有時就會偽裝成願意聊天的人士，主動和客人攀談——反正每個人在電腦螢幕中的發言都只有文字而沒有臉孔和聲音，所以被電腦勾搭的客人不會輕易發現和自己聊天的對象原來是電腦。除非客人發現：對方的言論太空泛，風格太僵，禮貌的程度讓人錯愕。

我自己倒沒遇過這種事。雖然我也曾懷疑：我在電腦網路中的某次異色調情，對象說不定就是電腦虛擬的一串符號，預擬的談話機器。

可是談話機器又怎樣哩。反正許多活人也沒有比談話機器來得強。我向S承諾，和S言談時感覺到的情味，在很多人身上反而找不到。S的文字乍讀之下像是遙遠山谷傳來的呼聲，讓我翻攪自己的發霉回憶。去年在馬倫巴，可曾有故事發生在我身上？如果沒有遇上S，如果S沒有擲出問題，我大概也不會思索——空調完好的馬倫巴空氣中，曾有何等騷動。

S問，一個人來馬倫巴唱歌，寂寞不寂寞？我回道，何必寂寞？我正在和S聊天啊。接著畫了一個垂笑的臉，送給S看。

S又問：在【大廳】枯等很久，是不是？我解釋，其實我剛才已經在包廂裡待了好一陣子，覺得太悶才去【化妝室】洗了一把臉，之後才來到【大廳】隨便看看。

剛才在哪個包廂？S接問著。我回道，S為什麼想知道呢？S盈笑：好奇囉——在不同的包廂，就注定發生不同的故事。

我說，沒遇上有趣的故事，只有記憶的殘片。一部分碎屑就裝在【大包廂】這個包廂裡，S有沒有興趣讀讀看？

我讓S掃視【大包廂】的記憶檔案，結果S送來表示格格笑的狀聲字。S說，原來，也參加家族的遊戲啊？才不信。

我苦笑。這個包廂的記憶，S不肯輕信是不是？

我還有【小閣樓】這個檔案，也是情熱的記述。讀讀罷。

S一面讀著一面露齒而笑：反正，我們都不相信只有一種現實的呈現，對不對？去年不只有一種，馬倫巴也無所不在。

我點點頭：究竟是【大包廂】還是【小閣樓】，S就隨意擇一聽信，姑妄聽之罷。我接著尷尬表示：剛才我在包廂裡灌了太多酒水，所以我還要再去一次【化妝室】，不好意思了，把S留在線上。待會再聊，可否？

S嗯了一聲，道：每次都以尿遁做結啊？>___>

我苦笑：別再挖苦我了！+___+

S又笑：快去【化妝室】罷，然後再回到【大包廂】或【小閣樓】。我們談得盡興，我已經聽了很多有趣故事。告一段落罷，有機會再聊。希望明年此時，還可以記得，今年曾在馬倫巴。

言談將盡，我倒隱然嘆氣，如果S是名女孩，一定是個很重性靈的世紀末女巫，絕不受科技文明奴役；如果S是名男孩，抱起來的感覺應該像是善體人意的絨毛寵物……。如果，S和我的關係並非局限在網路之中——然而，從螢幕中，S的意願難以探知。

我呼了一大口氣，寫下：

是的，明年的、去年、在馬倫巴。

■

起身步向【化妝室】時，突然有位侍者端了托盤迎向我。

「請問是M君嗎？」

「是的。」我狐疑道，「我並沒有點餐啊，這是？」

「這是，馬倫巴贈送給M君的一百小時折價券，」侍者呈上托盤，

連忙解釋，「因為馬倫巴要感謝M君接受訪問。M君在網路問卷裡的意見實在精采……」

「我沒接受訪問啊？」

「M君剛才不是和S對談嗎……」

「S是誰？」

「S是馬倫巴最新引進的網路問卷調查軟體。S可以模擬真實的訪問員，進行網路訪談。」

「又是談話機器？這個S啊——S、H、I、T！」

「所言甚是。這個字，正是我們私下給S取的綽號哩。」

我粗暴推開托盤，離開【大廳】衝向【化妝室】，步伐零碎錯亂。

全身孔穴都快要忍不住決堤。

解放我。

（請選擇：【大廳】，【大包廂】，【小閣樓】，【化妝室】。）

【大包廂】

在這似真的客廳裡，全家人圍坐一圈，眼睛都朝往同一方向。牆上是卡拉OK伴唱帶的巨大投影，片中演員的頭像改以媽咪的臉嵌入，媽咪本人正唱著甜軟老歌。這一天是她生日。大家都很開心

罷，說不定連我也是。

需要客廳時，來馬倫巴消費就行，毋需自備。

爸媽本來住在一戶傳統公寓裡，後來才遷到現在的住處。原來的公寓之所以傳統，並非因為建築老舊或家具落伍，而是因為空間規畫趕不上時代：傳統和當代住宅的最大差異，就是前者備有客廳，後者卻把客廳坪數移為他用。回想起來，在舊式住家之中，客廳永遠是全戶最大的空間，卻也最不實用。試想，全家人一起在客廳看電視順便聯絡情誼，可行性有多高？還不如各自回房，各看各的頻道，反而避開磨擦。記不記得，客廳的電視打開時，家人之間還可勉強談笑，然而一旦關上電視，大家就無話可說：可見客廳被電視機附魔，卻不能為人所用。

於是，取消客廳成為趨勢。

然而進步之餘，有時仍不免懷舊，想要回去那已經不在的客廳，尤其每逢家中長輩壽誕時。解渴之道，就是號召全家人前來馬倫巴消費，KTV的豪華包廂比客廳還像客廳呢，而且租用幾小時之後就可以拍拍屁股離開家庭聚會，不致讓人日久生厭。

不過我實在對客廳敏感，無論是真貨還是複本；走進包廂未久，就感到窒人的倦膩撲來。家人久未謀面，在KTV團圓之後卻未多聊，反而馬上點歌開唱，輪了一圈又一圈——或許，臉對臉的談話讓人尷尬，人人面向牆壁歌唱反而促進溝通。我想起以前客廳裡的電視，也想起更久遠的廟宇：寺廟雖說是信仰中心，卻更是社交空間，其中的社交比信仰隱微但也更重要；不過話說回來，如果廟中的信仰消失，譬如說神像失蹤，那麼社交可能也跟著結束，因為社交行為失去可以寄生的藉口。同樣的，如果馬倫巴這面伴唱帶的牆突然消失，我想家人們恐怕會手足無措，面面相覷——沒有伴唱帶的時候，該發出什麼樣的聲音呢——進而落荒而逃罷！

我沒加入歌唱的圈圈，寧可蜷在一角，負責照顧包廂電腦。藉由馬倫巴內建的電腦網路裡，我為家人們選訂歌曲伴唱帶以及飲食和喉糖，也做了其他設定——例如，調整包廂之中的燈光和空氣，以增強天倫之樂的幻境；開啟包廂的內建攝影機，等到歸還包廂時，馬倫巴就會交給我們一卷家庭錄影帶。大家都知覺鏡頭在頭頂上盤旋窺視，所以就更加賣力表現親熱，以便獲得完美效果——這股親熱逼死我了，只好從電腦上點了一道冰淇淋，好冷卻自己。

在馬倫巴這個場合，是爸和媽許久以來的第一次見面；雖說兩人仍然住在同一戶房子裡。在新住處，原本該是客廳的地方改闢為一間套房，爸和媽就各取一間——爸在自己的房間裡看男子洋裁頻道，媽看女子網球轉播，雙方樂得沒瓜葛。因為沒有客廳，也就更少往來。

不過，沒有往來並不表示不在乎。

爸一臉困惑，想也知道是因為媽帶了一位陌生女伴前來。爸問媽難道這一位是我們的女兒嗎？我們的小孩怎麼長得這麼壯，媽說你連是不是我們的小孩都認不出來真的太離譜了，爸接著問那麼她是誰，媽說那就是她平常在電視裡看到的那位網球女將，爸又問今天的場合關這肌肉女什麼事，我媽頂回去說她和我同住一間所以我就帶她一起來慶生有什麼不對嗎是我生日耶，爸嚇呆了說她和妳住在同一間房間裡是嗎我怎麼不知道，媽冷笑道你又何時知道我了哼你不知道也不奇怪哼你只知道成天和老大鎖在房間裡哼誰知道你和老大之間有沒有苟且哩從小你就特別寵他一定有問題哼。

爸正想喊造孽的時候，大哥正在擦眼淚的時候，肌肉女球員正想挺身而出的時候，其他家人正想提醒我們正在錄家庭錄影帶所以要保持形象的時候——救星出現。

有人在包廂外敲門。爭執只好憋下來，先別發作。

原來，侍者來送冰淇淋給我。以前曾認為，侍者時時進出KTV包廂是種干擾；現在才知道，這種麻煩也可能是福音。當侍者走進包廂時，我慵懶的眼突然發直：她／他煙視媚行，和家人們的燥熱形成對比；她／他本人的質地有如融化的冰淇淋，在我眼中她／他就是奶昔！侍者走出包廂不久，我就開始盤算，要如何才能再見到她／他——再點一份冰淇淋是個方法，但手段粗糙了些……

未料冰淇淋還沒吃光，爸和媽和網球女將又開始冒起火花。我靈機一動，即刻在電腦上再點一客冰，一方面希望侍者的出現可以再次打斷爭吵，另一方面更期盼再吃一份冰淇淋。還好我人在包廂式虛擬客廳而不是在傳統客廳，否則我就無法享受外人介入的便利——但快慰之餘，我仍不忘快快把手上的冰淇淋吞下肚，不然要怎麼應付下一份冰品呢？

這道冰的份量頗大，我吞嚥許久才解決完畢，肚皮脹起來。然而，剔透的侍者卻還沒來敲門。老天網球女將已經取出球拍準備教訓我爹，而爸拚命揪著肌肉女的紅髮。我們做孩子的急於勸和，連忙想出花招來撲熄家庭通俗劇——我想用網路呼叫其他侍者來攪局，不幸網路過慢又占線；大哥想到的方式傳統卻很有效：他高舉一張光碟相片簿，尖聲喊道，「爸！媽！來啦，我們來看照片……」果然，長輩愛看照片，聽到大哥的呼聲就停手，圍在大哥身邊；光碟插入網路電腦，出現相片目錄。從目錄中看來，這張光碟蒐羅幾十年來的家族照片，甚至連我在娘胎的胚胎照片都一應俱全。不再爭吵，大家滿臉溫馨——原來，老照片像廟裡的神像一樣有效。

彷彿被凶煞剋到，突然腸胃閃過雷電一般的抽搐。

不知是因為剛才倉促吃下太多冰，還是因為我對舊照片敬謝不敏，總之直腸已準備開門了。該去【化妝室】，很急。夾在爸媽之間的我，訥訥說道：大家慢慢看照片罷，我要去【化妝室】……結果，一如以往，爸媽兩人齊聲罵道：M為什麼這麼不合群呢，大家滿懷暖意一起看照片，M卻自己一個人溜開？大哥跟著嗔道：M最討厭！

不過沒人攔我。我還是成功逃出包廂，直奔【化妝室】。還好，包廂雖然豪華，卻沒有設置【化妝室】——本來以為是個缺陷，現在才發現其中好處。上廁所，是從客廳抽身的極佳藉口。

為了逃離家族遊戲，就算拉肚子，也在所不惜。

（請選擇：【大廳】，【大包廂】，【小閣樓】，【化妝室】。）

【小閣樓】

就算我具有被迫害妄想症也沒關係。反正我可憐，像我這種人很悲哀，長久以來遭受誤解歧視。可是我不是變態，不要同情我。只不過是落單太久，連上KTV都是孤單一人。我一無所求，只要一個包廂讓我高歌就足夠。

可是依照KTV的運作邏輯，一個包廂裡頭塞入的人口越多越好賺，像我這種一人占用包廂的客人並不受歡迎。我很清楚KTV的態度，我也不好意思獨占一個包廂，所以我提出實際的建議：某些大眾餐廳讓彼此不識的客人併桌吃飯，我想KTV為何不可照辦？我求馬倫巴把我併入家族聚會的包廂，譬如說【大包廂】，反正那些包廂之中的人彼此也不見得親密，我身置其中也未必會遭人懷疑，說不定我反而比真正的親人更可親，虛擬親戚。

不過馬倫巴沒有把我併入別人的包廂，而是另開一個房間。店方警告我，若非我苦苦哀求，馬倫巴並不希望開放這個封閉已久的【小閣樓】——如果我使用之後覺得不滿，店方恕不負責。

噢，我樂極之至，便慨然允諾：就算我在小包廂唱歌撞到鬼，也不會要求馬倫巴負責。

小巧的包廂裡有股霉味，顯然關閉多時。不過，設備仍然新穎齊備，打開空調之後空氣就不成問題。

我從電腦點了一罐啤酒，未料螢幕上竟然表示：我所在的包廂沒有侍者願意過來服務——若需飲食，只能走出包廂自己端取。我看了覺得納悶，但也不好發脾氣——畢竟馬倫巴原本不想啟用這個包廂啊，是我自找的。我只好親自去廚房買了半打麒麟啤酒以及一桶冰塊。在我端酒走回包廂時，一路上都有侍者側目。回到包廂，我一面灌啤酒，一面使用網路電腦選取伴唱帶：沒有service，至少還有卡拉OK罷？親愛的托拉斯。

影像投上空牆。馬倫巴的伴唱設備可以把客人的面孔植入伴唱帶的畫面，取代畫面中歌手的臉——於是，我看見牆上的我隨著高亢樂音在白雲之間翩飛。我一手握著麥克風，一手握著生啤酒，站起身隨同卡拉OK畫面起舞，感覺起來像是對鏡高歌——只是，難以確知：是我反映了牆上的影子，還是牆影反照了我。音符不住向上爬升，我也拉直喉嚨，想和牆上的自己一較高低。嗓音從我口腔逼出，快感也同時竄入我的全身孔穴，看見畫面中的我站在雲端，身後展開天使雙翅。

這首歌告一段落，我爽快鬆了一口氣，準備迎接下一首曲子；但我正舉起手臂打呵欠時，我瞥見雙臂後面竟然長出漆黑翅膀。我心中驚呼一聲，以為是過度用力唱歌以至於眼花，誤以為自己化為天使——然而，此時我也驚覺背脊發冷：不是因為冷氣過強，不是因為心理作用，而是真有冰塊在背脊上融化的觸感。

「別動！要掉下來了！」我身後冒出來的聲音說。

「什麼要掉下來？」我鎮定答道。

「我好不容易才黏附在妳／你身上，不要亂動，不然我會摔下來……」聽起來很膽怯。身後的某人像一隻無尾熊吊在我身後，把我當作一棵尤加利。

「所以我手臂後頭的翅膀，不是我長出來的，而是妳／你的？」

「是的……」

「那麼，妳／你是天使囉？」我不敢輕舉妄動。

「世界上有過黑翅膀的天使嗎？告訴妳／你！」我後面的傢伙很想裝出凶狠的腔調，但聽起來還是沒自信，「我是鬼！」

這時我非冷靜不可，好好和鬼溝通，不然難以擺脫。原來這是個鬧鬼的包廂，難怪要加以封閉。

「所以妳／你是ＫＴＶ之鬼？」

「對，就像歌劇院之鬼一樣，聽過《歌劇魅影》罷？」

「少臭美！」

「嘿嘿。」鬼好像不大緊張了，可是依然涼兮兮死抓我的背脊不放。突然理解了：剛才一直覺得有種硬物在頂著我的臀部，應該是鬼的尾巴在作祟。如果要請鬼下來，勢必要多和鬼聊聊才行。

「妳／你一直攀在我背上，我都看不見妳／你的臉。妳／你先下來罷，我們坐下來聊一聊。」

「我不要！好不容易才找到一具可以附身的人體，」鬼結巴道，「才不輕易放過。我如果爬下來，妳／你就會溜走，那我該怎麼辦？」

「看來妳／你附身的經驗並不多，對不對？」我刻意溫柔，心裡暗笑：我看，這隻蠢鬼成功附身的經驗一次也沒有。

「欸。請多指教啦。」

「我要寄託在一具人體裡面，才能夠走出這個【小閣樓】，回到外頭的人世。不然，我就要一直關在這裡了。」

「為什麼會關在這裡？」

「說來話長。許久以前，我曾經和情人在這個房間唱卡拉ＯＫ。後來我在這個房間自殺，就變成這包廂專屬的鬼了。」

「情人呢？」

「別提那隻死鬼。就是因為被情人拋棄，我才來尋死。」

「剛才我進包廂時，並沒有見到妳／你。妳／你什麼時候冒出來的？」

「要不是妳／你剛才唱歌時一路唱到高八度的『SI』，我也不會被召喚。以前我的情人很擅長唱高八度的『SI』，還因此有了一個叫做『Sisi』的綽號。所以，我一聽到高音『SI』就會甦醒。」

「妳／你好像很愛妳／你的情人。」

「算了。我要忘掉Sisi，重新開始，另外抓住一個人。我要在妳／你身上附魔，死抓不放。」

「妳／你已經附在我背上了啊。」

「這不算數啦。我要真正進入體內才行。」鬼連忙解釋，「妳／你剛才唱的曲子聽起來很悲苦，承認罷，我也是過來人。我想妳／你一定單身多時，很寂寞罷？妳／你隻身，我孤影，如果我能進入妳／你體內，我們人鬼都不再孤獨，豈不是皆大歡喜？」

「少肉麻了。說罷，妳／你打算用什麼方法進入我的身體？從腦蓋是不是？」

「啊呀，我不好意思說。」

「說！好讓我有心理準備。」

「……從妳／你的肛門進去。」

「噫，什麼鬼話！」

「是鬼說的話沒錯——不過我很認真。其實我以前沒有附身成功過，也沒有其他魔鬼可以和我切磋技藝，所以並不確知該從哪裡進入人體，只能自己想像。長期思考之後，我終於領悟：肛門才是鬼魂的入口！至少有兩個理由：理由之一是，人的頭顱高高在上，比較適合純淨的聖靈進入——邪惡的魔鬼還是挑個污穢的洞來鑽吧。從肛門進入，對我這隻鬼來說，困難度比較低；我進入直腸之後，再慢慢滲透，遍及人體全身。」

「有道理。另一個理由呢？」

「呀，有點不好意思說……理由之二是這樣的：以前Sisi和我親熱之後，Sisi常常說：通過肛門的感覺高妙無比，就像是把靈魂擠進腸子，然後直通腦門一樣。這段話一直到我死之後都還牢牢記住——肛門應該就是靈魂的入口罷！」鬼以懷舊的口吻嘿嘿傻笑，「放心，我很久以前就和Sisi研究過，不論老少男女，肛門都可以通，只要技巧得當就行了；妳／你很幸運，因為我正是這種技術的專家。」

難怪一直用尾巴摩擦我後面。原來存心不良！

我有法子對付。「可是，我想先去【化妝室】，」誠懇解釋道，「鬼啊，我喝了半打生啤酒呢。我不但尿急，還想拉肚子。我先拉乾淨再讓妳／你進來，免得妳／你進來沒多久就被穢物沖出去。」

「不行啊，我要先附身進去才能讓妳／你去。」

「妳／你如果怕我溜走，就和我一道去罷！」

「我不能就這樣離開房間，一定要附在人體裡面才行，不然會見光死。」

「我總不能在這個房間裡隨地便溺吧？」

「不行，鬼怕尿味。鬼一碰到尿就會融化，這是我的致命傷，千萬不要跟別人講。」

「哎唷，我還是先去【化妝室】，待會再回來和妳／你聊。我快拉出來了，不論是小號大號……」

「那麼——快去拉乾淨吧，可是妳／你一定要趕緊回來喔。」鬼鬆開爪子，從我的背上滑下來，滿口不情願。

「我馬上就回來。」

我趕緊奪門而出，沒有回頭端看鬼的模樣。

隱約聽見，鬼猶在包廂裡淒厲喊著：

……記得回來找我……我會一直等……我們注定要在一起……不可以負我……

真讓人起雞皮疙瘩。不是因為恐懼，而是因為肉麻。我又不是鬼的情人，幹嘛對我喊出這種話？但我生性慈悲，還是為鬼感傷。這隻鬼老實好騙，生為倒楣人，死為寂寞鬼。祝鬼早日尋得新的人體得以附身。唵爹地媽咪哞。

（請選擇：【大廳】，【大包廂】，【小閣樓】，【化妝室】。）

【化妝室】

要不是內急，在推門衝進【化妝室】之前，我恐怕會稍加猶豫。【化妝室】有兩扇門，各自標明女或男。不過，無論推哪一扇門進入，都會通向同一個【化妝室】。在【化妝室】裡，沒有傳統男廁可見的小便斗，只見一排女男通用的電話亭式隔間。或許有人好奇：既然女男通用，為何要分不同性別的兩種入口？原來，不是為了如廁人士設計，而是為了讓別人方便辨識——在這個時代，光憑外貌並不容易辨別一個人的性別；【化妝室】故意設置兩扇門，就可以讓每個人進出時都下個決定：同時對廁所門內門外的其他人士表態、宣稱自己的性別。該留意的是，如廁人士並不必對門上的符號忠誠。譬如說，生理上是女性的人仍然可以去推男性的門，宣稱自己算是男性；前一個小時從女門進入的人，一小時之後可以從男門走出，好讓人知道自己忽女忽男身分錯亂。喔可能有人又要問：如廁是個人私事，為何要在進出【化妝室】的時候同時向別人宣告自己的性別？噢可是，千萬別忘了人世間的某些驚豔就是非要在公共廁所這種空間發生不可，公廁中的言行舉止並非全然私人所有而也是社交的一部分；馬倫巴是聲色場所，所以就連【化妝室】門板也該給人顏色瞧。不過說不定還是有人要抗議：為什麼沒有第三扇門哩？有些人自命為第三性、有些人不想要性別，可是在馬倫巴的【化妝室】門口卻被迫表態，從二擇一。這的確遺憾，然而冷酷的現世不正是一直要我們在生活中的任何項目上頭表態嗎？如果對門不滿，就以不屑不馴的態度，隨便擇一走入罷；如果稍後有人問起妳／你的性別認同，置之不理也可以：反正表態歸表態，說謊和否認的手段也是遊戲規則的一部分，我們早就習慣。

以上想法，從我的左半腦掠過右半腦。

我終於把排洩物擠出體外，舒坦喘出一口氣。此時，才有餘裕審視電話亭中的一切。

當然，我所在的窄小空間並非真的電話亭，而是一方廁所隔間。不過，這個關住我的格子和電話亭之間，倒有些詭妙的相似點。

譬如說，電話亭為了讓使用者方便通話，通常可以多少隔絕內外的聲音。相似地，在隔間中，也有靜音設計：有種嗡嗡低鳴從我頭頂上方不斷傳來，不過聽起來並不討厭。這種嗡聲可以有效蓋住排洩物跌進馬桶水面或是氣體溜出直腸之類的聲響，讓如廁者不致因為發出來的啪啦噗哧怪聲而感尷尬。對喜歡在隔間裡歡愛的人來說，靜音裝置也可以搗去裡頭的愉快呻吟，不致讓外人偷聽。除非有人尖叫救命——理由可能是痔瘡也可能是強暴——不然靜音裝置大抵可以維持【化妝室】肅穆聖潔的氛圍。

雖然不是電話亭，但也有電話——我是指電話聽筒形狀的馬桶。這種馬桶可以調整高度和角度，使用者可以選擇如廁的姿勢，不論男女都可坐可站亦可蹲，可以面向也可以背對隔間的門。話筒兩端都有孔道，各自負責吸收人體正面和背面排出來的物體。我方才因為急於解脫，所以一進來就選了最傳統的坐姿，面向隔間的門。我對腸子認真使力，一用勁，原本不合腳的高跟鞋就鬆落了。

電話亭的另一特色，是可以從中發現色情的訊息：聲交電話的廣告貼紙，應召站的小卡片，春藥口香糖的試吃鋁箔包，電話亭裡頭舉行具體而微的淫亂博覽會。馬倫巴的【化妝室】不致猥褻，卻另有風情。我正要撿拾橫躺地板上的鮮紅高跟鞋時，右手邊隔牆底下的空隙突然傳來一張紙條，滾來一支原子筆。「寂寞不寂寞？我喜歡紅色高跟鞋。」喔她／他看見我的高跟鞋。對方只能傳紙條過來，因為在靜音裝置莊嚴監控之下，我聽不見對方說話或敲門聲。讀了紙條，我也覺得好玩，便持筆寫下，「如何解除寂寞？」紙條和筆推過去。「把妳／你那邊牆上的ON打開。我讓妳／你看個夠。」把ON打開……

在我前後左右，三面牆以及一扇門板上，都嵌了兩種撥鈕。一種上頭標示E，表示「EXHIBIT；展示」；另一種是P，「PEEP；觀看」。如果我把某面牆上的E撥為ON，牆另一邊的人就可以看見我，撥為OFF，就不給人看；如果把P撥為ON，就可以看隔牆的景致，如果是OFF的位置，就是不看。剛進這隔間時，所有撥鈕都停在OFF的位置，然而身在其中的使用者可以決定自己要看誰、要被誰看。

我把門上的P撥為ON，門隨即轉為透明，可以看見門外有位赤膊男士正倚著梳妝台，揚起手臂，對著鏡子刮腋毛。門上的E被鎖定在OFF，使用者無法讓門外的人看見自己如廁的模樣。

把身後牆上的P撥為ON，牆壁的質料漸次轉為玻璃或者是壓克力，我看見外頭夜空布滿星辰。我把臉孔貼著透明牆向下瞥視，沒看見其他高聳建築，沒看見地面燈火，可見馬倫巴位於大廈極高的樓層，卻更像浮在太虛之中的空中樓閣。E也鎖住了。

我左手邊的P撥成ON之後，牆面沒有變化。原來左邊那間的E仍未打開、不能exhibit，於是我這裡的P就沒有作用、無法peep。

我把右邊的P打開。看見一名嬌嬈妖姬在隔壁搔首弄姿，我和對方之間只隔了一道透明牆。對方雖然賣力，表情卻不夠自然；停止賣弄，又傳來紙條：

「也打開妳／你那邊的E罷！妳／你看得見我，固然讓我很高興；可是看不見妳／你表情反應，我就熱不起來……」

我有點躊躇，就找了藉口，反正對方也不確知我在幹什麼。「我在上廁所，不方便給人看。待會再說。」

「我不介意看別人蹲馬桶。」

「可是我矜持。」

對方只好繼續撫弄身軀，嘴唇卻翹得老高。

對方解開黃色羽毛外套，露出胸部。再往下脫，逐漸剝開塑料緊身裙，微凸的小腹密生染成綠色的毛髮，向下蔓延。對方把綠森林中的那玩意扯出來，緊身裙停在膝蓋。

我看了滿臉潮紅。馬上抓了紙條寫下，「我過去妳／你那間，兩個人一起玩個痛快，ＯＫ？我喜歡綠色陰毛。」

這回竟換對方猶豫了。「可是我只喜歡看人和被看。我不想給人家摸。」

「拜託。」我陪笑臉。

「不行。」唷對方擺出高姿態。

「好嘛。」人家心癢了啦。

「休想。」哼跩什麼勁兒。

我們兩人搶著用那枝筆在紙上寫字，透過隔牆下的空隙傳遞，來回往返為自己一方的慾望爭辯。我們兩人竟然就只能依賴紙和筆，笨拙卡在不上不下的某個文明死結上！如果不夠文明也就罷了——那麼就可以使用語言，不幸靜音裝置的品質太好；如果這個世界更加文明也可以——那麼馬倫巴可能就會在【化妝室】的每個隔間安裝網路交談系統。我們之間的言語已經化為文字填滿紙條，好不容易我才在紙片一角空處再用力寫上一次「摸一把就好」，紙筆傳過去，未料力道太大，那唯一的原子筆滾到外頭去，對方和我再怎麼撈也撈不回來。我眼睜睜看那筆管一直滾，一直滾，滾到刮腋毛男子的腳邊。

現在連筆談都求之不得。那麼，對方與我之間就沒有其他的溝通方式囉？我惋嘆，一場有趣的豔遇就如此斷送，全因原子筆的離席。無奈，只好套回高跟鞋，穿妥衣物，匆匆走出小隔間。

剃腋毛的男人還在刮。他刮了好久，不知是因為腋毛特多，還是因為慢工出細活。我在他身旁洗了一把臉，看著鏡中的自己，水珠從蒼白皮膚滾落。我也在馬倫巴待夠了，久未日晒的膚色看來少了健康味兒。

洗手台的水面退去，形成貓眼般的漩渦。我凝視那隻逐漸消失的眼睛，自言自語：「**為什麼我困在馬倫巴裡頭，永遠走不出去？**」這是一個哲學的命題，誰能不感悲愴。

未料刮腋毛的男子聽見我的呢喃。他一面舉臂剃毛，一面優雅答道：「**因為，沒有人可以走出馬倫巴的故事。**」

「為什麼？」我狠狠瞪他一眼。

「因為整個馬倫巴就是一艘駛離地球的太空艦。」他換了一邊胳肢窩來剃，「沒看見外面的星座嗎？在地球表面看到的星圖可不是這樣唷。」

「太空艦？」我又驚又氣，「唬爛啦。馬倫巴是家KTV，總店開在台北。」

「喔！原來妳／你被有關單位洗腦了。其實馬倫巴的確是太空艦，不過為了方便管理，艦方讓艦民相信這是一家KTV，可以盡情歡唱，醉生夢死。這樣大家的日子都好過。」

「你倒說說看，馬倫巴要開往哪裡去？」

「去年從馬倫巴這個地方出發，呃，至於要往何處去，我並不清楚。全艦大概只有艦長知道馬倫巴何去何從，艦長決定全體的命運。妳／你知道，當初是我們投票選出艦長的，艦長握有民意。」

「哼聽你的語氣，好像你本人就是艦長呢！」我揶揄他。

「喔！我不是。摩西才是艦長，」他聳肩解釋，「見過摩西了吧？摩西正在裡面的小隔間裡頭試穿這一季Fashion新品，羽毛外套以及超尼龍緊身裙。」

莫名其妙！我想火爆嗆他，但更想馬上離開。我跺腳轉身，此時，卻在男子腳邊發現那支滾出來的筆，原來就在這裡。我連忙彎腰去撿，在拾起筆管的一瞬，心裡閃過高度快慰：在一艘太空艦上，一枝原子筆比一台電腦來得珍貴哩。原、子、筆，這個名字如此科幻，聽起來就像靈符一般！

未料，重心不穩，又怪不合腳的高跟鞋，我差些滑跤。剃毛男子見狀便丟下刮鬍刀，過來攙扶。

「放開我！」休想和我搶這支原、子、筆。

我挺胸推門而出，心中波濤高漲，滿是對於未來和存在的嚴肅想法。不過，我並不是個沒有幽默感的人。要不要猜猜看，我在走出【化妝室】的那一刻，我推了哪一扇門，是女是男？提示一下：那一整扇門，盡是火鶴羽毛的顏色。

（請選擇：【大廳】，【大包廂】，【小閣樓】，【化妝室】。）

——《中外文學》〈衍異性與性別：酷兒小說與研究專輯〉，二六卷三期（一九九七年八月），頁一〇二－一一九

紀大偉小說外文譯介索引

〈香皂〉承蒙Fran Martin（馬嘉蘭）翻譯為英文："The Scent of HIV"，刊登於期刊*antiTHESIS: an Annual Transdisciplinary Postgraduate Journal*. Special Issue: Everyday Evasions: Cultural Practices & Politics (Volume Nine) 1998. Department of English with Cultural Studies, The University of Melbourne. Pages 141-144.

〈因為我壯〉承蒙Fran Martin翻譯為英文："I'm Not Stupid"，刊登於*antiTHESIS* (Volume Nine) 1998. Pages 145-151.

〈牙齒〉承蒙Anna Gustafsson Chen翻譯為瑞典文："Tänder"，刊登於期刊*ORD&BILD* 1-2 (2003). Partner of www.eurozine.com. Göteborg, Sweden. Pages 93-114.

〈一個陌生人的身分證明〉承蒙Fran Martin翻譯為英文："A Stranger's ID"，收錄在小說集*Angelwings: Contemporary Queer Fiction from Taiwan*（《天使翅膀：當代台灣酷兒小說》）。Translated and edited by Fran Martin. Honolulu: University of Hawai'i Press, 2003. Pages 213-220.

〈臍〉承蒙Susan Wilf翻譯為英文："Umbilicus"，收錄在期刊*Renditions: A Chinese-English Translation Magazine* No. 63 (Spring 2005). Chinese University of Hong Kong. Pages 47-60.

《台湾セクシュアル・マイノリティ文学[2]中・短篇集——紀大偉作品集『膜』【ほか全四篇】》承蒙白水紀子翻譯為日文。此書收錄四篇小說以及白水紀子所寫的〈解說〉；收錄小說為〈膜〉，〈赤い薔薇が咲くとき〉（中文篇名：〈他的眼底，你的掌心，即將綻放一朵紅玫瑰〉），〈儀式〉，與〈朝食〉（中文篇名：〈早餐〉）。此書屬於「台湾セクシュアル・マイノリティ文学」全四卷的第二卷。這一書系編輯委員為三位學者：黃英哲，白水紀子，垂水千惠。東京：株式會社作品社，二〇〇八年。

國家圖書館出版品預行編目資料

膜/紀大偉著．初版．新北市．聯經．2011年3月．
456面．14.8×21公分．(當代名家·紀大偉作品集1)
ISBN 978-957-08-3769-8（平裝）
[2021年11月初版第二刷]

857.63 100002583

當代名家・紀大偉作品集1
膜

2011年3月初版 定價：新臺幣380元
2021年11月初版第二刷

著　　者　紀大偉
叢書主編　胡金倫
封面設計　蔡南昇

出版者　聯經出版事業股份有限公司
地址　新北市汐止區大同路一段369號1樓
叢書主編電話　(02)86925588轉5305
台北聯經書房　台北市新生南路三段94號
電話　(02)23620308
台中分公司　台中市北區崇德路一段198號
暨門市電話　(04)22312023
郵政劃撥帳戶第0100559-3號
郵撥電話　(02)23620308
印刷者　世和印製企業有限公司
總經銷　聯合發行股份有限公司
發行所　新北市新店區寶橋路235巷6弄6號2F
電話　(02)29178022

副總編輯　陳逸華
總編輯　涂豐恩
總經理　陳芝宇
社長　羅國俊
發行人　林載爵

行政院新聞局出版事業登記證局版臺業字第0130號

本書如有缺頁，破損，倒裝請寄回台北聯經書房更換。 ISBN 978-957-08-3769-8 (平裝)
聯經網址 http://www.linkingbooks.com.tw
電子信箱 e-mail:linking@udngroup.com

positions into which they are written? We are encouraged to wonder about the ways in which a subject may be at once lacking in faith and yet still also, necessarily, a “follower”; about the ways in which accusations of “bad faith” or “perversion” might be appropriated in order to imagine different ways of occupying available positions. Resolutely non-utopian, these stories suggest that it is within the conditions of the present that unexpected possibility awaits us.

Thematically, the collection is united by the trope of the fetish; the collection itself is indeed readable as a kind of meta-fetish. Through the fetish’s mechanism, the banal is animated by “improper” desire: teeth; hair; shoes; a bellybutton; an abstract sign; an American city; a fish; take on a new kind of significance as they are invested with the fetishist’s meanings. There are also strong parallels suggested between erotic fetishes and the official fetishes of nation and culture. The story ”Love Dictionary” elaborates the language of love in the age of AIDS (a project also treated, in different ways, by “Howl” and “A Stranger’s ID”): among “quilt, plague, bureaucracy, silence, death, red ribbon, Kaposi’s Sarcoma, political correctness” and “body fluid”, we also find “nation”. Through their listing as entries in so reduced a dictionary, each of these terms itself becomes iconic, fetishised. But under the heading of “nation” an even more impudent “queering” occurs, with the suggestion that partriotism can operate like an SM relationship which one might even come, perhaps, to enjoy:

> NATION
>
> “Ta-kang asked Amant, how could you care for such a tyrannical lover? He wants you to love him, but he doesn’t necessarily love you. He demands your absolute and undying faithfulness to him,

> but in his heart he holds nothing of you. He doesn't allow you to touch a hair of his body, but if it pleases him to do so he may beat and kick you. He vainly asks that you remember each of his commemorative dates, but he has never rewarded you with the warmth of a kiss. He says all of this is for your own good, but he shows his special favor only to others. Amant haltingly replied, well I'm used to it now it's been so long it's not really so bad." ("Love Dictionary")

Comparably, in the story "Teeth," the narrator recalls being unjustly beaten while singing the patriotic song at the ritual raising of the ROC flag during high-school: the vicious words and blows of the Disciplinary Master are interspersed, in Chi's text, with the words of the song, which declare lifelong loyalty to the flag. Even after this early beating at the hands of the representative of the Party-state, the narrator goes on in later life to join the Party. These passages suggest that one response to the violence of the state and its simultaneous demand for its subjects' undying love, may be those subjects' claiming of masochistic pleasures in the transaction. In contrast, in "A Stranger's ID", a young man's fatal attempt to escape a random police interrogation ends in his ironic, viral revenge on the finally ineffectual representative of law nation.

These stories continually remind the reader that the subject of sexuality pervades the everyday; that far from being confined to a private or internal sphere, forms of sexuality take shape everywhere--and particularly, perhaps, under the gaze of the authority which demands that its subjects "keep the real love; slice away the wrongful love. Cut the innocent love free from the guilty love" ("Love

Dictionary”). According to Chi’s vision, such a final excision of the “bad love” from the good is impossible, since “guilty, wrongful” love is produced by and pervades every institution; every moment. Far from being a kind of optional prosthetic addition to discussions of contemporary culture, the subject of improper sexuality insistently makes its presence felt at the very centre of official narratives--like those of the nation-- which actively disavow its presence.

■

The strange disorientations of nation and culture which occur as effects of globalisation , meanwhile, are thematised most directly in the pair of “Moondream” stories, and in “The South”. In the latter the narrator, a young man from Taiwan visiting New Orleans, has the following conversation with an African American bar tender, who has just thrown out a Chicano man who tried to pick up the young tourist:

> “That guy’s always trying to con you Japanese boys,” he said, pleased with himself.
>
> “I’m not a Japanese boy,” I protested.
>
> “Right, you’re not a Japanese boy. You’re a Japanese girl,” he laughed, grinning. “Now, what’ll it be?”

The weird crossings of categories of gender, sexuality, nationality and ethnicity evidenced by this exchange in which “Taiwanese boy” becomes, in America’s South, “Japanese girl,” are also figured in this story by the shadowy form of the vampire, which haunts the text as a sign for border-crossings and dangerous desires. Weaving together connotations of both commoditization and sexuality, the vampire also

demonstrates its own globalisation as it re-emerges in familiar form in this apparently “Taiwanese” story.

Ta-wei Chi has often been classed as a member of Taiwan’s new generation of “queer writers”, along with Chen Xue, Hong Ling, and the late Qiu Miao-jin. Given this, Chi’s writing finds itself always entangled in the project of imagining how the theoretical and political investments of a term like “queer”, invented largely in the academic and cultural contexts of English-speaking nations, might be re-deployed in meaningful ways in contemporary Taiwan. This collection begins to address this question in new ways. To read these stories as effecting a series of queer-ings is to understand “to queer” as a transitive verb, which may take a range of object. This is “queer” in the sense suggested by Eve Sedgwick: as a movement which troubles by re-inflecting the expected, defining itself by its movements across categories; across places. [Eve Kosofsky Sedgwick, *Tendencies*. Duke University Press, 1993; p. xii]. Chi’s writing offers a re-reading of “queer” from a cultural and geographic point where what is assumed in Anglo-American versions of “sexuality” may become exotic, and where possibilities unrealized by those more familiar figurations, may unfold. Indeed, this work might productively be read as effectively “queering” the expected content of “queer” itself.

*Dr. Fran Martin is Senior Lecturer, Cultural Studies, at the University of Melbourne.